Hände hoch, Kleiner!

W0039548

SERIE

PIPER

Zu diesem Buch

Daß gegenwärtig die wirklich aufregenden Kriminalromane von Frauen geschrieben werden, ist fast schon
nichts Neues mehr. Wie faszinierend aber inzwischen
die Szene der »Krimi-Frauen« geworden ist, zeigt sich
erst in der Zusammenschau dieser Anthologie. Die
berühmte amerikanische Autorin Sara Paretsky hat
vierzehn Kriminalgeschichten ausgesucht, die typisch
sind für ihre eigene und die Arbeit ihrer Kolleginnen.
Der Band enthält unter anderem Erzählungen von Ruth
Rendell, Liza Cody, Nevada Barr, Frances Fyfield,
Elizabeth George, Linda Barnes und eine Einleitung von
Sara Paretsky, in der sie den Eigentümlichkeiten von
Krimiautorinnen nachspürt. Die Zeiten, in denen
Frauen vor allem als Opfer von Verbrechen in Erschei-
nung traten, sind längst vorbei – hier zeigen sie, daß sie
im Erfinden und Aufklären krimineller Zusammen-
hänge die Männer längst erreicht, wenn nicht schon
überholt haben.
Als zweiter Band dieser Sammlung ist »Hamlets Dilem-
ma« in Vorbereitung.

Sara Paretsky wurde 1947 in Kansas geboren, sie pro-
movierte in Geschichte. Von 1977 bis 1985 war sie Ver-
kaufsmanagerin einer Versicherungsgesellschaft. Sie lebt
in Chicago. Ihre eigenen Kriminalromane, in deren
Mittelpunkt die Privatdetektivin V. I. Warshawski steht
und deren Schauplatz Chicago ist, wurden in viele
Sprachen übersetzt und erfolgreich verfilmt.

Hände hoch, Kleiner!
14 exklusive Kriminalgeschichten

Herausgegeben von Sara Paretsky

Übersetzt von
Sonja Hauser, Sylvia List und
Michael Hofmann

Piper München Zürich

Sylvia List übersetzte aus dem Russischen
»Randfiguren« von Irina Muravyova, Michael
Hofmann aus dem Französischen »Nur eine Frau«
von Amel Benaboura, alle übrigen Sonja Hauser
aus dem Amerikanischen.

Von Sara Paretsky liegen in der Serie Piper
außerdem vor:

Deutsche Erstausgabe
Juli 1997
© 1996 Sara Paretsky und Martin Greenberg
Titel der amerikanischen Originalausgabe:
»Women on the Case«, Delacorte/Bantam Doubleday
Dell Publishing Group, Inc., New York 1996
© der deutschsprachigen Ausgabe in zwei Bänden:
1997 Piper Verlag GmbH, München
Umschlag: Büro Hamburg
Simone Leitenberger, Susanne Schmitt, Andrea Lühr
Umschlagabbildung: Jacques de Loustal
Foto Umschlagrückseite: Tom Maday
Gesamtherstellung: Ebner Ulm
Printed in Germany   ISBN 3-492-25651-1

Inhalt

Einleitung

Seit 1991 *A Woman's Eye** erschien, haben Frauen – und Männer – weiter darüber nachgedacht, was es bedeutet, sich spezifisch weiblich auszudrücken. 1996 legte ich *Women on the Case*** vor, eine zweite Sammlung von neuen Kriminalgeschichten aus der Feder von Frauen.

Vieles ließe sich noch verbessern, doch es gibt auch Hoffnung. Denn zwar stellen Vergewaltigung und Mißhandlung innerhalb der Ehe noch immer ein schreckliches Problem auf der ganzen Welt dar, aber mehr und mehr Frauen helfen einander, sich gegen solche Mißstände zu wehren. Frauen sind anderen Frauen nicht nur in Bangladesh dabei behilflich, sich selbständig zu machen, sondern auch in der South Side von Chicago. Trotz der hohen Zahl von Analphabeten lesen heute so viele Frauen wie noch nie zuvor. Und sie schreiben.

Frauen tragen seit den Anfängen schriftlicher Aufzeichnungen im alten Sumer zur Verbreitung des gesprochenen und geschriebenen Wortes bei. Die Verbindung zwischen der sumerischen Dichterin Enheduanna und der Amerikanerin Rita Dove ist nicht immer durchgängig, aber der Bezug wird durch zahllose Frauen aufrechterhalten, die sich bemühen und bemühten, ihre persönliche Form des Ausdrucks zu finden und durchzusetzen.

Vor ein paar Jahren habe ich am Alphabetisierungsprogramm eines Chicagoer Instituts mitgewirkt, das mittellose Frauen zu Fachkräften ausbildet. Die acht Frauen in meiner Gruppe im Alter von dreiundzwanzig bis siebenundvierzig

---

* Anm. des Verlags: deutsch in zwei Teilbänden unter den Titeln *Vic Warshawskis starke Schwestern,* 1992 (Serie Piper 5601), und *Sisters in Crime,* 1993 (Serie Piper 5602).
** deutsch ebenfalls in zwei Teilbänden: *Hände hoch, Kleiner!* und in Vorbereitung *Hamlets Dilemma.* Das Vorwort geht auf die Autorinnen beider Bände ein.

Jahren bemühten sich voller Eifer, wenn auch nicht ohne Schwierigkeiten, ihren lebenslangen Analphabetismus zu überwinden, weil sie lesen und schreiben können mußten, bevor sie für ihre neue Tätigkeit ausgebildet werden konnten. Als ich ihnen die Literaturgeschichte aus einem spezifisch weiblichen Blickwinkel nahebrachte – sowohl die Texte von Frauen als auch den Ausschluß der Frauen aus der Welt der Literatur –, fragte eine Teilnehmerin, warum den Frauen zu so vielen Zeiten und an so vielen Orten das geschriebene Wort vorenthalten worden sei. Eine andere Teilnehmerin hatte sofort eine Antwort parat, ohne daß ich etwas hätte sagen müssen: »Weil sie einen in der Gewalt haben, wenn man nicht lesen kann.«

Die Frauen heutzutage fechten einen zähen Kampf aus. Nach zwanzigjährigen Bemühungen um die Gleichberechtigung auf zahlreichen Gebieten müssen sie ihren Wunsch nach dieser Gleichwertigkeit noch immer rechtfertigen. Orthodoxe Stimmen in Rom, Mekka und Washington verdammen Frauen, die sich aus dem Haushalt herauswagen, als Zerstörerinnen der Familie, ja sogar des Friedens in der Gesellschaft als solcher (paradoxerweise beschuldigte der Führer des amerikanischen Marine Corps unter Reagan allerdings die Frauen, sie sorgten für eine Verweichlichung der amerikanischen Soldaten und für eine Verwässerung ihres Kampfgeistes). Man braucht keine Feministin zu sein, um zu wissen, daß der Kampf um die Freiheit des Menschen mit dem geschriebenen Wort beginnt.

Als die europäischen und amerikanischen Frauen im neunzehnten Jahrhundert endlich in der Lage waren, ihre Schriften unter ihrem eigenen Namen zu veröffentlichen und sich so ihren Lebensunterhalt zu verdienen, bauten sie ein Netzwerk zur gegenseitigen Unterstützung auf. Die Amerikanerinnen Elizabeth Stuart Phelps und Harriet Beecher Stowe korrespondierten mit George Eliot und Elizabeth Barrett Browning. Elizabeth Barrett Browning wiederum sah aufgrund ihres leidenschaftlichen Wesens eine Geistesverwandtschaft mit den italienischen Schriftstellerinnen und der italienischen Kultur. Diese Frauen wußten genau, daß sie einander unterstützen mußten, wenn sie es in einer Welt schaffen wollten, die ihnen immer wieder Knüppel zwischen die Beine warf.

Um sich als Schriftstellerin und Frau zu definieren, sah Elizabeth Barrett Browning sich, wie sie selbst sagte, nach »Vorfahrinnen« in der Kunst des Schreibens um, die ihr als Vorbilder dienen konnten. Da sie lediglich eine oder zwei solcher »Vorfahrinnen« finden konnte, beschloß sie, selbst zum Vorbild künftiger Schriftstellerinnen zu werden. In der Einleitung zu ihrer vierten Gedichtsammlung bedauerte sie 1844, daß es ihren früheren Werken nicht gelungen sei, »das Zeitalter« für die Frauen zu »repräsentieren«; in Zukunft wolle sie offen über die Leiden der Frauen und ihre gesellschaftliche Stellung reden. Sie fügte hinzu, wenn Frauen sich dieser Pflicht nicht stellten, »sollten sie die Feder lieber ganz beiseite legen und sich in Sklaverei und Konkubinentum fügen«.

Elizabeth Barret Brownings *Aurora Leigh* – die Geschichte einer jungen Schriftstellerin, die sich gegen das viktorianische Diktum, Frauen seien domestizierte Engel, wehrt – inspirierte Louisa May Alcott, Elizabeth Stuart Phelps und viele andere. Beide schrieben immer wieder über Künstlerinnen, deren Schaffensdrang von den häuslichen Pflichten erstickt wird. Für sie war Auroras leidenschaftliche Verteidigung ihrer Kunst etwas, wonach sie sich sehnten, das sie aber nicht erreichen konnten.

> Für mich,
> Vielleicht bin ich, wie Ihr sagt,
> Solcher Arbeit nicht würdig: Vielleicht dient die Seele der Frau
> Dem Streben, nicht dem Schaffen: Und doch streben wir,
> Und doch werd' ich Euer Vielleicht prüfen, Sir,
> Und wenn ich versage … nun, dann verbrennt mir mein Stroh
> Wie andere falsche Werke – dann bitt' ich nicht um Gnade;
>   … Ich
> Die ich meine Kunst liebe, wünscht sie mir nicht geringer
> Und so meiner Stellung angemessen. Ich darf meine Kunst lieben,

Ihr werdet zugeben, daß auch eine Frau die Kunst lieben
darf,
Denn wahre Liebe auf etwas zu verschwenden
Ist weiblich, das steht außer Frage.

Manchmal schaut mir das Gesicht von Elizabeth Barrett
Browning aus dem Spiegel entgegen, wie Vorfahrinnen es bisweilen tun, und möchte wissen, wie ich meiner Pflicht gegenüber anderen Schriftstellerinnen und unterdrückten Frauen
meiner Zeit nachkomme. Ihre Schelte veranlaßte mich dazu,
meine eigene Arbeit beiseite zu legen und diese Anthologie
zusammenzustellen. Weil wir Frauen uns – zumindest in der
Theorie – nicht mehr als Künstlerinnen rechtfertigen und uns
gegen eine Vielzahl häuslicher Pflichten durchsetzen müssen,
reagieren wir nicht mehr so heftig auf *Aurora Leigh* wie noch
die Viktorianer. Wir haben so sehr von der Arbeit dieser heldenhaften Pionierinnen profitiert, daß wir jetzt die Gelegenheit haben, uns stärker mit der Frage auseinanderzusetzen,
was es bedeutet, spezifisch weibliche Ausdrucksformen zu
finden. Deshalb soll der vorliegende Band dem Leser den
Zugang zu einem breiten Spektrum dieser Ausdrucksformen
verschaffen.

Dennoch ist es noch immer ungewöhnlich, wenn die Werke
von Frauen genauso lange aufgelegt werden wie die von
Männern, wenn sie in den geheiligten Kanon lesenswerter
Literatur aufgenommen und mit angesehenen Preisen ausge-
zeichnet werden (in den letzten dreißig Jahren haben nur drei
Frauen den Nobelpreis für Literatur bekommen). Noch
immer gilt folgende Faustregel: Frauen machen sich in Literatur und Film am besten als Prostituierte und/oder Opfer
schrecklicher Verstümmelungen. Werfen Sie doch nur einen
Blick auf die Bestsellerlisten und die einspielstärksten Filme
der vergangenen Jahre. Folglich besteht das zweite Ziel der
vorliegenden Sammlung darin, dem Leser eine Alternative zu
den anorektischen, sexwütigen Opfern in vielen Werken der
zeitgenössischen populären Kultur zu bieten.

Louisa May Alcott, Elizabeth Barrett Browning und Harriet Beecher Stowe kämpften aktiv gegen die Sklaverei in

Amerika, doch für zeitgenössische afroamerikanische Schriftstellerinnen wie Harriet Jacobs oder Angelina Weld Grimké setzten sie sich nur zögernd ein. Ganz ähnlich war es bei *A Woman's Eye*. Dort waren viele der wichtigsten amerikanischen und englischen Krimiautorinnen aufgenommen, aber wer nach farbigen Schriftstellerinnen, Autorinnen südlich des dreißigsten Breitengrades oder außerhalb der englischsprachigen Welt suchte, wurde bis auf die Katalanin Maria Antonia Oliver enttäuscht. *Women on the Case* versucht also, die Perspektive zu erweitern.

Es freut mich, auch einige der wichtigen Stimmen vorstellen zu können, die in der ersten Sammlung noch fehlten. Ruth Rendell kommt hier zu Wort, die wahrscheinlich führende Krimiautorin unserer Zeit, Elizabeth George und Linda Barnes, die mit den vorliegenden Geschichten ihr Wissen um menschliche Leidenschaften beweisen, sowie so etablierte und geschickte Erzählerinnen wie Dorothy Salisbury Davis, Liza Cody und Antonia Fraser. Voller Trauer gedenken wir unserer Mitstreiterin Dorothy Hughes, die kurz nach dem Erscheinen von *A Woman's Eye* starb.

Es finden sich auch Geschichten von Eleanor Taylor Bland, die ihre Sensibilität als Schriftstellerin beweist, und Nevada Barr, die mit ihrer Detektivin Anna Pigeon eine wichtige neue Figur eingeführt hat.

Ich möchte den Lesern nun auch ein paar neue Talente vorstellen. Andrea Smith und Dicey Scroggins Jackson zum Beispiel veröffentlichen ihre ersten Geschichten in diesem Band. Andrea Smith hat sich mit der Chicagoer Polizistin Ariel Lawrence eine sympathische Figur ausgedacht, der wir in Zukunft wohl noch öfter begegnen werden; Scroggins Jackson setzt sich in ihrer Erzählung mit obdachlosen Frauen auseinander.

Vor einigen Jahren brachte die Wienerin Helga Anderle eine deutschsprachige Ausgabe von Kriminalgeschichten aus dem europäischen Raum und dem Nahen Osten mit dem Titel *Da werden Weiber zu Hyänen* (nach einem Zitat von Schiller) heraus. Ihre Geschichte sowie die Erzählungen von Myriam Laurini und der Algerierin Amel Benaboura stammen aus dieser Anthologie. Amel Benabouras emotional aufgeladenes Porträt einer jungen Frau, die von ihrem Bruder unter Druck gesetzt wird, vermittelt uns einen besseren Einblick in Vorfälle, die oft im Schlußteil der Tageszeitungen beschrieben werden. Myriam Laurini, eine Argentinierin im Exil, zeigt uns das beunruhigende Leben an der texanisch-mexikanischen Grenze. Außerdem freue ich mich, die russische Autorin Irina Muravyova vorstellen zu können, deren Geschichte »Randfiguren« zeigt, welche Mächte Frauen manchmal herbeizitieren, um zu überleben.

Die Berliner Autorin Pieke Biermann konfrontiert uns mit einer apokalyptischen Vision, die den bangen Blick auf das kommende Jahrtausend noch verstärken wird. Sie hat am eigenen Leib erlebt, welche sozialen Umwälzungen der Zusammenbruch der DDR und der Triumph des Kapitalismus zur Folge hatte. Ihre Geschichte ist nicht so sehr eine Antiutopie wie die Realität des »freien Marktes gegen die Stasi-Agenten«.

Wir haben uns ein ganzes Stück über den dreißigsten Breitengrad hinausgewagt, um nicht nur Myriam Laurini, sondern auch die Australierin Susan Geason zu finden, deren Beschäftigung mit der Umweltpolitik in diesem Teil der Welt besondere Relevanz hat. Zu diesen provokanten Autorinnen gesellen sich Nancy Pickard mit ihrem dramatischen Einfühlungsvermögen, Barbara Wilson mit ihrer schadenfrohen Demontage heiliger Kühe und Lia Matera mit ihrer Durchleuchtung politischer Korrektheit. P. M. Carlson hat eine überzeugende Geschichte über die Lynchmobs im Memphis des neunzehnten Jahrhunderts geschrieben, die Ida B. Wells zu einer Vorkämpferin für die Gerechtigkeit machten. Marcia Muller, eine der besten Krimiautorinnen unserer Zeit, beschreibt die gespannte Beziehung zwischen einer Schriftstellerin und einer Obdachlosen, die zeigt, wie groß unser unbewußter Einfluß auf das Leben – und Sterben – anderer sein kann. Susan Dunlap beweist ihren schwarzen Humor, während Amanda Cross einmal mehr zeigt, daß Bildung, Gewandtheit und Verbrechen durchaus Hand in Hand gehen können. Linda Grant beleuchtet ein populäres zeitgenössisches Thema und stellt es in einer ungewöhnlichen Geschichte auf den Kopf – genau wie die britische Autorin Frances Fyfield, die das von Agatha Christie so sehr geschätzte Dorfleben auseinandernimmt und uns zeigt, was dahintersteckt.

Diese Sammlung soll das fortsetzen, was Elizabeth Barrett Browning seinerzeit begann, nämlich den Frauen eine breitere Palette von Ausdrucksmöglichkeiten zu verschaffen, die die jeweilige Zeit repräsentieren, und die gesellschaftliche Stellung der Frauen, ihre Leiden und ihre Triumphe zu beschreiben.

Ende des letzten Jahrhunderts unternahmen männliche Schriftsteller und Kritiker einen breit angelegten Versuch, die Aussagen von Frauen zu diskreditieren. Elizabeth Brownings Gedichte wurden mehrere Jahrzehnte lang nicht mehr aufgelegt, und Autorinnen wie Elizabeth Stuart Phelps, Anna Dickenson und Rebecca Harding Davis verschwanden völlig von der Bildfläche, denn diese Frauen schrieben über Themen, die in Konflikt traten zu dem, was sich damals gesellschaftlich schickte: Sie scheuten sich zum Beispiel nicht, Mischehen, inzestuöse Beziehungen oder die durchaus legitimen Sehnsüchte von Künstlerinnen darzustellen. Sie erfreuten sich einer großen Leserschaft, und deshalb wirkten sie um so bedrohlicher. Henry James und seine Zeitgenossen appellierten in auflagenstarken Zeitschriften an die Leser und Verleger, das, was Frauen zu sagen hatten, zu ignorieren. Die Bücher von Frauen wurden als »geistlos«, »unweiblich«, »sensationslüstern« oder »politisch, nicht literarisch« beschrieben. So zwang man die Frauen, den Mund zu halten und die relevanten Themen den Fachleuten zu überlassen.

Trotzdem schrieben die Frauen weiter, auch wenn ihre Bücher als trivial galten und ein Schattendasein fristeten. In den Universitätsseminaren, die dazu beitragen, die Werke im Bewußtsein der Menschen am Leben zu halten und sie zu einem Teil der allen Gebildeten gemeinsamen Sprache zu machen, wurde nicht über sie diskutiert. Oft wurden sie nicht einmal in den Zeitschriften besprochen und bereits ein oder zwei Jahre nach ihrem Erscheinen nicht mehr aufgelegt. Die Frauen schwiegen nicht, aber nur wenige Menschen hörten das, was sie sagten. Da waren die Kriminalschriftstellerinnen des letzten Jahrhunderts, die sich gut verkauften, keine Ausnahme. Von Anna Katherine Greenes Büchern beispielsweise wurden auf beiden Seiten des Atlantiks Millionen von Exemplaren abgesetzt, doch heute ist sie nicht mehr zugänglich, wogegen Wilkie Collins' Werke immer einmal wieder auf den Markt kommen.

Während ich diese Einleitung schreibe, im September 1995, geht gerade die Weltfrauenkonferenz in Peking mit Botschaften der Hoffnung und auch der Angst zu Ende. In Washington gibt es Lobbys, die fordern, daß die Politiker sich auf Sozialprogramme einlassen, welche sich repressiv auf die amerikanischen Frauen auswirken. Als Folge dieser Bedrohung verfassen manche Frauen nur Bücher, die alle Probleme, mit denen sich die heutigen Frauen auseinandersetzen müssen, den Nachfahrinnen von Rebecca Harding Davis und Elizabeth Barrett Browning zuschreiben. Wenn wir nur damit aufhörten, die Männer zu entfremden, ließen sich all unsere Probleme lösen. Wir haben einfach den Mund zu weit aufgerissen, sind zu wütend gewesen. Wir haben »Vergewaltigung!« gerufen, wo es doch gar nicht um Vergewaltigung ging, haben eine bessere Versorgung unserer Kinder gefordert, obwohl sich solche Probleme am besten über den freien Markt lösen lassen, und wir haben – viel zu schrill – unser Recht, selbst zu entscheiden, ob wir Kinder haben wollen oder nicht, reklamiert, auch wenn die Regierung wohl am besten weiß, ob wir diese Freiheit brauchen oder nicht.

Je mehr wir uns der Jahrtausendwende nähern, desto mehr gesellschaftliche Abgründe tun sich auf: in der Beziehung zwischen Jung und Alt, Reich und Arm, Fundamentalisten und Humanisten, nicht nur in unserer Einschätzung der Frau in der Gesellschaft. In dieser Zeit des großen Unbehagens zeigen wir den Frauen zu stark divergierende Bilder dessen, was sie sein könnten. In einem davon haben sie die zweitausend Jahre alte Alternative zwischen Jungfrau und Hure. Sie können sich für ein ausschließlich sexuell definiertes Dasein wie

14

in *Showgirls* entscheiden, einem Film, der insofern bahnbrechend ist, als er weibliche Sexualität außerhalb einer Pornoshow darstellt, oder sie können Ehefrauen und Mütter ohne eigene Sexualität sein, doch die Möglichkeit, sie als denkende und fühlende Menschen zu präsentieren, bleibt ihnen verschlossen.

Im anderen Bild bedienen sich die Frauen weiterhin eines breiten Spektrums von Ausdrucksmöglichkeiten und versuchen zu erforschen, was es bedeutet, Frau und Mensch zu sein. Die Mutterrolle ist etwas, womit sich alle Frauen auseinandersetzen müssen, aber für die meisten von ihnen füllt sie nicht ihr ganzes Leben aus. Und fast keine von ihnen kann sich mit der Rolle der sexwütigen Prostituierten identifizieren, die die populäre Kultur ihnen so gern zuschreibt. Vielmehr müssen sie bewußt entdecken, welche Aufgaben das Leben für sie als Frauen bereit hält. Vielleicht treffen sie dabei nicht immer die richtigen Entscheidungen, aber auch sie haben das Recht, Fehler zu machen und aus ihnen zu lernen, wie alle erwachsenen Menschen.

Die Geschichten in dieser Anthologie widmen sich dieser Vielfalt der Ausdrucksmöglichkeiten, den Alternativen, Versuchen, Irrtümern und neuen Ansätzen. Sie stammen von Frauen, »die ihre Kunst lieben« wie seinerzeit Elizabeth Barrett Browning und die sich nach aufmerksamen Zuhörern sehnen.

Ich bin stolz darauf, Ihnen in diesem Band so viele mutige Autorinnen vorstellen zu können. Diejenigen unter ihnen, die Sie bereits kennen, können Sie wie alte Bekannte begrüßen, und bei den anderen können Sie sich auf ein neues Lesevergnügen freuen. Je mehr Frauen zur Feder greifen, desto geringer wird die Wahrscheinlichkeit, daß wir es jemals wieder mit Zeiten des Schweigens zu tun haben werden.

Sara Paretsky

P. M. Carlson

Dem Gericht unbekannte Personen

Bitte verlangen Sie nicht von mir, daß ich Ihnen die Geschichte jener grausamen Nacht im Jahre 1892 erzähle! Wie schon Shakespeare sagte: » Jeder neue Tag schlägt neue Wunden nur. « Ich habe noch heute Alpträume! Außerdem war ich selbst nicht die Heldin der Tragödie, sondern bestenfalls diejenige, die für befreiendes Gelächter sorgte, vielleicht nicht einmal das.

Aber wenn Sie darauf bestehen ...

Nun, mein hübsches, graues Bengalinekleid mit den Rüschenärmeln im Pariser Stil war nicht gerade das richtige gegen den Nachtwind, der mit Grabeskälte durch die offene Tür des Eisenbahnwaggons blies. Doch der Schaffner ließ sich nicht erweichen. » Madam, Sie müssen hier aussteigen. «

Ich klimperte mit den Wimpern und gab mir allergrößte Mühe, wie eine richtige Lady zu erscheinen, doch wahrscheinlich ahnte er schon eine geraume Weile, daß ich vom Theater war. » Aber Sir, meine Familie kann den Fahrpreis leicht begleichen, wenn wir in St. Louis ankommen. Sie können einer jungen Dame mitten in der Nacht doch sicher noch ein paar Kilometer zugestehen! «

» Madam, nach St. Louis sind es mehr als nur noch ein paar Kilometer. Und die Chesapeake-and-Ohio-Linie verschenkt normalerweise keine Fahrten nach St. Louis. « Mit diesen Worten beförderte der Schaffner meinen kleinen Koffer und meine Gladstone-Tasche auf den Bahnsteig. Ich sprang vom Zug, hob meinen Koffer hoch und versuchte, ihn zurück an Bord zu hieven, doch der Zug begann sich unter riesigen Dampfwolken und ohrenbetäubendem Kreischen von Metall auf Metall wieder in Bewegung zu setzen. Mein Koffer und ich plumpsten auf den Bahnsteig. Ich drohte dem Schaffner mit der Faust und rief in das Getöse aus Eisen und Rauch hinein: » Dein Ohr wird meine Zunge ewig hassen. «

17

Ich erhielt keine Antwort. Der Zug verschwand in der Dunkelheit. Als ich vor Kälte zu zittern anfing, öffnete ich meinen Koffer und holte mein abgetragenes blaues Reisecape, meine blonde Perücke – sie war viel wärmer als jeder Hut – und eine Zigarre heraus. Die Perücke stülpte ich mir über die roten Haare, das Cape zog ich um die Schultern, und dann setzte ich mich zum Rauchen und Nachdenken auf meinen Koffer.

Hatte eine Lady schon jemals so viel Pech gehabt? Ich saß ohne Ticket, ohne einen Penny, ohne einen Job, ohne etwas zu essen und ohne eine freundliche Seele da, und fast hätte ich so etwas wie Mitgefühl mit den rastlosen Geistern empfunden, die mit dem frostigen Märzwind zu reisen schienen. Ich vermißte meinen Bruder, der schon vor langer Zeit für die Sache der Unionisten sein Leben gelassen hatte, und meine liebe Tante Mollie. Außerdem grämte ich mich darüber, daß meine geliebte Sprachlehrerin, die berühmte englische Schauspielerin Mrs. Fanny Kemble, immer hinfälliger wurde und sich vielleicht schon bald zu ihnen in ihre himmlischen Gefilde gesellen würde. Auch meinem berühmten Kollegen Edwin Booth ging es nicht so gut; er verließ nur noch selten sein prächtiges Heim am Gramercy Park. Ich stippte die Asche von meiner Zigarre und trauerte um das Hinscheiden eines glorreichen Zeitalters.

Die große Sarah Bernhardt war natürlich noch am Leben und erfreute sich bester Gesundheit, doch das war mir nur ein schwacher Trost, denn auch sie machte eine Tournee durch die amerikanischen Provinzen und hatte die Einkünfte meiner eigenen Truppe jedesmal, wenn sich unsere Wege kreuzten, empfindlich geschmälert. Ich hatte meine liebe Mühe, genug Geld für die Frühjahrstoilette meiner lieben kleinen Nichte in St. Louis abzuzweigen. Meine Truppe war nach New Orleans weitergereist, und da sie sich dort nicht mit der Bernhardt messen mußte, spielte unsere Premiere ein ordentliches Sümmchen ein. Ich begann wieder Hoffnung zu schöpfen, doch dann schlug das Schicksal von neuem zu. Unser gutaussehender Hauptdarsteller gab sich den Reizen des French Quarter hin und betrank sich so sehr, daß die Zuschauer zu stampfen begannen und, laut ihr Geld zurückfordernd, mit garstigen

Gegenständen nach uns warfen. Also ließen wir den betrunkenen Richard auf der Bühne zurück und hasteten zum Bühnenausgang, wo uns allerdings schon die Handlanger des Managers erwarteten. Wir durften erst gehen, nachdem sie unsere Taschen bis auf den letzten Penny geleert und mit dem Geld das Publikum entschädigt hatten. Folglich mußte ich den Zug in New Orleans ganz verstohlen und ohne Fahrkarte besteigen.

Und nun hatte mir die Chesapeake-and-Ohio-Linie noch den letzten Stoß versetzt, mich des Zuges verwiesen und mich herzlos mitten in der Nacht allein gelassen! Wundert es Sie da, daß ich mich verloren fühlte? Ich ertappte mich dabei, wie ich mich nach meinem lieben verstorbenen Freund Jesse James sehnte, der immer gern Rache nahm an eigennützigen Banken und Eisenbahnlinien.

Ich sah mich um. Die wenigen Passagiere, die hier aus freien Stücken ausgestiegen waren, hatten den Bahnhof längst verlassen, und der Schalterbeamte in seinem Häuschen würde mich höchstwahrscheinlich aus dem Wartesaal scheuchen. Die Schienen, in denen sich die Bahnhofslampen matt spiegelten, verschwanden nach Norden und Süden in die finstere Nacht von Tennessee. Im Westen floß der große, dunkle Mississippi dahin. Entlang seinem nahen Ufer konnte ich ein paar Hütten und Piers ausmachen, doch sie wirkten um diese Zeit verlassen. Im Osten ruhte die Stadt Memphis. Ich erinnerte mich, daß ich vor fünf Jahren – 1887 – einmal zusammen mit der Truppe des lieben Mr. Booth fünf Tage dort verbracht hatte. Da ich knapp bei Kasse gewesen war, hatte ich einen freundlichen Briefboten, einen Neger, gefragt, ob es für eine ehrliche Lady eine Möglichkeit gebe, sich ein paar Pennies zu verdienen, damit sie sich ihr Kleid nähen lassen könne, und er hatte mich zu einer ehrgeizigen jungen Lehrerin an der Farbigenschule geführt, die Sprechunterricht haben wollte. Abgesehen von diesen fleißigen Leuten, die nun zweifelsohne irgendwo im Farbigenviertel tief und fest schliefen, kannte ich niemanden in Memphis. Soweit ich mich erinnerte, handelte es sich bei der Stadt um einen der verschlafeneren Orte an dem Fluß.

Der geisterhafte Wind raschelte durch die Sträucher und ließ einen Zipfel meines Umhangs hochflattern. Nach einem letzten Zug an meiner Zigarre nahm ich meine Gladstone-Tasche und meinen Koffer in die Hand und versteckte beides unter einem Stapel von Getreidesäcken, die auf die Verschiffung warteten. Dann machte ich mich mit der schwachen Hoffnung, noch auf einen freundlichen und hilfsbereiten Gentleman zu treffen, auf den Weg in die Stadt.

Ich tastete mich auf der stockdunklen Straße entlang, die vom Fluß wegführte. Als ich an der Front Street, der ersten Kreuzung, anlangte, entdeckte ich Lichter und mehrere kleine Gruppen von Gentlemen, die ins Gespräch vertieft auf der Straße standen. In dem Lokal an der Front Street war auch noch zu dieser späten Stunde viel los. Ich blieb einen Augenblick stehen, um mein Rouge aus einer kleinen Tasche in meinen Rüschenärmeln zu holen, trug ein wenig davon auf und ging hinein.

Ich weiß, ich weiß, eine richtige Lady würde sich niemals in ein solches Etablissement begeben, jedenfalls nicht mitten in der Nacht in einer Stadt am Fluß. Aber was wollen Sie von einer armen Lady erwarten, die keinen Penny ihr eigen nennt? Es würde noch Stunden dauern, bis die Pfandhäuser aufmachten, und schließlich konnte ich wohl kaum eine Suite im Ritz buchen.

Doch das Glück war mir gewogen. Ich erwiderte den Blick eines blonden Herrn mit hübschem, an den Enden modisch gezwirbeltem Schnurrbart und einer Uhrkette mit einer goldenen Fleur-de-lis-Verzierung. Er trug einen Pistolengürtel mit einer kleinen blau-schwarzen Pistole und saß mit einem Fischgericht, einem Glas Ale, einer Zeitung und einem Notizbuch an einem runden Tisch. Als ich das Lokal betrat, musterte er meine blonden Haare und mein elegantes graues Kleid mit den Pariser Ärmeln und sprang ausgesprochen höflich sofort auf. »Guten Abend, Madam«, sagte er.

»Ach, Sir, welch eine Freude, ein freundliches Gesicht wie das Ihre in der Stunde meiner Not zu sehen!«

Weitere Gentlemen wandten sich daraufhin mir zu, um mich anzusehen, und ein paar der angetrunkeneren machten mir dabei Anträge, die ich hier lieber nicht wiedergeben werde. Mein blonder Held sah sie mit finsterem Gesicht an und bot mir mit einem Kopfnicken einen Platz an seinem Tisch an. Ich konnte den Blick nicht von seinem Teller wenden.

»Ich würde mich freuen, Ihnen helfen zu können, Madam«, sagte mein neuer Bekannter und wackelte dabei mit den blonden Augenbrauen. »Sagen Sie mir ... nein, nein, ich sehe, Sie haben noch nichts gegessen. Hier gibt es einen ganz ordentlichen Wels.«

»Ach Sir, das wäre wunderbar!« Während er dem Wirt ein Zeichen gab, fuhr ich fort: »Erlauben Sie mir, mich vorzustellen. Ich bin Miss Bridget Mooney, von den Mooneys in St. Louis.«

»Erfreut, Madam. Mein Name ist Reginald Peterson, und ich schreibe für den Memphiser *Commercial Appeal*.« Dabei zeigte er auf die Zeitung, die vor ihm lag und in der sich ein hitziger Artikel über den Schutz der weißen Frauen im amerikanischen Süden befand.

Nun, ich persönlich hätte mir gewünscht, daß jemand die amerikanischen Frauen im Süden vor der geldgierigen Chesapeake-and-Ohio-Linie geschützt hätte, aber wahrscheinlich war das in dem Artikel nicht gemeint, also hielt ich den Mund. Statt dessen sagte ich: »Erfreut, Ihre Bekanntschaft zu machen, Sir, denn ich bewundere Ihren Berufsstand sehr.«

»Herzlichen Dank, meine liebe Miss Mooney. Die Berufung des Journalisten besteht darin, der Gesellschaft durch seine aufrichtigen Beobachtungen zu dienen. Manchmal versagt sogar das Gesetz, und dann müssen wir uns zu Wort melden und um Gerechtigkeit kämpfen.« Mr. Peterson schenkte mir ein freundliches Lächeln; vielleicht beeindruckten ihn meine Beiträge zum Gespräch, vielleicht aber auch meine rosigen Lippen. Ich fürchte, es waren meine Lippen. Da ich nicht wollte, daß sich unsere Bekanntschaft schneller intensivierte, als das Essen serviert wurde, suchte ich nach einem Gesprächsthema, das ihn ein wenig ablenken würde.

»Soweit ich weiß, gibt es in Memphis eine ganze Menge ehrgeiziger Neger«, sagte ich also mit einem Blick auf sein

Notizbuch, in dem sich Aufzeichnungen über einen Lebensmittelladen befanden, der von drei Angehörigen dieser Rasse geführt wurde.

Mein Ablenkungsmanöver hatte Erfolg. Mr. Peterson schnaubte verächtlich: »Mehr als ehrgeizig! Am Samstagabend haben ein paar aufrechte weiße Männer den Lebensmittelladen betreten, und diese verdammten Nigger haben auf sie geschossen!«

»Wie schrecklich!« rief ich aus. »Die Männer wollten doch sicher nur Lebensmittel kaufen!«

»Na ja ...« Mein gutgekleideter Begleiter mit dem gezwirbelten Schnurrbart räusperte sich. »Aber sagen Sie mir doch, Miss Mooney, welches Mißgeschick Sie hierher führt.«

In dem Augenblick trat der Wirt mit einem hübschen Welsgericht an unseren Tisch, das genauso köstlich war, wie Mr. Peterson mir prophezeit hatte. Ich aß mit zierlichen Bewegungen, während ich eine Geschichte über einen dreisten Taschendieb erzählte, der mir mein Geld und meine Zugfahrkarte gestohlen hatte.

Doch gerade, als ich mich ganz vorsichtig dem Thema zuwenden wollte, daß ich ihm auf ewig dankbar sein würde, wenn er mir genug Geld für die Zugreise leihen könnte, betrat ein stämmiger Mann den Raum. Er trug zwei Diamantringe und einen teuren, dunklen Schal aus Wolle, der den unteren Teil seines Gesichts verbarg. Der Mann blieb an mehreren Tischen kurz stehen, auch an unserem, und sagte schließlich mit kaum verhohlener Erregung: »Gehen wir, Peterson.«

»Ja, Sir, Mr. Carmack.« Mein neuer Freund sprang auf und verbeugte sich höflich vor mir. »Bitte entschuldigen Sie mich einen Augenblick, Miss Mooney. Mein Arbeitgeber braucht mich.« Dann ging er mit großen Schritten zur Tür.

Haben Sie schon jemals von so schlechten Manieren seitens eines Gentleman aus den Südstaaten gehört? Da ich fürchtete, daß der Wirt übertriebene Forderungen bezüglich der Bezahlung des Essens an mich stellen könnte, packte ich mein blaues Cape und rannte hinter meinem neuen Bekannten aus der Tür.

Doch ich konnte Mr. Petersons hübschen Schnurrbart nirgends entdecken. Statt dessen liefen ziemlich viele andere Gentlemen mitten auf der Front Street herum. Sie hatten alle dunkle Tüchter vors Gesicht gebunden, genau wie Mr. Carmack, der meinen neuen Bewunderer abgeholt hatte. Da ich die Herren mit den vermummten Gesichtern nicht verärgern wollte, duckte ich mich in die Schatten. Mr. Peterson war wohl ein ziemlich geschickter Reporter, denn er maskierte sich ebenfalls, um die Aktivitäten besser beobachten zu können.

Die Männer begannen die Straße ziemlich leise entlang zu gehen. Da ich nicht wußte, was ich tun sollte, aber hoffte, Mr. Peterson wiederzufinden, sobald sie ihre mysteriösen Aktivitäten abgeschlossen hätten, schlich ich ihnen im Schutz der Schatten nach.

Sie gingen nicht weit. Schon bald hörte ich eine Glocke, und seine Stimme rief: » Wer ist da? «

» Ich habe einen Gefangenen. «

» Gut. Dann sind Sie hier richtig. Ich bin immer bereit, Gefangene hier unterzubringen. «

Ich versteckte mich neben einem großen, dunklen Gebäude, auf dem ich die Aufschrift SHELBY COUNTY JAIL erkennen konnte. Die Stimme, zweifelsohne die des Wärters, war von innen gekommen. Kurz darauf hörte ich das Klappern von Schlüsseln und sah, wie das Tor aufging. Sofort drängten die maskierten Männer hinein. Ich hörte den Wärter ausrufen: » Was hat das zu bedeuten? « Dann wurden die Stimmen von den trampelnden Füßen der anderen Männer übertönt, die auf den Gefängnishof hasteten.

Verdammt, das hier war nicht der richtige Ort für eine Lady! Ich beschloß, nicht mehr länger auf den attraktiven und gerechtigkeitsliebenden Mr. Peterson zu warten. Meine Tante Mollie hatte mir beigebracht, daß es gefährlich werden konnte für eine Lady, wenn sie zuviel über die Angelegenheiten der Gentlemen wußte. Also zog ich das Cape enger um meine Schultern und schlüpfte zurück zu dem Lokal an der Front Street. Ich warf einen Blick hinein, um mich davon zu überzeugen, daß alle erwachsenen Männer, die noch nicht im Bett lagen – bis auf den Wirt, dem ich lieber auswich –, sich vermummt beim Gefängnis aufhielten. Ich wandte mich wieder dem Fluß zu. Mit vollem Bauch war die Aussicht auf eine Nacht zwischen Getreidesäcken nicht mehr ganz so schlimm.

Stellen Sie sich meine Not vor, als ich genau jene Männer, vor denen ich das Weite gesucht hatte, aus der Auction Street in Richtung Eisenbahngleise strömen sah! Ich versteckte mich rasch unter einer Veranda, weil ich nicht den Unwillen dieser Gentlemen erregen wollte. Sie wandten sich nach Norden und marschierten, drei geknebelte und gefesselte Neger vor sich hertreibend, schweigend und forschen Schrittes die Gleise entlang. Die drei hatten wohl einer weißen Lady etwas Unsägliches angetan, redete ich mir ein, denn sonst hätten sie sicher nicht den Zorn der gesetzestreuen Bürger von Memphis erregt. Und diese freundlichen Gentlemen hätten den Fall sicherlich vor Gericht gebracht.

Im Licht der Laternen konnte ich nichts Böses in den dunklen Augen der Gefangenen entdecken, sondern nur Angst.

Ich wartete, bis die geheime Truppe an mir vorbei war. Zumindest würde ein Bericht über ihre Aktivitäten erscheinen, denn einer der Maskierten, das sah ich, trug eine Taschenuhr mit einer goldenen Fleur-de-lis-Verzierung. Und ein anderer hatte zwei hübsche Diamantringe an den Fingern.

Ihre Schritte klangen zuerst laut und furchteinflößend und verhallten dann ganz allmählich in der Nacht.

In Memphis hatte es seit dem Krieg keinen Fall von Lynchjustiz mehr gegeben.

Nach einer Weile hörte ich aus weiter Ferne eine Gewehrsalve. Mein Abendessen machte einen kleinen Purzelbaum in meinem Magen.

Ich blieb unter der Veranda, doch entlang der Gleise kehrte niemand zurück.

Ich zitterte trotz meines Umhanges und schlich mich auf Zehenspitzen hinaus in die Dunkelheit zu den Getreidesäcken auf dem Bahnsteig. Ich rollte mich zwischen ihnen zusammen, konnte aber nicht einschlafen. Wahrscheinlich, so dachte ich, hatte niemand bemerkt, daß ich die Männer beobachtet hatte, aber trotzdem war ich nervös, mehr als nervös.

Ich weiß, ich weiß, eine richtige Lady würde sich über eine

Gewehrsalve in der Nacht keine Gedanken machen. Eine richtige Lady würde es sich nicht anmaßen zu glauben, daß Gentlemen sich irren können und daß sich die Tugend weißer Südstaatenfrauen genausogut durch Richter und Gerichte schützen ließ wie durch die mitternächtliche Entführung von Gefangenen. Eine richtige Lady wäre ihren Beschützern dankbar. Aber ich bin eben nur ein armes, dummes Mädel aus Missouri und habe nie gelernt, wie eine richtige Lady zu denken, und deshalb konnte ich auch nicht schlafen, jedenfalls nicht mit der alptraumhaften Erinnerung an jene dunklen, verängstigten Augen und an die Gewehrsalve in weiter Ferne.

Kurz vor Tagesanbruch fuhr ein Güterzug in den Bahnhof ein. Ich wußte, daß ich hätte warten sollen, bis die Pfandhäuser aufmachten, aber ich konnte den Gedanken, auch nur eine weitere Minute in Memphis zu verbringen, nicht ertragen und beschloß, mein Glück zu versuchen. Im Schutz der Dunkelheit hievte ich meinen Koffer und meine Gladstone-Tasche zu einem Güterwagen, und als das Zugpersonal damit beschäftigt war, Baumwollballen auszuladen, schob ich meinen Koffer hinein und kletterte selbst ebenfalls hinauf in den Waggon, wo ich mich mitten unter Kisten mit Rüben und Zwiebeln wiederfand. Endlich konnte ich ein wenig dösen.

Ja, meine Tante Mollie würde Ihnen zustimmen. Es war dumm, sich in einem übelriechenden Güterwaggon zu verstecken, wenn man am Morgen die Pfandhäuser aufsuchen konnte. Vielleicht ergab sich ja sogar ein weiteres Treffen mit dem freundlichen Mr. Peterson, der möglicherweise genauso aus der Fassung war über das, was er von Berufs wegen hatte mitansehen müssen. Aber verdammt, diese Alpträume hatten mir einen ganz schönen Schrecken eingejagt, und ich wollte so schnell wie möglich aus Memphis hinaus.

Doch leider erwies sich das als ziemlich schwierig. Wir waren erst ungefähr zwanzig Kilometer in Richtung Norden gefahren, als ein besonders aufmerksamer Mann von der Bahn mich halb schlafend zusammengerollt zwischen den Gemüsekisten fand. Er war genauso herzlos wie der Schaffner des Personenzuges. Bevor ich richtig wach werden und mich wehren konnte, hatte er schon meinen Koffer den Bahndamm hinuntergeworfen, und ich mußte hinter ihm herspringen, die Gladstone-Tasche in der Hand. Zum Glück fuhr der Zug gerade langsam, weil er um eine Kurve bog. Meine Tasche und ich rutschten den Kiesdamm hinunter zu einer schmalen Straße, die parallel zu den Gleisen verlief. Ich stolperte fast einen Kilometer zu der Stelle zurück, an der mein Koffer lag, schob mein Gepäck in einen Weidenhain und überließ mich dem Schlaf mit seinen Alpträumen.

Ich erwachte gegen Mittag mit einem Bärenhunger und beseelt von dem Wunsch, meine Reise nach St. Louis fortzusetzen. Aber meine überstürzte Abreise von Memphis hatte mich in eine schlechtere Ausgangsposition gebracht als zuvor. Mittlerweile war mir klar, daß die Chesapeake-and-Ohio-Linie nicht willens war, Fahrkarten auf Kredit auszugeben. Irgendwie mußte ich an Geld herankommen. Unglücklicherweise lag die nächste Geldquelle mit ihren Pfandhäusern und Mr. Peterson in Memphis. So wenig mir dieser Gedanke auch gefiel – das vernünftigste war es, wieder zurückzukehren.

Aber ohne Geld und mit Gepäck brauchte ich zwei Tage, um die wenigen Kilometer zurückzulegen. Außerdem wurde ich durch ein paar frischgebackene Brotlaibe, die jemand achtlos auf dem Fensterbrett eines baufälligen Hauses abgelegt hatte, und durch zwei räudige beigefarbene Hunde aufgehalten, die unter einer Veranda in der Nähe lauerten. Sie hetzten mich in die Wälder, wo mir ein Absatz abbrach. Ich wollte die beiden nicht erschießen, weil die Schüsse möglicherweise unerwünschte Verfolger auf meine Spur locken würden, also kletterte ich einen Ahornbaum hinauf, auf dem ich die ganze elende Nacht verbrachte, den Brotlaib verzehrte und die Hunde mit Zweigen bewarf, bis sie das Interesse verloren. Meine Reise verzögerte sich weiter, weil sogar die Farmgefährte, die in meine Richtung fuhren und normalerweise von mitfühlenden und hilfreichen Farbigen gelenkt wurden, nicht stehenblieben, ja sogar noch ihre Geschwindigkeit erhöhten.

Schließlich hielt dann doch ein wackeliger Maultierkarren

voller Körbe mit Süßkartoffeln, der von einer runden alten Negerin gelenkt wurde, an.

» Wahrscheinlich wird mir das noch leid tun«, sagte sie in dem heimeligen ländlichen Akzent des Südens, »aber Sie sehen aus, als könnten Sie Hilfe gebrauchen, Ma'am.«

» Ach, bitte, könnten Sie mir denn helfen? Man hat mir Geld und Fahrkarte im Zug gestohlen; wenn ich nur nach Memphis zurückkönnte ...«

» Memphis!« Die Frau schnaubte verächtlich. »Eigentlich hatte ich nicht vor, da hinzufahren, Ma'am! Da gibt's nichts wie Ärger.«

Da wurde mir klar, daß die farbigen Männer, die an mir vorbeigefahren waren, Angst um ihr Leben gehabt hätten, wenn man sie in Gesellschaft einer weißen Lady erwischt hätte. Ich rang bittend die Hände. »Ach, bitte, wenn Sie mich nur ein Stückchen mitnehmen könnten ...«

Sie dachte eine Weile nach und fragte dann unvermittelt: » Können Sie lesen?«

» Natürlich!«

» So natürlich ist das auch wieder nicht, Ma'am, wenn Sie als Sklave zur Welt kommen und nicht auf die Schule geschickt werden. Aber der Cousin von meinem Mann, der sagt, in der Zeitung steht 'ne Story übers Lynchen, und wenn Sie mir die vorlesen, könnt' ich Sie bis zur Straßenbahnlinie nach Memphis mitnehmen.«

Eigentlich hatte ich keine Lust, irgend etwas über Lynchjustiz zu lesen, weil mir schon bei dem Gedanken an das, was ich gesehen hatte, flau im Magen wurde, aber ich hatte keine andere Wahl. Also hievte ich mein Gepäck auf ihren Wagen und setzte mich neben sie. Bessie, so hieß die Frau, reichte mir eine Ausgabe der Memphiser Zeitung, und während das Maultier sich langsam den holprigen Weg entlangplagte, begann ich, die schreckliche Geschichte vorzulesen. Dabei überlegte ich, ob Mr. Peterson sie verfaßt hatte.

Der Reporter schrieb, siebenundzwanzig farbige Männer seien festgenommen worden, weil sie vier Deputy Sheriffs aufgelauert und sie erschossen hätten, während die Beamten nach einem Neger suchten, für den sie »einen Haftbefehl hatten«. Als Bessie das hörte, schnaubte sie verächtlich, und ich kam zu dem Schluß, daß Mr. Petersons Feingefühl ihn daran gehindert hatte, den wahren Grund zu nennen. Gelyncht wurde immer dann, hatte ich mir sagen lassen, wenn feine Herren sich über die Schändung ihrer tugendhaften Frauen so sehr erzürnten, daß sie den Kopf verloren und Selbstjustiz übten, statt auf gerichtliche Entscheidungen zu warten. Das war allgemein bekannt, und meine Freundin Phoebe aus St. Louis, die gern und oft mit einem attraktiven Mulattenschauermann Verkehr gepflegt hatte, hatte keine Schwierigkeiten, ihren Ruf zu retten, als ihre Tante sie dabei erwischte, wie sie aus seiner Kajüte kam. Phoebe beschuldigte ihn einfach, sie gezwungen zu haben. Daraufhin fand sich eine Gruppe von Männern zum Lynchen zusammen, aber der junge Mann hatte wohlweislich den Ort verlassen. Doch hier in Memphis war bisher noch von keiner tugendhaften Frau in Not die Rede gewesen.

Ich las weiter. In der Zeitung hieß es, der Mob habe sich William Stuart, Calvin McDowell und Theordore Moss als Opfer ausgesucht. Bei dem letzten Namen versetzte es mir einen Stich, denn der freundliche Briefbote, der mir vor Jahren geholfen hatte, hatte Tommie Moss geheißen. Ich betete innerlich darum, daß Theodore kein Verwandter von ihm sei. In der Geschichte hieß es weiter, man habe die drei Gefangenen zum Stadtrand geführt. Das stimmte genau mit dem überein, was ich mit eigenen Augen gesehen hatte. Dann schrieb Mr. Peterson: »Auf einem offenen Feld in der Nähe des Wolf River ereilte die Neger ihr Schicksal. Zum erstenmal durften sie sprechen. Nachdem ihre Knebel entfernt worden waren, sagte Moss: ›Wenn ihr uns umbringen wollt, dann sorgt dafür, daß wir nach Westen schauen.‹ Kaum hatte er diese Worte ausgesprochen, als auch schon ein Schuß zu hören war, und eine Kugel riß ein Loch in seine Wange. Das war das Signal. Eine Salve wurde auf die zitternden Neger abgefeuert, und sie stürzten tot zu Boden.«

»Du lieber Himmel, du lieber Himmel«, rief meine Begleiterin aus, und Tränen rollten ihr die Wangen herunter.

Nun, ich wollte diese schreckliche Geschichte auch nicht

mehr weiterlesen; schließlich war ich ja von Memphis weggegangen, um ihr zu entrinnen. Also schob ich das Bild von den verängstigten Augen der Gefangenen weg, wandte mich den letzten Absätzen zu, räusperte mich und fuhr fort: »Der Mob wandte sich ab, nachdem er sein schreckliches Werk verrichtet hatte, und kehrte in die Stadt zurück. An der ersten Wegkreuzung löste er sich auf, und alle verschwanden genauso leise, wie sie aufgetaucht waren. Am heutigen Morgen war keiner von ihnen zu sehen.«

Bessie trieb das Maultier so heftig mit der Peitsche an, daß ich sie verwundert ansah, doch sie sagte nur: »Bitte lesen Sie weiter, Ma'am.«

Ich las über die zornige, aber unbewaffnete Versammlung von Negern vor und darüber, daß man einhundertfünfzig weiße Männer mit Winchester-Gewehren ausgestattet hatte, um die Ordnung wiederherzustellen, und über das Urteil des Gerichts: »›Die Verstorbenen wurden von einer maskierten Gruppe von Männern aus dem Shelby County Jail entführt, überwältigt und zu einem offenen Feld gebracht, wo sie von dem Gericht unbekannten Personen erschossen wurden.‹«

Bessie schnaubte verächtlich. »›Dem Gericht unbekannte Personen!‹«

Ich sagte erleichtert: »Das ist das Ende der Geschichte.«

»Nein, Ma'am, uns steht noch mehr bevor, und ich fahre nicht nach Memphis.«

Nun, hätte ich ihr das verdenken sollen? Schließlich wollte ich selbst nichts anderes als einen Pfandleiher oder meinen Verehrer finden und den schrecklichen Ort verlassen, an dem die Menschen einander so skrupellos erschossen.

Gegen Ende des Tages kam der Wagen an einer Kreuzung an, und Bessie brachte das Gefährt zum Stehen. »Tja, da wären wir, Ma'am. Danke fürs Vorlesen. Ich fahre hier nach Osten, da kenne ich Leute. Sie müssen geradeaus; es ist nicht mehr weit bis zur Straßenbahnlinie.«

Meine Wohltäterin hatte recht gehabt mit ihren Bedenken. Als ich auf die Gleise der Straßenbahn zustolperte, sah ich Banden farbiger Männer vor einem Laden, der fast völlig zerstört war, die Fenster eingeschlagen, die Tür eingetreten, und das Schild mit der Aufschrift PEOPLE'S GROCERY hing zersplittert und schief herunter. Daneben standen Gruppen weißer Männer mit Winchester-Gewehren, wie der Zeitungsbericht es versprochen hatte. Sie wurden von Männern mit Sheriffsternen angeführt.

Die untergehende Sonne warf ihre letzten Strahlen auf die angespannten Gesichter der Männer, und ich blieb neben einem Hühnerstall stehen, um mir die Sache genauer anzusehen. Es schien sich um einen unsicheren Waffenstillstand zu handeln; die farbigen Männer murmelten vor sich hin und fluchten, machten aber keine Anstalten, gewalttätig zu werden, während die weißen mit den Gewehren herumfuchtelten, mit zornigen Gesichtern, die immer ein guter Hinweis darauf sind, daß sie sich vor Angst fast in die Hose machen. Unter normalen Umständen wäre ich mit zierlichen Schritten hinüber zu den Straßenbahngleisen getrippelt, in dem sicheren Wissen, daß jeder Gentleman mich als anständige weiße Frau sofort verteidigen würde. Aber der Schlafmangel, mein abgebrochener Absatz und jede Menge Straßenstaub hatten meine Fähigkeit, wie eine anständige Lady auszusehen, ein wenig eingeschränkt. Als nun ein Schuß durch das letzte rosige Abendlicht hallte, sprang ich in den Hühnerstall und zog die Tür hinter mir zu, worauf seine Bewohner mit den Flügeln zu schlagen und zu gackern anfingen. Ich wandte mich einem Astloch in der Holzwand zu, ohne ihnen Beachtung zu schenken.

Draußen schien niemand verletzt zu sein, aber die meisten Farbigen hatten sich hinter Wagen und Häusern versteckt. Die Männer mit den Sheriffsternen lachten. Einer von ihnen rief etwas von einem Niggertanz.

Allmählich beruhigten sich die Hühner in der Dunkelheit, und ich bemerkte so etwas wie ein Atmen. Da sagte auch schon eine angespannte Stimme: »Wer ist da?«

»Eine Lady! Haben Sie keine Angst!« rief ich aus und ließ mich zu Boden fallen, während ich meinen gut geölten Colt aus der versteckten Tasche meines Rüschenärmels holte.

»Ja, das sehe ich, daß Sie eine Lady sind.« Die Stimme gehörte ebenfalls einer Lady, und sie klang viel gebildeter als die anderer Südstaatenfrauen. Ich wußte nicht, woher sie kam.

Ich fragte: » Madam, sagen Sie mir doch, warum Sie hier in diesem Stall sind. «

» Weil ich Angst vor der Bande Bewaffneter da draußen habe «, erklärte mir die Lady, die ich immer noch nicht sehen konnte. » Und Sie, Madam? «

» Mir geht es genauso «, antwortete ich. » Aufgrund einer Reihe unglücklicher Umstände befinde ich mich heute hier in Memphis. «

» Bedauerlicherweise muß ich zugeben, daß ich in Memphis wohne «, erwiderte die Lady mit beträchtlicher Verbitterung. Ich kam zu dem Schluß, daß sie mir keinen Schaden zufügen würde, und steckte meinen Colt wieder in die Tasche, als sie fortfuhr: » Ich hatte gedacht, diese Stadt hier habe solche Barbarei mittlerweile überwunden. Ich könnte viele schreckliche Geschichten erzählen! ›Eil hierher, / Auf daß ich meinen Mut ins Ohr dir gieße ...‹ «

Ich war neugierig, warum sich eine gebildete Lady in einem Hühnerstall im Farbigenviertel der Stadt verbarg, da sie mir aber die gleiche Frage hätte stellen können, drang ich nicht weiter in sie und führte statt dessen ihr Zitat zu Ende: » ›Und alles weg mit tapfrer Zunge geißle, / Was von dem goldnen Zirkel dich zurückdrängt.‹ «

Der Lady verschlug es die Sprache. » Ist das möglich? Sind Sie – Madam, sind Sie Miss Mooney, die vor vier Jahren zusammen mit dem berühmten Mr. Booth nach Memphis gekommen ist und mir drei Tage lang Sprechunterricht gegeben hat? «

» Ida? « Nun verschlug es mir die Sprache, denn ich erkannte, wie sehr ich mich geirrt hatte. » Sind Sie Ida Wells? « Ich bahnte mir durch die gackernden Hühner hindurch einen Weg über den strohbedeckten Boden und umarmte sie, obwohl meine Tante Mollie die Stirn gerunzelt hätte ob solcher Gleichmacherei mit einer Farbigen, und sei sie auch so anständig wie Ida. Ich war so erfreut, eine Freundin zu treffen, daß ich ausrief: » Ida, ich bin ja so froh, Sie zu sehen! Nun, eher, Sie zu hören «, fügte ich hinzu, denn es war

31

immer noch stockdunkel. »Sie haben also nichts von dem verlernt, was ich Ihnen beigebracht habe! Meine eigene Lehrerin, die berühmte englische Schauspielerin Mrs. Fanny Kemble, wäre erfreut über Ihre Sprechtechnik!«

»Danke«, sagte sie. »Kurz nachdem Sie und Mr. Booth abgereist waren, haben ein paar von uns eine Theatergruppe gegründet. Und wir haben uns darangemacht, unsere Aussprache zu verbessern und unser Wissen zu erweitern.«

»Ich kann mich noch gut an Ihren Enthusiasmus erinnern. Ich habe noch nie eine so begabte Schülerin gehabt. Ihre Zunge besitzt tatsächlich Tapferkeit! Sie könnten großen Erfolg auf der Bühne haben!«

»Danke, aber ich bin eher der Meinung, daß meine Begabung der Journalismus ist«, erwiderte sie. »Wußten Sie schon, daß ich Teilhaberin und Herausgeberin der hiesigen schwarzen Zeitung, der *Free Press*, bin?«

»Das ist ja wundervoll!«

»Aber wir treffen uns hier unter schrecklichen Umständen wieder. Ach, ich wünschte, ich könnte mir eine Pistole kaufen und mich selbst verteidigen!«

Ich erinnerte mich an die Angespanntheit ihrer Stimme, als sie mich in der Dunkelheit angesprochen hatte, und war froh, daß sie zu diesem Zeitpunkt keine Waffe gehabt hatte. Besänftigend sagte ich: »Die Lage draußen scheint sich zu beruhigen.«

»Ist es schon dunkel?«

Ich kehrte an das Astloch zurück und spähte hinaus. »Die Dämmerung ist hereingebrochen«, berichtete ich, »und es sind jetzt weniger Männer mit Gewehren unterwegs. Ich denke, wir können es wagen hinauszugehen.«

»Dann gehe ich nach Hause«, sagte sie. »Ich muß noch meinen Leitartikel fertigschreiben.«

»Ach, Ida, darf ich mit Ihnen kommen, nur ganz kurz? Ich bin von meiner Reise ziemlich durstig und verstaubt!«

»Aber natürlich! Sie sind herzlich willkommen, Miss Mooney.«

»Bridget«, sagte ich mit fester Stimme, obwohl ich wußte, daß sich das nicht schickte.

Wir schlüpften hinaus in das Dämmerlicht. Ida sah noch immer so aus wie damals; sie war eine gedrungenen Frau mit einem lebhaften, runden Gesicht und Augen, an denen sich ihre Gefühle ablesen ließen, die vor Freude blitzten oder vor Verachtung oder Zorn funkelten. Ihr Kleid war dunkel, modisch geschnitten und sehr ordentlich, das sah ich, nachdem sie das Stroh abgeklopft hatte. Sie hingegen stieß einen Entsetzensschrei aus, als sie bemerkte, wie ich aussah. Schon bald kamen wir bei Idas hübscher Mietunterkunft an, und sie ließ Leitartikel noch eine Weile Leitartikel sein, um den Waschzuber auf der hinteren Veranda für mich zu füllen und meinen kaputten Schuh zu einem Schuster auf der anderen Straßenseite zu bringen. Ich wusch mir Gesicht und Hände und zog ein frisches, sauberes Kleid an, dann ging ich noch einmal hinaus auf die Veranda, um meine von der Straße verschmutzte Kleidung zu reinigen. Als Ida wieder zurückkam, hob ich den Blick vom Waschzuber und sagte: »Ida, ich spiele mit dem Gedanken, der elenden Chesapeake-and-Ohio-Linie ein Verfahren an den Hals zu hängen. Wenn es einer Farbigen gelungen ist, sich vor Gericht gegen sie durchzusetzen, dann kann ich das sicher auch. Bitte sagen Sie mir doch, wie Sie Ihren Fall gewonnen haben.«

»Gewonnen? Ich habe nicht gewonnen«, antwortete sie ein wenig verstimmt.

»Was? Wie kann das sein? Als wir uns das letzte Mal unterhalten haben, hatten Sie vor Gericht bewiesen, daß der Schaffner Sie ungeachtet Ihrer Fahrkarte für die Erste Klasse in den Wagen für die Raucher geschickt hatte! Und das Gericht hatte Ihnen fünfhundert Dollar zugesprochen!«

»Ja, ja, die erste Instanz. Ich erinnere mich noch an die Schlagzeilen: ›Schwarzem Mädel wird von Gericht Schadensersatz zugesprochen.‹ Aber die Eisenbahnlinie hat beim Obersten Gericht von Tennessee Berufung eingelegt, und der Supreme Court ist zu einem anderen Urteil gekommen.«

»Aber die Eisenbahnlinie hat Sie nicht auf die Art und Weise befördert, die Ihnen zugestanden hätte! Wie konnten die Richter nur sagen, daß das eine Beförderung in der Ersten Klasse war?«

»Nun, was hätten sie sonst sagen sollen? Meine liebe Miss Mooney ... «

»Bridget. «

»Meine liebe Bridget, das konnten sie nicht zulassen, denn das wäre ein Präzedenzfall gewesen! Mein Fall war der erste mit einer schwarzen Klägerin seit der Zurückweisung von Sumners Bürgerrechtsentwurf auf Bundesebene. Die Zurückweisung bedeutet, daß wir uns nicht mehr an die Bundesgerichte wenden können und uns mit den Urteilen auf Länderebene abfinden müssen. Dieser Staat will keine Gerechtigkeit für meine Rasse. «

»O je. « Ich wusch meinen Musselinunterrock aus. »Es stimmt, das Gesetz ist den Armen unter uns alles andere als wohlgesonnen. «

»Den Armen und den Schwarzen«, pflichtete sie mir bei. »Ach, Bridget, als ich das Urteil gehört habe, hätte ich am liebsten mein ganzes Volk in die Arme genommen und wäre weit, weit fortgeflogen. In diesem Land gibt es für uns keine Gerechtigkeit! «

»Aber es ist doch heute sicher schon besser als früher! « widersprach ich ihr. »Mein Bruder hat für die Unionisten sein Leben gelassen! «

»Der Krieg ist seit siebenundzwanzig Jahren vorbei«, sagte Ida mit würdevoller Stimme, »und trotz der Opfer, die Menschen wie Ihr Bruder gebracht haben, hat es seit den Tagen des Wiederaufbaus so viele Rückschritte gegeben, daß ich in die Mehrheit der Weißen kein Vertrauen habe. Unsere hart erkämpfte Freiheit ist ohne Gerechtigkeit wertlos. Die Lynchmorde gehen mir sehr zu Herzen. Ich habe nicht den Eindruck, es hätte sich etwas zum Besseren geändert. «

»Das war wirklich schrecklich«, pflichtete ich ihr bei. Ich wollte mich nicht über diese Angelegenheit unterhalten, aber in einer Hinsicht war ich doch neugierig. »Ida, ich habe den Eindruck, daß die Zeitung einen Teil der Geschichte unterschlagen hat. Hat Lynchjustiz nicht immer etwas damit zu tun, daß Gentlemen fürchterlich zornig werden, weil den weißen Frauen Unsägliches angetan wurde? Aber in der Story steht kein Wort über so etwas. «

»Ich kann Ihnen keinen Vorwurf machen, daß Sie glauben, die Lynchjustiz sei das Ergebnis gedankenlosen Zorns, denn das ist es, was immer behauptet wird, und ich selbst habe es noch bis letzte Woche geglaubt«, sagte Ida. Sie streckte sich, um meinen gewaschenen Unterrock an eine Wäscheleine zu hängen, die zwischen den Pfosten der Veranda gespannt war. »Aber natürlich ist so etwas hier nicht vorgekommen, und trotzdem haben sie Tommie Moss gelyncht.«

»Tommie?« Ich erstarrte, und von meiner eingeseiften langen Unterhose tropfte das Wasser in den Waschzuber. »Tommie Moss, der freundliche Briefbote, der uns beide miteinander bekannt gemacht hat? Er ist gelyncht worden?«

»Ja.« Sie nickte betrübt. »Tommie Moss, der liebenswürdigste, beliebteste Mann in Memphis, der Ehemann meiner Freundin Betty. Seine kleine Tochter Maurine ist mein Patenkind.«

»O Ida!« Ich umarmte sie noch einmal, ungeachtet des Seifenschaums und dessen, was Tante Mollie von mir denken könnte. »Aber in der Zeitung ist sein Name nicht erwähnt!«

»In den Zeitungen der Weißen stehen die Namen falsch. Stewart ist falsch geschrieben, und aus Tommie haben sie kurzerhand einen ›Theodore‹ Moss gemacht.«

»Aber ... wie ist das passiert? Wieso hat ein so liebenswürdiger Mensch wie er einen Weißen erschossen?«

»Das hat er nicht!« erklärte Ida entrüstet. »Er hat etwas viel Schlimmeres getan.«

Ich hatte Tommie Moss nur kurz kennengelernt, aber dennoch fiel es mir schwer, ihn mir als Verbrecher vorzustellen. »Was hat er denn getan?«

»Er hatte ein eigenes Haus. Er hat Geld gespart. Er hat McDowell und Stewart zu seinen Partnern gemacht und sich einen Lebensmittelhandel aufgebaut – mit dem gleichen Ehrgeiz, den ein junger Weißer an den Tag gelegt hätte. Tommie war der Leiter des Unternehmens. Er hat tagsüber weiterhin Briefe ausgeliefert, während seine Partner für ihn die Geschäfte führten, und er hat sich nachts um die Buchführung gekümmert.«

»Ich verstehe nicht ... Das klingt doch alles recht anständig.«

Ein bitteres Lächeln spielte um Idas Lippen. »Dann verstehen Sie die Sache nicht. Tommie war ein außergewöhnlicher junger Mann. Er hatte eine nette Familie. Er arbeitete fleißig. Und er hatte Erfolg. Aber wissen Sie, die ›People's Grocery‹ war gleich gegenüber von einem Lebensmittelladen, der einem Weißen gehört.«

»Ich verstehe«, sagte ich, und jetzt tat ich das auch.

Gentlemen sind überall so, da stimmen Sie mir doch zu, nicht wahr? Sie sind voll männlicher Ideale und voll hoher Ziele, und sie wirken freundlich, wenn man sich mit ihnen unterhält, aber in ihren Aktionen geht es fast immer um Geld. »Lynchjustiz ist aber eine ziemlich extreme Reaktion, sogar für einen Lebensmittelhändler, dem die Kunden weglaufen.«

»Sie haben es zuerst anders versucht«, erklärte Ida. »Der weiße Lebensmittelhändler und ein anderer Mann haben zum Beispiel einen Haftbefehl gegen Tommie und ein paar andere erwirkt, weil sie einen kleinen farbigen Jungen verteidigt haben, der von einem erwachsenen Weißen verprügelt worden war. Aber der Richter hat sie lediglich zu einer Geldstrafe verurteilt und den Fall zu den Akten gelegt. Und dann haben wir erfahren, daß die Weißen, die vor Gericht unterlegen waren, Samstag nacht kommen wollten, um die People's Grocery Company auszuräumen.«

»Du liebe Güte.«

»Tommie hat einen Anwalt konsultiert, der ihm sagte, der Lebensmittelladen befinde sich außerhalb der Stadtgrenze, was bedeute, daß er nicht von der Polizei geschützt werden könne. Deshalb habe er das Recht, sich selbst zu verteidigen, wenn er angegriffen werde. So steht's im Gesetz.«

Nun, ich ahnte schon, was kommen würde, denn das, was im Gesetz steht, hat nie sonderlich viel mit dem zu tun, was tatsächlich passiert, das habe ich schon oft erfahren. Während ich meine Unterhose an die Leine hängte, dachte ich voller Mitleid an Ida, die sich mit Hilfe des Gesetzes gegen die Chesapeake-and-Ohio-Linie zu wehren versucht hatte, und vor allen Dingen an den liebenswürdigen Tommie Moss, der, naiv wie er war, gedacht hatte, die Freiheit, sich einen Lebensmittelladen zuzulegen, gebe ihm auch die Freiheit, diesen zu schützen.

Ida fuhr fort: »Tommie hat ein paar Wächter bewaffnet und sie hinter dem Laden postiert, nicht, um jemanden anzugreifen, sondern um einen Angriff abzuwehren, genau wie es das Gesetz vorsieht. In der Nacht, als er sich gerade mit der Buchführung beschäftigte und McDowell kurz vor Ladenschluß noch den letzten Kunden bediente, hörten sie Schüsse. Ihre Wächter hatten auf mehrere Weiße geschossen, die hinter dem Haus herumgeschlichen waren. Drei wurden verwundet, keiner getötet.«

»Aber in der Zeitung stand, es habe sich um Beamte mit einem Haftbefehl gehandelt!«

»Nein, das stimmt nicht. In den Zeitungen stand auch, People's Grocery sei ›eine Spelunke‹ gewesen, ›in der die Leute tranken und spielten, ein Zufluchtsort für Diebe und Schläger‹.« Idas Augen funkelten. »So nannten die großen weißen Zeitungen dieses Geschäft, das von ehrbaren schwarzen Geschäftsleuten geführt wurde!«

Konnte Mr. Peterson mit seinem ausgeprägten Gerechtigkeitssinn für eine solche Zeitung arbeiten? Ich sagte: »Also bestand das Problem Ihrer Meinung nach darin, daß Tommie Erfolg hatte.«

»Genau, Bridget. Der Erfolg war Tommies Verbrechen. Es wurde sofort eine großangelegte Polizeirazzia in der ganzen Gegend durchgeführt, und mehr als hundert farbige Männer wurden auf Verdacht ins Gefängnis eingeliefert. Natürlich haben sie uns unsere Waffen weggenommen und den Verkauf von Waffen an Neger verboten, so daß wir jetzt völlig schutzlos sind. In den Zeitungen der Weißen hieß es, die verwundeten Weißen würden sterben, und zwei Nächte lang mußten farbige Männer das Gefängnis bewachen. Dann haben die Zeitungen verkündet, die Verwundeten seien außer Lebensgefahr, und unsere Männer dachten, die Situation habe sich entspannt. Deshalb haben sie die Wachen vor dem Gefängnis abgezogen.«

War mein Bruder *dafür* gestorben? Mein attraktiver blonder Bewunderer war also nichts anderes als ein Feigling. Wie konnten diese Leute behaupten, sie verstießen in unkontrolliertem Zorn gegen das Gesetz, wenn sie ganz ruhig drei Tage lang warteten, bis sie es ohne eigene Gefahr brechen konnten?

Nein, es lag auf der Hand, daß sie Tommie Moss gelyncht hatten, weil er in einer fairen öffentlichen Gerichtsverhandlung gewonnen hätte.

Ich fragte: »Also ist keiner der Verwundeten gestorben?«

»Nein, keiner. Aber darum ging es natürlich nicht. Die Lynchmörder haben nicht nach den Männern gesucht, die die Schüsse abgefeuert hatten, sondern nach den drei Partnern, die die People's Grocery Company leiteten – drei anständige, liebenswürdige, erfolgreiche Männer.« Tränen traten Ida in die Augen, und auch ich spürte, wie meine Wangen feucht wurden.

»Mein Gott, das habe ich alles nicht gewußt! In den Zeitungen der Weißen standen so viele Lügen«, sagte ich, allmählich den Glauben an Mr. Peterson verlierend.

»Das ist noch nicht alles!« erklärte Ida mit funkelnden Augen. Sie trat in ihre Küche, holte eine Ausgabe des *Commercial Appeal* und las daraus vor: »›McDowell wurde das ganze Kinn weggeschossen, und hinter seinem rechten Ohr befand sich ein Loch, groß genug für eine Männerfaust.‹«

Ich hielt mir die Ohren zu. »Aufhören! Ida, bitte, ich ertrage das nicht mehr!«

»Bridget, verstehen Sie denn nicht? Das ist genau das Problem!« Wieder funkelten Idas Augen. »Wie sollen wir solchen Ungerechtigkeiten jemals einen Riegel vorschieben, wenn die Weißen sich weigern, sie zur Kenntnis zu nehmen? Sind Tommie Moss und Ihr Bruder denn vergebens gestorben?«

Verdammt, eigentlich wollte ich Ärger aus dem Weg gehen und so schnell wie möglich nach St. Louis. Aber was kann eine anständige junge Frau schon tun, wenn sie mit einem

Menschen voller Überzeugungskraft wie Ida Wells konfrontiert wird? Ihre Worte stießen in meine Ohren wie Dolche, und mir fiel keine Antwort ein. Zögernd murmelte ich: » Reden Sie weiter. «

Ida las: »›Auch seine rechte Hand war weggeschossen, als hätte er, um sich zu verteidigen, den Lauf seines Gewehrs ergriffen. Stuart wurde einmal in den Mund und zweimal in den Hinterkopf geschossen. Sein Körper steckte voller Schrotkörner. Moss wurde ein Ohr abgeschossen, und er hatte mehrere Schußwunden in der Stirn.‹«

Mit flauem Magen stöhnte ich: » Nein, das darf nicht sein! «

Doch sie las unbeirrbar weiter: »›Als ihnen die Knebel aus dem Mund genommen wurden, sagte Moss: » Wenn ihr uns umbringen wollt, dann sorgt dafür, daß wir in Richtung Westen schauen.‹« Sie sah mich mit zornigem Blick an. » Verstehen Sie denn nicht, Bridget? Der Journalist war an Ort und Stelle! Das hier ist ein Augenzeugenbericht. Er hat es mit eigenen Ohren gehört! «

In der schwachen Hoffnung, mein Bewunderer könne ein unbeteiligter Beobachter gewesen sein, sagte ich: » Aber Journalisten tauchen doch oft am Schauplatz scheußlicher Verbrechen auf, die sie nicht verhindern können, oder? «

» Auch wenn man das Verbrechen nicht verhindern kann, kann man sich für die Gerechtigkeit einsetzen und die ganze Wahrheit veröffentlichen! «

» Stimmt die Geschichte denn nicht? «

» Die Fakten stimmen. Aber hören Sie sich das an: ›Am heutigen Morgen war keiner von ihnen zu sehen.‹ Bridget, das Gericht hat festgestellt, daß Tommie Moss und McDowell und Stewart von ›dem Gericht unbekannten Personen‹ umgebracht wurden. Das ist lächerlich! Alle wissen Bescheid! Aber niemand sagt etwas. «

Anständige Ladys mischen sich nicht in solche Angelegenheiten ein; aber ich war überwältigt von ihrem Zorn, ihrer Würde und ihrer Trauer, und ich platzte heraus: » Ida, ich habe gesehen, wie sich der Mob zusammengerottet hat. Mr. Peterson und Mr. Carmack waren dabei, maskiert wie die anderen. «

Die Worte waren kaum heraus, da hätte ich sie auch schon am liebsten wieder zurückgenommen. Sie nicht auch? Es war gefährlich, solche Dinge zu wissen, und noch gefährlicher, über sie zu sprechen. Aber Ida wirkte alles andere als schockiert. »Ja, ein Freund hat auch gesagt, er glaubt, sie gesehen zu haben. Das wundert mich nicht. Carmack schreibt Leitartikel voller Haß. Aber sie würden nie zugeben, dabeigewesen zu sein, und sie würden ihre Freunde nicht in der Zeitung und natürlich auch nicht vor Gericht bloßstellen. Es wird keine Gerechtigkeit geben für Tommie.«

In meinem Kopf meldete sich lautstark Tante Mollie zu Wort. Sie erklärte mir mit aller Deutlichkeit, daß ich mich nicht dem Zorn bewaffneter, maskierter Gentlemen aussetzen dürfte, daß ich mir so schnell wie möglich Geld beschaffen und nach St. Louis verschwinden sollte und noch andere vernünftige Dinge. Aber Idas Worte hatten mich erschüttert wie ein Kanonenschlag. Ich holte tief Luft. »Und was wäre, wenn eine weiße Person gegen sie aussagen würde?«

Ida sah mich voller Mitleid an. »Wenn Sie den törichten Gedanken gefaßt haben sollten, gegen diese Leute auszusagen, dann vergessen Sie ihn. Sie sind weiß, ja, das ist ein großer Vorteil, aber Sie sind auch eine Frau, eine Fremde und eine Schauspielerin. Sie werden Ihren guten Ruf durch den Schmutz ziehen.«

Natürlich hatte sie recht. Dies war nicht das erste Mal, daß ich mit den Vorurteilen gegen meinen Beruf zu kämpfen hatte. Ich konnte Idas Sache im Gerichtssaal nicht nutzen.

Aber ich versuchte es noch einmal. »Vielleicht könnte ich mich unter vier Augen mit einem Richter unterhalten, und er könnte eine offizielle Untersuchung des Falles fordern.«

»Meine liebe Bridget, der Richter gehörte selbst zu dem Mob.«

»Oh.«

»In diesem Fall wird es keine Gerechtigkeit geben.«

Fast konnte ich Tante Mollie erleichtert aufatmen hören, als mir die Hoffnungslosigkeit der Situation klar wurde. Ich wandte mich wieder der Säuberung meiner Kleidung zu und fragte: »Ida, können Sie diese Geschichte in Ihrer Zeitung veröffentlichen, ohne Angst um Ihre Sicherheit haben zu müssen?«

»Ohne Angst um meine Sicherheit haben zu müssen? Nein. Aber ich werde sie veröffentlichen«, sagte sie mit fester Stimme. »Es ist noch so viel Aufklärung nötig! Sogar ich habe die Lüge geglaubt, daß Lynchjustiz nur aus unkontrolliertem Zorn über die Belästigung unschuldiger Frauen verübt wird. Beide Rassen müssen viel besser informiert werden; man muß gegen solche Lügen angehen. Aber Weiße lesen meine Zeitung nicht. Ich kann nur meinen Leuten die Wahrheit sagen, und das werde ich auch. Aber Bridget, wie kann ich den Ihren davon berichten?«

Das war in der Tat ein schwieriges Problem. Sogar ich, die ich so gutherzig war, hatte mich bemüht, die Augen vor solchen schrecklichen Dingen zu verschließen. Ich sagte: »Nun, sie haben durch diesen Lynchmord ihre Schwäche bewiesen. Wie Sie sagen: Diese Leute fürchten nicht um die weißen Frauen, sie haben auch keine Angst, erschossen zu werden, denn wenn ein Mann ihrer eigenen Rasse auf sie schießt, gibt es ein gerechtes Verfahren. Nein, sie fürchten den Erfolg der Farbigen. Tommie hat die Angehörigen eurer Rasse in seinen Laden gelockt, und sie haben ihn umgebracht. Das bedeutet, sie haben Angst davor, die Farbigen als Kunden zu verlieren.«

»Also sind wir doch nicht völlig ohnmächtig. Wir müssen unsere Macht nutzen. Aber wie?« Ida begann, auf der Veranda hin und her zu laufen, ohne auf die Kleidungsstücke an der Wäscheleine zu achten. »Nun, Oklahoma öffnet sich immer mehr. Tommie hat gesagt, sie sollen ihre Gesichter nach Westen drehen. Ich werde meine Leute anhalten, nach Westen zu ziehen!« Ida blieb im Lichtschein des Küchenfensters stehen, die kleine, makellos gekleidete Gestalt hochaufgerichtet, die Augen funkelnd. »Uns bleibt nur noch eines: Wir müssen unser Geld sparen und einer grausamen Stadt den Rücken kehren, die uns weder schützen noch uns ein gerechtes und legales Verfahren gewähren will und uns statt dessen kaltblütig ermordet!«

Ich klatschte Beifall. »Ida, das funktioniert! Geld wirkt immer!«

»Ich würde mir nur wünschen, ich könnte sie von der Unmoral ihrer Handlungen überzeugen.«

»Ich fürchte, sie sind noch nicht reich genug, um moralisch zu sein.«

»War Ihr Bruder reich?«

»Nein, die Armee der Nordstaaten hat ihn angeheuert.«

»Das Geld liegt auch jetzt noch im Norden«, erklärte Ida. »Unsere Straßenbahnlinie gehört Kapitalisten aus dem Norden, auch wenn sie von Lynchmördern aus dem Süden geleitet wird. Angenommen, wir fahren nicht mehr mit der Straßenbahn? Wir sind vor ihrem Bau zu Fuß gegangen, das können wir auch jetzt wieder tun!«

»Gut! Wenn ihr die Straßenbahn nicht mehr benutzt, werden vielleicht auch die Leute im Norden aufmerksam. Und ich habe noch eine Idee!« rief ich aus. »Ida, treten Sie auf der Bühne auf! Erzählen Sie Ihre Geschichte, genau, wie Sie sie mir erzählt haben. Andere Weiße werden genauso gerührt sein wie ich über diese Greueltaten. Aber gehen Sie nicht nach Westen, sondern nach Norden, und sprechen Sie zu den Leuten mit Geld. Die Südstaatler sehen auf zu den Leuten mit Geld!«

»Ich weiß nicht so recht«, sagte Ida zweifelnd. »Ich habe einen Bekannten, Mr. Fortune, er ist Herausgeber einer New Yorker Zeitung, und er sagt, auch dort ist es schwierig, die Weißen dazu zu bringen, daß sie so etwas lesen. Das ist wie eine große Mauer aus Stein, ohne Tür.«

»Dann reden Sie mit den Leuten, die reicher und mächtiger sind als die New Yorker! Erzählen Sie Ihre Geschichte den Engländern, Ida!«

»Den Engländern?«

»Sie sind reich und mächtig und sehr moralisch. Nun ja, die meisten von ihnen«, fügte ich hinzu, als mir meine Freundin Lillie Langtry einfiel, doch ich beschloß, nichts von ihr zu erwähnen, weil Ida so anständig war, daß ich mit Geschichten über sie möglicherweise ihre Gefühle verletzt hätte. »Und außerdem haben die Engländer nichts zu verlieren, wenn Ihrer Rasse in Amerika Gerechtigkeit widerfährt, denn Amerika ist weit, und so fällt es ihnen leicht, moralisch zu sein.

Die Meinung der Engländer zählt viel bei den einflußreichen Leuten in diesem Land.«

»Aber würden sie auch auf einen Angehörigen meiner Rasse hören? Auf jemanden, der als Sklave geboren wurde? Auf einen Amerikaner?«

Ich sah sie an, ihre kleine, adrett gekleidete Gestalt, ihre funkelnden Augen, ihr dunkles Gesicht, das so lebhaft wirkte, und sagte lächelnd: »Die Engländer werden Ihre Geschichte faszinierend finden, Ida, weil Sie sie ihnen im wohlklingenden Duktus ihrer geliebten Mrs. Fanny Kemble erzählen können!«

»Also kann es sogar eine Waffe sein, wenn man sich die Sprache der Reichen aneignet!« Ida sprang zur Kante der Veranda und streckte die Hände zum Sternenhimmel empor. »Hörst du das, Tommie?« rief sie dabei aus. »Wir werden doch noch Gerechtigkeit erfahren!«

Nun, meiner Meinung nach würde es noch eine Weile dauern, bis sich diese Gerechtigkeit einstellte, aber es bestand keine Veranlassung, Ida Wells etwas davon zu sagen, die mindestens genausoviel Ahnung von der Welt hatte wie ich. Sie machte sich sofort daran, einen Leitartikel zu schreiben, in dem sie ihre Leute drängte, wenn irgend möglich aus Memphis wegzuziehen, ihr Geld zu sparen und die Straßenbahn nicht mehr zu benützen.

Auch ich machte mich auf den Weg, um eine meiner echten Smaragdketten aus dem Theater bei einem Pfandleiher zu versetzen, bevor er seinen Laden schloß, und der Chesapeake-and-Ohio-Linie eine Fahrkarte nach St. Louis abzukaufen. Dann setzte ich meine blonde Perücke auf und zog mein gestreiftes Kleid mit den Spitzenborten an, nahm all meinen Mut zusammen und ging zur Front Street.

Ich weiß, ich weiß, es war alles andere als schicklich, sich wieder an einen solchen Ort zu begeben, außerdem war es ziemlich riskant, und normalerweise hätte ich es auch nie getan. Aber Idas Worte klangen mir in den Ohren und trieben mich voran.

In dem Lokal boten mir mehrere der Gentlemen ihre Gesellschaft an, aber ich schlug ihre Angebote aus und bestellte Wels, den mir der Wirt auch bringen wollte, wenn ich mich bereit erklärte, noch das abgebrochene Essen vom Dienstagabend zu bezahlen. Und wer erschien da auf der Bildfläche? Mein Bekannter mit dem gezwirbelten blonden Schnurrbart.

»Aber Mr. Peterson!« rief ich schockiert aus. »Was soll ich denn von Ihnen halten?«

»Meine liebe Miss Mooney! Ich muß Sie um Verzeihung bitten!« Er schob seinen Pistolengurt zurecht und ging, den Hut mit großer Geste vom Kopf nehmend, auf ein Knie. Ein paar Männer im Raum kicherten, aber ihr Götter – seine blauen Augen und sein güldenes Haar waren wirklich hübsch anzusehen.

Ich machte meinen verführerischsten Schmollmund. »Sir, es war alles andere als höflich, eine Lady so lange allein zu lassen.«

»Das stimmt, und ich möchte mich bei Ihnen dafür entschuldigen. Meine Geschäfte haben bedeutend mehr Zeit in Anspruch genommen, als ich gedacht hatte, und ich konnte den Gedanken kaum ertragen, daß Sie immer noch auf mich warteten. Aber es ging um eine Frage der Ehre und Gerechtigkeit.«

»Nun, das stimmt, Sir, ich habe Sie vom ersten Augenblick an für einen Gentleman, einen Hüter von Ehre und Gerechtigkeit gehalten.«

»Genau, wir Journalisten dienen der Gesellschaft. Wenn das Gesetz versagt, kämpfen auch Journalisten für die Gerechtigkeit!«

Verdammt, wie sollte eine Lady einer so rührenden Entschuldigung und einem solchen Gerechtigkeitssinn widerstehen? »›Laßt bis zum Siege gerechten Tadel schweigen, daß wir weise den Kriegszug lenken‹«, zitierte ich lächelnd. »Und wenn die Gerechtigkeit versagt, schickt der Himmel uns Journalisten! Bitte, Sir, setzen Sie sich doch.«

Er bestellte einen Whiskey und nahm mit einem hoffnungsvollen Blitzen seiner blauen Augen auf dem anderen Stuhl an meinem Tisch Platz. »Danke, meine liebe Miss Mooney, für Ihr Verständnis. Welch eine Freude, Sie wiederzusehen.«

»Es ist mir ein Vergnügen, meine Bekanntschaft mit einem intelligenten Manne aufzufrischen, der der Gesellschaft hilft, indem er die Wahrheit veröffentlicht.«

Er strahlte mich an. Attraktive blonde Gentlemen haben im allgemeinen wenig Mühe zu glauben, daß sie auch intelligent sind. »Das stimmt«, sagte er. »Mr. Carmack und ich haben uns der Aufgabe verschrieben, alles für die Gesellschaft zu tun.« Das goldene Fleur-de-lis an seiner Taschenuhr blinkte, als er galant hinzufügte: »Ich muß schon sagen, die Gesellschaft einer reizenden blonden Lady, die Shakespeare kennt, ist mir eine große Freude!«

»Mein lieber Mr. Peterson«, sagte ich und beugte mich zu ihm hinüber, so daß er mein Pariser Parfüm riechen konnte, »ich hätte große Lust, mich ausführlicher über Gerechtigkeit und den Journalismus zu unterhalten, aber ich finde es hier drinnen sehr stickig, und ich habe Angst, daß ich in Ohnmacht fallen könnte. Können wir ein paar Minuten lang hinaus an die frische Luft gehen?«

»Eine reizende Idee! Aber es ist ziemlich kühl draußen, und über dem Fluß hängen Nebel«, warnte er mich.

»Um so besser!« rief ich mit höchst aufrichtiger Stimme aus. »Nichts hilft mehr bei Schwindelgefühlen. Lassen Sie uns einen Spaziergang am Fluß machen.«

Mit einem triumphierenden Blinzeln für seine Freunde trank Mr. Peterson seinen Whiskey aus, gab dem Wirt einen Geldschein und bot mir seinen Arm an. Wir gaben schon ein hübsches Paar ab, wir beide, ein blondes, hübsches Paar! Wir lächelten einander an, als wir durch die Tür des Lokals hinaus in die Nacht gingen.

Mr. Petersons Freunde sahen ihn nie wieder.

Am nächsten Morgen holte ich mir, wieder rothaarig geworden, meine Smaragdkette von dem Pfandleiher zurück und dann mein Gepäck und verabschiedete mich von Ida. »Ergreifen Sie jede Gelegenheit, sich an die Öffentlichkeit zu wenden«, drängte ich sie. »Ihre wunderbare Stimme wird die Menschen dazu bringen zu handeln.«

»Nicht meine Stimme, sondern die Gerechtigkeit meiner Sache«, sagte sie in aufrichtigem Tonfall. »Und Sie werden

den Leuten, mit denen Sie es zu tun haben, ebenfalls die Wahrheit erzählen?«

»Ich werde tun, was ich kann«, sagte ich und reichte ihr eine schwarz-blau schimmernde Pistole. »Ich hoffe, daß Sie sie nie verwenden müssen, Ida. Aber selbst die anständigste Lady muß sich im Notfall verteidigen können.«

Ihre Augen blitzten vor Freude, als sie die Waffe entgegennahm, die sie nicht selbst kaufen durfte. »Danke, Bridget! Auch ich bete zu Gott, daß ich sie nie verwenden muß, aber ich verspreche Ihnen, wenn ich eines gewaltsamen Todes sterben muß, nehme ich meine Verfolger mit mir!«

Ich weiß, ich weiß, ich hätte ihr die Waffe nicht geben sollen, aber sie brauchte Mut, und ich hatte in meiner geheimen Tasche nur Platz für einen Colt. Außerdem hatte ich das Gefühl, daß Tommie Moss sich darüber freuen würde, eine der Waffen, die ihn getötet hatten, in den Händen seiner streitbaren Freundin zu sehen.

Und sie stritt tatsächlich. Idas Aufforderung in der *Free Press* folgend, verließen Hunderte von Farbigen innerhalb weniger Wochen die Stadt, so daß die Geschäftsleute in Memphis verzweifelt die Hände rangen. Sechs Wochen nach den Lynchmorden kam der Leiter der Straßenbahngesellschaft ins Büro der *Free Press* und flehte Ida an, ihren Einfluß geltend zu machen, damit die Farbigen wieder die Straßenbahn benützten, denn die Verluste der Gesellschaft waren enorm. Natürlich weigerte sie sich. Ende Mai, als Ida gerade nicht in der Stadt war, nahm Mr. Carmack öffentlich Anstoß an ihrem Leitartikel, der die Wahrheit über falsche Anschuldigungen wie die meiner Freundin Phoebe enthüllte, und wiegelte einen Mob dazu auf, das Büro der *Free Press* zu zerstören.

Doch das konnte Ida Wells nicht aufhalten. Sie begann, für Mr. Fortune in New York zu schreiben und ihre Geschichte vor Frauenvereinigungen und Kirchengruppen zu erzählen. Durch sie lernte sie die berühmte englische Quäkerin Mrs. Impey, die Herausgeberin von *Anti-Caste,* kennen. Ida folgte schon bald Mrs. Impeys Einladung und brachte die Kirchen und Zeitungen in England und Schottland dazu, gegen die

Lynchmorde zu protestieren. Ihre Stimmen wurden so laut, daß Amerika sich diesem Problem nicht mehr länger verschließen konnte. Gezüchtigt durch die Tapferkeit von Idas Zunge gründeten Amerikaner beider Rassen in den ganzen Vereinigten Staaten Gesellschaften gegen die Lynchjustiz. Durch Obstruktionisten aus den Südstaaten kam es im Kongreß noch zu Rückschlägen, aber in der Öffentlichkeit sprachen sich immer mehr prominente Weiße gegen die Lynchjustiz aus, und allmählich nahm die Macht der Mobs ab.

Mit der Gerechtigkeit wird es allerdings, fürchte ich, noch eine Weile dauern.

Oder vielleicht kommt sie auch in kleinen Schritten. Mr. Carmack jedenfalls, der nach Nashville zog, wurde schließlich dort auf der Straße niedergeschossen – aber das ist eine andere Geschichte.

Tja, und mein Bewunderer mit dem gezwirbelten blonden Schnurrbart konnte sich auch nicht beschweren, denn er selbst glaubte ja, daß das Gesetz hin und wieder versagt und daß man zum Wohle der Gesellschaft bisweilen andere Mittel finden muß, um der Gerechtigkeit zu ihrem Recht zu verhelfen. Wer könnte solch schätzenswerten Ansichten wohl widersprechen? Seine Leiche wurde ein paar Wochen nach meiner Abreise in der Nähe von Natchez ans Ufer geschwemmt. Bei der gerichtlichen Untersuchung hieß es, er sei durch »dem Gericht unbekannte Personen« ums Leben gekommen.

Anmerkung der Autorin: Diese Geschichte sowie die darin vorkommenden Ereignisse und Charaktere sind rein fiktional, obwohl die meisten Informationen über den Lynchmord und Ida B. Wells (die spätere Ida Wells-Barnett) zeitgenössischen Zeitungsberichten, Ida Wells-Barnetts Autobiographie und ihrem Tagebuch – einschließlich dem passenden Ende von Mr. Carmack – entstammen. Das gilt auch für Ida Wells-Barnetts frühes Interesse an der Sprechtechnik, ihre Freundschaft mit Thomas Moss, den Kauf einer Pistole zu einer Zeit, in der es Farbigen in Memphis untersagt war, Waffen zu erwerben, und ihr erstaunliches Geschick im Umgang mit Menschen aller Rassen.

Nancy Pickard

Ein Knoten

Ich bin keine harte Frau; ich bin nur eine Privatdetektivin.

Wenn Sie mich sehen, halten Sie mich für eine Sportlerin, hart im Nehmen, auch noch in meinem Alter, und ich bin einundfünfzig. Wenn Sie meine Stimme und meine Aussprache hören, halten Sie mich vielleicht für derb. Aber ich hab' einen Collegeabschluß, genauer gesagt zwei, einen davon in englischer Literatur, ob Sie's glauben oder nicht. Tja, Gewichtheben baut eben keine Muskeln zwischen den Ohren auf, wenn Sie verstehen, was ich meine. Ich mache öfter Übungen am Computer als in der Turnhalle, das bringt dieser Job mit sich.

Er ist halbwegs anständig, dieser Job.

Ich bin halbwegs anständig, will ich damit sagen, auch wenn ich Waffen bei mir trage und sie auch verwende, auch wenn ich sechs Monate lang in Vietnam gedient habe, eine Zeit, die selbst heute noch streng geheim bleiben soll, auch wenn ich genug Elend gesehen und selbst an Gewalttätigkeiten Anteil gehabt habe. Ich behaupte immer noch, daß ich im Grunde meines Herzens ein anständiger und gesetzestreuer Mensch bin oder zumindest bis vor kurzem war. Jetzt weiß ich nicht mehr so genau, was ich bin. Nur eins weiß ich mit Sicherheit: daß ich sterbe. Ja, das tun wir doch alle, oder? Nein, ich meine *ich* und zwar bald, an Brustkrebs. Meine Ärzte behaupten, sie hätten alles herausgeschnitten, aber das glaube ich ihnen nicht. Ich höre es wachsen, unendlich klein und verstohlen; es entgeht ihren Mitteln zur Aufspürung, aber nicht den meinen. Das Gute dran ist nur: Ich kann gut mit Schußwaffen umgehen. Wenn die Lage schlimm wird, zu schmerzhaft, habe ich immer noch meinen Vorrat an großen und kleinen Freunden mit langen und kurzen Läufen, lauten und leisen Stimmen. Vor dem Sterben habe ich keine Angst; ich würde dem Tod keinen Schritt ausweichen, wenn er mir auf dem Gehsteig begegnete.

Sind wir uns soweit einig?

Ich jedenfalls war mir über all die Dinge, die ich gerade erwähnt habe, bereits klar – nur nicht über die Tatsache, daß ich nicht mehr so genau wußte, was ich war –, als Grace Kairn (das ist nicht ihr wirklicher Name) zögernd an meine Bürotür klopfte. Ich hob den Blick von meinem Macintosh Quadra, mit dem ich gerade versuchte, in eine Datenbank zu gelangen, in der ich eigentlich nichts verloren hatte, und sah sie: Sie war Ende Dreißig, hatte sehr kurze blonde Haare, einen Knochenbau wie Audrey Hepburn, eine von den Frauen, die einer Frau wie mir das Gefühl geben, groß und schwer und unbeholfen zu sein, als ob wir nur aus Muskeln und Flüchen bestünden, sie hingegen aus Spitze und Düften.

»Hallo?« sagte sie von der Tür aus. »Angela Fopeano?«

Sofort fühlte ich mich unbehaglich, alles andere als in Topform, und bellte sie an wie ein Militärpolizist einen Gefreiten, den er außerhalb des Stützpunktes erwischt hat.

»Yeah.«

Yeah. Als hätte meine Mutter mir kein höfliches Ja beigebracht. *Yeah. Ich bin Angie.*

»Wer sind Sie?« fragte ich sie ganz ohne Umschweife.

Mein Gott, manchmal kriege ich eine Gänsehaut, wenn ich mir selber zuhöre.

»Mein Name ist Grace Kairn, kann ich mich mit Ihnen unterhalten, haben Sie Zeit?«

Kein Termin. So etwas hasse ich. Für wen halten sich die Leute eigentlich; glauben die, ich lasse alles liegen und stehen für sie? Allerdings mache ich das tatsächlich, denn zu meinen Schwächen gehört die Neugierde. Intellektuell würde ich das allerdings nicht nennen. Aber ich will Bescheid wissen, sogar wenn ich sauer bin auf jemanden – wer er ist, was er will. Menschen im allgemeinen begannen mich zu langweilen, mit ihren immer gleichen Geschichten von wegen Untreue und Betrug und Täuschung und Gier. Was sollte das alles? Meinten die etwa, daß sie etwas Besonderes waren? Es fing alles irgendwie an, banal und schmutzig zu klingen. Meine eigenen Klienten begannen mich zu langweilen. Ein schlechtes Zeichen für eine berufstätige Frau. Was würde ich machen, wenn ich keine Verbrechen mehr aufklären konnte? *Verbrechen,* daß ich nicht lache. Fehltritte des Egos, das träfe die Sache eher, ja, bei solchen Fehltritten des Egos ermittle ich. Wer mit wem ins Bett hüpfte. Wer die Bücher frisiert. Wer die Büroklammern mitgehen läßt. Wen zum Teufel interessierte das schon. Jedenfalls nicht mich.

O Mann, ich klinge ganz schön zornig, was? Das merke sogar ich.

Wenigstens fragte mich diese Frau, ob ich Zeit für sie hätte.

Also deutete ich auf einen Stuhl, und sie sah mich von der anderen Seite des Schreibtischs aus mit dem liebenswürdigsten Lächeln an, das ich je in eines Menschen blauen Augen gesehen hatte. Irgendwie bescheiden, jedenfalls nicht angeberisch, sagte sie: »Das, was ich zu erzählen habe, ist ... vielleicht ... ungewöhnlich.«

»Ach.«

Ja, gut, dachte ich mir, erzähl mir was Neues, oder noch besser: Verrat mir ein Heilmittel gegen Krebs.

»Ich möchte Sie anheuern«, sagte sie ohne Umschweife und mit sanfter Stimme, »damit Sie drei Morde verhindern.«

»Ich höre«, sage ich in ironischem Tonfall. »Ich nehme unser Gespräch auf.«

»Gut.« Ihre Stimme klang angenehm, wie eine wohltönende Brise über meinen Schreibtisch, und ich konnte mir nicht vorstellen, daß sie mir etwas so »Ungewöhnliches« erzählen konnte, denn ihre ersten Worte klangen in meinen Ohren ziemlich gewöhnlich. »Vor fünf Jahren, kurz vor Weihnachten, wurde ich auf dem Parkplatz der Oberlin South Mall mit vorgehaltener Pistole überfallen.«

Sie war erstaunlich direkt für einen so sanften Menschen.

Ich lehnte mich zurück und hörte zu.

»Es war ein einzelner Mann mit einer Waffe. Er hat mich in den Wagen geschoben und mich gezwungen, ihn aus der Stadt an ein Flußufer zu fahren. Dort hat er mich vergewaltigt und auf mich geschossen und mich in dem Glauben liegen lassen, daß ich tot bin.«

Jesus, dachte ich und war erstaunt, als mir die Tränen in die Augen traten.

Ich räusperte mich. »Tja, dann waren Sie wohl nicht tot.«

»Doch.« Sie lächelte, ein wundervolles, ruhiges, sanftes und gelassenes Lächeln, um das ich sie sofort beneidete. »Ich *war* tot.«

»Okay.«

»Genauer ausgedrückt, war ich noch am Leben, als er mich liegen ließ, aber ich war am Verbluten, hatte einen Schock erlitten und begann, an Unterkühlung zu leiden, denn es war Winter, und ich lag im Schnee.«

Du lieber Gott, dachte ich. Ich konnte diese Story nicht leiden, und ich wollte nichts mehr davon hören, aber zumindest hatte sie ein Happy-End. Oder? Ich meine, schließlich saß die Frau vor mir und erzählte ihre schreckliche Geschichte, oder?

Vergewaltigt. Schußwunden. Im Schnee.

Ich starrte die sanfte, zierliche Frau auf der anderen Seite des Schreibtischs an und gab mir Mühe, mir das alles nicht zu bildlich vorzustellen.

Heilige Mutter Gottes.

Und dabei bin ich nicht mal katholisch.

»Ich war noch am Leben, als der Krankenwagen kam«, erzählte mir Grace Kairn, und mein Magen verkrampfte sich, als sie weitersprach, »weil ein Autofahrer mit Mobiltelefon mich ziemlich schnell fand. Aber ich bin auf dem Weg zurück in die Stadt in dem Krankenwagen gestorben. Ich war zehn Minuten lang tot. Kein Herzschlag, keine Hirntätigkeit, keine Atmung. Man hat mir gesagt, ich sei klinisch absolut tot gewesen.«

»Yeah? War das eine dieser Grenzerfahrungen zwischen Leben und Tod?«

Ich richtete mich auf, aus naheliegenden Gründen plötzlich interessiert. Es ist immer gut, sich mit einem Touristen zu unterhalten, der schon mal an dem Ort gewesen ist, den man selbst bald besuchen wird. Der kann einem dann Tips geben über das Wetter und die richtige Kleidung. Ich hatte damals in Vietnam schon viele solche Geschichten gehört, aber das war lange her, und heutzutage habe ich ein größeres persönliches Interesse an Informationen zu diesem Thema. Während sie mir die vertraute Geschichte von dem Tunnel, dem Licht und der Liebe am Ende erzählte, strahlte ihr Gesicht – wie das aller vor ihr – vor Glück. Fast hätte sie mich dazu gebracht, mir auch ein wenig von diesem Strahlen zu wünschen, aber nicht ganz.

Doch ich wartete immer noch auf das »Ungewöhnliche«.

»Während ich tot war«, sagte Grace Kairn, wie nicht anders zu erwarten, »fühlte ich mich auf eine Art und Weise geliebt, die ich jemandem, der das nicht erlebt hat, nicht angemessen beschreiben kann. Und durch diese Liebe habe ich ein paar Dinge gelernt...«

Ich konnte mir nicht helfen, ich mußte einfach fragen: »Und was wäre das?«

Sie lächelte, grinste fast, weil sie mich dazu gebracht hatte, meine Neugierde zu zeigen. Bevor sie eine Antwort geben konnte, wurde mir klar, daß wir den Teil mit den Phantasien beenden und uns auf die eigentliche Jagd konzentrieren mußten. »Und wen soll ich vor einem Mord beschützen?« fragte ich sie.

Doch sie erzählte die Geschichte in ihrem Rhythmus, nicht dem meinen.

»Der Mann, der mich damals angegriffen hat, wurde gefaßt, vor Gericht gestellt, wegen bewaffneten Überfalls verurteilt und ins Gefängnis gesteckt.«

»Nur wegen bewaffneten Überfalls? Haben die Anwälte das ausgehandelt?«

»Ja. Er hat vier Jahre seiner Strafe abgesessen.«

»Vier... heißt das, daß er jetzt wieder auf freiem Fuß ist?«

»Ja«, antwortete sie mit sanfter Stimme, »er ist wieder frei.«

Bei dem Gedanken an die möglichen Folgen für sie bekam ich eine Gänsehaut.

In diesem Augenblick hatte ich das merkwürdige, fast körperliche Gefühl, die Zeit verdichte sich; sie schien Schatten über mein Büro zu werfen, als gehe der Tag zu schnell zu Ende. Plötzlich empfand ich so etwas wie unerklärliche Dringlichkeit, die ich zu unterdrücken versuchte, weil sie einer Panik ähnelte.

Ich konnte mich nicht mehr erinnern, wann ich das letzte Mal Panik empfunden hatte.

»Und Sie haben Angst?« fragte ich sie.

Oder redete ich mit mir selber?

Sie schaute zum Fenster hinaus, lächelte ein wenig vor sich hin, bevor sie mich wieder ansah. »Ich sage Ihnen die Wahrheit; die Antwort auf Ihre Frage lautet ja und nein. Ich persönlich habe keine Angst, schon gar nicht vor dem Sterben, nicht mehr. Aber ich habe Angst ... wegen anderen Leuten.«

»Und wer wäre das?«

»Mein Mann.« Als ich ihren Blick sah, spürte ich Neid in mir aufkommen auf den Menschen, der das Objekt solcher Zuneigung war. »Rick ist fest davon überzeugt, daß ich wirklich gestorben bin. In Ricks Augen ist der Mann, der mich ... getötet hat ... ein Mörder. Nicht nur jemand, der versucht hat, mich umzubringen, sondern ein *Mörder*, der wegen vorsätzlichen Mordes verurteilt werden sollte.«

»Aber Sie sind am Leben«, sagte ich.

»Aber ich war tot«, erwiderte sie mit fester Stimme. »Er *hat* mich umgebracht.«

Ich stieß einen Pfiff aus. »Erklären Sie das mal einem Richter.«

»Das haben wir – nicht nur dem Richter, sondern auch der Polizei, den Staatsanwälten, den Geschworenen und allen, die uns zuhören wollten, aber sie haben uns ausgelacht. Nicht offen natürlich, so herzlos waren sie nicht, aber sie haben uns nicht ernst genommen, weil, das haben Sie ja selbst gesagt ...« Grace Kairn berührte ihre Bluse knapp über ihrem Herzen. »Ich bin am Leben.« Dann fügte sie hinzu: »Rick sagt, er wird den Mann umbringen, der mich ermordet hat.«

»Der Sie ermordet hat.«

»Ich war tot.«

»Und Sie wollen, daß ich Rick davon abhalte?«

»Ja!«

»Sie wollen, daß ich den Mann beschütze, der Sie überfallen hat?«

Ich hörte, wie meine Stimme lauter wurde, weil ich das,

was sie gesagt hatte, weder glauben noch billigen konnte, und dennoch begriff ich die Logik ihrer Bitte: Sie wollte nicht, daß ihr Mann einen Mord beging – einen echten Mord – und dafür ins Gefängnis wanderte. Und das würde er, denn – das können Sie mir glauben – das Gesetz ist ein Arsch, genau wie viele der Männer und Frauen, die es durchsetzen. Es wäre nebensächlich, daß er ein Monster umgebracht hätte oder daß er aus verständlichem Zorn dem Mann und dem System gegenüber agierte. Er würde dennoch genau die Strafe bekommen, die der wirkliche Verbrecher nicht bekommen hatte. Grace Kairn hatte recht mit ihrer Angst um ihren Mann. Ganz zu schweigen von der Tatsache, daß er möglicherweise selbst von dem Verbrecher umgebracht werden könnte, und was würde dann aus ihr, ganz allein auf der Welt mit diesem Monster?

Sie war mir gedanklich weit voraus. »Ja«, bestätigte sie, »ich möchte, daß Sie diesen Mann beschützen, und ich möchte auch, daß Sie Rick beschützen, damit ihm nichts passiert.«

»Und wer ist der Dritte?« fragte ich.

Sie hatte gesagt, ich solle drei Morde verhindern.

»Nun, ich.« Wieder lächelte sie sanft. »Der Mann, der mich umgebracht hat – sein Name ist Jerry Heckler – hat Freunde, die mir Drohbriefe geschickt und mich angerufen haben, und jedesmal hieß es, Heckler würde mich ›schon kriegen‹, wenn er erst aus dem Gefängnis wäre.« Sie errötete bei dem Ausdruck »schon kriegen«, als sei es ihr peinlich, ein solches Klischee auszusprechen, aber damit war ihre Unsicherheit auch schon wieder vorbei. Die Tatsache, daß dieses Schwein Jerry Heckler (dies ist ebenfalls nicht sein richtiger Name) wieder auf freiem Fuß war, schien ihren Seelenfrieden nicht zu stören. Ich hingegen bekam immer mehr Angst um sie und wurde auch ziemlich zornig. Ich konnte ihrem Mann die Rachegelüste nicht verdenken. Wie ich immer sage: Wo ist die verdammte Todesstrafe, wenn man sie wirklich braucht?

»Okay«, sagte ich, »Sie wollen also, daß ich Jerry Heckler beschütze, damit Ihr Mann keinen Blödsinn anstellt und deswegen verhaftet wird. Und Sie wollen, daß ich Rick beschütze, damit Heckler ihn nicht bei seinem Mordversuch umbringt. Und Sie wollen, daß ich Sie beschütze, damit Heckler Sie nicht töten kann. Nicht noch einmal.«

»Nein«, berichtigte sie mich mit sanfter Stimme. »ich möchte, daß Sie uns alle beschützen, weil Morde... falsch sind. Egal, aus welchem Grund, ein Mord ist ein... Fehler.« Jener merkwürdig gelassene Ausdruck – der, um den ich sie beneidete – breitete sich wieder auf ihrem Gesicht aus. »Das habe ich inzwischen gelernt.«

»Nur ein Fehler?«

»Ein Irrtum.«

»Fehler lassen sich berichtigen«, sagte ich. »Aber wenn ich jemanden töte, kommt er nie mehr zurück.«

Sie lächelte mich an. »Ich bin wieder zurückgekommen.«

Ich übernahm den Fall. Nicht aus den Gründen, die sie mir genannt hatte, denn die glaubte ich ihr nicht. Ich steckte ihre Vorauszahlung aus *meinen* Gründen ein. Dieses Schwein Heckler würde diese liebenswürdige Frau – und auch keine andere – nicht mehr verletzen, wenn ich es verhindern konnte, und er würde auch ihren Mann nicht dazu treiben, einen dummen, möglicherweise fatalen Fehler zu begehen.

»Erklären Sie sich bereit, das zu tun, was ich Ihnen sage?« fragte ich sie, und als sie bejahte, bat ich sie, mir ein paar Minuten Zeit zum Nachdenken darüber zu geben, was ich ihr sagen würde.

Ich empfand den Fall als sehr dringlich und schickte Grace Kairn sofort zu meiner Mutter, die außerhalb der Stadt an einem Ort lebte, an dem Heckler sie meiner Meinung nach nie vermuten würde. Ich ließ sie nicht einmal mehr nach Hause fahren, um ihre Sachen zusammenzupacken. Ich erklärte ihr, sie dürfe nicht einmal zu Hause anrufen, ohne mich vorher gefragt zu haben; ich würde ihren Mann informieren und mich mit ihm auseinandersetzen – schließlich bezahlte sie mich dafür.

Vielleicht denken Sie jetzt, es war dumm, meine eigene Mutter in Gefahr zu bringen, aber da kennen Sie meine Mom schlecht. Immerhin war ihre einzige Tochter beim Militär und wurde später Privatdetektivin. Sie haben es also mit einer Mutter zu tun, die ziemlich wahrscheinlich auf sich selbst aufpassen kann. Wer hat mir Ihrer Meinung nach das Schießen beigebracht? Nicht Dad, denn der wäre ihr erstes Opfer gewesen, wenn er jemals in das Elendsviertel zurückgekehrt wäre, in dem er uns zurückgelassen hatte. Den Polizisten hätte sie dann erzählt, sie habe ihn für einen Spanner gehalten, und ich hätte ihr den Rücken gedeckt, auch wenn ich mich insgeheim gefragt hätte, ob diese Frau eine Frau zum Heiraten ist. Meine Mutter macht mich irgendwie fertig; ich finde sie toll, aber mir ist auch klar, wie Dad sie gesehen haben muß.

Nachdem ich für Graces Sicherheit gesorgt hatte, mußte ich drei weitere Punkte auf meiner Liste abhaken: unterschiedlich herzliche Besuche bei Rick Kairn, Lt. Janet Randolph und Mr. Jerry Heckler.

Ich fing mit dem angenehmsten Besuch an, dem bei der Polizistin.

»Wenn du diesen Heckler beschreiben solltest, Janet«, sagte ich in ihrem Büro zu ihr, »würdest du ihn dann eher mit klarem Quellwasser oder mit einer Jauchegrube vergleichen?«

»Am besten, du machst Mund *und* Nase zu.«

»So schlimm?«

»Bei dem kannst du gar nicht vorsichtig genug sein, Angie.« Die Beamtin, von der Natur ohnehin nicht mit größter Schönheit gesegnet, hob eine Augenbraue, und das ließ sie wie einen Rottweiler mit fragendem Blick aussehen: Sie hatte schwarzes Haar, braune Haut, einen herausfordernden Gesichtsausdruck und eine ziemlich aggressive Art. »Und was hast du vor?«

»Ich werde ihn mir anschauen.«

»Das ist alles?«

Ich grinste sie an. »Schließlich muß jemand in der Lage sein, seine Leiche zu identifizieren.«

Sie lächelte grimmig zurück. »Wir hatten alle gehofft, daß irgendein Mitgefangener ihn umbringt.«

»Dafür ist es noch nicht zu spät. Die Welt steckt voll von Exgefangenen.«

» Was du nicht sagst. «

» Kann ich ein Bild von ihm sehen? «

» Das brauchst du gar nicht. Den erkennt man sofort. Er hat karottenrote Haare. «

Ich mußte lachen. » Du machst Scherze. «

» Nein. Wenn ich karottenrote Haare hätte, würde ich keine Verbrechen begehen. Aber Verbrecher sind ziemlich dumm. «

» Nun, er ist schon nach vier Jahren wieder auf freiem Fuß. Wer ist also dumm? Er oder wir? «

Sie gab mir die Adresse der offenen Anstalt, in der er jetzt wohnte. Am liebsten hätte ich sie gelobt. Auch Janet war in Vietnam gewesen, aber obwohl wir hin und wieder Kaffee miteinander tranken, wußte sie nicht, daß ich ebenfalls dort gewesen war, und sie hatte keinerlei Möglichkeit, das irgendwo nachzuprüfen, weil darüber keine Akten existieren. Und es lebte fast niemand mehr, der Bescheid wußte. Es ist gar nicht so schwer, so zu tun, als wüßte man von nichts. Die Leute rechnen nicht mit weiblichen Vietnamveteranen, nicht einmal andere Frauen. Wenn Janet oder irgendein anderer Vietnamveteran beginnt, Kriegsgeschichten zu erzählen oder sich an Traumata zu erinnern, bekomme ich pflichtschuldigst große Augen, sehe gebührend beeindruckt aus und spreche mein Mitgefühl aus.

Sie weiß auch nichts von dem Brustkrebs.

Ich bin ganz gut im Versteckspielen, also fuhr ich nach Hause und legte mir eine weitere Tarnung zu.

Ich setzte meine schwarze Perücke auf, die lange genug ist, um sie hinten zu einem Pferdeschwanz zusammenzubinden, und Fransen hat, die mir bis zu den Wimpern reichen ... dann steckte ich die falschen Zähne in den Mund, mit denen ich aussehe, als hätte ich einen Überbiß ... dazu kamen noch meine grünen Kontaktlinsen und meine Brille mit dem Kassengestell. Schließlich holte ich aus den Sachen, die ich bereits in die Kleidersammlung gesteckt hatte, eine verdreckte weiße Kellnerinnenuniform und schmutzige weiße Kellnerinnenschuhe. Und dann kam der Trick, der alle anderen Tarnungsmanöver im Regelfalle unnötig macht: Ich vergrößerte meinen Brustumfang so sehr, daß mir jeder Mann zuerst auf den Busen schaute, bevor er mein Gesicht ansah. Abschließend legte ich Make-up auf, das ich sonst nie trage, zog Hängeohrringe an, für die das gleiche galt, und entschuldigte mich insgeheim bei all den richtigen, hart schuftenden Kellnerinnen der Welt.

Das gute an Körbchengröße DD ist, daß man sich eine Pistole in den Büstenhalter stecken kann, und niemand merkt etwas, es sei denn, er versucht, einen in den Arm zu nehmen. Wenn Sie jemals eine großbusige Kellnerin dabei ertappen, wie sie sich in den Ausschnitt faßt, um ihren Büstenhalter zurechtzuziehen – ducken Sie sich.

Solchermaßen getarnt, machte ich mich auf die Suche nach Jerry Heckler.

Glauben Sie ja nicht, daß ich diesen Besuch auf die leichte Schulter nahm.

Ein Schriftsteller namens Andrew Vachss hat einmal eine Kurzgeschichte geschrieben, die ich nie vergessen werde, weil er damit so recht hatte. In dieser Geschichte, die den Titel »Weiße Krokodile« trägt, vergleicht Vachss bestimmte Arten von Menschen mit Krokodilen. Er sagt, Babykrokodile würden von ihren Müttern verstoßen, also müßten sie sich allein durchschlagen. Wenn sie das Erwachsenenalter erlebten, seien sie den Rest ihres Daseins damit beschäftigt, es anderen heimzuzahlen.

Wahrscheinlich, so dachte ich, gehörte Jerry Heckler zu den Krokodilen dieser Welt.

Doch egal, wie sehr ich ihn theoretisch wegen seiner schlimmen Kindheit bemitleidete, jetzt war er ein erwachsener Mann, der andere Menschen brutal mißhandelte, wenn er die Gelegenheit dazu bekam, das hatte er bei Grace Kairn bewiesen.

Ich lasse mich auf keine Spielchen ein mit den Jerry Hecklers dieser Welt; mit ihnen kann man nicht vernünftig reden, sie haben kein Mitleid und kein Gewissen; sie gehören zu den gefährlichsten Menschen, und sie haben – hier zitiere ich noch einmal Vachss – keine natürlichen Feinde. Wenn ich gezwungen bin, mich mit ihnen auseinanderzusetzen, tue ich das einzige, was man in so einem Fall tun kann, was schon meine Mutter und dann später Vietnam mich gelehrt haben: Ich schlage zuerst zu.

Ich entdeckte ihn schon nach halbstündigem Warten an einer Bushaltestelle gegenüber der offenen Anstalt. Es war Abendessenszeit. Der Karottenkopf kam aus der offenen Anstalt und ging zwei Türen weiter in einen Lebensmittelladen mit Imbiß.

Während er etwas aß, ging ich zu der Telefonzelle auf der anderen Straßenseite und rief Grace Kairns Mann Rick an. Es bestand keine Notwendigkeit, mich persönlich mit ihm zu treffen, denn im wesentlichen hatte ich nur eine Botschaft für ihn, und die lautete: Tu's nicht, sonst erwischt's dich. Wenn ich dem Zeitplan glauben konnte, den Grace mir gegeben hatte, war ihr Mann jetzt von der Arbeit daheim und begann sich wahrscheinlich Gedanken darüber zu machen, wo seine Frau steckte.

»Rick? Mein Name ist Angela Fopeano. Ich bin Privatdetektivin, Ihre Frau hat mich heute angeheuert. Sie will, daß ich Sie daran hindere, Jerry Heckler umzubringen.«

Ich hatte keine Zeit, um den heißen Brei herumzureden; vielleicht aß Heckler ziemlich schnell.

Kairn klang unzusammenhängend, entrüstet und ängstlich, aber ich hörte auch, daß er seine Frau wirklich liebte, weil er seine Frustration verbal an mir ausließ, nicht an ihr.

Schließlich fiel ich Kairn ins Wort und sagte ihm: »Ich erkläre Ihnen jetzt, wie ich Sie daran hindern werde, sich selbst ein Grab zu schaufeln oder sich ins Gefängnis zu bringen, Rick. Ich bin heute bei Lt. Janet Randolph gewesen und habe ihr erzählt, daß Sie Heckler umbringen wollen.«

Totenstille am anderen Ende der Leitung.

Die einfachste Methode ist meistens die beste.

Jetzt konnte er nichts mehr unternehmen, ohne sich selbst – und damit auch seine Frau – in die Scheiße zu reiten. Und wenn er sie liebte – davon war nicht nur sie überzeugt, sondern auch ich –, würde er das nicht tun. Es war die eine Sache, in den eigenen vier Wänden Schimpftiraden loszulassen, aber etwas ganz anderes, wenn die Polizei von diesen Schimpftiraden erfuhr. Ob Grace das nun wußte oder nicht: deshalb war sie zu mir gekommen – sie konnte ihren Mann nicht an die Polizei verraten, damit diese ihn schützte, aber ich konnte es.

»Er verdient den Tod«, sagte Rick mit wütender, hilfloser und auch trauriger Stimme.

»Da haben Sie recht«, pflichtete ich ihm bei. »Aber *Sie* verdienen ihn nicht, und Grace verdient es nicht, allein dazustehen, wenn Heckler Sie zuerst erwischt oder Sie ins Gefängnis wandern.«

»Aber ich kann doch nicht festgenommen werden, nur weil ich ihn umbringen will, oder?«

»Nein, dagegen gibt's noch kein Gesetz, Rick.«

»Aber so kann er Grace wieder weh tun!«

»Nun, es ist mein Job, das zu verhindern.«

Rick Kairn klang nicht sonderlich überzeugt davon, daß ich das schaffen würde, aber wieso sollte er auch, er kannte mich ja nicht. Ich konnte seine Reaktion verstehen. Als er mich fragte, wo Grace sei, erklärte ich ihm, das könne ich ihm erst sagen, wenn ich sicher wäre, daß Jerry Heckler ihr nichts mehr tun könne, egal, wo sie sei. Kairn gefiel diese Geheimnistuerei überhaupt nicht. Er verdächtigte mich wohl insgeheim, Grace entführt zu haben, aber er verstand meine Argumentation. Wenn er nicht wußte, wo seine Frau sich aufhielt, konnte er weder durch Zufall noch unter Zwang etwas an Heckler ausplaudern. Über Hecklers Freunde, die Grace und Rick mit der Botschaft terrorisiert hatten, Heckler würde sie schon »kriegen«, sobald er aus dem Knast wäre, machte ich mir keine Gedanken; wenn sie vorgehabt hätten, ihr Versprechen wahr zu machen, hätten sie das schon getan. Nein, ich hatte eher den Eindruck, daß Heckler dieses Vergnügen keinem anderen überlassen wollte.

Ich versprach Rick, als Vermittlerin zwischen Grace und ihm zu fungieren.

Und dann legte ich hastig auf, als ich sah, daß Jerry Heckler in seinen Hosentaschen nach Geld suchte, um sein Essen zu bezahlen.

Als Heckler auf die Straße trat, rief ich ihm zu: »Ach, Sir!«

Als er sich zu mir umwandte, sah ich, daß er ein fleischiger, rothaariger Mann war, Mitte Dreißig mit argwöhnischem Gesicht, pickeliger Haut und schweren Augenlidern wie ein Krokodil.

Ich ging auf ihn zu, eine Herrenbrieftasche in der ausgestreckten Hand.

»Haben Sie die liegenlassen . . .?«

»Die gehört mir nicht.«

Jetzt war ich nahe genug dran.

Schlag als erster zu, aber nur, wenn du deinen Feind kennst.

»Grace«, sagte ich leise, aber klar und deutlich. Er sah verblüfft aus, doch dann begannen seine Mundwinkel zu zukken, als amüsiere er sich. »Wenn ihr oder ihrem Mann oder irgend jemandem sonst, den sie kennt, etwas passiert, spüre ich Sie auf und bringe Sie um.«

Er lachte über mein Aussehen und meine Drohung.

»Tatsächlich? Und was ist, wenn was passiert und das ist nicht meine Schuld?«

Er machte sich einen Spaß aus der Sache.

»Wenn ich Sie wäre, würde ich davon ausgehen, daß alles Ihre Schuld ist, Heckler.«

Er sagte mir, was ich seiner Ansicht nach machen konnte, den Blick starr auf meinen Busen gerichtet, und machte sich dann ohne sonderliche Eile aus dem Staub. Doch jetzt wußte ich mehr über ihn: Er war arrogant, unaufmerksam und leichtsinnig, ein Mann, der nie lernen wird, daß man ihn erwischen kann, was bedeutet, daß er nicht nur seine Strafe absitzt, sondern auch weitere Verbrechen begeht.

Das, was ich zu ihm gesagt hatte, war keine Warnung.

Leute wie er nehmen sich Warnungen nicht zu Herzen, weil ihnen Selbstbeherrschung fremd ist. Nein, was ich hier machte, hatte mit eindeutiger Identifikation und Spionage hinter den feindlichen Linien zu tun und diente dazu, mir selbst eine Rückendeckung zu verschaffen.

Ich persönlich bin sehr beherrscht. Ich bin ziemlich vorsichtig oder bin es jedenfalls bis jetzt immer gewesen. Aber der Krebs hat etwas in meinem Inneren losgetreten.

Während der U-Bahn-Fahrt nach Hause dachte ich über meine Alternativen und die daraus folgenden Konsequenzen nach. Das Militär hatte sich seinerzeit meine ausgeprägteste Fähigkeit zunutze gemacht, nämlich die, zahlreiche Möglichkeiten zu überblicken und in kürzester Zeit ihre Konsequenzen durchzugehen. Das war einer der seltenen Fälle, in denen Fähigkeit und Aufgabe im Militär tatsächlich zusammenpaßten.

Zu Hause verbrachte ich lediglich zehn Minuten damit, mir meinen Plan zurechtzulegen.

Zuerst rief ich Lt. Randolph an.

» Ich hab' mit dem Ehemann gesprochen, Janet. Wie wär's, wenn ich ihn zu dir ins Büro schicke? «

» Gute Idee. «

» Wann? Mach einen Vorschlag. «

» Morgen früh, um Viertel nach zehn. «

» Wunderbar. «

Als nächstes rief ich Graces Mann an und erläuterte ihm das Arrangement.

» Aber da muß ich arbeiten ... «

» Erzählen Sie Ihrem Chef irgendwas, Rick. Sie müssen den Termin wahrnehmen. Sie müssen die Beamtin davon überzeugen, daß Sie Heckler kein einziges seiner roten Haare krümmen werden. «

Er verfluchte mich, erklärte sich aber bereit, meinen Anweisungen Folge zu leisten.

Natürlich hätte ich Janet bitten können, den Termin selbst zu vereinbaren, aber ich mußte seine Zustimmung persönlich hören, sicher sein, daß er den Termin wahrnehmen würde. Erbarmungslos sagte ich ihm: » Rick, ich möchte Ihrer Frau sagen können, daß Lt. Randolph Sie tatsächlich morgen früh um Viertel nach zehn gesehen hat. «

Das überzeugte ihn. » Na schön! « brüllte er mich an.

Zuallerletzt rief ich Mom an.

Sie sagte, alles sei in Ordnung, und: » Grace ist eine nette Frau. «

» Genau. Nimmst du sie morgen früh zum Einkaufen mit, Mom? «

» Zum Einkaufen? « Sie schwieg eine Weile. » Soll ich das? «

» Es gibt 'nen großen Sonderverkauf um Viertel nach zehn. Ich an deiner Stelle würde schon ein bißchen früher hingehen und mir danach auch noch ein bißchen Zeit lassen, sie ein paar Leuten vorstellen, damit sie sieht, in was für einem freundlichen Städtchen du wohnst. «

» Sie wird gar nicht mehr weg wollen, wenn ich ihr alles gezeigt habe. «

» Prima. «

» Und du paß auf dich auf, Tochter. «

» Ja, Ma'am. «

Meine Mutter wußte nicht, was ich vorhatte, das sagte ich ihr nur noch selten, aber sie begriff schnell, und dazu braucht man keine Fakten. Früher hat sie mir immer eine Geschichte erzählt, immer wieder, ihre Lieblingsgeschichte aus der Sagenwelt. Wenn andere Mädchen sich Schneewittchen anhörten, erfuhr ich etwas über Daphne und Apollo. Apollo ist ein Gott, Daphne eine Waldnymphe, und er begehrt sie, aber sie läuft weg. Er folgt ihr, und als er sie schon fast eingeholt hat, fleht sie ihren Vater, einen Flußgott, um Hilfe an. Ihr Daddy meint, er tue ihr einen Gefallen, und rettet sie, indem er sie in einen Baum verwandelt. Herzlichen Dank, Dad. Den guten Apollo hättest du nicht zufällig in einen Baum verwandeln und deine Tochter weglaufen lassen können, oder? Meine Mutter hat immer gesagt, die Moral der Geschichte sehe folgendermaßen aus: Vertrau keinem Vater. Und bitte nie einen Vater um Hilfe. Denn er sorgt dafür, daß du nicht mehr weiterkommst, und schützt so seinen eigenen wertvollen Status.

Soll heißen: Wenn du Hilfe brauchst, wende dich an Mom.

Besonders glücklich war ich nicht über meinen Plan.

Es war alles komplizierter, als es mir lieb war, aber ich

mußte für eine ganze Menge Alibis sorgen, darunter auch für mein eigenes. Außerdem mußte ich schnell arbeiten, weil ich Grace nicht ewig von der Stadt fernhalten konnte. Ich wollte Heckler aus der ganzen Geschichte heraus haben. Ja, so einfach war das. Schlag immer als erster zu. Ich wollte ihm eine Falle stellen und ihn aus der Gleichung herausnehmen, und zwar auf eine Weise, die keinerlei Verdacht auf Grace, Rick oder mich fallen ließe. Damit überschritt ich eine Grenze, eine Grenze, die ich seit Vietnam nicht mehr überschritten hatte.

Der Rest des Plans war einfach, machte mir sogar Spaß: Ich mußte ein paar Stunden lang vor der offenen Anstalt herumschnüffeln, um einen geeigneten Hinterhalt zu finden, noch ein paar Stunden Kostümwechsel proben und mich in Zweihändigkeit üben.

Als ich einschlief, dachte ich an Vietnam. Ein kleiner Fehler, und schon bekommt man schlechte Träume. Fast jeder weiß heutzutage, daß es damals Erschießungskommandos gab, aber kaum jemand ahnt – und niemand würde es glauben, selbst wenn er Fotos zu sehen bekäme, die ich liefern könnte –, daß daran auch Frauen beteiligt waren. Lassen Sie es mich so ausdrücken: Nicht jede Friedenskämpferin, die nach Hanoi fuhr, war eine Pazifistin, nicht jedes Mädel mit einem Kreuz auf der Uniform war eine Krankenschwester, und nicht jede Frau mit einem Stift in der Hand eine Journalistin. Allerdings müssen Sie verstehen, das alles passierte, bevor mir klar wurde – ein männlicher Veteran hat es mir mit verbitterter Stimme klargemacht –, daß alle Soldaten, insbesondere die frisch Eingezogenen, Gefangene ihrer Regierung sind. Das glauben Sie mir nicht? Dann nennen Sie mir einen anderen Job, bei dem Sie fürs Aufgeben erschossen werden können.

Doch ich träumte nicht von Vietnam.

Ich träumte von meiner Mutter. Sie kam lächelnd und mit entschlossenem Gesicht auf mich zu, eine Flasche Shampoo mit Mandel-Erdbeer-Geruch in der Hand. Sie wollte mir die Haare waschen. Aber ich wollte nicht, daß sie mir das Zeug in die Haare rieb oder meinen Kopf anfaßte.

Ich wachte schreiend auf.

Dann lag ich da und grübelte nach – was für eine dramatische Reaktion auf einen solchen belanglosen Traum. Mein Herz klopfte vor Angst, und mein Oberkörper war schweißgebadet. Ich legte die Hände über die Brust, gleich über der Stelle, an der ich auf den Röntgenaufnahmen den Schatten gesehen hatte, und ich dachte: merkwürdig.

Danach schlief ich wie ein Baby.

Ein Baby mit Krebs.

Als ich aufwachte, merkte ich, daß Morden sich nicht wesentlich von Schreibmaschineschreiben unterscheidet: Beides verlernt man nie. Seit mir klargeworden war, wie ich in dem Fall Jerry Heckler vorgehen würde, hatte ich an ihn gedacht, jedoch auch an einen Kinderschänder, der, so hatte ich gelesen, wegen eines Formfehlers entlassen worden war, und an einen Terroristen, dem es irgendwie gelungen ist, sich in ein Gefängnis mit besonders laschen Sicherheitsvorkehrungen zu mogeln.

Ich habe noch ein paar Schulden zu begleichen mit Vietnam.

Vielleicht konnte ich die eine nach der anderen begleichen, angefangen bei Heckler. Und ich konnte meine Geschichten aufschreiben – wie diese hier – und anonym veröffentlichen, um ein paar von den Schurken abzuschrecken. Dann würden sie voller Angst über die Schulter schauen und sich fragen, ob sie als nächste dran wären. Ich wurde ganz aufgeregt, wenn ich an den Plan dachte. Wie Mom immer sagte: Angie, versuch was zu verbessern in der Welt.

Ja, Ma'am.

Fast hätte ich lachen müssen, als ich mich beim Anziehen in eine unauffällige kleine Frau verwandelte. Meine Ausrüstung – das Gewehr eines Scharfschützen, ein Zielfernrohr, ein Schalldämpfer, Munition, Stativ und Handy – ließ sich schnell auseinanderbauen und paßte genau in eine ganz normale Brusttasche, die ich innen verstärkt hatte. Über meine erste Tarnschicht zog ich dünne Plastikhandschuhe, einen Arbeitsanzug, eine gefütterte Jacke mit Kapuze, eine Baseballmütze mit großem Schild und Männerarbeitsschuhe an.

Einen Werkzeugkasten hatte ich bereits nach meiner General-probe vom Vorabend in meinem Wagen verstaut.

Wie es in dem alten Lied heißt: Geh wie ein Mann.

Ich würde als Handwerker mit Werkzeugkasten auf das Dach eines Gebäudes gegenüber der offenen Anstalt klettern und als kleine, unauffällige Frau mit Basttasche wieder herunterkommen, so unauffälig, daß mich niemand wahrnehmen würde.

Es war ein toller Tag, kalt, sonnig, wolkenlos.

Und es war Viertel vor zehn.

Um Viertel nach zehn rief ich vom Dach aus mit dem Handy die offene Anstalt an und erklärte dem Mann, der abnahm, ich sei von der Gasgesellschaft, eine Gasleitung im Viertel sei geplatzt.

»Evakuieren Sie das Haus. Alle müssen raus!«

»In Ordnung!« antwortete er. Manche Leute sind einfach unheimlich leichtgläubig.

Dann rief ich Janet an und fragte sie, ob Rick Kairn schon da sei.

»Der sitzt hier bei mir«, antwortete sie.

In dem Augenblick kam Jerry Heckler aus der offenen Anstalt. Er war ein kräftig gebauter Mann mit breiter Brust, die sich gut als Zielscheibe eignete, und ich hatte genug Munition für einen Grizzly dabei. Ich konnte keinen Schalldämpfer verwenden, weil der die Durchschlagskraft vermindert hätte.

»Erzähl mir, was du ihm sagst«, erklärte ich Janet.

Als sie zu sprechen begann, legte ich einen Finger meiner linken Hand auf den Stumm-Knopf meines Handy und den rechten Zeigefinger auf den Abzug des Gewehrs. Ja, ich war wirklich mit beiden Händen gleich gut! Und genau da – im ungünstigsten Augenblick – meldete sich meine Erinnerung wieder zu Wort.

Keine Erinnerung aus Vietnam.

Was mir durch den Kopf schoß, war die Tatsache, daß die Angst von einem mandelförmigen Organ tief im Gehirn ausgeht, dem Nucleus amygdalae. Wenn dieses Organ stimuliert wird, entsteht Schrecken.

Schrecken. Herzklopfen. Kalter Schweiß.

Wie in meinem Traum. Mom und das Shampoo. Das Mandel-Erdbeer-Shampoo. Ich hatte keine Ahnung, was die Erdbeeren bedeuteten, aber die Mandeln standen: für die Angst.

Mom?

Scheiße! Daran wollte ich jetzt nicht denken!

Ich hatte ihren Rat befolgt und mich nie an »die Väter« gewandt, wenn ich Hilfe brauchte. Tausende meiner männlichen Zeitgenossen hatten es getan und waren in Vietnam gelandet. Ich war nur zu »den Müttern« gegangen. Und trotzdem stand ich jetzt mit dem Gewehr in der Hand da.

Ich war verwirrt, wie gelähmt.

In jenem Augenblick, den einen Finger auf dem Stumm-Knopf ... Janets Stimme aus dem Hörer ... ein Auge auf Jerry Hecklers Brust ... den anderen Finger am Abzug, fühlte ich mich vollkommen leer.

Dann zielte ich noch einmal und drückte ab.

Als der Schuß verklungen war, ließ ich den Stumm-Knopf los. Und die ganze Zeit erzählte Janet mir, was sie Rick Kairn sagte, der in ihrem Büro saß, während seine Frau gerade einem halben Dutzend Leuten in über siebzig Kilometer Entfernung vorgestellt wurde. Wenn die Polizisten argwöhnisch wurden und sich wegen dieses Anrufs an die Telefongesellschaft wandten, saß ich ganz schön in der Scheiße. Aber nach Aussage mehrerer Ärzte tat ich das sowieso, also was machte das schon? Besonders, wenn ich ein Krokodil daran hinderte, Menschen aufzufressen.

An manchen Tagen klappt einfach alles.

Es funktionierte alles perfekt.

Letzte Woche ging ich mit Grace zum Mittagessen.

»Wir haben nichts zu befürchten, oder?« fragte sie mich.

»Nein, zumindest nicht von Heckler. Wie das mit Ihrem restlichen Leben ist, kann ich allerdings nicht sagen.«

Sie lächelte mich an. »Danke, egal, wie Sie das geschafft haben.«

»Gern geschehen. Würden Sie mir jetzt bitte noch sagen, was Sie herausgefunden haben, als Sie tot waren?«

»Ich habe gelernt, daß uns vergeben ist.«

»Na, das sind ja gute Nachrichten.«

Sie lachte. »Ich habe gelernt, daß jede böse Tat eigentlich ein Hilfeschrei des Herzens ist, die Bitte, wieder mit Gott vereint zu werden.«

»Na schön«, sagte ich, während sie über meinen skeptischen Gesichtsausdruck lächelte. »Dann sagen Sie mir jetzt nur noch, wer Gott ist.«

Wieder lachte sie. »Es gibt kein ›Wer‹. Es gibt nichts – überhaupt nichts – da draußen. Es ist alles hier drinnen.« Dabei deutete sie auf ihre Brust, ziemlich genau auf die Stelle, an der sich mein Tumor befindet. »Gott ist nur ein anderes Wort für Liebe.«

»Toller Slogan für einen Aufkleber«, sagte ich, taktlos wie immer.

Aber Grace schien mir das nicht übelzunehmen, und ich beschloß, nicht zu erwähnen, daß manche Wissenschaftler behaupteten, Grenzerfahrungen mit dem Tod hätten nur mit Endorphinausschüttungen im Gehirn zu tun.

Doch wie üblich war sie mir gedanklich einen Schritt voraus.

»Sie brauchen mir das nicht zu glauben, Angie.«

»Tja, wenn das so ist ...«

Wir mußten beide lachen, und ich fragte mich, warum ich mich so sehr gegen den Gedanken sträubte, daß mir all die üblen Dinge, die ich in meinem Leben getan hatte, vergeben würden. Plötzlich fiel mir ein, warum: Weil dann auch den Jerry Hecklers dieser Welt Vergebung zuteil würde.

Ich hatte ihn angerufen, am Abend des Tages, an dem mein Schuß ihn um wenige Zentimeter verfehlt hatte. Eigentlich hatte ich ihn töten wollen; ich war auf das Dach hinaufgeklettert, um ihn zu erschießen. Aber in jenem leeren Augenblick – als die Stimme der Mütter und der Väter in meinem Kopf verstummte – hatte ich es mir anders überlegt. Wahrscheinlich war das die erste wirklich selbständige Entscheidung meines Lebens, und ich wünschte, ich könnte sagen, daß ich damit zufrieden bin.

»Ich habe Ihnen gesagt, Sie sollen Grace in Ruhe lassen«, sagte ich zu ihm.

»Ich habe nichts getan!« beschwerte er sich. Ich wußte, daß er Angst gehabt hatte; das hatte ich seinem Gesicht angesehen, als mein Schuß ihn knapp verfehlte, nachdem ich absichtlich danebengezielt hatte.

»Das weiß ich«, erklärte ich ihm. »Der Schuß war dafür, daß Sie daran gedacht haben, ihr etwas zu tun. Sie können sich denken, was passiert, wenn Sie ihr tatsächlich etwas antun.«

Vielleicht hören Krokodile normalerweise nicht auf Warnungen, aber sie sind nicht auf den Kopf gefallen. Sogar Krokodile verziehen sich in einen anderen Sumpf, wenn sie Schüsse hören.

Allerdings machte ich mir Gedanken über diesen anderen Sumpf.

»Jerry?« sagte ich. »Ich behalte Sie im Auge. Wenn ich höre, daß Sie sich wieder an 'ne Frau rangemacht haben – das muß nicht Grace sein –, kriegen Sie's mit mir zu tun.«

»Wer sind Sie?«

»Ein guter Schütze«, sagte ich und legte auf.

Wer ich bin? Eine gute Frage. Ich bin nicht Vaters Liebling, das bin ich nie gewesen. Und jetzt bin ich vielleicht nicht einmal mehr Mutters Liebling. Tja, wer bin ich? Eine Frau, die bis auf einen Schatten in der Brust leer ist. Zum erstenmal im Leben kann ich die Folgen nicht vorhersehen. Aber ich kenne das folgende Naturgesetz: In völliger Dunkelheit gibt es keine Schatten; wo Schatten ist, muß auch Licht sein.

Liza Cody

Sonnenflecken

Als ich heute morgen aufwachte, beschloß ich, mich einer
Schönheitsoperation zu unterziehen. Man kann gar nicht
früh genug damit anfangen. Schließlich wirkt die Schwerkraft
vom Augenblick der Geburt auf das Gesicht ein, und ich habe
das Gefühl, daß ich der Schwerkraft nicht mehr länger die
Kontrolle überlassen darf.

Ich werde meine Nase verkürzen, einen Teil des Nasen-
beins entfernen lassen. Dann kommen noch ein paar Fettde-
pots unter den Augen weg. Hier ein bißchen weggeschnipselt,
dort ein wenig hochgesteckt, und schon erkennen Sie mich
nicht mehr.

Ich werde die Farbe meiner Kontaktlinsen verändern und
die Farbe meiner Haare. Alles wird neu, und ich werde mich
selbst nicht mehr erkennen.

Dazu brauche ich nur Geld. Ich werde das Haus verkaufen.
Ich wollte sowieso umziehen.

Ich suche mir eine Nummer aus den letzten Seiten der
Vogue heraus. Ich rufe an und vereinbare einen Termin. Das
ist ganz einfach. Ganz anders, als wenn man wirklich einen
Arzt braucht. Nein, die Klinik will mir helfen. Ich stelle kein
Problem dar.

Heute wird ein guter Tag. Ich habe einen Plan, ein Ziel. Ich
weiß, was ich tue. Ich weiß, wohin ich fahre.

Es ist ein heißer Tag. Die Welt sieht braun aus durch meine
Sonnenbrille, und ich steige in den Wagen. Ich fahre in eine
Klinik in der Stadt. Ich werde Stunden brauchen bei dieser
Hitze und diesem Verkehr, aber die Investition wird sich loh-
nen. Ich werde mich verändern, und keiner wird mich mehr
erkennen.

Der Radioempfang ist aufgrund von Sonnenflecken und
atmosphärischen Störungen undeutlich. Die Klimaanlage
jammert. Ich höre nicht hin. Ich stecke eine CD in die Anlage.

Eine alte CD. Nicht die meine. Ich bin nicht verantwortlich für den Text.

Ein Mann mit Knabenstimme singt: »Es war ein träger Tag, und die Sonne knallte herunter ...«

Es ist ein schneller Tag, und die Sonne knallt herunter. Er ist sogar auf der rechten Spur schnell. Auf dem Seitenstreifen steht ein ausgebranntes Wrack mit schwarzen, glaslosen Stahlrippen. Es gelingt mir nicht, auf die Überholspur zu kommen; riesige Laster rasen, Stoßstange an Stoßstange, Metall an Metall, vorbei.

Das hier ist eine lange Fahrt, eine Fahrt auf die Veränderung und das Vergessen zu. Ein weiteres ausgebranntes Wrack am Straßenrand verschwindet im Rückspiegel. Es wird klein und kleiner. Ich werde das alles hinter mir lassen.

Ich könnte eine Elektroschockbehandlung verlangen. Nicht mit asymmetrischen Elektroden, denn asymmetrische Elektroden, heißt es, lassen das Gedächtnis intakt. Aber, so heißt es, wenn man den Strom durchknallt, von Schläfe zu Schläfe, kann man bestimmte Gedächtnisinseln herausbrennen. Dann vergißt man. Und wenn man vergißt, ist das, als sei alles nie vorgefallen.

Ein frisches Gesicht. Ein leeres Gehirn. Eine neue Adresse. Eine andere Nummer. Sie werden mich wirklich nicht mehr wiedererkennen, und niemand kann mich anrufen und mich erinnern. Es wird keine vorwurfsvollen Ferngespräche mehr geben. Niemand kann mir schreiben und mich anschuldigen. Keine Schuld. Chirurgische Eingriffe, elektrische Manipulation und ein guter, diskreter Immobilienmakler. »Wein nicht, Baby, wein nicht, wein nicht.«

Mein Baby weinte nicht viel in seinem Brutkasten. Der Kleine war ganz brav und still. Ein braves Baby ist ein stilles Baby. Ein stilles Baby ist ein braves Baby. Mein Junge in der Brutblase war überhaupt keine Last. Auch als sie ihn herausließen, war er keine Last, und ich fing wieder zu arbeiten an, bevor er alt genug war, mich zu vermissen. Der Babysitter liebte ihn. Genau wie ich. Ich installierte ein Babyphon und schaute mir unten im Erdgeschoß Videos an. Er hat mich nie dabei gestört. Ich hätte jedes kleinste Wimmern gehört, aber er hat nie gewimmert. Er weinte nicht. Später habe ich mir Sorgen gemacht, weil er auch nicht lachte, jedenfalls nicht viel. Still ist gut, wenn's um Babys geht.

Er braucht mich nicht, dachte ich. Der Gedanke beruhigte mich. Ich mußte unseren Lebensunterhalt verdienen. Ich mußte das Geld für den Babysitter verdienen und das Geld für das Kind. Und das konnte ich nicht, wenn das Kind mich brauchte.

Doch der Junge brauchte mich nicht. Er ging zur Schule. In der Schule mochten sie ihn auch. Sie schrieben: »Er ist begabt.« Und sie schrieben: »Er ist zurückhaltend.«

In der Nacht, wenn wir allein waren im Haus, arbeitete ich. Und er arbeitete ebenfalls. Er arbeitete seine Lektionen durch. Wir redeten selten miteinander, und wenn ich etwas sagte, hörte er es nur selten. Er trug Kopfhörer und schnallte sich seine Musik an den Gürtel. Seine Musik ging von Ohr zu Ohr; die Schallwellen wurden symmetrisch übertragen, von Ohrläppchen zu Ohrläppchen, geradewegs durch sein Gehirn, ohne eine einzige Gedächtnisinsel zu zerstören. Ich konnte sie nicht hören.

Ich konnte auch die erste Anschuldigung nicht hören, obwohl sie mittels eines Telefonkabels übertragen wurde. Sie kam in der Nacht, traf in Form eines Blattes Papier durch mein Faxgerät ein, ein sanftes Brummen schneller Worte, die in der Auffangschale aus Plastik landeten. Das Gerät brummte, in Schwarz und Weiß: »Was sind Sie bloß für eine Mutter?« Auf dem Papier stand: »Halten Sie sich überhaupt für eine Mutter?« Es stand darauf: »Ihr Junge ist ein Monster.« Keine Unterschrift. Niemand übernahm die Verantwortung.

Im fünften von fünf Gängen, ziemlich schnell auf der rechten Spur, die Sonne auf dem Wagendach, singe ich nur: »Der Junge in der Blase und das Baby mit dem Pavianherz ...« Ich bin nicht verantwortlich. Ich bin auf der Autobahn, weit weg von Datenautobahnen und optischen Bahnen. Menschliche Stimmen können mich nicht erreichen. Niemand kann sagen:

»Ihr Junge ist ein Monster. Sie sind schuld.« Ich höre nicht zu, und was ich nicht höre, ist nicht wahr.

Ein bißchen hier wegschnipseln und dort hochstecken, und schon habe ich keine Lachfältchen, Krähenfüße, Lebenslinien mehr. Sie werden mich nicht mehr erkennen. Man wird mich aufnehmen als Fremde mit einer Telefonnummer, die niemand kennt. Wenn niemand mich kennt, kann mir auch niemand die Schuld geben, und ich bin ein Wunder chirurgischer Kunst.

Der Junge sah seinen Vater nur ein einziges Mal, und zwar auf dem Video von unserer Hochzeit – Zylinder und Frack in der gleißenden Sonne, Konfetti wie Schuppen auf seinen Schultern. Der Junge sagte nichts dazu, aber später am Abend fragte er mich, was ich von virtueller Realität hielte. Seiner Ansicht nach könnte man damit gut Billardspielen lernen. Es war schon merkwürdig: Der Junge mochte nur Spiele, zu denen hochentwickelte Software nötig war.

Ich scherzte mit ihm und sagte, er sei von Super Mario aufgezogen worden. Aber er lachte nicht. Also kaufte ich ihm Fitneßgeräte für zu Hause, weil er die Bewegung brauchte.

Und es war schön, den Schweiß auf seiner feinen weißen Haut glänzen zu sehen. Er wurde ein bißchen kräftiger, aber er ging nie hinaus. Er reagierte allergisch auf die Sonne. Das ist heutzutage bei vielen Menschen so. Es liegen störende Magnetfelder über der Sonne, und es heißt, wir seien Fluktuationen im Zyklus der solaren Aktivitäten ausgesetzt. Ich gehe nie ohne einen UVA- und UVB-Schutzschild aus dem Haus. Mein Autodach schirmt mich von der Sonne ab. Die Luft wird gefiltert. Diese Blase erhält das Leben und schützt vor kurzzeitiger Vergiftung. Ich bin sicher und schnell auf der rechten Spur.

Später werde ich meine müde alte Haut abstreifen. Ich werde neu geboren, und meine enganliegende neue Haut wird mir ohne Falten passen. Ich werde plastikverschweißt sein und keine zukünftigen Helden mehr brauchen, um meine Laune zu verändern. Der Mann mit der Knabenstimme und seinen Bildern der Entfremdung deprimiert und erregt mich.

Ich habe keine Macht über ihn. Ich entscheide mich gegen ihn, hole ihn aus dem CD-Player. Wenn ich neu geboren bin, faltenfrei, nicht mehr ich, werde ich ein Prozac in den Mund stecken statt einer CD in die Anlage. Aber schon bald werde ich meine Laune nicht mehr verändern müssen, denn schon bald wird alles neu und unbewiesen sein.

Aber ich kann nicht warten, und die Millionen von sich rasend schnell drehenden Rädern machen mich nervös. Ich kann nicht auf meine neue Haut warten. Die ausgebrannten Wracks neben der Autobahn könnten ich sein. Ich bin so winzig neben den Lastwagen. Ozeandampfer, Eigentumswohnungen, ganze Wohnblocks auf Rädern sausen an meinen getönten Fenstern vorbei. Zwischen ihnen ist nicht genug Platz, als daß ich mich auf die Überholspur schlängeln und sie alle hinter mir lassen könnte. Ich wünsche mir eine leere Straße vor und hinter mir. Aber der Rückspiegel ist voll von Autos, die genauso schnell fahren wie ich. Alle jagen einander voller Geschwindigkeit und Gewalt, die sie nicht mehr beherrschen. Alle jagen mich. Nicht nur der Junge, der nicht schnell genug laufen kann. Ich kann es auch nicht. Ihn haben sie erwischt, aber mir wird das nicht passieren.

Im Wagen ist nicht genug klimatisierte Luft, und ich brauche meinen Inhalator. Im letzten Augenblick sehe ich ein Schild und rase mit quietschenden Reifen eine Ausfahrt hinaus, viel zu schnell. Zu schnell, um die Schilder zu lesen, zu schnell, um mich auf der Straße zu halten.

Eine Ecke am oberen Ende des Abhangs rast auf mich zu, türmt sich vor mir auf. Es reißt mir das Lenkrad aus den Händen.

Während ich auf zwei Rädern weiterrase, bemerke ich das Aufblitzen der Kontrollkamera, und es schleudert mich über die Kreuzung. Das Antiblockiersystem greift, lockert sich, greift, und dann kippe ich in Zeitlupe über einen grünen Damm und falle.

Der Airbag bläst sich mit einem Zischen und einem Seufzen auf. Ich erinnere mich, daß ich mich heute morgen beim Aufwachen für einen schönheitschirurgischen Eingriff entschieden hatte. Als mein Gesicht auf den Airbag auftrifft, erinnere ich mich, daß ich meinen Kopf nicht schützen muß. Schließlich war ein Gedächtnisverlust ohnehin geplant gewesen.

Der Unfall läuft ab wie in einem Film: Während ich fliege, stürze und rolle, eingeklemmt zwischen Sicherheitsgurt und Airbag, sehe ich vom Zuschauerraum aus zu. Ein Wagen schießt über ein Dock, über eine Klippe, in einen Abgrund, und fällt dann tief, tief hinab, bis er auf Wasser, Strand und Felsen auftrifft. Der Wagen geht immer in Flammen auf und explodiert. Ich erwarte einen Großbrand. Nichts Derartiges passiert.

Ein gutes Baby ist ein stilles Baby. Ich bin zu dem Baby in der Blase geworden, und ich weine nicht, als ich hilflos zwischen Riemen und Schnüren hänge. Ich werde nicht hysterisch. Unsterblich, unverbrannt, umgekehrt, spüre ich nichts. Es gibt nichts zu spüren.

»Wach auf«, ruft der Junge. Er klopft an meine Tür. »Wach auf.«

Ein Mann mit schmalem, dunklem Gesicht und Pferdehaar klopft ans Fenster. »Sind Sie wach?« fragt er. »Alles in Ordnung? Ich hole Sie da raus.«

Er holt mich heraus. Er sagt: »Wir haben den Rettungsdienst gerufen, als wir gesehen haben, daß Sie über den Damm gerast sind, aber es ist niemand gekommen. Können Sie gehen?«

Ich kann gehen, zitternd und mit Hilfe. »Rühren Sie mich nicht an«, sage ich. Ich werde nicht gern berührt. Ich bin es nicht gewöhnt. Ich gehe ohne Hilfe weiter. Dazu ist nur Selbstbeherrschung nötig.

Von der anderen Seite des Damms dringen Sirenen herüber.

Der Mann sagt: »Eine Massenkarambolage. Auf der Autobahn. Da sind die Notarztwagen. Wir haben nicht genug für alle.«

Wir gehen über ein Feld. Ich mag Gras nicht. Im Gras verstecken sich Dinge. Das Gras kocht in der Sonne.

»Setzen Sie sich einen Augenblick«, sagt der Mann.

»Nein.«

Wir gehen langsam weiter. Der Mann hat Pferdehaare, um seinen Kopf und Nacken vor der Sonne zu schützen. Aber ich habe keinen Hut, und meine Ray-Ban-Brille habe ich verloren.

Der Mann wohnt in einem Bus, in einer verlassenen Senke unter der Autobahn. Seine Frau macht Tee. Seine Kinder stehen verstaubt im Schatten und starren mich an. Sie sind voller Geschwüre und braun. Offenbar dürfen sie in der Sonne spielen. Mein Junge hat nie in der Sonne gespielt.

Die Frau gibt mir Tee in einem Plastikbecher. Ich glaube nicht, daß sie den Becher sterilisiert hat, aber das Wasser hat gekocht, also trinke ich den Tee. Dies ist eine seltsame Welt, eine Welt der Unfälle, Zwischenfälle und Einfälle. Es ist nicht meine Welt. Ich trinke den Tee. Ich bin auf alles gefaßt.

»Besser?« fragt die Frau. »Sie ist leichenblaß.«

»Ruf noch mal den Rettungsdienst«, sagt der Mann.

Die Frau nimmt ein abgegriffenes altes Handy in die Hand.

»Nein«, sage ich.

Der Mann und die Frau sehen einander an. Die Kinder starren mich an.

»Noch nicht«, sage ich. Wenn die Leute vom Rettungsdienst kommen, wollen sie meinen Namen und meine Telefonnummer. Sie wollen meine Fingerabdrücke und eine Stimmprobe, und egal, wie weit diese Leute von der Autobahn weg wohnen – sie werden von mir oder von dem Jungen gehört haben. Ich will nicht, daß eine Frau mit braunen Kindern voller Geschwüre mich fragt, was ich für eine Mutter bin.

Ich suche in meinen leeren Taschen nach etwas, das ich ihnen geben könnte.

»Wie heißt ihr denn?« frage ich sie, als ich in meinen Taschen nichts finde. Sie lutschen an ihren schmutzigen Fingern, ohne mir eine Antwort zu geben.

»Was werden Sie machen?« fragt der Mann. »Wollen Sie jemanden anrufen? Wir würden Sie mitnehmen, aber wir haben kein Benzin.«

Also sind sie unter der Autobahn gefangen. Aber sie können in ihrem Fortbewegungsmittel wohnen. Wahrscheinlich würden sie sich selbst Reisende nennen, aber sie fahren nirgendwo hin. Ich selbst bin keine Reisende, nein, aber ich habe noch einen langen Weg vor mir.

»Was werden *Sie* machen?« frage ich, weil ich ihre Fragen nicht beantworten kann.

»Warten«, sagt er, »bis wir genug Geld für eine Tankfüllung haben und hier abhauen können.«

»Uns geht es ganz gut hier«, sagt die Frau. »Wir haben alles, was wir brauchen.«

»Und wie«, frage ich, »verdienen Sie sich Ihr Geld?«

»Betty geht manchmal in der Stadt putzen«, antwortet der Mann.

Die schmutzige Betty putzt also. Erstaunlich.

»Al sagt die Zukunft voraus«, sagt Betty. »Er hat die Gabe des Hellsehens.«

Die Zukunft sagt man nicht voraus, man erarbeitet sie sich. Ich befinde mich in einer Welt der Unvernunft. Ich erinnere mich, daß ich mich heute morgen beim Aufwachen zu einem schönheitschirurgischen Eingriff entschlossen hatte. Ich bin unterwegs, um mein Gesicht, meine Zukunft verändern zu lassen. Dazu ist nur Geld nötig.

»Er kann Ihnen aus der Hand lesen«, sagt Betty. »Während Sie warten.«

»Nein«, sage ich. Ich möchte nicht, daß Al meine Hand berührt. Grobes dunkles Haar verdeckt seine Gesichtszüge, aber ich kann seine Augen erkennen. Ich habe meine Ray-Ban-Brille verloren, also kann ich sehen, daß seine Augen tief in den Höhlen liegen und unvernünftig wirken. Als er mir aus dem Wagen half, war seine Hand glühend heiß gewesen. Seine Kinder sind braun und voller Geschwüre, und sein Tee ist kontaminiert. Meine Zukunft ist nicht sicher vor einem solchen Mann.

»Damit könnten Sie sich die Zeit vertreiben«, sagt Betty. »Es kostet auch nicht viel. Sind Sie denn nicht neugierig?«

Ich bin nicht neugierig. Ich weiß, wohin ich fahren, was ich tun werde. Al und Betty sind hier die Neugierigen. Sie wollen wissen, was für eine Mutter ich bin. Nun, ich bin die Mutter eines Jungen mit makelloser, weißer Haut, und mein Tee ist nicht kontaminiert. Wir bleiben unberührt von den Fluktuationen im Zyklus der solaren Aktivität.

»Es ist wahr«, sagt Betty. »Al kann in die Zukunft sehen, und er sieht auch durch das Fenster zu Ihrem Herzen. Das hilft, glauben Sie mir.«

Das Herz hat keine Fenster; es hat Kammern. Es ist ein Muskelsystem aus Pumpen und Kammern, die Körperteile mit Blut versorgen, welche sonst absterben würden. Ein Wunder der Technik: Es läßt sich ersetzen.

Al streckt sich. Seine Sehnen sind unglaublich lang. Er sagt: »Setz der Lady nicht so zu, Schatz.« Sein Seufzen füllt die Senke. Es wogt um den Bus. Das Gras kräuselt sich, der Staub wirbelt auf.

»Ruf noch mal die Leute vom Rettungsdienst«, sagt Al zu Betty. »Wir können dieser Lady nicht helfen.«

»Nein«, sage ich. »Lesen Sie mir aus der Hand.« Das Unmögliche, das Unvernünftige, wird mich eine Weile vor dem Rettungsdienst retten.

»Endlich werden Sie vernünftig«, sagt Betty. »Geben Sie mir ein bißchen Geld, dann gehe ich mit den Kindern in die Stadt.«

Ich gebe ihr Geld, und sie geht mit den Kindern hinaus in die glühende Sonne, aus meinem Blickfeld.

»Geben Sie mir Ihre Hand«, sagt Al.

Ich will nicht. Ich halte sie hoch, damit er sie sehen kann.

»Eine leere Hand«, sagt Al.

Ich stehe durchaus nicht mit leeren Händen da. Ich habe Ersparnisse und Sicherheiten. Zum Leben ist nur Geld nötig.

»Eine saubere Hand«, sagt Al, als wüßte ich das nicht selbst.

Er sagt: »Ihre Liebeslinie ist kurz, aber Ihre Lebenslinie ist lang. Sie tun mir leid.«

»Dazu habe ich keine Meinung«, sage ich. »Da gibt es nichts zu bedauern.«

»Deswegen tun Sie mir leid«, sagt Al. »Ihre Schicksalslinie ist unterbrochen.«

Mein Schicksal liegt in meinen eigenen Händen. Der Bruch

war nicht von mir verschuldet. Wenn meine Schicksalslinie unterbrochen ist, ist das nicht meine Schuld.

»Es ist nicht meine Schuld«, sage ich.

»Aber Ihr Schicksal liegt in Ihren eigenen Händen«, sagt Al. »Haben Sie das nicht gerade gedacht?«

Ich ballte die Faust. Als Augen sind unvernünftig, aber er weiß alles.

»Geben Sie mir das Handy«, sage ich. »Ich rufe jetzt die Leute vom Rettungsdienst.«

Al lacht, und wieder kräuselt sich das Gras. »Es ist was anderes als der Rettungsdienst nötig, um Sie zu retten, Lady«, sagt er. Er gibt mir das Handy, aber ich kann nicht anrufen.

Der Junge ist in einer Hochsicherheitszelle, aber zumindest ist er sicher vor Sonnenflecken. Er ist in seinen Brutkasten zurückgekehrt. Wenn er ihn verläßt, stirbt er. Auge um Auge, Herz und Herz. Sonnenflecken sind das einzige, wovor er sicher ist.

Ich sage zu Al: »Was haben Sie gehört?«

»Nichts«, antwortet er. »Ich höre nicht, meine Stärke ist das Lesen.«

Ich bin mir sicher, daß er mein Gesicht im Fernsehen gesehen hat, wie alle anderen auch. Ich konnte mein Gesicht nicht verbergen, und die Kamera folgte mir und erzählte ihre eigene Geschichte.

Ich sehe mich um, kann aber weder Satellitenschüssel noch Antenne entdecken.

»Wo ist Ihr Fernseher?« frage ich.

»Wir haben keinen Fernseher«, sagt er. »Hier gibt's zu viele Störungen.«

Das glaube ich nicht. Alle haben es gesehen. Fremde haben mein Gesicht gesehen. Vom Sender zur Antenne, von Küste zu Küste, vom Satelliten zur Schüssel zum Empfänger zum Gehirn zum Gedächtnis; mein Gesicht wurde in Büros, Häuser, Lokale und Klubs übertragen, ein Spektakel, um die Zuschauerzahlen zu erhöhen: Unterhaltung für Fremde.

»Geben Sie mir noch einmal Ihre Hand«, sagt Al.

Ich gebe sie ihm nicht. Ich halte sie zwischen mein Gesicht und sein glühendes Auge.

»Ja«, sagt er. »Ich sehe, daß Ihnen jemand, der Ihnen nahesteht, Schmerz zugefügt hat.«

Der Junge hat mir keinen Schmerz zugefügt. Er war ein stiller Junge, ein sauberer Junge. Stille Jungen sind gute Jungen.

»Können Sie sehen, was mit dem Jungen passieren wird?« frage ich.

»Was für ein Junge?« fragt Al. »In Ihrer Hand ist kein Junge.«

»Und was passiert mit mir?«

Al sagt: »Der Schmerz ist nichts Schlechtes. Der Schmerz bringt Weisheit, wenn Sie sich neuen Erfahrungen öffnen.«

Als wüßte ich nicht Bescheid über mein eigenes Leben.

»Ich sehe den Tod in Ihrer Hand«, sagt Al.

Es ist nicht mein Tod. Es war nicht meine Hand. Mein Baby hat ein fremdes Herz. Es ist nicht meine Schuld. Ich bin nicht die Mutter eines Monsters, auch wenn alle das sagen. Das Herz des Jungen ist schuld. Das Herz des Jungen ist ein Waise.

Ich stehe auf. Ich muß gehen. Ich habe einen Termin. Die Zeit mit Al ist keine gut genutzte Zeit. Seine Kinder sind braun und voller Geschwüre; sie sind vergiftet durch Staub und tote Sonne.

»Auf Wiedersehen«, sagt Al. »Passen Sie auf sich auf.« Er lächelt, und die trockene Erde bricht auf.

Ich gehe über das Feld zu meinem kaputten Wagen, aber er steht nicht mehr allein da. Daneben befindet sich ein Polizeiwagen. Zwei Männer in Uniforn stochern in seinem Innern herum und murmeln Botschaften in ihre Handys.

Einer von ihnen sagt: »Gehört der Ihnen?«

Ich antworte: »Nein.«

Ich deute über das Feld zu der Senke unter der Autobahn. Wenn irgend jemand Schuld hat, warum nicht Al. Und ich bin heute morgen mit dem Entschluß aufgewacht, einen schönheitschirurgischen Eingriff vornehmen zu lassen. Niemand wird mich mehr kennen, also brauche ich auch nicht mehr ich zu sein, und der Wagen braucht nicht mehr mir zu gehören. Er kann genausogut Al gehören.

»Kenne ich Sie nicht?« fragt der Mann in Uniform.

Ruth Rendell

Das astronomische Halstuch

Es war ein sehr großes Viereck aus Seide, in einem Farbton, den man Mitternachtsblau nennt – dunkler als Königsblau und heller als Marineblau –, und es war eine Himmelskarte darauf abgebildet. Die Milchstraße war zu sehen und der Große Bär, Orion, Kassiopeia und die Plejaden. Eine junge Frau, die Sekretärin von James Mullen, sah es in einem Schaufenster in der Bond Street, drapiert über den Sitz eines (nachgemachten) Louis-Quinze-Stuhls, darauf ein silbernes Armband und ein schwarzer Florentinerhut mit einem dunkelblauen Band.

Cressida Chilton arbeitete erst seit drei Monaten für James Mullen, als er sie losschickte, damit sie ein Geburtstagsgeschenk für seine Frau kaufte. Keinen Schmuck, hatte er gesagt. Suchen Sie etwas aus, ich sehe, daß Sie guten Geschmack haben, aber keinen Schmuck. Sie ahnte, woher der Wind wehte. »Keinen Schmuck«, das waren die verhängnisvollen Worte. Elaine Mullen war seine zweite Frau, und zwar seit fünf Jahren. Im Büro munkelte man, daß er ein Verhältnis mit einem weiblichen Magagement Trainee aus der Auslandsabteilung hatte. Ich wünschte, ich könnte an ihrer Stelle sein, dachte Cressida, ging in den Laden und kaufte das Halstuch – zu einem angemessen astronomischen Preis. Danach besorgte sie noch, weil heutzutage keiner mehr Geschenke einpackte, in einem Schreibwarenladen um die Ecke einen Bogen pink-silberfarbenes Papier und silbernes Geschenkband.

Elaine kannte die Bedeutung des astronomischen Halstuchs. Sie wußte außerdem, wer es eingepackt hatte – nicht James. Sie hatte ein Goldarmband erwartet und las die Zeichen so deutlich, als habe James sich plötzlich zum Graffitikünstler entwickelt und die Warnung höchstpersönlich mit Kreide an die Wand geschrieben. Und was das Halstuch anbelangt: Wußte er denn nicht, daß sie niemals Blau trug? War ihm noch nicht aufgefallen, daß ihre Augen haselnuß- und ihre Haare hellbraun waren? Diese Sekretärin, das Ding, das so in ihn verliebt war, hatte es vermutlich aus Gehässigkeit gekauft. Also schenkte sie es ihrer blauäugigen Schwester, die zufällig zu Besuch kam und es genau an jenem Tag auf der Frisierkommode liegen sah, an dem Elaine ihre Trennungspapiere nach dem neuen Scheidungsrecht von 1973 bekam.

Elaines Schwester trug das Halstuch bei einem Vortrag der Royal Society of Lepidopterists, der Gesellschaft für Schmetterlingskunde, der sie angehörte. Die Garderobenarrangements werden in solchen wissenschaftlichen Gesellschaften oft ein wenig schludrig gehandhabt, und hier, in einem georgianischen Haus am Bloomsbury Square, erwartete man von den Fellows, den Mitgliedern und ihren Gästen, daß sie ihre Mäntel selbst an die Haken in einem dunklen Winkel des Saals hängten. Wenn alle Haken besetzt waren, mußte man die Mäntel entweder darüberhängen oder auf den Boden legen. Elaines Schwester, die ziemlich spät kam, schlüpfte aus ihrem Mantel, zog das astronomische Halstuch durch einen Ärmel und legte den Mantel über einen sehr alten Ozelot.

Eine der Anwesenden verließ den Saal sofort nach Ende des Vortrages über die Taxonomie von Genera und Spezies. Sie erklärte dem Fellow, der sie mitgenommen hatte, daß sie um halb acht im Savoy sein müsse und es bereits zwanzig vor acht sei. Alle anderen versammelten sich zu Sherry und Gebäck im Salon der Fellows. Die Frau, deren Name Sadie Williamson war, holte unterdessen ihren Mantel.

Sadie Williamson war eine Diebin und stahl fast jeden Tag etwas. Den Mantel, den sie trug, hatte sie bei Harrods mitgehen lassen und die Schuhe nach einem Fest aus dem Schrank einer Freundin. Sie behauptete voller Stolz (allerdings nur sich selbst gegenüber), sie habe noch nie jemandem ein Geschenk gemacht, für das sie habe zahlen müssen. Und nun suchte Sadie in dem düsteren, menschenleeren Saal, an dessen Wänden man mit etwas Mühe Drucke britischer Schmetterlinge aus dem achtzehnten Jahrhundert erkennen konnte, unter den Kleidungsstücken nach einer Kleinigkeit, die es sich lohnte mitzunehmen.

Den Kleidungsstücken entstieg ein unangenehmer Geruch, der sich aus schmutzigem Stoff, kaltem Schweiß, Mottenkugeln, Reinigungsflüssigkeit und etwas Ähnlichem wie nassem Schaffell zusammensetzte. Sadie rümpfte angewidert die Nase. Hoffentlich, so dachte sie, gab es in der Nähe einen Ort, an dem sie sich die Hände waschen konnte. Sie war gerade zu dem Schluß gekommen, daß es hier nicht viel Interessantes zu holen gab, als sie den Rollsaum eines blauen Halstuches entdeckte, der aus einem Mantelärmel hervorlugte. Sadie zog daran. Hübsch. Sie steckte das Halstuch in ihre Manteltasche, und da sie Schritte herannahen hörte, verschwand sie eilig.

Am nächsten Tag brachte sie das Halstuch in die Reinigung. Sie ließ die meisten Dinge, die sie stahl, reinigen, sogar wenn sie sie in einem Geschäft vom Bügel gezogen hatte. Man konnte ja nicht wissen, wer sie anprobiert hatte.

»Der Tierkreis«, sagte die Frau in der Reinigung. »Welches Sternzeichen sind Sie denn?«

»Ich glaube nicht dran, aber ich bin Krebs.«

»Oje«, sagte die Frau, »wenn ich den Namen dieses Sternzeichens höre, habe ich immer ein ungutes Gefühl, Sie nicht auch?«

Sadie legte das Halstuch in eine Schachtel mit einer Strumpfhose, die sie bei Selfridges gestohlen hatte, wickelte sie in ein Stück Papier, in dem sich ursprünglich ein Geschenk für sie selbst befunden hatte, und schickte es ihrem Patenkind zu Weihnachten. Doch das Paket langte nie dort an. Es kam bei einem Postraub auf der Strecke zwischen Norwich und London abhanden.

Von den beiden jungen Männern, die sich die Postsäcke unter den Nagel rissen, schnappte sich der ältere das Halstuch. Er hielt es für neu, denn es sah neu aus. Er schenkte es seiner Freundin. Sie warf nur einen Blick darauf und fragte ihn, für wen er sie hielt, für ihre eigene Mutter? Sollte sie es sich etwa um den Kopf binden, wenn sie zum Pferderennen ging?

Eigentlich wollte sie es ihrer Mutter schenken, doch auf dem Weg zu ihr verlor sie es. Sie ließ es in dem Taxi, in dem sie von Kilburn nach Acton fuhr. Es wurde, zusammen mit einer Stange Zigaretten, zwei Dosen Cola Light und einer Ausgabe des *Playboy* in einer ziemlich alten Harrods-Tragetasche vom nächsten Fahrgast gefunden. Zufällig handelte es sich dabei um Cressida Chilton, die immer noch James Mullens Sekretärin war, das Halstuch aber nicht erkannte, weil es sich noch in dem Papier befand, in das Sadie Williamson es eingewickelt hatte. Außerdem war sie noch ganz durcheinander über das, was sie am Morgen in der Zeitung gelesen hatte, nämlich daß James bald heiraten würde, zum drittenmal.

»Das lag am Boden«, sagte sie und reichte dem Fahrer die Tüte zusammen mit seinem Trinkgeld.

»Die Leute sind mit dem Kopf immer ganz woanders«, sagte er. »Sie würden nicht glauben, was hier alles liegenbleibt. Letzte Woche war der gesamte Ornat eines Freimaurers hier im Wagen und, das ist kein Scherz, die Woche davor ein Kindernachttopf und ein Paar Gummistiefel. Woher soll ich wissen, wem das Zeug gehört? Fehlt bloß noch, daß die ihren Kopf hier vergessen. Ich meine, was ist das schon für ein Zeug? Ein paar Packungen Glimmstengel und 'n Pornoheft.«

»Tja, ich hoffe, Sie finden den rechtmäßigen Eigentümer«, sagte Cressida und hastete durch die Schwingtüren, um vor James dazusein, ihm lächelnd zu gratulieren.

»Von wegen den rechtmäßigen Eigentümer finden«, sagte der Fahrer zu sich.

An einer roten Ampel blieb er neben einem anderen Taxi stehen, dessen Fahrer er kannte, und da er die Ausgabe des *Playboy* in der Tragetasche bereits gelesen hatte, reichte er sie seinem Kollegen durchs offene Fenster. Die Zigaretten rauchte er selbst. Die Coladosen und das Halstuch schenkte er seiner Frau. Sie sagte, es sei das schönste Halstuch, das sie je gesehen habe, und trug es zu allen wichtigen Anlässen.

Elf Jahre später lieh ihre Tochter Maureen es sich aus. Die Frau des Taxifahrers forderte sie mehrmals auf, es wieder zurückzugeben, und Maureen hatte das auch vor, aber immer vergaß sie es – bis ein Bild des nächtlichen Septemberhimmels in der *Radio Times* sie eines Tages an das Halstuch erinnerte, gerade als sie zu ihrer Mutter wollte. In ihrer Wohnung herrschte immer ein Durcheinander aus Kleidern und Zeitschriften und Kassetten und vollen Aschenbechern. Aber als sie mit dem Suchen angefangen hatte, wollte sie das Halstuch wirklich finden. Sie sah überall nach. Sie wühlte in Schränken und Schubladen herum, warf die Sachen darin auf den Boden und leerte halbgepackte Koffer aus. Deshalb kam sie erst sehr spät zu ihrer Mutter. Und sie hatte das astronomische Halstuch nicht gefunden.

Das lag daran, daß ein Freund, der sie liebte, dessen Liebe jedoch nicht erwidert wurde, das Halstuch eine Woche zuvor mitgenommen hatte – er hätte »ausgeliehen« gesagt. Das Halstuch sollte nicht nur als sentimentales Andenken dienen, nein, er wollte es auch zu einer Hellseherin in Shepherd's Bush mitnehmen, die ihm klare Ergebnisse versprochen hatte, wenn sie nur »etwas aus dem Besitz der Geliebten« in Händen halten könne. Letztendlich funktionierte das dann doch nicht, möglicherweise deshalb, weil das Halstuch nicht Maureen, sondern ihrer Mutter gehörte. Aber gehörte es überhaupt ihr? Mittlerweile wäre es schwer gewesen, seinen rechtmäßigen Eigentümer festzustellen.

Die Hellseherin hatte Maureens Freund das Halstuch eigentlich gleich wieder zurückgeben wollen, aber der nächste Besuch sollte erst zwei Wochen später stattfinden, und in der Zwischenzeit trug sie es selbst. Sie war erst der zweite Mensch, in dessen Besitz es voller Liebe und Bewunderung behandelt wurde. Die Schmetterlingskundlerin hatte es getragen, weil es von guter Qualität und einfach *da* war; Sadie Williamson hatte es als teuer erkannt; Maureen hatte es sich ausgeliehen, weil es kühl geworden war in der Nacht. Aber nur ihre Mutter und jetzt die Hellseherin hatten es wirklich zu schätzen gewußt.

Der wirkliche Name dieser Frau wurde erst nach ihrem Tod bekannt. Sie nannte sich selbst Thalia Essene. Das Halstuch gefiel ihr nicht wegen der hochwertigen Seide oder des Rollsaums oder der Farbe, sondern wegen der Sternbilder, die auf dem Mitternachtsblau abgebildet waren. Eine solche Himmelskarte war für sie ungefähr so wie eine Karte des Atlantischen Ozeans für einen frühen Navigator: wesentlich, bezaubernd, rätselhaft, unerläßlich, lebensrettend. Die Sterne darauf waren die Enzyklopädie ihres Berufs, die undurchdringlichen Räume zwischen ihnen die Quelle ihrer Vorhersagen. Sie meditierte viele Stunden über dem Halstuch, das sie auf ihrem Schoß ausbreitete und manchmal mit leisen Beschwörungen streichelte. Wenn sie ausging, zog sie es zusammen mit ihren Schichten langer Gewänder, ihrem schwarzem Umhang und ihrer Asa-foetida-Duftkugel an.

Roderick Thomas hatte nie zu ihren Kunden gehört. Er war gerade in eins der Zimmer unter ihrer Wohnung in der Uxbridge Road eingezogen. Es war schon Jahre her, daß er die letzte Arbeitsstelle gehabt hatte, und noch länger, daß sich irgend jemand für ihn interessiert, sich über seine Gesellschaft gefreut, ihm zugehört oder sich Gedanken über ihn gemacht hatte. Thalia Essene gehörte zu den wenigen Menschen, die sich überhaupt mit ihm unterhielten, und auch sie sagte im allgemeinen nur »hallo« oder »jetzt regnet's schon wieder« zu ihm, wenn sie ihn sah.

Eines Tages jedoch machte sie, wie sich herausstellte, den Fehler, ein bißchen mehr zu sagen. Die Sonne schien von einem wolkenlosen Himmel.

»Die Göttin ist uns heute morgen gewogen.«

Roderick Thomas sah sie mit offenem Mund an. »Was?«

»Ich habe gesagt, die Göttin ist uns heute morgen gewogen. Sie schickt ihren herrlichen Sonnenschein herunter auf das Antlitz der Erde.«

Thalia lächelte ihn an und ging weiter. Sie war unterwegs zu den Geschäften an der King Street. Roderick Thomas trottete ihr hinterher. Er war schon seit etlichen Jahren auf der Suche nach dem Antichrist, der, das wußte er, in weiblicher Form kommen würde. Er folgte Thalia in den Marks-and-Spencer's-Laden und das Kassettengeschäft, in dem sie immer die Musikaufnahmen für ihre hellseherischen Sitzungen kaufte. Sie war sich seiner Anwesenheit wohl bewußt und nahm, da sie immer wütender und schließlich nervös wurde, ein Taxi nach Hause.

Am nächsten Tag hämmerte er an ihre Tür. Sie sagte ihm, er solle verschwinden.

»Sagen Sie das mit dem Sonnenschein noch mal«, sagte er.

»Heute scheint die Sonne nicht.«

»Sie könnten doch so tun«, sagte er. »Sagen Sie das mit der Göttin noch mal.«

»Sie sind verrückt«, sagte Thalia.

Ein Kunde, der zum Handlesen zu Thalia gekommen war, sah sie verwundert an. Sie erklärte ihm, er habe die längste Lebenslinie, die sie jemals gesehen habe, und daß er wahrscheinlich hundert Jahre alt werden würde. Als sie nach unten ging, wartete Roderick Thomas im Flur auf sie. Er sah das Halstuch an.

»Bekleidet mit der Sonne«, sagte er, »und auf ihrem Kopf eine Krone aus zwölf Sternen.«

Thalia sagte daraufhin etwas für sie so Ungewöhnliches, etwas, das ihren Prinzipien so sehr widersprach, daß sie selbst kaum glaubte, was sie aussprach: »Wenn Sie mir keine Ruhe lassen, hole ich die Polizei.«

Trotzdem folgte er ihr weiter. Sie ging in Richtung Shepherd's Bush Green. Ihre Drohungen verliehen ihr eine dunkle Aura, und er sah, wie die Sterne sie umrundeten. Sie faszinierte ihn, auch wenn er begann, sie als Gefahrenquelle zu begreifen. In Newcastle, wo er noch vor zwei Jahren gelebt hatte, hatte er eine Frau getötet, die er irrtümlich für den Antichrist gehalten hatte, weil sie ihn zum Teufel geschickt hatte, als er sie ansprach. Noch lange Zeit danach erwartete er, in die Hölle zu kommen, auch noch nach dem Tod der Frau. Obwohl diese Angst mittlerweile ein wenig nachgelassen hatte, kehrte sie immer dann wieder, wenn er schönen, bösen Frauen begegnete.

Ein Mann stand auf einer der Bänke auf der Grünfläche und predigte vor den Massen. Genauer gesagt, vor vier oder fünf Leuten. Roderick Thomas war Thalia bis zur U-Bahn-Station gefolgt, hatte die Verfolgungsjagd allerdings dort aufgeben müssen, weil er kein Geld hatte, um sich eine Fahrkarte zu kaufen. Und jetzt ging er auf dem Rasen spazieren, und der Mann auf der Bank starrte ihn an und sagte:

»Du sollst keine anderen Götter neben mir haben!«

Roderick faßte das als Zeichen auf – man mußte auch ganz

schön dumm sein, um diese Botschaft nicht zu verstehen –, aber er stellte dennoch eine Frage.

»Was ist mit der Göttin?«

»Denn Salomo folgte Astarte«, sagte der Mann auf der Bank, »und Milkom, dem Gott der Ammoniter. Also sagte der Herr zu Salomo: ›Ich nehme dir dein Königreich und gebe es deinem Diener.‹«

Das genügte Roderick. Er ging nach Hause und wartete. Dabei lauschte er auf die Stimme des Predigers, die die Stimme abgelöst hatte, welche er normalerweise hörte, wenn er wach war. Sie erzählte ihm von einer in Purpur gekleideten Frau auf einem scharlachroten Tier, voller Schimpfworte, mit sieben Köpfen und zehn Hörnern. Er schaute aus dem Fenster, bis er Thalia Essene mit einer großen Tragetasche aus Recyclingpapier in stumpfem Purpur und mit der Aufschrift HIMMLISCHE SEKUNDEN hereinkommen sah.

Thalia war glücklich, weil sie Roderick etliche Stunden nicht mehr gesehen hatte und glaubte, ihn abgeschüttelt zu haben. Am Abend wollte sie sich zusammen mit ihrem Freund, einem berühmten Wünschelrutengänger, ein Stück im Lyric in Hammersmith ansehen. Zu diesem Zweck hatte sie sich ein neues Kleid oder, besser gesagt, »ein fast neues« Kleid aus purpurfarbener indischer Baumwolle mit Pailletten und schwarzen Stickereien gekauft. Das blaue Halstuch, das sie nun insgeheim ihr astrologisches Halstuch nannte, paßte gut dazu. Sie legte es, die Kühle der Nacht beklagend, um den Hals. All das mußte sie mit ihrem schwarzen Mantel umhüllen, da ein Umhang nicht ausreichte.

Ein rascher Blick in ihren Terminkalender zeigte ihr, daß Maureens Freund am nächsten Morgen zu ihr kommen würde, und dann müßte sie ihm das Halstuch zurückgeben. Sie würde es zum allerletzten Mal tragen. Nun begab es sich, daß Thalia all die erwähnten Kleidungsstücke zum allerletzten Mal trug und alles zum allerletzten Mal tat, doch obwohl sie die Gabe des Hellsehens besaß, hatte sie von ihrem bevorstehenden Schicksal keine Ahnung.

Sie ging die Straße auf der Suche nach einem Taxi entlang. Doch es kam keines. Thalia hatte genug Zeit und beschloß, zu Fuß zu gehen. Roderick Thomas folgte ihr, aber sie hatte ihn völlig vergessen und sah sich nicht um. Sie war in Gedanken bei dem Wünschelrutengänger, den sie achtzehn Monate nicht mehr gesehen, der sich aber angeblich von seiner Freundin getrennt hatte.

Roderick holte sie in einer der dunkleren Ecken von Hammersmith Grove ein. Für ihn allerdings war die Nacht nicht dunkel, nein, sie wurde erhellt von den sieben mal siebzig Sternen auf dem Stoff um ihren Hals und von den Kristallen am Saum ihrer Kleidung. Ohne ein Wort zu sagen, packte er die beiden Enden des Sternenstoffes und erwürgte sie damit.

Nachdem man die Leiche gefunden hatte, war es nicht schwer, den Mörder aufzuspüren. Es hatte wenig Sinn, Roderick Thomas unter Anklage zu stellen, aber man tat es. Das astronomische Halstuch war Beweisstück A bei dem Verfahren. Roderick Thomas wurde des Mordes an Noreen Blake – denn so lautete der wahre Name von Thalia Essene – für schuldig, aber unzurechnungsfähig befunden und »nach dem Willen der Queen« in eine entsprechende Anstalt eingewiesen.

Normalerweise wären die Beweisstücke im Black Museum gelandet, doch eine junge Polizeibeamtin namens Karen Duncan, deren Aufgabe es war, solche Erinnerungsstücke zu sammeln, hielt die ganze Angelegenheit für so traurig und widerlich und den Mann für einen so armen Teufel, den man nie auf die Allgemeinheit hätte loslassen dürfen, daß sie Thalias Tragetasche und ihr Theaterticket in den Reißwolf steckte und das Halstuch mit nach Hause nahm. Es war einmal gereinigt, aber nie gewaschen worden. Karen legte es nun mit Feinwaschmittel in kaltes Wasser und bügelte es auf kleinster Stufe. Niemand hätte gedacht, daß es einmal zu einem so makabren Zweck verwendet worden war, denn es befand sich kein Fleckchen darauf.

Doch da ergab sich ein unvorhergesehenes Problem. Karen brachte es nicht fertig, das Tuch zu tragen. Dabei ging es weniger um die Vorgeschichte des Halstuchs als um ihre Angst, daß die Leute es erkennen könnten. Das Verfahren hatte große Aufmerksamkeit in der Öffentlichkeit erregt, und es war häufig die Rede von einem mitternachtsblauen Halstuch mit Sternen gewesen. Cressida Chilton hatte darüber gelesen und sich gefragt, warum seine Beschreibung sie an James Mullens zweite Frau erinnerte, die Vorgängerin seiner jetzigen Gattin. Wahrscheinlich, so dachte sie, würde sie eine vierte Scheidung und eine fünfte Heirat nicht ertragen, also würde sie sich nach einer neuen Arbeitsstelle umsehen müssen. Sadie Williamson las von dem Halstuch, und aus keinem ersichtlichen Grund mußte sie an Schmetterlinge und ein dunkles Haus in Bloomsbury denken.

Nach einem längeren inneren Tauziehen zwischen Rechtfertigungsversuchen und Selbstvorwürfen brachte Karen Duncan das Halstuch zur Kleidersammlung, wo sie es für einen schwarzen Samthut eintauschen konnte. Drei Wochen später wurde es von einer Frau gekauft, die es nicht kannte – anders als der Mann, der die Kleiderstelle führte und unter Gewissensbissen litt, seit Karen es zu ihm gebracht hatte. Seine neue Besitzerin trug das Halstuch ein paar Jahre lang. Dann heiratete sie einen Astronomen. Das Halstuch schockierte und erzürnte ihn, und er erklärte ihr, was für eine ungenaue Darstellung des Himmels darauf zu sehen sei. Die abgebildeten Sternenkonstellationen grenzten keinesfalls aneinander und seien auch nicht zum gleichen Zeitpunkt sichtbar. Daß er es ihr nicht verbot, das Tuch zu tragen, lag nur daran, daß er einfach nicht diese Sorte Mann war.

Die Frau des Astronomen gab das Halstuch der Frau, die dreimal die Woche bei ihr saubermachte. Diese Frau trug das Tuch nie, denn sie konnte Halstücher nicht ausstehen, aber es wäre ihr auch nicht in den Sinn gekommen, ein Geschenk auszuschlagen. Als sie drei Jahre später das Zeitliche segnete, fand ihre Tocher das Tuch unter ihren Sachen.

Die Tochter war Silberschmiedin und Mitglied einer angesehenen Handwerkervereinigung. Eine andere Angehörige dieser Vereinigung machte Quilts und war immer auf der Suche nach Stoffen, die sie in ihrem Patchwork verwenden konnte. Die Quiltmacherin Fenella Carbur brauchte blaue, creme- und elfenbeinfarbene Seidenstoffe für einen Quilt, den ein millionenschwerer Geschäftsmann in Auftrag gegeben hatte, ein Mann, der überall dafür bekannt war, daß er Handwerk, Künste und wohltätige Organisationen förderte. Doch hier ging es nicht um eine wohltätige Aktion, denn Fenelle arbeitete lange und hart, und der fertige Quilt war jeden Penny der zweitausend Pfund wert, die sie dafür verlangen würde.

Das Halstuch wurde zum zweitenmal in seinem Dasein gewaschen. Die Seide war noch wie neu, das dunkle Blau noch immer nicht ausgebleicht, die Sterne so leuchtend wie vor zwanzig Jahren. Fenelle schnitt vierzig Sechsecke daraus, die zusammen mit vierzig elfenbeinfarbenen Damastdiamanten aus einem Brautkleid und vierzig himmelblauen Seidendiamanten aus Fabrikresten das zentrale Motiv des Quilt bildeten. Die fertige Decke war groß genug für ein übergroßes Doppelbett.

James Mullen ließ die Decke genau zwei Wochen lang in der Ausstellung der Chenil Gallery in Chelsea hängen. Dann schenkte er sie seiner neuen Braut zusammen mit einem Diamantarmband, einem Cottage in Derbyshire und einem Himmelbett aus der Zeit Queen Annes, auf das sie die Decke legen konnte, zur Hochzeit.

Cressida Chilton hatte vier Ehen und einundzwanzig Jahre lang auf ihn gewartet. Männer heiraten, so Oscar Wilde, weil sie müde sind. Männer heiraten, so Cressida Chilton, am Ende immer ihre Sekretärin. Das Geheimnis liegt in der Beharrlichkeit, und sie war beharrlich gewesen, hatte durchgehalten, und nun bekam sie ihre Belohnung.

Bevor sie in der Hochzeitsnacht ins Bett kletterte, betrachtete sie die zweitausend Pfund teure Quiltdecke und sagte zu James, sie sei das schönste, was sie jemals gesehen habe.

»Der mittlere Teil erinnert mich daran, wie du seinerzeit für mich zu arbeiten angefangen hast«, sagte James. »Eigentlich hätte ich schon damals so klug sein müssen, dich zu heiraten. Ich habe keine Ahnung, warum mich die Decke daran erinnert, kannst du es dir vorstellen?«

Cressida lächelte. »Wahrscheinlich hatte ich Sterne in den Augen.«

Irina Muravyova

Randfiguren

Auf Erden war es grün, geräuschvoll, glutheiß. Schmutzige, dunkelgesichtige Menschen zogen über die staubigen Straßen. Nah den großen Dörfern machten sie halt, entfachten Lagerfeuer, kochten Abendessen. Morgens eilten die in bunte Lumpen gehüllten Mädchen und Frauen auf den Markt, sprachen die Passanten an, streckten ihnen aufdringlich ihre braunen Handteller hin.

Sie war sechzehn, als sie das erste Mal ins Gefängnis kam. Sie stahl nicht schlechter als die anderen, aber irgendwie hatte sie seltsames Pech dabei. Es hieß, sie habe den bösen Blick und ahne Unglück voraus. Hatte sie doch bei jener aus dem Leim gegangenen Blauäugigen mit den parfümierten Lippen, die ihr goldkronig lachend ihre feiste Hand hinhielt: »Komm, Schätzchen, sag mir wahr«, sofort gewußt... Was? Daß ihr nur noch eine Stunde blieb, bloß eine einzige Stunde, dieser Blauäugigen, Lachenden mit den parfümierten Lippen und den Goldkronen... Hatte sie es doch alles gesehen: den Bahndamm, darauf den aus dem vorbeijagenden Zug gestoßenen Körper mit dem zurückgeworfenen blauäugigen Kopf, dem gebrochenen Blick, den halbgeöffneten Lippen... Natürlich hatte sie ihr nichts davon gesagt, hatte wie üblich von Liebe geflötet, von einem breiten Weg, einem stattlichen Haus mit dem Kreuzkönig darin, der sie voll Ungeduld erwartete, doch gegen Morgen wußten alle in der Umgegend, daß man eine ungefähr fünfundvierzigjährige Frau bei voller Fahrt aus dem Sagorsker Abendzug gestoßen hatte – Nadeshda Wassiljewna Alferowa, Mutter zweier Kinder, unverheiratet.

Die erste Strafe war kurz. Nur drei Jahre. Ins Zigeunerlager kehrte sie jedoch nicht mehr zurück: Sie lebte in Archangelsk, arbeitete hin und wieder. Zweimal war sie verheiratet, ohne sich registrieren zu lassen. Sie stahl nicht oft, nur wenn ihr etwas ganz besonders gefiel und sie kein Geld hatte. Sie hatte eine Schwäche für Pelzsachen. Mäntel wie Kappen, Liebesromane und indische Filme, die sie jedesmal wieder zu Tränen rührten. Sie selber sang, tanzte und spielte Gitarre. Sie hieß Ljubow Rachmetowa.

»...und außerdem möchte ich Ihnen sagen, liebe Ljuba, daß Sie die schönste Frau sind, die ich kenne, und wenn wir einander nicht hier, sondern in einer Stadt wie Simferopol oder Jalta begegnet wären, dann hätte ich die Augen zugemacht, hätte alles hingeschmissen und wäre Ihnen wie ein Hund gefolgt. Ljubotschka, Du mein dunkeläugiger schwarzbrauner Schatz! Manchmal denke ich mir: warum sitzen Du und ich in diesem stinkenden Turm und haben keine Ahnung, was aus uns Pechvögeln wird? Können wir doch nicht miteinander spazierengehen, turteln, ja, einander nicht einmal richtig ansehen ... Aber schreib mir, Ljubow, ich warte auf Antwort von Dir ...

Dein Wassilij.«

Der Brief war mit Bleistift auf die rauchgeschwängerte gelbliche Innenseite eines Tabakpäckchens gekritzelt ...

»Ich, Wassja, habe mir überhaupt nichts zuschulden kommen lassen, Vater und Mutter haben mich verstoßen, böse Menschen haben mich zum Stehlen gezwungen, haben mein ganzes Leben ruiniert. Es heißt, ich wäre Zigeunerin, aber wie kann man das wissen, wo ich doch mutterseelenallein auf der Straße stand. Niemand wollte mich, bis dann die Zigeuner mich zu sich ins Lager geholt haben ... Nun, mein Haar ist schwarz, aber, Wassja, es haben ja nicht nur Zigeuner schwarzes Haar. Doch Sie gefallen mir sehr, ich habe mich in Sie verliebt, kann man sagen, weil man deutlich sieht, daß Sie ein guter Mensch sind, und Ihr Gesicht wäre etwas fürs Kino, für den allerschönsten Film. Ich sende Ihnen mein Geschenk, rauchen Sie auf unsere Gesundheit, und vergessen Sie mich nicht.

Ihre Sie liebende Ljubow Rachmetowa.«

Die Alte mit den braunen Warzen an den Fingern sagte zu ihr, während sie sich die verfilzten grauen Zotteln kämmte:

»Eine dumme Gans bist du, Ljubka, und was für eine, wenn ich mir das so ansehe! Mit dir in einer Zelle leben ist die reinste Strafe! Du wälzt dich, stöhnst, knirschst mit den Zähnen! Sich so zu verlieben! Wozu hat der Mensch einen Kopf?«

Sie drehte sich weg von der Alten mit dem grauen Zottelhaar und den braunen Warzen an den Fingern, lächelte traurig, mit einem Leuchten in ihren schlaflosen unersättlichen schwarzen Augen...

»...aber bitte versuch nicht herauszufinden, Ljuba, wie viele Jahre ich bekommen habe, bei mir geht es nicht um Jahre...«
(Aus einem Brief Wassilij Lebedjews)

»Lieber Wassja! Ich gebe Ihnen mein Wort, daß ich keine Geheimnisse vor Ihnen habe, und verstehe deshalb überhaupt nicht, warum Sie ein Geheimnis vor mir in Ihrer Brust verschließen, als wäre ich eine Fremde. Und wenn Sie es aufrichtig meinen, daß Sie sich in mich verliebt haben, warum sollen wir uns dann voreinander verstecken? Was für ein Verbrechen können Sie denn begangen haben, daß es Ihnen schwerfällt, darüber zu sprechen? Ach, Wassja, ich verzeihe Ihnen doch sowieso alles auf der Welt...«
(Ljubow Rachmetowas Antwort)

Die Alte mit den Warzenfingern, die alte Hexe mit den Runzelwangen, kroch ihr ins Herz hinein – mit dem beißend schleimigen Husten, der ihr die krächzende Kehle zerriß:

»Das wird er dir im Leben nicht sagen! (Hustenanfall) Jetzt hör auf mich, ich meine es gut mit dir, du Satan! Ich weiß, daß man euch Zigeunerbrut nicht trauen kann, aber trotzdem... Du gefällst mir, Mädchen, du tust mir leid... Dein Wassja, heißt es, wird ganz bald... Er soll seine Frau umgebracht haben oder so... So bestialisch, wie das kaum jemals vorkommt. Na, na, wieso wirst du denn auf einmal ganz blaß? Egal, ob du blaß wirst, leichter wird's nicht, in unserem

Leben ist ein Mann schlimmer als eine Schlinge um den Hals. Pure Dummheit. Und an eure angebliche Liebe glaub' ich nie im Leben, wo soll sie sein, die gibt's einfach nicht, aus, vorbei. Ihr macht euch was vor, Ihr lügt euch in die Tasche, ihr Schwachköpfe!«

Was für eine trübsinnig-bange Zeit ist die Nacht! Womit haben wir das nur verdient – diese dumpfen, stickigen, rabenschwarzen Stunden, in denen man mit offenen Augen auf dem schmalen Bettgestell liegt, und es rasselt unweit der Tür, irgendwer hustet, irgendwer stöhnt, irgendwer liegt im Sterben ...

In der Nacht begriff sie mit einemmal, an wen sie sich wenden mußte.

»Lieber Gott!« sagte sie zaghaft und mit trockenen Lippen, zwei Worte, die sie noch nie ausgesprochen, die sie in der Vielzahl der irdischen Laute zufällig irgendwo aufgeschnappt hatte. Und von irgendwoher tauchten sie jetzt auf, brodelten in ihr hoch und verlangten ausgesprochen zu werden. »Lieber Gott!« wiederholte sie hastig, weil sie dem Gedanken hinter ihren sich schälenden trockenen Lippen nicht nachkam. »Gott, hilf mir! Sie sollen ihn nicht töten, o Gott!«

Entscheidend war doch: Was hatte er getan? Sie wußte es nicht. Die Nacht kehrte wieder, stickig, rabenschwarz, als zerginge das Leben selbst in ihr ...

»Nein, Rachmetowa, der kommt nicht mehr raus, da reckst du dich und gaffst ganz umsonst! Als ob der seinen Hofgang machen könnte, wo sie ihn doch gestern mit knapper Not wieder zu Bewußtsein gebracht haben. Aufgesäbelt hat er sich, der Scheißkerl! Was willst du jetzt noch mit dem, du kriegst ihn ja doch nie mehr zu sehen ... Steck mir kein Geld zu, laß das! Als ob ich dir den hier anschleppen könnte! Ich soll ihn wohl huckepack nehmen! Der liegt da, von oben bis unten voll Blut, und kommt überhaupt nicht zu sich!«

Schlief er, träumte er?
»Wassja! Wassja! Komm her! Steh vom Boden auf! Ich

bin's! Ich hab' mir einen kleinen Augenblick erbettelt, Wassja! Steck deinen Kopf durch die Essensklappe! Siehst du mich? Warum hast du das nur getan, Wassja? Wolltest du mich einsam und allein zurücklassen?«

Er preßte sein Gesicht in die Türklappe, und ihre Finger tasteten erschrocken über seine Stirn, Augen und Wangen ...

»Warum haben sie dich nicht abgewaschen, Liebster? Wieso bist du ganz voll Blut? Ach, mein Herz, mein geliebtes Herz! Die Pulsadern aufschneiden wolltest du dir und mich allein lassen!«

Ihre Finger tasteten ihn ab, blieben hängen, streichelten ihn ...

»Wie soll ich dich bloß küssen, Wassja?«

»Schluß jetzt, Rachmetowa! Was denkst du dir eigentlich? Du kannst doch nicht ewig quatschen! Los, ab, marsch, sonst krieg' ich deinetwegen noch Ärger!«

Die Alte mit den braunen Fingerwarzen, die Hexe mit dem beißend schleimigen Husten im Rachen, kam ihr ins Herz gekrochen!

»Also, Mädchen, du bist nicht mehr ganz bei Trost! Eher heute als morgen stellen sie den an die Wand, und du heulst hier ins Kissen! In der Freiheit hat's so einen nicht gegeben, wie? Nein, es stimmt schon: Im Gefängnis kriegen die Weiber einen Dachschaden! Ein Geliebter wie im Kino muß her, und das ist es dann! Ob der Kerl krumm und schief ist, ob einarmig oder sonstwie, Hauptsache, er bricht einem das Herz! Blöde Gänse seid ihr, wirklich! Was willst du nun morgen tun? Wer soll dich denn ein zweites Mal zu ihm lassen?«

»Morgen« legte sich als graues Spinnennetz über ihren Kopf mit den schlaflosen, offenen Augen, den tonlos flüstern-den Lippen. Sie stand auf, tastete sich zur Mauerritze mit der abgebrochenen Rasierklinge, kniff die Augen fest zusammen und zog sie mit aller Kraft über den linken Arm. Auf ihren Schrei kam der Wachsoldat hereingestürzt. Sie saß blutüber-strömt auf dem Boden, in ihren schwarzen Pupillen tanzte etwas Sonderbares ...

»Wassja, Wassjenka! Lebst du da drinnen noch? Ich bin es!
Ich komme wieder bei dir vorbei! Sie bringen mich ins Laza-
rett! Ich hab' mich ganz tief geschnitten, Wassja! Weil ich dir
noch kurz was zurufen wollte!«

»Die Frau ist nicht normal, paß gut auf sie auf... Schneidet
sich die Adern auf, um ihren Kerl zu sehen! Die müßte man
eigentlich, du weißt schon, wegen Körperverletzung... Vor
allem, schau immer wieder durchs Guckloch, laß ihr nichts
durchgehen, damit sie nicht noch mal auf dumme Gedanken
kommt...«
   Der Ältere von beiden tat einen tiefen Zug an seiner
Dymok und schüttelte bedeutungsvoll den Kopf. Der Jüngere
zog die Augenbrauen zusammen.
   »Ist doch klar. Von diesen Weibern trau' ich keiner über
den Weg. Drecksäue, eine wie die andere. In Freiheit, von mir
aus, da haben sie wenigstens Angst, außerdem gibt's da
Mann und Kinder... Aber hier, da sind diese Diebinnen die
Schlimmsten. Selbstmord, den machen die so nebenbei. Das
hab' ich schon lang kapiert. Zwei Jahre mach' ich den Job
hier, da kriegt man das mit. Und lügen können die, daß sich
die Balken biegen! Faseln dir was vor von Papa und Mama –
schon vom Zuhören kriegst du das Kotzen. Das reinste
Schmierentheater!«

Sie träumte von einem Brot. Einem großen saftigen Laib
Schwarzbrot, den sie mit beiden Händen aufriß und sich gie-
rig in den Mund stopfte. Das Brot war nicht durchgebacken,
es schmeckte salzig, und seine dunkle Krume roch nach Blut.
Es stillte ihren Hunger nicht, sondern verschlimmerte ihn nur
noch. Die Alte schnarchte neben ihr im Schlaf, warf ihren
grauen Zottelkopf auf der flachen Unterlage unruhig hin und
her... Die geträumte Brotrinde fühlte sich stachelig an, wie
sein unrasiertes Gesicht unter ihren Händen. Sie streichelte
die nach Blut riechende, borstige Brothaut, klammerte sich
an sie mit zitternden Händen. Das Brot stillte ihren Hunger
nicht, es verschlimmerte ihn nur noch.

»Ljuba, ich schreibe dir hier keinen Brief, sondern rede bloß auf diese Weise mit dir. Weil der Tod mir im Nacken sitzt. Ich dachte, ich würde mich dir nie anvertrauen. Und die Arme hab ich mir aufgeschnitten, um dir nicht die Wahrheit sagen zu müssen. Ich hatte Angst, du würdest so ein wildes Tier wie mich nicht lieben. Aber jetzt habe ich mich doch entschlossen, nachdem es nun einmal so gekommen ist, daß mir auf der ganzen Welt niemand näher ist als du, ja, daß ich, ehrlich gesagt, niemanden habe außer dir. Ich will dir alles offen sagen, vielleicht wird es für mich dann leichter. Und wenn du mich dann nicht mehr liebst, um so besser, denn ich muß mich sowieso bald in jene andere Welt aufmachen, und du kannst dir doch vielleicht ein Leben ohne mich aufbauen. Es fällt mir nicht leicht, dies zu schreiben, Ljuba, denn ich hätte dich geheiratet und dich glücklich gemacht. Glaub mir das. Nie, nie habe ich jemandem so etwas gesagt oder versprochen, doch zu dir sage ich wie bei der Beichte zum Popen: Ich hätte dich geheiratet und dich glücklich gemacht. Genau so. Aber jetzt hör gut zu. Es passierte am Abend. Regen- und Matschwetter, die ganze Fahrbahn aufgewühlt, mit dem Auto war kaum durchzukommen. Und ich konnte nicht rechtzeitig nach Hause, weil mein Kollege plötzlich von der Klinik weg angefordert wurde. Deswegen ist alles gekommen. Tassja und ich waren damals gerade erst zusammengezogen. Ich war aus der Verbannung zurück, soff erst mal bis zum Umfallen, ging schon fast vor die Hunde, da kam mir auf einmal mein kleiner Bruder in die Quere. Taubstumm von Geburt an, immer krank, mal das eine, mal das andere, unsere Eltern sind schon lange tot, er war natürlich in einem Heim, und da habe ich ihn besucht und ihn mir angesehen. Und kriegte das heulende Elend, Ljuba, aber so sehr, daß es mir fast die Kehle abschnürte. Er geht mir dort völlig zugrunde, habe ich gedacht, er sieht aus wie ein Gespenst, keiner kümmert sich um ihn. Er stieß nur irgendwelche Laute aus, sie fütterten ihn – keine Ahnung, wie, sie zwangen es ihm rein. Er tat mir so leid, ich konnte es nicht mehr aushalten. Ich beschloß, ihn zu mir zu nehmen. Nur, was hieß das? Bei mir zu Haus sah es aus wie in einer Wolfshöhle. Ein Klappbett, zwei Stühle, eine Flasche Wodka. Nein, eindeutig, ohne Frau war da nichts zu machen. Eine Frau mußte her. Na, und damals hatte Tassja grade ein Auge auf mich geworfen. Sie war schön, Ljuba, ich will nicht lügen, rothaarig wie eine Füchsin. Aber zwischen uns war keine große Liebe. Wir waren einfach zusammen. Nachdem sie das erstemal bei mir geblieben war, habe ich die Wohnung nicht wiedererkannt, als ich am Tag danach von meiner Schicht wiederkam. Anständig, sauber. Matten auf dem Boden, Fruchtmark auf dem Tisch, ein Blumenstrauß in einem Gurkenglas. Ganz was anderes. Damals dachte ich: Soll sie doch bei mir leben. Zumindest ist sie eine Frau. Gibt einem zu essen und zu trinken, wie man so sagt, und bringt einen zu Bett. Vor allem dachte ich dabei an meinen Bruder. Nun konnte ich ihn bei mir aufnehmen. Ich holte ihn gleich. Wir fingen an, wie Menschen zu leben. Ich trank weniger und begann, gut zu verdienen. Wenn ich nach Hause fuhr, war mir warm ums Herz. Tasska ist dort, dachte ich dann, mein Bruder, ein warmes Essen. Ganz wie bei richtigen Menschen. Einmal also fahre ich spätabends nach Hause. Hörst du mir zu, Ljuba?«

Was für eine trübsinnig-bange Zeit ist die Nacht! Irgendwer stöhnt nebenan, irgendwer röchelt, irgendwer liegt im Sterben... O diese Bangigkeit! Und du liegst auf dieser verdammten Eisenliege, die schlaflosen Augen offen, und weißt nicht, wie du noch atmen sollst, wie noch leben, wie, wie denn... Die Alte wirft ihren Zottelkopf auf der flachen Pritsche hin und her.

»Wir hatten ein Zimmer im ersten Stock gemietet, im Erdgeschoß wohnte der Hausbesitzer. Ein wüster Kerl, ein Primitivling – einer von uns, ein Krimineller, der Kopf einer Bande. Er hatte damals nichts zu tun, führte sich musterhaft, wartete gewissermaßen ab. Ich hörte irgendein Gepolter hinter meiner Tür, irgendwelches Geflüster, da wurde noch nicht geschlafen. Ich sperrte mit einem Schlüssel auf und traute meinen Augen nicht, Ljuba...«

Der Tod saß ihm im Nacken. In dieser Nacht kamen sie einander ganz nahe. Und ein Gesicht hatte sie – wie jene Nachbarin, grau, mit schlaffer Haut, böse und mit giftigem Blick. Sie bestand darauf, daß er alles erzählte und nichts verheimlichte. Aber das Erzählen fiel ihm schwer, er hätte gern beschönigt, hätte am Ende gern ganz unschuldig dagestanden, und er tat sich leid, ihm war zum Heulen. Der Tod saß ihm schließlich im Nacken, wozu dann noch ...

»... auf meinem Bett war ein Kerl. Nie gesehen, keiner aus unserer Siedlung. Mickrig, schwächlich, gestutzes Schnurrbärtchen. Auf dem Tisch Wein und Kuchen, wie es sich gehört. Zu Tasska hab' ich am Anfang überhaupt nicht hingeguckt. Mein kleiner Burder, das seh' ich, schläft nicht. Starrt mich an wie das Kaninchen die Schlange. Weißer als das Tischtuch. Und hat einen wilden Schluckauf. Vor Angst wahrscheinlich. Da springt dieser Kerl splitternackt auf, packt die leere Flasche, holt aus und zittert dabei, das fällt mir jetzt ein, am ganzen Leib. Geht wohl bloß vor lauter Schreck auf mich los. Ich packe ihn an der Gurgel, verpasse ihm ein paar Schläge, aber umgebracht hab' ich ihn nicht. Ljuba, das mußt du mir glauben. Den Arm hab' ich ihm irgendwie gebrochen, der hing ganz schlaff runter, und dann hab' ich den Kerl mit einem Tritt ins Treppenhaus befördert, so wie er war, ohne alles. Ich hab' die Tür zugemacht und gespürt: In meinem Kopf dreht sich alles. Ich hab' ihr das Laken weggerissen, und sie, das Aas, hat sich mit ihren roten Haaren zugedeckt und ist mir mit den Fingernägeln ins Gesicht; wahrscheinlich wollte sie mir die Augen auskratzen. In meinem Kopf, Ljuba, das fällt mir jetzt ein, hat es da angefangen zu pochen wie von einer heranstampfenden Eisenbahn, und ich hab' losgeschrien, schlimmer als ein wildes Tier. Ich hab' aufgeheult wie ein Hund. Ich reiße sie in Fetzen, hab' ich gedacht, ich lass' kein lebendes Stück an ihr. Mir kommt's jetzt so vor, daß ich das gedacht habe, aber damals bin ich wohl kaum so weit bei Sinnen gewesen. Ich hab' sie aufs Bett geschmissen, und da hat sie mich mit voller Kraft angespuckt. Irgendwie hab' ich die Flasche gepackt ... Ja, und ... sie so damit auf den Kopf geschlagen, daß die Flasche zerbrochen ist, Ljuba. Und da hab' ich gemerkt, daß mich jemand am Bein packt, von unten, vom Fußboden her – mein Bruder. Ist zu mir hergekrochen, hat mich mit seinen kleinen Händen umklammert, mich angesehen und nichts sagen können. Schneeweiß war er. Ich hab' mich zu ihm gebückt, ihn vom Boden aufgehoben, und da ist Tasska mir direkt auf die Arme gerutscht, tot. Sie war nämlich sofort tot gewesen. Wenn ich jetzt dran denke, tut mir das sehr weh. Vielleicht ist sie ein ganz gemeines Weibsbild gewesen, vielleicht war sie auch ganz in Ordnung. Aber darum geht es nicht. Das war kein Grund, sie zu töten. Ich war doch nicht ihr Herr und Gebieter! Aber das hab' ich jetzt erst begriffen, damals kochte ich vor Wut. Ich hab' meinen Bruder weggestoßen; gejault hat er wie eine Katze, aber mein Kopf war wie im finstersten Nebel, wie in dickem Rauch, ich konnte keinen klaren Gedanken fassen. Ich hab' Arme und Beine nicht mehr gespürt, als gehörten sie nicht zu mir. In dem Moment kamen von unten, vom Erdgeschoß, Töne zum Gotterbarmen. Ein Heulen, Winseln, Stöhnen, Krachen, irgendwer schluchzte auf: ob Männlein oder Weiblein, war nicht klar ... Ich erzähl's dir in zwei, drei Worten, Ljuba, es betrifft mich eigentlich nicht, auch wenn sie es mir angehängt haben und ich es nicht leugne. Unser Hauswirt hatte die Gelegenheit genutzt. Als Tasskas Freund zu ihm hineingetorkelt kam, die Fresse zerschlagen, der eine Arm herunterschlackernd, splitterfasernackt, im Kopf auch nicht mehr ganz klar, hat er ihn erst mal vergewaltigt und dann endgültig erledigt. Er hat die Leiche auf die Treppe geschmissen und später ausgesagt, ich hätte ihn ... Hätte ihm erst die Knochen gebrochen und ihn dann ... So ist die Geschichte, liebe Ljuba, nichts, auf das man stolz sein könnte, das siehst du ja selbst. Ich hab' gar nicht erst geleugnet, denn wer hätte mir geglaubt? Und unser Wirt hätte mich auf jeden Fall alle gemacht. Im Gefängnis, in Freiheit, egal, er hat überall seine Kumpel, die hätten mich schon geschafft! Zuerst war mir das Leben überhaupt nicht mehr wichtig, denn es hat mich hundsgemein behandelt, Ljuba. Aber jetzt würd' ich gern noch leben. Es fällt mir schwer, mich von dir zu trennen, mir ist zum Heulen, so schwer fällt es mir. Ich bin kein schlechter Mensch, vielleicht etwas jähzornig, aber bei mir ist eben alles irgendwie schiefgelaufen. Dieser Mist ist gleich losgegangen, wie ich auf die Welt gekommen bin. Wohin sollte ich denn? Aber dich hab' ich lieb, das glaub mir. Wir hätten gut miteinander gelebt, hätten Kinder großgezogen, ja? Du, mein dunkelhäutiger, schwarzbrauner Schatz ...«

Von alledem erfuhr sie nichts, hörte sie nichts. Ihre verbundenen Hände lagen auf der rauhen Decke, die sie bis zum Kinn hochgezogen hatte. Ihre trockenen Lippen zuckten. Sie erschossen ihn im Morgengrauen, als sie schlief, und beim Schnarchen der Alten auf dem Nachbarbett träumte sie von einem nassen, schlammigen schwarzen Feld, über das gehörnte Kühe zogen. Sie trotteten direkt auf sie zu, und wie in Kindertagen hatte sie Angst, sie würden sie mit ihren Hörnern aufspießen ...

»Na, Ljubanja, bald geht's uns besser, wir kommen ins Lager! Nächste Woche werden wir verlegt, das steht fest. Mädchen, du mit deiner Zigeunerfratze kommst überall durch, glaub einer alten Frau ...«

Sie hörte der grauzottigen Hexe gar nicht zu, sah nicht zu ihr hin. Hastig schrieb sie auf einen vom Block gerissenen Zettel:

»Lieber Wassja! Wir werden demnächst verlegt.
Such nach mir.

Ljubow Rachmetowa.«

Eleanor Taylor Bland

Nachtfeuer

Drei Jahre lang war Tori jedes Jahr im August nach Minneapolis gekommen, um sich die Lügen von Old Lat anzuhören.
Als Tori sich nun, durch eine dicke Glasscheibe von Lat
getrennt, setzte, fragte sie sich, wie sie die alte Frau dazu
bekommen konnte, eine Kaution zu beantragen. Wenn sie sie
so ansah – gefaltete Hände, ruhiger Blick, die Schultern
selbstgerecht gestrafft –, wußte Tori, daß Lat die Wahrheit
gesagt hatte. Tori hatte keine Zweifel daran, daß die alte Frau
Polizei, Staatsanwalt und Pflichtverteidiger davon überzeugt
hatte, sie habe böswillig und mit Absicht einen Mann umgebracht. Lat machte keine halben Sachen. Entweder Mord
oder gar nichts. Das einzige Zugeständnis Lats bestand darin,
sich in der Krankenstation unterbringen zu lassen, aber auch
nur, weil es dort weniger zog.

»Wie geht's, alte Frau?« fragte Tori auf vietnamesisch, der
Muttersprache von Lat, einer Sprache, die Tori nicht deshalb
gelernt hatte, weil ihre Mutter eine afroamerikanische Soldatin in Vietnam, sondern weil ihr Vater Vietnamese gewesen
war.

»Hier drinnen ist es zu kalt für meine alten Knochen«,
sagte Lat. »Ich brauche einen Pullover.«

»Laß mich mit dir heimfahren, wo du auf deiner eigenen
Veranda in der warmen Sonne sitzen kannst.«

»Es ist unrecht, daß ich frei bin und ein anderer Mensch
tot.«

Lat war nicht mutig. Lat hatte Angst vor dem Gefängnis,
der Polizei und Soldaten in Prachtaufmärschen. Lat schlief
nie im Dunkeln.

»Du lügst, alte Frau. Du bist nicht wegen eines Toten hier.
Sag mir, wen oder was du fürchtest.«

Lat schüttelte den Kopf. »Ich bin zu alt, um Angst zu
haben.«

Wieder eine Lüge. Vermischten sich Lügen und Wahrheit in der Geschichte, die Lat der Polizei erzählt hatte?

»Ich kann mich hier nicht mit dir unterhalten, Lat.« Es war, als hindere das Glas ihre Emotionen daran, frei zwischen ihnen hin und her zu wandern, und dabei kommunizierten sie genauso stark durch Gefühle wie durch Worte.

Lat zuckte mit den Achseln und schien zufrieden, ihre Geheimnisse für sich zu behalten.

»Ich darf dich heimbringen, wenn du dich bereit erklärst, mit mir zu gehen.«

»Nein.«

Der Mann war erstochen worden, als er die Hintertreppe hinunterging.

»Er war schlecht? Er hat Verderben gebracht? Du hast in Notwehr getötet? Dann ist es wahrscheinlich besser, daß er tot ist und sein Karma keinen Schaden mehr anrichtet.«

Die alte Frau saß einfach nur da.

»Der Mann hat den ganzen Sommer in der unteren Wohnung gelebt. Warum hast du bis drei Tage vor meiner Ankunft gewartet? Egal, was war, ich hätte dir geholfen.«

Lats Kinn zitterte, dann faßte sie sich wieder. Was war passiert vom Mai bis zum Tod des Mannes? Würde Lat ihr das sagen, wenn sie draußen war, wenn sich keine Glaswand mehr zwischen ihnen befand? Tori hatte keine Zweifel, daß Lat ihn umgebracht hatte. Aber warum? In der Wohnung war nur Lat gewesen. Solange Tori sie gekannt hatte, war niemand sonst bereit gewesen, Zeit zu opfern für eine siebzigjährige Frau aus Saigon mit Napalmnarben an Gesicht und Händen, eine Frau, die es vermied, Englisch zu sprechen, wann immer es ging.

»Sag ihnen wenigstens, daß sie mir deine Schlüssel geben sollen. Die Vögel werden bald was zu fressen und zu trinken brauchen.«

Lat nickte.

Tori wandte sich auf dem Weg nach draußen an einen Wärter. Lat hatte kein Geld. Das Gefängnis akzeptierte aber nur Bargeld. Als das erledigt war, lenkte Tori den Mietwagen in eine kleine Stadt westlich von Minneapolis. Sie schaltete die

Klimaanlage aus und kurbelte die Fenster herunter, dankbar für den Wind, der ihr ins Gesicht blies, dankbar für die Wärme der Sonne und besorgt, weil Lat keins von beidem spüren konnte.

Das Motel, in das sie am Vorabend eingecheckt hatte, lag in der Nähe der Interstate 5 und gleich neben einem Restaurant. Mehr Bequemlichkeit brauchte sie nicht. Außer vielleicht noch eine Badewanne. Tori duschte nicht gern. Die Plastikbadewanne in dem Motel war nicht zum Baden gedacht. Sie war weder lang noch tief genug und alles andere als bequem. Ein Blick darauf und das Wissen, daß der Schlüssel zu Lats Wohnung sich in ihrer Tasche befand, hätte fast ausgereicht, Tori zum Aufbruch zu verführen. Fast. Jemand war eines gewaltsamen Todes gestorben in dem Haus, in dem Lat wohnte. Tori würde sich erst morgen damit auseinandersetzen, nachdem sie nachgedacht und geschlafen und davor noch ein Bad in der Plastikwanne genommen hatte.

Lat wohnte in einer ruhigen Straße mit kleinen Blumengärten vor eng beieinander stehenden Häusern. Als Tori die Tür zu der Dachwohnung aufschloß, schlug ihr ein ungewohnt abgestandener und modriger Geruch entgegen. Sie zog die Jalousien hoch und öffnete die Fenster. Lats Vögel lebten paarweise in Bambuskäfigen – ein blauer und ein grüner Sittich und zwei Kanarienvögel. Es war noch früh am Tag, und sie begannen, im Sonnenlicht zu zwitschern und zu singen.

Tori sah hinüber zur Tür, die zu der Treppe führte, auf der der Mann umgebracht worden war, und wandte sich wieder ab. Zwei Tassen und eine Teekanne standen auf dem niedrigen Tisch in der Küche, fast wie in Erwartung ihres Besuches. Es lagen zwei Platzsets da, nicht nur eines. Sie warf die Sachen aus dem Kühlschrank weg – welken Chinakohl, eine verschrumpelte Orange und eine Schale mit Nudeln.

Die Schlafmatte im vorderen Zimmer war aufgerollt. Tori legte ihren Schlafsack daneben. Lats türkisfarbene Hausschuhe mit den schwarz-goldenen Verzierungen standen nebeneinander bei der Schranktür. Ihre wenigen abgegriffenen Bücher in vietnamesischer Sprache waren ordentlich auf dem Boden gestapelt neben einem kleinen Radio, eines der wenigen Zugeständnisse, die Lat an die Welt jenseits ihrer Wohnungstür machte. Die Ringelblumen und Dahlien in den Vasen zu beiden Seiten eines Jadebuddha waren verwelkt, die Kerzen dagegen neu. Zwei *zafu* lagen vor dem Altar: das grüne Kissen für Lat, das gelbe für Tori. Als Tori die Blumen in den Abfall warf, nahm sie sich vor, sie durch neue zu ersetzen, bevor Lat nach Hause kam. Lat würde nach Hause kommen. Schon bald.

Eine nackte, schwache Glühbirne im Flur. Große, dunkle Blutlachen waren an den fünf untersten Stufen angetrocknet. Tori setzte sich auf die Stufe unmittelbar darüber. Sie sagten täglich das Mettasutta auf – das Sutta der Liebenswürdigkeit. Feindseligkeit war nicht Buddhas Art. Was hatte die alte Frau dazu gebracht, jemanden umzubringen? Sie warf einen Blick auf ihre Uhr. Es war fast halb neun, und ihr Treffen mit Lats Pflichtverteidiger sollte um neun stattfinden. Auf dem Weg nach draußen packte sie Lats langen schwarzen Wollpullover.

Lats Anwalt starrte Tori einen Augenblick lang an, als sie sein Büro betrat. Das überraschte sie nicht. Genau wie ihre Mutter war Tori groß und schlank und hatte kupferfarbene Haut. Aber sie sah aus wie ihr Vater – breites Gesicht, hohe Wangenknochen, dunkle Augen und gerade schwarze Haare. Die asiatisch-afrikanische Mischung veranlaßte die Leute immer, sich nach ihr umzudrehen.

»Miss Roberts?«

»Ja. Tori Roberts.«

Er beugte sich über die Akten auf seinem Schreibtisch und streckte ihr die Hand entgegen. »Sagen Sie Bill zu mir.« Sein Händedruck war fest, sein Lächeln freundlich.

»Ich bin eine Freundin von Lat.«

»Ein zäher alter Vogel, was?« sagte er.

Tori mußte lächeln. »Ja, sie ist stur«, pflichtete sie ihm bei.

»Sie gibt zu, es getan zu haben, aber sie bleibt ziemlich vage, was die Details anbelangt. Ihre Fingerabdrücke sind auf der Waffe. Ich glaube, wenn sie auf Totschlag plädiert, könnte sie mit ein paar Jahren Bewährung davonkommen. Sie wissen Bescheid über die Kautionsbestimmungen?«

»Sie weigert sich, das Gefängnis zu verlassen.«

Bill strich sich mit den Fingern durch die schütteren braunen Haare. »Reden Sie mit ihr. Wir werden kein Problem mit unserem Antrag haben, wenn sie mitmacht. Ich habe versucht, ihr die Sache zu erklären. Wenn sie nicht zuhören will, antwortet sie auf vietnamesisch, aber ich bin mir sicher, daß sie mich versteht. Ich weiß nicht, ob es da um etwas in ihrer Kultur oder ihrer Religion geht. Bitte reden Sie mit ihr. Heute ist schon Mittwoch. Nächsten Montag müssen wir vor Gericht.«

»Wissen Sie, warum Sie's getan hat? Was ist passiert?«

Er deutete auf die Akten. »Ich tue, was ich kann. Sie ist alt – und die ganzen Narben –, die Leute werden Mitleid haben mit dieser Angeklagten. Wir werden einen Bonus – und Nachsicht – bekommen, wenn wir den Antrag stellen.«

Tori bat um Einsicht in Lats Akten. »Ich unterrichte am College – afrikanische und asiatische Landeskunde –, ich bin keine Juristin, aber ...«

»Klar.«

Er ging die Akten durch, manche fast berstend vor Papier. Die Mappe, die er ihr schließlich reichte, war ziemlich schmal. Der Polizei- und Obduktionsbericht sagte ihr wenig. Jed Morgan war einundvierzig gewesen. Er hatte zweihundert Dollar, einen Damenring und eine Packung Kaugummi in den Taschen gehabt. Er war durch einen Stich von hinten getötet worden. Lat hatte mit Sicherheit gewußt, auf welche Stelle sie zielen mußte. Jed Morgan war knapp einsachtzig groß und wog hundertachtzig Pfund. Seine Größe spielte dabei keine Rolle. Lat war klein und zierlich und praktizierte nicht mehr Taekwondo, aber sie machte noch immer jeden Tag ihre Tai-Chi-Übungen und besaß sowohl die Kraft als auch die Beweglichkeit, ihn zu erstechen.

Tori wußte nicht viel über Strafrecht, aber ihrer Ansicht nach hatte der Anwalt recht. Eine weniger schwere Anklage wäre ein großzügiges Zugeständnis, bemitleidenswerte Angeklagte hin oder her. Als sie Lat am Nachmittag besuchte, weigerte sich diese noch immer, eine Kaution zu beantragen. Wovor hatte Lat Angst?

Als Tori wieder in Lats Wohnung war, sah sie vor dem Einkaufen in die Schränke und fand darin zu ihrem Erstaunen nur zwei Packungen Vogelfutter. Die geringe Rente, die Lat bekam, zwang sie dazu, sparsam zu sein, aber bisher hatte sie immer etwas zu essen im Haus gehabt. Sogar Lats kleine Hausapotheke war leer – kein Ginseng, kein Rotkleetee, keine Haiknorpel.

Tori sah in der Schublade nach, in der Lat ihr Geld aufbewahrte, in einem Umschlag an die Unterseite geklebt. Nichts. Dabei war es erst der zehnte August. Beunruhigt holte Tori einen Eimer und ein Messer, um die Treppe von den Flecken zu reinigen, und gab den letzten Rest Spülmittel ins Wasser. In der Spüle befand sich eine durchweichte, zusammengerollte Zeitung, die am einen Ende angekohlt war. Sie warf sie weg.

Während sie schrubbte, kam ein Mann an die Tür im zweiten Stock. Er war dünn und drahtig und hatte einen Schnurrbart, der an den Seiten seines Mundes herunterbaumelte. Er trug eine schmutzige, zerrissene Jeans und ein T-Shirt. »Wer sind Sie?«

»Mrs. Nhus Freundin aus Connecticut.« Tori erinnerte sich an die ältere Dame, die die Wohnung letztes Jahr gemietet hatte. »Wo ist Mrs. Nordstrum?«

»Die ist gestorben. Im Juni.«

Irgend etwas an ihm störte sie. Vielleicht die Tatsache, daß statt der älteren Leute von früher noch ein Mann im selben Haus wie Lat wohnte.

»Kannten Sie Mr. Morgan?«

»Wollte ich gar nicht.«

Von diesem Mieter war keine Rede gewesen in den Berichten. Tori wollte ihn zuerst fragen, ob er irgend etwas über die Vorkommnisse wisse, aber dann entschied sie sich doch für eine indirektere Vorgehensweise.

»Tja, schlimm das hier«, sagte sie mit einem Blick auf das trockene Blut.

»Kann ich nichts zu sagen«, erklärte der Mann und schloß die Tür.

Als die Treppe sauber war, ging Tori nach unten zu der Wohnung von Morgan. Vor der Tür war ein Schloß.

Als sie wieder oben war, ging sie an den Schrank, um die kleine Matte herauszuholen, in der Lat ihre Papiere aufbewahrte. Sie fand sie nicht. Tori setzte sich im Schneidersitz auf den Boden beim Fenster, ließ sich die Sonne ins Gesicht scheinen und atmete tief durch. Vor drei Jahren hatte Tori an eine Gesellschaft geschrieben, die Vermißte aufspürte. Sie hatte eine Liste aller Personen in Minneapolis mit dem Familiennamen Nhu, dem Namen ihres Vaters, und Roberts, dem ihrer Mutter, erhalten. Keiner dieser Roberts war mit einer Jayda Roberts verwandt oder kannte eine Frau dieses Namens. Lat war die einzige Nhu, und sie hatte Tori drei Sommer lang hierherkommen lassen, eine wortkarge, aber höfliche Geschichtenerzählerin voller Vignetten über Vietnam, den Krieg, ihre Familie, die sich zu einem dürftigen, aber doch so faszinierenden Wandteppich verwoben, daß Tori sich fragte, ob sie nicht vielleicht doch nach siebenjähriger Suche jemanden gefunden hatte, der ihren Vater gekannt hatte oder mit ihm verwandt gewesen war.

Nein. Ihr war klar, daß Lat nichts über ihren Vater wußte. Doch deswegen war sie auch nicht hier. Lat kannte das Volk ihres Vaters so genau, wie Tori selbst es nie kennenlernen konnte. Lat konnte für sie ein Erbe aufbauen, eine Vergangenheit, die sie sonst ohne Lat nicht hätte. Als Pflegekind und Tochter geschiedener Eltern erwartete Tori nicht, daß verschwommene Erinnerungen an ein Leben in Minneapolis und Seattle und Santa Fe sie zu ihrer Familie zurückführen würden.

Tori hörte jemanden weinen. Mrs. Lindquist, die den Gehsteig saubermachte. Sie hastete nach unten.

»Tori, Sie sind da! Wie geht's meiner Freundin Mrs. Nhu?«

»Sie würden sie herauslassen, aber sie will nicht nach Hause.«

»Sie war immer so... gelassen. Ich kann mir überhaupt nicht vorstellen, was passiert ist. Mr. Morgan war so freundlich. Kann ich Ihnen behilflich sein, hat er immer gesagt. Oder: Ich gehe einkaufen, kann ich Ihnen etwas mitbringen? Er war immer so nett.«

Ein netter Toter. Tori ging in die Bücherei in der Nicollet Mall. Beide Zeitungsartikel waren kurz, und keiner davon stand auf der ersten Seite. Morgan war Vietnamveteran gewesen. War das wichtig? Der einzige Mensch, der die Antwort auf diese Frage gekannt hätte, sagte ihr nichts. Sie ging in ein vietnamesisches Restaurant und bestellte *bun cha gio*, Frühlingsrollen mit einer Füllung aus gemahlenen Bohnen, Rind- und Schweinefleisch, Karotten und Reisnudeln. Dazu wurde eine Schale *nuoc mam*, eine Fischsauce, serviert. Wenn Lat nicht im Gefängnis gewesen wäre, hätten sie zusammen eine solche Mahlzeit zubereitet. Aß Lat im Gefängnis ordentlich? Abgesehen von Doughnuts mochte Lat nicht viele amerikanische Sachen. Lat liebte klebrige Doughnuts mit Zuckerguß. Tori mußte an das leere Geldkuvert denken. In den letzten Wochen des Monats schickte sie immer etwas, weil sie wußte, daß Lat allmählich das Geld ausging. Eigentlich hätte jetzt noch etwas in dem Umschlag sein müssen.

Es wurde dunkel, als Tori zu Lats Wohnung zurückkehrte. Sie zog die Fenster halb und die Rouleaus ganz herunter. Die einfachen weißen Stoffbahnen hingen nur deshalb an jedem Fenster, weil der Vermieter darauf bestand. Im trüben Licht der kleinen Lampen begann Tori systematisch zu suchen. Als sie den begehbaren Wandschrank abtastete, fand sie eine Stelle, an der sich die Tapete gelöst hatte. Dahinter war der Putz weggekratzt, und in dem Loch befand sich Lats kleine Matte mit ihren Papieren.

Tori sah sich Paß, Mietquittungen und andere gefaltete Papiere an. Als sie die vietnamesischen Schriftzeichen entzifferte, freute sie sich, auch ihren Namen zu entdecken. Außerdem fand sie zwei Zettel auf französisch, was gar nicht ungewöhnlich war für Vietnamesen, die in den Städten lebten, aber Lat erzählte immer nur vom Land. Tori übersetzte »der Mann aus der Hölle«, »Nachtfeuer« und »schlechter Schlaf«. Der Tote hatte Erinnerungen an den Krieg geweckt. Lat hatte Angst vor ihren Träumen.

Am Morgen rief Tori Lats Anwalt an und vereinbarte einen neuen Besuchstermin.

»Du hast wieder Alpträume gehabt, alte Frau. Das ist kein

ausreichender Grund, hierzubleiben. Egal, was Morgan getan hat, sein Karma ist weg. Die Toten können keinen Schaden anrichten. Du mußt jetzt nach Hause kommen, denn jetzt bin ich da, und du mußt nicht allein träumen.«

Völlig überraschend für Tori erklärte Lat sich bereit, nach Hause zu gehen. Unterwegs besorgten sie Blumen, Essen und frisch gebackene Doughnuts mit Zuckerguß. Lat war es peinlich, daß nichts zu essen im Haus war, und sie begann sofort, mit den Vögeln zu sprechen und die Blumen zu arrangieren, während Tori die Lebensmittel in den Kühlschrank legte und die Schränke auffüllte. Dann bereiteten sie zusammen eine Mahlzeit zu, und Lat aß, als hätte sie schon seit Tagen nichts mehr bekommen.

Am Abend saßen sie nebeneinander auf dem *zafu*. Die Hände auf dem Magen, die linke Hand auf der rechten Handfläche, die Daumen aufeinandergelegt, konzentrierte Tori sich auf ihre Atmung. Wenn Gedanken auf sie einstürmten, ließ sie sie los, bis sie eins war mit ihrem Atem.

Lats Träume kamen gegen Morgen. Die alte Frau wälzte sich stöhnend auf ihrer Matte herum und murmelte in einer Mischung aus Vietnamesisch und Französisch, allerdings so undeutlich, daß Tori sie nicht verstand. Tori nahm Lat in die Arme. Sie strich ihr die schweißnassen Haarsträhnen aus der Stirn und berührte die Napalmnarben an ihrem Hals und ihrem Gesicht.

»Wieviel sie dir angetan haben«, sagte sie auf vietnamesisch. »Wieviel du gelitten und verziehen hast.«

Lat lehnte sich gegen sie, die Augen fest zugedrückt, die dichten Wimpern naß vor Tränen, und sagte nichts.

»Drei Jahre lang hast du mich unterrichtet wie eine Mutter ihr Kind. Deine eigenen Kinder sind im Krieg gestorben. Was hat der Kriegsmann dir angetan, kleine Mutter?«

Lat schluchzte vor sich hin und klammerte sich an Tori fest.

»Erzähl mir, was passiert ist«, sagte Tori, als das Schluchzen abebbte.

Lat sagte immer noch nichts.

»Warum waren die Papiere in der Wand versteckt?

Warum ist der Geldumschlag leer? Hast du es ihm freiwillig gegeben, oder hat er sich genommen, was eigentlich dir gehört?«

Für Lat war kein großer Unterschied zwischen Geben und Stehlen. Sie würde keinen Menschen umbringen, um sich für den Diebstahl materieller Dinge zu rächen.

Lat sank erschöpft gegen Toris Körper. Jetzt befand sich keine Glaswand zwischen ihnen, aber Tori kam noch immer nicht an sie heran.

»Wie war der Krieg für dich, kleine Mutter? Meine Mutter war Soldatin in deinem Land.«

»Sie war da, bevor sie den Feuertod brachten«, sagte Lat. »Sie hat Leben gebracht. Du bist das Kind eines vietnamesischen Mannes. Wenn du bei mir bist, ist das fast, als käme meine eigene Tochter zurück, auch wenn du eher wie deine Mutter aussiehst. Du erinnerst mich an die Zeit vor dem Feuer, als die Felder noch grün waren und das Land ein Ort des Friedens.«

»Und du besänftigst mich in meinem Suchen«, sagte Tori.

Lat kniete nieder und rieb sich die Augen mit den Fäusten.

»Der Krieg ist eine Zeit schrecklicher Schmerzen. Ganze Dörfer werden zerstört. Ich kann dir nichts mehr vorlügen. Der Ort, an dem deine Mutter gearbeitet hat, ist nicht mehr da. Wenn dein Vater auch dort war, gibt es ihn wahrscheinlich nicht mehr. Es gibt viele mit dem Namen Nhu. Ich kann nicht sagen, ob ich ihn kenne.«

»Ich weiß, daß du ihn nicht kennst«, sagte Tori. »Aber wenn ich hierherkomme, erfahre ich, wer er gewesen ist, und ich lerne meine Mutter besser kennen. Das genügt. Es ist viel mehr, als ich ursprünglich erwartet habe.«

Lat ging zur hinteren Tür, preßte das Ohr gegen das Holz, öffnete sie und schaltete das Licht aus. Alle Kraft zusammennehmend, hielt sie sich am Geländer fest. Tori folgte ihr die Treppe hinunter. Lat blieb auf der siebtletzten Stufe stehen und setzte sich in der Dunkelheit hin. Dann tastete sie mit den Fingern über die geschrubbten Stellen. »Hure«, flüsterte sie leise. »Hure«, sagte sie noch einmal, zuerst auf vietnamesisch und dann auf französisch. »Hure.«

»Er hat dich vergewaltigt«, flüsterte Tori.

Lat saß ganz still da, dann begann sie, hin und her zu wiegen. Aus ihrer Kehle klang leises Wehklagen. Sie hob langsam die Hände. Ihr Jammern wurde lauter. Sie streckte die Arme mit geballten Fäusten aus. »Nie mehr«, sagte sie. »Nie mehr.«

Tori setzte sich ebenfalls auf die Stufen und legte die Arme um Lat. »Am siebzehnten September 1980«, sagte sie. »Ich war elf Jahre alt. Ein Teenager in meinem Pflegeheim hat mich vergewaltigt.«

Tränen liefen über Lats Wangen. »Am neunzehnten Juni 1971.« Sie begann zu zittern. »Ich muß den Vietcong dabei zusehen, wie sie meine Töchter vergewaltigen und ermorden. Dann vergewaltigen sie mich, immer wieder. Ich laufe weg, aber das Feuer holt mich ein. Nie mehr«, sagt sie. »Nie mehr.«

Als Lat zu zittern aufhörte und gegen sie sank, sagte Tori: »Was ist in der Nacht von Morgans Tod passiert?«

Lat antwortete erst nach einer ganzen Weile. »Ich kann mich nicht mehr an viel erinnern. Er geht. Er lacht. Dann ist er hier auf der Treppe.«

Am nächsten Morgen kam der Mann, der in der unteren Wohnung wohnte, an die Tür. Er trat von einem Fuß auf den anderen und sah Lat an. »Ma'am, Morgan war nie in Vietnam. Aber ich war da. Das, was Ihnen passiert ist, tut mir leid.« Wut blitzte in seinen Augen auf, und einen Moment hatte Tori Angst. Doch bevor sie etwas sagen konnte, wandte der Mann sich um und ging die Treppe hinunter.

Lats Alpträume gingen weiter. Sie weigerte sich, irgend jemandem sonst zu sagen, daß sie vergewaltigt worden war. Sie sprach überhaupt nicht darüber und ging mit betretenem Gesicht aus dem Zimmer, wenn Tori etwas davon erwähnte. Am Tag bevor Lat vor Gericht erscheinen sollte, wußte Tori nicht mehr, was sie tun sollte. Sie wollte Lats Recht zu schweigen respektieren, aber die Behörden sollten auch erfahren, was Morgan getan hatte. Weder Umarmungen noch Fragen, noch Toris bruchstückhafte Erinnerungen daran, wie sie sich gefühlt hatte, nachdem es passiert war, konnten Lats Schweigen brechen.

Nach dem Abendessen gingen sie hinaus auf die kleine Veranda, von der aus sie die Straße sehen konnten. Sterne standen am klaren Nachthimmel. Eine Brise linderte die Hitze. Als sie letzten Sommer hiergewesen war, hatten sie sich zu Mrs. Nordstrum auf der unteren Veranda gesellt. Lat, die normalerweise nicht viel redete und kaum lachte, hatte beides getan, als Mrs. Nordstrum ihnen von ihrer Familie und ihrer Kindheit auf einer Farm erzählt hatte.

»Die Sache mit deiner Freundin Mrs. Nordstrum tut mir leid. Wie alt war sie?«

»Dreiundsiebzig.«

»Was ist passiert?«

»Sie haben sie in ihrem Bett gefunden.«

Lats Kinn begann zu zittern.

»Sie fehlt dir«, sagte Tori. Lat wirkte immer so zurückgezogen und hatte so wenig mit ihren Nachbarn zu tun.

»Die Dame von nebenan sagt, daß Morgan ein netter Mann war – freundlich und hilfsbereit.«

Lat starrte ihre Hände an. »Wieso glauben wir, daß ein schlechtes Karma nicht auch aus all diesen Dingen bestehen kann?«

»War er freundlich?«

»Vielleicht zu anderen. Ich weiß es nicht.«

»Hast du dir von ihm helfen lassen?« Tori wünschte, sie hätte das nicht gesagt, sobald die Worte über ihre Lippen waren.

Lat preßte die Lippen zusammen. Wieder hatte sie den dünnen Faden ihres Gesprächs verloren.

»Ich habe ihm Geld gegeben«, flüsterte Lat.

»Wofür?«

»Damit er mich in Ruhe läßt.«

»Warum hast du mir das nicht gesagt?«

»Du bist weit weg. Ich bin allein. Ich glaube, ich hätte es dir gesagt, sobald du gekommen wärst.«

»Hat er auch Geld von den anderen genommen?«

»Das weiß ich nicht.«

»Hat er dich bedroht, für den Fall, daß du ihm das Geld nicht gibst?«

Lat preßte die Lippen wieder zusammen. Sie packte ihre eine Hand so fest mit der anderen, daß die Narben hervortraten. Dann schloß sie die Augen und atmete tief durch, bis sie sich wieder entspannte.

»Als die Soldaten kamen, waren manche sehr nett. Sie haben ihr Essen mit uns geteilt. Sie haben keine Zivilisten getötet. Aber andere waren wie er – voller Zorn. Sie haben uns geschlagen und erschossen, ja sogar erwürgt. Sein Haß gegen mich war sehr stark. Vielleicht hat er die anderen leiden können.«

Lat zog den Pullover enger um ihren Körper und wandte dem Wind den Rücken zu.

»Du bist müde, alte Frau, aber du hast auch Angst vor deinen Träumen. Vielleicht verschwinden die Träume, wenn du erzählst, was passiert ist.«

»Erzähl mir noch einmal von deiner Mutter«, sagte Lat.

»Ich kann mich an nicht mehr viel erinnern. Sie hat uns oft in den Arm genommen, und ich weiß noch, daß wir zum Abendessen Kuchen bekommen haben und Kartoffelbrei wollten. Manchmal hat sie Vietnamesisch gesprochen. Das war, als käme die Sonne zwischen den Wolken hervor. Da war sie glücklich und hat gesungen und getanzt. Sie haben mir gesagt, sie sei verrückt. Immer wenn sie ins Krankenhaus mußte, kamen wir ins Pflegeheim. Irgendwann waren es dann nur noch Pflegeheime, und meine Mutter und meine Brüder und Schwestern waren verschwunden.«

»Du bist wie eine Tochter für mich«, sagte Lat und setzte sich näher zu ihr. »Töchter. Mrs. Nordstrum hatte auch eine Tochter. Die wollte Mrs. Nordstrums Ring.«

»Den, der ihrer Urgroßmutter gehört hatte?«

»Ja. Aber als sie kam, war der Ring verschwunden.«

»Verschwunden? Sie hat gesagt, sie nimmt ihn nie ab.«

Tori erinnerte sich an den Inhalt von Morgans Taschen. »Morgan hatte einen Damenring in der Tasche, als er starb.«

Lat atmete tief durch. »Ich glaube, er hat sie getötet.«

»Morgan?«

Lat nickte, ohne sie anzusehen.

»Dann mußt du das sagen.«

»Nein, ich bin eine alte Frau. Ich bin nicht aus diesem Land. Und wem, außer dir, ist das wichtig?«

Tori dachte nicht an Lat oder Morgan, sondern an den Jungen, der sie vergewaltigt hatte, an die Zeiten, in denen es ihr gelungen war, seine Hände wegzuschieben, und an die, in denen das unmöglich war.

»Das war nicht das erste Mal, daß er dich vergewaltigt hat, stimmt's?«

Lat rückte ein Stück weg.

»Er hat dich vergewaltigt, bevor Mrs. Nordstrum gestorben ist, stimmt's? Du denkst, wenn du schon damals jemandem etwas gesagt hättest... du machst dir Vorwürfe wegen ihres Todes, nicht wegen seines.«

Lat sah blinzelnd geradeaus.

»Kleine Mutter, wenn du ihnen das nicht sagst, hören deine schlechten Träume nicht auf. Und wenn sie es wissen, gehen wir hier weg.«

»Die Zeitung«, flüsterte Lat. »Er hat die Zeitung angezündet und sie mir vors Gesicht gehalten.«

Lat kam fast wie ein Kind zu Tori und rollte sich, den Kopf auf Toris Schoß, zusammen. Wieder berührte Tori Lats Napalmnarben. Der neue Tag hatte fast schon begonnen, als sie hineingingen. Als Lat schließlich einschlief, träumte sie nicht.

Nevada Barr

Unter dem Flieder

Die Fliederbüsche, zwei davon weiß, zwei pflaumen- und zwei zart lavendelfarben, waren zusammen mit Gwen groß geworden. Jetzt war sie über vierzig, und die Fliederbüsche reichten übers Dach des Hauses. Einer der pflaumenfarbenen Büsche war eingegangen. Die geschnittenen Äste lagen schulterhoch auf dem Beton zwischen Garten und Straße. Gwen hatte den ganzen Morgen gebraucht, den Busch abzusägen und die verdorrten Äste dort aufzuschichten, wo die Müllmänner sie vielleicht mitnehmen würden.

Als Gwen die letzte der weitverzweigten Wurzeln ausgrub, entdeckte sie den Knochen. Als Museumskuratorin wußte sie, daß es sich um einen Fingerknochen handelte. Sie ließ sich auf die frisch aufgegrabene Erde plumpsen und betrachtete ihren Fund genauer.

Es war ein windstiller, warmer Tag, und die Ahnung des gerade überstandenen harten Winters ließ den zarten Frühling fast unerträglich wertvoll erscheinen. In ihrer Kindheit in Minnesota hatte es viele solcher Tage gegeben. Zahltage, hatte ihre Mutter sie genannt, Tage, an denen man für Frostbeulen, leere Batterien und gefrorene Nasenhaare entschädigt wurde.

Hier in der Laube hinter dem Haus ihrer Mutter in Minneapolis, zwei Blocks entfernt vom Lake Nokomis, hatte Gwen die Tage zusammengekauert auf der fruchtbaren Erde verbracht, winzige Plastiksoldaten auf den Wurzelhügeln unter den Fliederbüschen aufgestellt und ruhmreiche, unblutige Schlachten geführt, bis der letzte Horatio beim heldenhaften Kampf um die letzte Brücke fiel.

Wann hatte sich eine echte Leiche zu ihren Phantasiearmeen gesellt?

Vielleicht gehörte der Knochen zu einem Indianer, der begraben worden war, bevor die Weißen dieses Gebiet besiedelten. Oder einem Siedler, den man in einem längst vergessenen Familiengrab zur letzten Ruhe gebettet hatte, an einem Ort, über den sich im Laufe der Jahre die Stadt ausgebreitet hatte.

Gwen hob den Blick von der Erde zwischen ihren Füßen. Jenseits des Schattens schien die Sonne mit einer Intensität herab, die im Juli unerträglich werden würde. Doch so kurz nach dem Winter war die Wärme ein Erneuerungsversprechen, so etwas wie ein Vorgeschmack des ewigen Lebens. Jedes Blatt, jeder Grashalm wurde vom Licht umkränzt. Wie eine Frühlingskrone.

Für die von Menschen erbauten Dinge war der helle Schein der Sonne nicht so vorteilhaft. Die Rahmen der Sprossenfenster am Erker blätterten in weißen Streifen ab wie sonnenverbrannte Haut; ein Riß führte das Fundament hinauf, wo der Wasserhahn aus dem Zement ragte; die kleine Marienfigur hatte Schlagseite, als wäre sie betrunken, und zeugte von einer Nachlässigkeit, zu der Gwens Mutter früher unfähig gewesen wäre.

Irgendwann einmal in den sechsundzwanzig Jahren, die Gwen weggewesen war, war Madolyn Clear alt geworden. Gwen hatte nicht nur Gewissensbisse deswegen, sondern trauerte auch um vertane Gelegenheiten. Sie zog die Knie an und umschlang sie mit den Armen.

Sie hatte ihre Mutter immer als Felsen gesehen, der sich nicht veränderte, auch wenn das Meer des Lebens um sie herum toste. Für ein kleines Mädchen brachte das ein starkes Gefühl der Sicherheit, aber auch Einsamkeit.

Eine Erinnerung, ein Schnappschuß ohne Ursache und Wirkung, stieg aus der Kindheit auf. Damals war Gwen noch sehr klein gewesen, vielleicht zwei oder drei Jahre alt. Es mußte ungefähr zu der Zeit gewesen sein, in der ihr Vater starb, obwohl sie aus dieser Phase keine Momentaufnahmen in ihrem Gehirn gespeichert hatte. Sie trug ein T-Shirt und eine Unterhose, die kurzen Haare standen ihr vom Schlaf noch vom Kopf ab. Unter ihren nackten Füßen befanden sich Schmutzflecken auf dem Teppich. Die eine pummelige Hand, die Finger ausgebreitet wie ein Seestern, hatte sie gegen die Schlafzimmertür ihrer Mutter am oberen Ende der Treppe gepreßt. Sie wußte, daß ihre Mutter dahinter weinte.

Gwen versuchte sich zu erinnern, ob sie die Tür aufgedrückt hatte oder einsam und verlassen im Flur stehengeblieben war. Wahrscheinlich war sie stehengeblieben. Sie konnte sich nicht erinnern, ihre Mutter jemals weinen gesehen zu haben. Alle weinten. Vermutlich hatte Madolyn sich nur ganz allein sicher gefühlt.

Doch dieses Alleinsein, der einzige Luxus, den ihre Mutter sich je geleistet hatte, war jetzt praktisch nicht mehr möglich für sie. Nach dem Schlaganfall hatten sie aus dem Wohnzimmer ihr Schlafzimmer gemacht. Die Treppe hinderte sie daran, sich auch im Rest des Hauses zu bewegen, und deshalb verbrachte sie die Tage, eingehüllt in die scheußliche Behaglichkeit eines Krankenhausbettes, in ihrem Erker mit Blick auf den Garten.

Das Licht glitzerte auf den Fensterscheiben. Gwen konnte nicht hineinsehen, aber sie winkte trotzdem.

Ihre Mutter war keine arme Frau mehr. Mit Geld ließen sich Köche und Krankenschwestern und Therapeuten kaufen. Gwen hatte sie gebeten, sich um den Garten zu kümmern. So vieles mußte mit Liebe, nicht nur mit dem Spaten, erledigt werden. Nach draußen verbannt, pflegte sie die Blumen mit einer Zärtlichkeit, die sie ihrer Mutter nicht schenken durfte.

Und unter dem Flieder lag ein Skelett.

Gwen überlegte, ob sie es ihr sagen sollte. »Keine unvorhergesehenen Aufregungen«, hatte Dr. Korver sie gewarnt, doch Gwen bezweifelte, daß eine Leiche Madolyn Kopfzerbrechen bereiten würde. Ihre Mutter war eine zutiefst pragmatische Frau, so daß es Gwen manchmal schwerfiel, einen Bezug zwischen ihrer jetzigen Persönlichkeit und den Fotos von der jungen Braut herzustellen, die bei den Hochzeitsfeierlichkeiten ganz in weiße Rüschen und Spitzen gekleidet war.

Außerdem war nichts Schlimmes an einem Skelett, das schon so lange ungestört in der Erde lag. Vielleicht war ihre Mutter sogar von dem Gedanken daran fasziniert oder entzückt. Wer würde sich nicht freuen, ein Skelett in der Laube zu finden? Die Geschichte könnte man noch jahrelang erzählen. Und dennoch zögerte Gwen, ihr davon zu berichten. Vielleicht war sie auch nur zu träge, sich zu bewegen. Der berauschende Duft des Flieders stieg ihr zu Kopf und hüllte sie ein. Er lähmte sie, genau wie Dorothy in ihrem Mohnfeld.

Sie vergrub die Füße noch tiefer in der warmen Erde und sah zu, wie sie in ihre hochgekrempelten Hosenbeine rieselte. Das Haus hatte seine Geister, seine einsamen Flure, wie alle Häuser, aber nicht die Laube. Hier lagen Erinnerungen an aufgeschürfte Knie und gebrochene Arme begraben, und einmal hatte sie Ricky Harper in der Laube sogar den kleinen Finger ausgerenkt, aber nichts davon störte den vollkommenen Frieden des Gartens. Trotz der starken Schneefälle in Minnesota war diese Laube immer sonnig und voller Blüten gewesen. So, wie man sich an die Kindheit erinnert.

Da kam ihr eine zweite Momentaufnahme in den Sinn. Sie hatte eine Überschrift, eine einzelne Dialogzeile in einer vertrauten, aber noch nicht benennbaren Stimme. Gwen saß am Klavier und tat so, als spiele sie. Mit den Füßen reichte sie nicht bis auf den Boden; ein Kleid in raschelndem Pink schmiegte sich um ihr kleines Hinterteil. Auf dem alten Klavier saß ein gelber Kater. Sein Schwanz pendelte wie eine dicke gestreifte Wurst fast bis zu den Noten herunter. Das Fenster zum Garten stand offen, und es drang das angenehme Geräusch fernen Lachens herein.

Die Stimme gehörte nicht ihrer Mutter – vielleicht war es die einer Nachbarin. »Zumindest kannst du das Haus jetzt voller Blumen haben«, hatte sie gesagt. »Ein kleiner Segen.«

Gwens Haus in Pasadena, Kalifornien, war immer voller Blumen. Ihr erster Mann war auf Blumen und auf ihre Katzen allergisch gewesen. Nach ihrer Scheidung hatte ihre Mutter gesagt, sie solle einem Mann, der allergisch auf Katzen sei, nie völlig vertrauen.

»... jetzt kannst du das Haus voller Blumen haben. Ein kleiner Segen.« Wer war allergisch gewesen? Nicht Gwen, und auch nicht ihre Mutter. Nicht du, dachte Gwen, mit einem Blick auf den gespenstischen Finger zwischen den Wurzeln. Jedenfalls nicht lange.

Gwen dachte selten an die Vergangenheit. Sie und ihre Mutter hatten sich – stillschweigend – darauf geeinigt, nicht darüber zu sprechen. Doch hier unter dem Flieder schien sich die Vergangenheit so aufdringlich süß aus der Erde zu erheben wie der Duft der Blüten darüber.

Als Gwen nach Hause zurückgekehrt war, hatte Mutters Schlaganfall ihre Sterblichkeit auf eine Art und Weise dokumentiert, die keine von ihnen zugeben wollte. Gwens Alter. Sie hatte sich dabei ertappt, daß sie sich mit alten Freunden vom College in Verbindung setzte und sich auf ein Treffen mit ihnen freute. Der hektische Kampf ums Erwachsenwerden, ums Machen und Sein und Reden, war vorbei, und sie verspürte den Wunsch, all jene Dinge wieder einzufangen, die sie in der Hetze der Jugend unterbewertet hatte.

Es war bestimmt schon mehr als zehn Jahre her, daß sie das letzte Mal an Ricky Harper gedacht hatte, obwohl sie in der High-School miteinander gegangen waren und er sich dafür, daß sie ihm den Finger ausgerenkt hatte, an ihr rächte, indem er ihr das Herz brach. Das waren Katastrophen von ungefähr gleicher Reichweite.

»Abgehauen«, hatte Ricky gesagt. Gwen erinnerte sich noch genau an die Worte. Er hatte das über ihren Vater gesagt, und sie hatte ihm dafür den kleinen Finger ausgerenkt.

Sie wandte sich in Gedanken wieder dem kleinen Finger zu, der vor ihr aus der üppigen schwarzen Erde ragte.

Plötzlich hob sich der Schleier ihrer merkwürdig verträumten Lethargie, und sie rieb sich die Augen wie eine Frau, die aus einem langen Schlaf erwacht. Jetzt regten sich ihre Kuratoreninstinkte wieder, und sie zog die Gartenhandschuhe ihrer Mutter aus – schwere weiße Baumwolle mit apfelgrünen Zweigen. Handschuhe, wie alte Frauen sie trugen. Gwens Hände begannen, faltig zu werden, und sie bekam allmählich Altersflecken nach den vielen Jahren Arbeit im Freien. Gwen mußte über ihren Snobismus lächeln.

Sie beugte sich über den Knochen und schob die Erde weg. Ohne ein Labor konnte sie nicht beurteilen, wie alt der Fund war, aber sie sah, daß der Knöchel noch intakt war. Sie schob die Erde weg, bis Handgelenk, Daumen und Zeigefinger freigelegt waren. Wahrscheinlich war das nichts Wichtiges, aber dennoch spürte sie, wie Erregung in ihr aufstieg. Selbst Anthropologen, die schon längst nicht mehr selbst an Ausgrabungen teilnehmen, träumen davon, eine Lucy zu finden – genau wie Spieler vom großen Jackpot.

Nach ein paar Minuten stiegen Gwens Hoffnungen weiter. Am dritten Finger der rechten Hand – denn es handelte sich um eine rechte Hand – glänzte etwas matt kupfern. Gwen schnaubte verächtlich über sich selbst, als ihr Bilder von Aztekengold und Ojibwa-Kupfer durch den Kopf schossen.

Ganz vorsichtig, nicht weil sie Angst hatte, sie könne dem Finger weh tun, sondern weil sie fürchtete, jemand könne sie beobachten und »Diebin!« rufen, zog Gwen den Ring ab und polierte ihn mit einem Zipfel ihres Hemdes.

1946. University of Minnesota.

Ein Toter der Jetztzeit, nicht Geschichte, sondern Mord.

Panik vernebelte Gwens Gedanken. Übelkeit stieg in ihr auf, und obwohl sie bereits saß, hatte sie das Gefühl, sie würde gleich umfallen. Sie klammerte sich an dem kräftigen Stamm des Fliederbusches fest.

Zahlen, klar und deutlich wie Rechenaufgaben, gingen ihr durch den Kopf. Ihre Eltern hatten 1945 geheiratet und das Haus gekauft. Ein Jahr später hatte ihr Vater seinen Abschluß an der University of Minnesota gemacht und in der Stadt zu arbeiten angefangen.

Ohne einen weiteren Blick auf den Ring zu werfen, steckte ihn Gwen in die Tasche und schob die Erde wieder über die Knochen.

Krebs, hatte ihre Mutter gesagt.

»Abgehauen.«

Gwen hatte das Grab ihres Vaters nie besucht. Er war in Sioux Falls begraben, hatte ihre Mutter gesagt, in seiner Heimatstadt. Gwen war nie dort gewesen. Madolyn hatte kein enges Verhältnis zur Familie ihres Mannes. Sie erklärte das mit religiösen Meinungsverschiedenheiten. Gwen hatte angenommen, daß Vaters Familie protestantisch war, und nie wieder nachgefragt.

Postkarten mit Gwens Namen darauf kamen an Weihnachten und zu ihren Geburtstagen, bis sie aus der Schule war. Großeltern, die sie nie kennengelernt hatte und um die sie nicht trauerte, starben, während sie in Stanford mit ihrer Doktorarbeit beschäftigt war.

Gwen erhob sich vom Boden und begann, die Erde von ihrer Hose abzuklopfen, doch schon bald war ihr die Anstrengung zu groß. Die vierzig Meter bis zur Haustür erschienen ihr wie eine unüberwindliche Distanz, und sie merkte, daß sie mit den Füßen über den Boden schlurfte.

Als sie die Eingangshalle durchquerte, rief ihre Mutter nach ihr, doch sie gab vor, sie nicht zu hören. Die Erde von dem frisch geöffneten Grab rieselte auf den salbeigrünen Teppich des oberen Flurs, und wieder schoß ihr die Momentaufnahme durch den Kopf: die kleinen, nackten Füße, die Seesternhand, der Schmutz, das Weinen hinter der verschlossenen Tür. An jenem Tag hatte auch jemand frisch umgegrabene Erde nach oben getragen.

Gwen wurde schwindelig; sie stolperte die letzten Schritte zu Madolyns Bett, das jetzt das ihre war, und ließ sich darauffallen.

Sie schloß die Augen und hätte auch ihre Gedanken verschlossen, wenn sie es gekonnt hätte. Bilder jagten durch ihr Gehirn wie aufgeschreckte Frettchen. Sie bildete sich ein, das Gewicht des Rings in ihrer Tasche zu spüren. Schon bald würde sie ihn herausnehmen und ihn sich noch einmal ansehen, aber das hatte keine Eile. Ein altes Foto ihres Vaters hatte ihr als Ausgangspunkt für zehntausend Tagträume eines einsamen Kindes gedient. Der Ring gehörte ihm. Sie erinnerte sich nicht nur daran, sondern auch an die Körnigkeit, das Licht und die Schatten auf dem Foto.

Voller Zorn setzte sie sich auf und packte das Telefon. Für Mord gab es keine Verjährungsfristen.

Doch schon beim zweiten Klingeln legte sie den Hörer wieder auf die Gabel und setzte sich auf die Bettkante. Ihre Knie zitterten so sehr, daß sie nicht mehr stehen konnte.

Wahrscheinlich hatten viele Männer 1946 ihren Abschluß an der University of Minnesota gemacht. Und sie hatten alle den Ring dieses Jahrgangs. Die Leiche konnte ein Studienkollege ihres Vaters, ein Freund der Familie, sein.

Im Garten hinter dem Haus vergraben.

Also ein Liebhaber; ihre Mutter hatte einen Liebhaber gehabt, ihr Vater hatte ihn umgebracht und war dann »abgehauen«. Oder er war an Krebs gestorben, wie ihre Mutter gesagt hatte, und hatte sein Geheimnis mit ins Grab genommen. Vielleicht hatte Madolyn von dem Mord nicht einmal etwas gewußt. Es konnte passiert sein, als sie gar nicht in der Stadt war.

Gwen beruhigte sich, ihr Atem wurde gleichmäßiger. Die Hysterie machte ihrer gewohnten Vernunft Platz. Erklärungen ließen sich finden. Die Wahrheit war kaum jemals schlimmer als die eigenen Fieberphantasien. Sie mußte ein wenig lächeln über das grausige Bild, das sie von ihrer Mutter heraufbeschworen hatte: Mit wildem Blick und voller Blutflekken hatte sie Norman Bates' Messer geschwungen.

Gwen saß ein paar Minuten lang da, die Füße flach auf den Boden gedrückt, den Rücken gebeugt; sie starrte den Teppich an und dachte überhaupt nichts. Zu viele Impulse gleichzeitig hatten zu einem Kurzschluß in ihrem Gehirn geführt. Von unten drang durch die Heizungsschächte die fröhliche Melodie von Doris Days »Sentimental Journey« herauf.

Natürlich mußte Gwen der Sache weiter nachgehen. Schlafende Skelette zu wecken stand völlig außer Frage. Ihre Mutter war zu zerbrechlich, als daß sie sie hätte konfrontieren können, und die Polizei zu aggressiv. Nicht daß die Polizei von Minneapolis nicht so zuvorkommend gewesen wäre, wie die Mythen des Mittleren Westens sie darstellten, aber sie würde herumgraben – im wörtlichen wie im übertragenen Sinn. Fremde würden nicht die Zeit und Energie aufwenden, die eine so heikle Angelegenheit erforderte, das konnte man nicht erwarten.

Wieder nahm sie den Telefonhörer in die Hand. Großmut-

ter und Großvater waren tot, aber Gwen ging davon aus, daß
es Sioux Falls noch gab. Sieben Anrufe bei den sieben Fried-
höfen und Mausoleen der Umgebung förderten keinen
Gerald Clear zutage, der 1952 beerdigt worden war.

Wieder wurde Gwen übel. Sie steckte den Kopf zwischen
die Knie. Ihre Hände sanken zum Teppich hinab wie Blätter,
und sie ertappte sich dabei, wie sie mit makabrem Interesse
ihre schmutzigen Fingernägel anstarrte, als gehörten sie zu
den Händen, die die Leiche begraben, nicht zu denen, die sie
nach all den Jahren wieder ausgebuddelt hatten.

Nachdem sie aufgestanden war, ging sie ins Bad, um sich
frisch zu machen. An der Wand über dem Lichtschalter hing
ein kleines Holzkreuz mit einem leidgeprüften Jesus aus Silber. Sie packte ihn und schleuderte ihn gegen die andere
Wand. Von unten rief ihre Mutter: »Schatz, ist alles in Ordnung?«

»Alles in Ordnung, Ma«, rief Gwen zurück.

»Komm nach unten, wenn du fertig bist.«

Gwen drehte beide Wasserhähne auf, um die Stimme ihrer
Mutter zu übertönen, und sah zu, wie der Schmutz von ihren
Händen das weiße Porzellan des Waschbeckens verschmierte.

Es gab einen Onkel in Des Moines, daran erinnerte sie sich.
Sie hatte ihn als Kind ein- oder zweimal gesehen, aber das
Verhältnis zwischen ihm und ihrer Mutter war angespannt.
Gwen wußte nicht einmal, ob er noch lebte. Wenn ja, wäre er
mittlerweile fast achtzig.

Ihr altes Zimmer war ein paar Jahre nachdem sie von zu
Hause ausgezogen war, in ein Arbeitszimmer umgewandelt
worden. Ungeachtet des Durcheinanders, das sie anrichtete,
vielleicht auch insgeheim erfreut über ihre Zerstörungswut,
stellte sie es auf der Suche nach seiner Adresse auf den Kopf.
Sie war fast ein bißchen enttäuscht, als sie sie ziemlich schnell
unter dem Buchstaben »C« in der ordentlichen Rollkartei
ihrer Mutter fand.

Damit sie es sich nicht noch einmal anders überlegte,
wählte Gwen sofort seine Nummer, ohne zu wissen, was sie
sagen sollte, wenn er sich tatsächlich meldete. Als eine alte
Stimme »hallo« krächzte, war sie einen Moment lang sprach-

los. Nach der dritten Wiederholung hatte sie sich wieder halbwegs gefaßt. »Onkel Daniel?«

»Hier spricht Daniel Clear«, sagte der Mann mit unverhohlener Verärgerung.

Gwen stellte sich vor, und die Verärgerung verschwand aus seiner Stimme. Sie erklärte ihm, daß ihre Mutter einen Schlaganfall gehabt habe. Daniel faßte das als Grund des Anrufes auf, und Gwen ließ ihn in dem Glauben. Sie fragte sich, ob sie ihn auch informiert hätte, wenn sie das Skelett nicht entdeckt hätte. Wahrscheinlich nicht.

»Erzähl mir von Dad«, sagte sie, nachdem sie die einleitenden Floskeln hinter sich hatten.

Onkel Daniel fand die Frage nicht merkwürdig, und Gwen merkte erst jetzt, daß sie sie schon lange hatte stellen wollen. Die romantischen Nebelschleier vollkommener Liebe, mit denen ihre Mutter die Erinnerung an ihren Vater umgeben hatte, waren verflogen, als Gwens eigene Ehe sich in gegenseitiger Verbitterung aufgelöst hatte.

Das Bild, das Daniel von seinem kleinen Bruder malte, war voller Leben, und Gwen wußte plötzlich, daß sie den alten Mann aufsuchen würde, wenn das hier vorbei war.

Daniel erinnerte sich an einen temperamentvollen Ministranten, der schnell war mit den Fäusten, beliebt bei den Mädchen und der Augapfel seiner Mutter.

Dann schweiften seine Erinnerungen ab zu Cousins zweiten Grades und anderen Verwandten, die Gwen nicht kannte und aus denen sie sich auch nichts machte. Sie fragte ihn, warum er – und der Rest von Vaters Familie – den Kontakt zu ihrer Mutter abgebrochen hatte.

»Einer modernen jungen Frau wie dir mag das vielleicht wie eine Kleinigkeit erscheinen«, sagte er. »Aber für uns war es das nicht. Deine Großmutter hätte es fast umgebracht. Deine Mutter hat ihn einfach in der Stadt begraben lassen. Und sie hat keinen von uns zur Beerdigung eingeladen. Sie hat's uns erst gesagt, wie's schon vorbei war.«

Gwen saß inmitten des Chaos in dem Arbeitszimmer und versuchte verzweifelt, eine Rechtfertigung zu finden. Er war temperamentvoll gewesen, schnell mit den Fäusten und beliebt bei den Mädchen. Ein Mensch brachte einen anderen Menschen nicht grundlos um. Hatte ihr Vater ihre Mutter betrogen und war in einem Augenblick der Leidenschaft getötet worden? Hatte er ihre Mutter geschlagen? Hatte sie ihn ermordet, um Gwen zu schützen? Gwen erinnerte sich zwar an keinerlei Mißbrauch, aber das war nichts Ungewöhnliches.

Der Gedanke verursachte ihr körperliche Übelkeit. Die Vorstellung, daß sie, das Gesicht halb im Schatten, ein Taschentuch vor den Augen, in Oprah Winfreys Talkshow saß, ließ ihren Schrecken absurd erscheinen. Sie entsann sich, daß unterdrückte Erinnerungen, ähnlich wie Windpocken, mehr oder minder altersspezifisch waren. Mit Mitte Dreißig kamen solche Erinnerungen eben wieder hoch, tröstete sie sich.

Und was war mit den Lügen über die wahre Liebe und ihren heiligen Vater? Märchen, um einem kleinen Mädchen eine Freude zu machen? Oder um die Geschichte für eine enttäuschte Frau neu zu schreiben? Kreuze, Statuen, Messe, Kommunion und Beichte: die ultimative Heuchelei oder lebenslange Buße?

Der Telefonhörer lag noch immer auf Gwens Knien. Sie ging mit einer Hand die Rollkartei durch und wählte dann die Nummer von Dr. Korver. Obwohl schon über siebzig, hatte er immer noch eine Praxis. Gwen sagte, es handle sich um einen Notfall, und weil Annie, die Arzthelferin, sie kannte, seit sie drei war, bekam sie sofort einen Termin.

Wie immer, wenn Gwen an die Orte ihrer Kindheit zurückkehrte, überkam sie ein altmodischer Wunsch nach Formalität, und sie zog ihre Jeans aus, um in ein tailliertes Reyonkleid und flache Schuhe zu schlüpfen. Dann bürstete sie ein paarmal durch ihre kurzen, langsam ergrauenden Haare, die aber wie immer machten, was sie wollten. Ohne sich von ihrer Mutter zu verabschieden, nahm sie die Autoschlüssel von dem Haken unter dem Küchenschrank und verließ das Haus durch die hintere Tür.

Dr. Korver sah fast genauso wie früher aus: Er trug eine Fliege und Hosenträger und hatte ein glattrasiertes, zeitloses

Babygesicht. Seine Haare waren inzwischen weiß, aber immer noch so dicht, daß man meinen konnte, er habe sie gebleicht, um seinen älteren Patienten Mut zu machen.

Gwen saß voll bekleidet auf dem Untersuchungstisch. Sie wußte, daß sie sich beide nicht sonderlich wohl fühlten in der gegenwärtigen Situation.

»Annie hat gesagt, es handelt sich um einen Notfall«, sagte Dr. Korver.

»Ich muß mit Ihnen reden.« Dr. Korver war nicht so unsensibel, auf seine Uhr zu schauen, aber er war unruhig, und Gwen spürte seine Ungeduld ganz deutlich. Seinem Blick nach zu urteilen, war ihm ein Gespräch längst nicht so wichtig wie ein eingewachsener Zehennagel. »Ich muß wissen, wie mein Vater gestorben ist«, sagte Gwen unvermittelt.

»An Krebs. Aber das hat Ihre Mutter Ihnen doch sicher gesagt, oder?«

Gwen nickte. »Haben Sie ihn gesehen?« fragte sie weiter.

»Wenn ich mich recht entsinne, ist er in Sioux Falls gestorben, als er zu Besuch dort war. Sie sollten Ihrer Mutter diese Fragen stellen, Gwen.«

»Sie haben seine Leiche also nie gesehen?«

Er zuckte mit den Achseln. Diesmal sah er auf die Uhr.

»Also wissen Sie nicht mit Sicherheit, daß er gestorben ist?« Gwen klang anklagend, und er revanchierte sich, indem er ihr seinen verletzten Stolz zeigte.

»Er hatte einen inoperablen Gehirntumor. Wenn er nicht zuerst von einem Lastwagen überfahren worden ist, ist er daran gestorben«, sagte er und stand auf, um anzudeuten, daß das Gespräch für ihn beendet war.

Gwen hielt ihn am Arm fest. »Bitte«, sagte sie. »Könnte ich meine Akten und die meiner Mutter einsehen?«

Dr. Korver sah sie einen Augenblick lang an. Dann wurde sein Gesichtsausdruck sanfter. Er hatte gelernt, den Schmerz in all seinen Formen zu erkennen. »Was ist los, Gwen?«

Als sie ihm keine Antwort gab, machte Sanftmut der Verärgerung Platz. »Sie können Ihre Akten einsehen, auch wenn ich nicht weiß, was das für einen Sinn haben soll. Die Ihrer Mutter kann ich Ihnen allerdings nicht ohne ihre Erlaubnis zeigen.« Dann verließ er das Zimmer, und Gwen fühlte sich so nackt, als trüge sie nur ein rückenfreies Nachthemd aus Papier.

Nachdem Annie die Akten für sie herausgesucht hatte, ließ sie Gwen allein. Gwen blätterte ihren Ordner hastig durch. Sie hatte grundsätzlich eine gute Konstitution, aber die vielen Jahre hatten doch eine Menge Blätter ergeben. Vor 1952 fand sie sieben Einträge: drei Untersuchungen, eine Ohreninfektion, Fieber, eine Verbrühung am linken Unterarm und ein Haarriß am linken Fuß.

Gwen nützte Annies Vertrauen aus, ging zu den Aktenschränken und sah die Akten unter »C« durch: Die Akte ihres Vaters war verschwunden, wahrscheinlich schon vor Jahren ins Lager gewandert, doch die ihrer Mutter fand sie. Gwen überflog die Einträge von 1945 bis 1952 im Stehen: Grippe, eine gebrochene Rippe, eine Mandelentzündung, ein verstauchtes Handgelenk. Unter der Rubrik LEBENS-/KRANKENVERSICHERUNG stand zweimal das Wort »Keine«. Kein Wunder, daß die Leute in jener Zeit so selten zum Arzt gegangen waren.

Als Gwen Schritte auf dem Linoleum vor der Tür hörte, steckte sie die Akte hastig wieder an ihren Platz zurück. Sie hatte Herzklopfen, als sei ein Blick in die Krankenakte ihrer Mutter ein Kapitalverbrechen. Es kam niemand herein, und Gwen ließ sich einen Augenblick Zeit, bevor sie hinausging und sich von Annie verabschiedete.

Sie konnte sich nicht dazu durchringen, wieder zu ihrer Mutter zurückzukehren, noch nicht. Sie nahm ein spätes Mittagessen im Kapochi's Ecke Nicolett/Eighth zu sich, ohne wirklich etwas davon zu schmecken. Das Essen war eher eine Ausrede, ein Glas Chardonnay trinken zu können.

Als die Kellnerin die Teller abräumte und nur ein weiteres Glas oder eine Nachspeise einen längeren Aufenthalt gerechtfertigt hätten, kehrte Gwen auf die belebte Straße zurück.

Die Sonne schien, und für die Bewohner von Minnesota war das fast gleichbedeutend mit einem Ferientag. Blumenverkäufer säumten die Straßen, Menschen gingen spazieren, warteten auf Busse, kauften ein und standen in Gruppen beisammen. Gwen gesellte sich zu den Sonnenhungrigen auf den breiten Ziegelsimsen des Conservatory.

Gestärkt durch den Wein, ertrug sie den Gedanken an das Skelett wieder, an ihre Mutter und an den Mord. Eine gebrochene Rippe, ein verstauchtes Handgelenk, ein verbrühter Arm, ein gebrochener Fuß; Stationen einer Mißhandlung oder nur die Wechselfälle des Lebens? Gwen hatte keine Vergleichsmöglichkeiten, keine Statistiken, wie oft Mutter und Tochter sich im täglichen Leben verletzten.

Warum brachte man einen Sterbenden um? Da war es doch bestimmt leichter und sicherer, der Natur ihren Lauf zu lassen. Notwehr? Möglicherweise. Eine Lieblingstheorie der Frauen: ein Mord aus Eifersucht oder weil er sie verlassen wollte? Auch möglich.

Madolyn Clear hatte nie wieder geheiratet; Gwen hatte geglaubt, das habe damit zu tun, daß sie nie aufgehört hatte, ihren toten Mann zu lieben. Konnte es sein, daß die Erinnerung an eine schlechte Ehe sie vor einer neuen Bindung zurückschrecken ließ? Und der Flieder? »Jetzt kannst du das Haus voller Blumen haben. Ein kleiner Segen.« Rache? Daß man einen Mann, der allergisch gegen Flieder war, unter sechs blühenden Büschen begrub? Jeder dieser Gedanken war scheußlicher als der vorhergehende, ekelerregend, und Gwen schüttelte sie ab wie ein Hund den Regen.

Zu viele Jahre waren vergangen seit dem Tod eines Vaters, den sie nie gekannt hatte, als daß seine Ermordung ihr wirklich einen Stich versetzt hätte. Das Problem lag eher in der Verletzung der Wahrheit, darin, daß sie den Glauben an die Liebe verlor, aus der und in die hinein sie geboren worden war. Der Verlust der Möglichkeit, des Traums.

Gwen überließ ihren Sonnenplatz einer höflichen jungen Frau mit dreifarbigen Haaren und zwei Nasenringen. Sie mußte noch einen Besuch abstatten, bevor sie nach Hause zurückkehrte.

St. Bartholomew's befand sich in einem Viertel von South Minneapolis, das allgemein als schlecht galt, auch wenn Gwen – deren Einschätzung sich im Verlauf der Jahre und durch den Aufenthalt in anderen Städte geändert hatte –

fand, daß die Häuser ihre Würde bewahrt hatten und die Leute auf den Straßen nicht so aussahen, als hätten sie die Hoffnung verloren. Die Kirche war solide und konservativ, ein Bauwerk aus Ziegeln und Mörtel, das gut zu den Wohnhäusern aus den vierziger Jahren paßte. Der Rasen vor der Kirche war vernachlässigt und die Treppe heruntergekommen, nicht, weil so viele Füße darüberliefen, sondern weil sich niemand mehr darum kümmerte.

Die vordere Tür war verschlossen. Gwen bahnte sich einen Weg durch die Rhododendronbüsche zum Pfarrhaus hinter der Kirche. Auch das kleine Backsteingebäude war vom Verfall gezeichnet. Vor den Fenstern hingen, wie zum Schutz vor Kälte, schwere Vorhänge, und Blätter vom vergangenen Herbst lagen in staubigen Haufen in den Ecken der Veranda.

Nachdem Gwen zweimal geklingelt und so laut geklopft hatte, daß ihr die Knöchel weh taten, wandte sie sich zum Gehen. Doch leise Schritte hinter der Tür hielten sie zurück. Unbewußt nahm ihr Gesicht einen demütigen Ausdruck an, und sie wartete mit vorgetäuschter Geduld.

Ein Mann, der so alt wie die Elemente wirkte – geborstener Fels und trockene Erde –, öffnete die Tür und blinzelte sie aus Augen an, die milchig waren vom grauen Star. Hinter seinem veränderten Äußeren erkannte Gwen kaum noch Vater Davis, den Pfarrer, dem sie ihre kindlichen Sünden gebeichtet hatte. Der graue Star und die Zeit hatten ihn offenbar jeglicher Erinnerung an sie beraubt.

»Ich bin Gwendolyn Clear«, erklärte sie ihm. »Meine Mutter Madolyn Clear und ich haben früher immer die Messe in St. Bartholomew's besucht.«

Er starrte sie eine ganze Weile an. Das Spiel der Muskeln um seinen Mund deutete darauf hin, daß er nachdachte. »Gwennie«, sagte er schließlich, und sie war beeindruckt. »Treten Sie ein. Sie kommen gerade zur rechten Zeit. Tee? Sherry? Kaffee? Gesellschaft ist immer gut.«

Im Pfarrhaus war es dunkel und stickig. Vater Davis trug eine Wollhose und ein Sweatshirt. Er klopfte an den Thermostat, als er daran vorbeikam; seine alten Knochen brauchten ein bißchen Wärme von außen.

Als Gwen auf einem abgewetzten Stuhl vor einem glücklicherweise kalten Kamin Platz genommen hatte, nahm sie ein Glas Orangensaft an, weil das die schnellste Möglichkeit war, die Höflichkeitsfloskeln hinter sich zu bringen. Dann wartete sie, bis Vater Davis sich ebenfalls gesetzt hatte. Nachdem er eine getigerte Katze vom Sitz des Stuhls gegenüber von dem ihren gehoben hatte, versank er in seinen Tiefen und legte die Katze über seine Knie wie eine Decke.

»Ich halte keine Messen mehr«, sagte er. »Aber ich nehme immer noch hin und wieder den Schlimmsten der Schlimmen die Beichte ab.« Er lächelte sie an, um ihr zu zeigen, daß er einen Scherz gemacht hatte.

Weil er ein Pfarrer war und Vater Davis, erzählte Gwen ihm alles. Als sie fertig war, herrschte langes Schweigen zwischen ihnen. Der alte Mann streichelte die Tigerkatze, und während er nachdachte, zuckten die Muskeln um seinen Mund.

»Als Pfarrer darf ich nicht viel von dem erzählen, woran ich mich nach dem Willen des Herrn erinnere«, sagte er schließlich. »Aber Sie müssen verhindern, daß diese Schatten der Vergangenheit ihren Glauben an die guten Dinge auslöschen: Liebe und Verzeihen, Opfer und Erlösung. Ich kenne Sie nun Ihr ganzes Leben lang, und praktisch das gleiche gilt für Ihre Mutter. Ich kann Ihnen lediglich sagen, daß Ihre Mutter Ihren Vater meines Wissens sehr geliebt hat. Ihre Liebe zu ihm war stärker als ihre Gottesfurcht.«

Draußen im hellen Licht der Sonne fischte Gwen die Sonnenbrille aus ihrer Tasche und kehrte auf dem gepflasterten Pfad wieder zu der Stelle zurück, an der sie ihren Wagen abgestellt hatte.

Der Staub der Zeit hatte sich über die Ereignisse gelegt, aber sie hatte einige Fakten – oder Vermutungen, die sie anstelle der Fakten verwenden würde. Gerald Clear war temperamentvoll. Gerald Clear war beliebt bei den Frauen. Gerald Clear hatte einen inoperablen Gehirntumor. Ihre Mutter hatte ihn umgebracht oder kannte den Menschen, der es getan hatte, und vertuschte das Verbrechen, indem sie ihn im Garten hinter dem Haus vergrub. Madolyns Liebe für ihn war stärker gewesen als ihre Gottesfurcht. In ihren Krankenakten standen vier mögliche Folgen von Mißhandlungen aus sieben Jahren.

Gwen fuhr so langsam zum Lake Nokomis zurück, daß sie mehr als einmal angehupt wurde, aber sie nahm das kaum wahr. Sie brachte den Wagen an einem Stoppschild weniger als einen Block vom Haus ihrer Mutter entfernt zum Stehen. Es war nicht viel Verkehr, und kein anderes Fahrzeug zwang sie zum Weiterfahren. Während sie so dastand, kamen ihr die Krankenakten wieder in den Sinn.

Keine Lebens- oder Krankenversicherung.

1952 waren die Clears arm gewesen – arm wie Kirchenmäuse, sagte ihre Mutter gern. Sie hatten kein Geld für die Arztrechnungen bei langer Krankheit. Dad würde sowieso bald das Zeitliche segnen, also was sollte das Ganze?

Gwen schüttelte den Kopf, als wolle sie einem unsichtbaren Gegner widersprechen. Madolyns Liebe für ihren Mann war stärker gewesen als ihre Gottesfurcht. Und plötzlich nahm alles Gestalt an. Tränen traten Gwen in die Augen, und sie wartete weinend an der Kreuzung, bis der Volvo, den sie im Rückspiegel sah, sie zum Weiterfahren zwang.

Madolyn Clear saß in ihrem Krankenbett, und die Sonne warf durch das Erkerfenster einen Flickenteppich aus Licht und Schatten auf ihre Beine. Man hatte ihr in Gwens Abwesenheit die Haare gewaschen, die sich jetzt schneeweiß wellten. Eine Lesebrille hing an einer neonfarbenen Schnur um ihren Hals. Eine ein wenig arthritische Hand ruhte auf dem Buch, das sie gelesen hatte.

Als Gwen eintrat, lächelte sie. Ihre Zähne waren gelb und schief, aber alle echt, und Gwen fand ihr Lächeln wunderschön. Es verwandelte sich in einen besorgten Blick, als Gwen so nahe an ihr vorbeiging, daß sie die merkwürdigen Linien in ihrem Gesicht sehen konnte, die sich nach den heftigen Tränen darin eingegraben hatten.

Gwen setzte sich auf die Bank im Fenster, die Sonne im Rücken, und holte den Ring aus der Tasche ihres Kleides. Dann legte sie ihn auf die Bettkante zwischen die Hände ihrer Mutter und sagte: »Ich weiß alles über Daddy.«

Madolyn strich mit einem Finger über das stumpfe Gold, als sei es ein winziges Lebewesen. »Und – haßt du mich?« fragte sie, ohne den Blick zu heben. Tränen glitzerten zwischen ihren Wimpern. Gwen tat so, als sehe sie sie nicht. Ihre Mutter hatte sie vierzig Jahre lang verborgen. Es wäre unhöflich, sie jetzt zu entdecken.

»Nein, Momma.« Gwen hätte gern ihre Hand genommen, aber es fehlte ihr der Mut. Statt dessen legte sie die ihre auf die Bettdecke, so daß es aussah, als berühre sie die Hand ihrer Mutter aus Zufall. »Ich bewundere dich. Ich habe dich immer bewundert.«

Sie saßen eine ganze Weile schweigend da. Ein Sperling flog auf den äußeren Fenstersims und hüpfte darauf herum; Madolyns alte Siamkatze schlich sich mit falschen Hoffnungen heran.

»Warum der Fliederbusch?« fragte Gwen. »Dad war doch allergisch dagegen, oder?«

Madolyn sah verblüfft aus und lachte dann. »Stimmt. Das ist lange her. Gerry hat gesagt, Flieder war seine Lieblingsblume, weil ich ihn so gern mochte. Er wußte, daß er nicht in geweihter Erde begraben werden konnte, also hat er sich Flieder über seinem Grab gewünscht. Damit ich ihn oft besuchen komme, hat er gesagt.«

»Hatte er Angst vor den Schmerzen? Davor, die Gewalt über seinen Körper zu verlieren?« fragte Gwen.

»Dein Vater hatte vor nichts Angst«, antwortete Madolyn, und dann: »Natürlich hatte er Angst. Wer hätte die nicht? Aber er hätte sich damit auseinandergesetzt, wie er sich mit allem auseinandergesetzt hat. Er wußte, daß er sterben würde und daß die Kosten für seine Behandlung unsere Ersparnisse, unseren Wagen, ja sogar unser Haus auffressen würden. Du und ich, wir wären ohne einen Pfennig dagestanden. Er hat uns sehr geliebt.« Tränen liefen ihr über die faltigen Wangen. Diesmal nahm Gwen die Hand ihrer Mutter, und Madolyn hielt sie mit warmem Griff fest.

»Aber er hat sich nicht selbst umgebracht«, sagte Gwen.

»Dann hätte er seine Seele verloren«, sagte Madolyn. »Und eine bessere Seele hat es nie gegeben.«

Frances Fyfield

Nichts zu verlieren

»Dir gefällt mein Land?«
»O ja. Es gefällt mir sehr.«
Ihr gefiel auch sein süßes Lächeln, süßer als jede frischge-
pflückte Ananas, die hier für ein paar Cents verkauft und für
sie aufgeschnitten wurde wie für eine Prinzessin bei einem
Bankett. Ihr gefiel, daß hier an diesem westafrikanischen
Strand niemand einen entsetzten Blick auf ihre Figur warf,
sondern ihr alle lächelnd in die Augen sahen. Ihr gefiel: Ihr
gefiel so vieles, daß sie fast ihr restliches Englisch vergessen
hatte. Ja, sehr. All die mehrsilbigen Wörter waren an den
Rand gedrängt worden.

Egal, wohin Audrey den Blick wandte, sie wurde geblen-
det. Der Sand war kanariengelb, der Himmel blau, die Farben
der Baumwolle schillernd. Die Haut der Menschen war dunkel und unterschiedlich wie das polierte Holz ihrer antiken
Möbel. Walnuß, Mahagoni, Eiche, nichts davon ganz
schwarz. Richtig schwarzes Holz gab es nicht. Schwarz war
keine Farbe, es war eine Illusion.

»Ist gut? Ist sie gut?«
»Was?« Einen Augenblick lang war sie verwirrt. Was war
gut?
»Die Ananas?«
»O ja, sehr.«
»Bis später.«
»Nicht viel später, oder?«
»Nein, nein.« Sie sah ihm zu, wie er wegging, und wußte,
daß sie warten würde. Bis er zurückkam und sie mit den gro-
ßen freundlichen Augen eines Mannes ansah, der keiner
Fliege etwas zuleide tun konnte.

Abdoulie war neben ihrer schweren Sonnenliege aus Holz
gehockt, lakonisch und doch unruhig, mit der Sprungkraft
eines Tigers. Er konnte völlig entspannt aussehen mit den Ell-

bogen auf den Knien, das Hinterteil fast den Sand berührend, die langen Unterarme lose herabbaumelnd, bis er etwas sagte, und dann wurden seine Arme und Finger zu wirbelnden Werkzeugen für Gesten. Sein Englisch war stockend, viel besser als ihre eigenen Kenntnisse in irgendeiner Fremdsprache, aber die meisten der altmodischen höheren Schulen in England hätten ihn damit wohl kaum aufgenommen. Darüber war sich Mrs. Audrey Barett im klaren. Zu Hause pendelte sie von ihrem Heimatort zu einer Schule, um schwierige Kinder zu unterrichten, bei denen ein Großteil des Problems in der Sprache lag. Punjabi versus Englisch. In einer schnellen Gegenbewegung zu ihrem eigenen kindlichen Glauben, jeder, der eine Fremdsprache beherrsche, müsse unglaublich klug sein, wenn er all diese fremden Laute formen konnte, war sie nun über die Ansicht hinaus gelangt, daß sich Seele oder Intelligenz an den Worten messen ließen, die aus einem Mund kamen. Güte hatte nichts mit Linguistik zu tun. Sie hatte auch die Überzeugung hinter sich gelassen, daß ihre eigene bewundernswerte Kultur (und sie bewunderte sie vorbehaltlos) besser als jede andere dazu angetan sei, die Welt zu beherrschen. Audrey war eine intelligente Frau mittleren Alters. Sie las die anspruchsvollen Zeitungen und die besseren Romane, die einen zum Nachdenken brachten. Sie war im gleichen Atemzug liberal und konservativ, ihr Leben ohne Makel, und dennoch hatte sie das Gefühl, versagt zu haben. Niemand hatte sich je bewundernd über Audrey Barett geäußert.

Sie kaute an ihren Nägeln, eine Gewohnheit, die sie schon immer gehabt hatte. Mittlerweile jedoch hatte sie ihre Schüchternheit im Griff.

»Wie viele Kinder, viele, viele, glaube ich, Mrs. B., ist richtig?« hatte der Hotelmanager gefagt, um sich über ihren Status klarzuwerden und einen gemeinsamen Nenner zu finden. Die Leute redeten immer gern über ihre Kinder, und in seiner Familie war jede Frau über fünfzig ganz automatisch eine Großmutter.

»Tausende«, hatte sie großtuerisch gesagt und ihn damit verblüfft, bis sie es ihm erklärte. Allerdings versäumte sie es hinzuzufügen, daß sie zwei eigene Kinder hatte. Besorgte

Mädchen, lang aus dem Haus, die jede Woche von London aus anriefen, das sich sehr vom Norden Englands unterscheidet, wissen Sie. Lange aus dem Haus, genau wie ihr Vater. Tja, das ist der Lauf der Welt. Sie konnte sich nicht so genau erklären, wie sie zu ihnen gekommen war, abgesehen einmal von der Tatsache, daß Hormone sich nicht immer für den besten Partner entscheiden. Ihr Mann war ziemlich boshaft gewesen; diese Tatsache vergaß sie gern und verwandelte sie in eine Vorliebe für Männer, denen Gewalttätigkeit völlig fremd war, aber hin und wieder haben schlimme Fehler tolle Ergebnisse zur Folge, wie ihre beste Freundin Molly manchmal sagte, und diese Fehler können jahrelang andauern wie die ihren.

»Abdoulie ist ein guter Junge«, sagte der Manager mit bedeutungsvoller Stimme. »Er wird sich um Sie kümmern.« Dann beugte er sich zu ihr vor und sagte in vertraulichem Tonfall: »Er hat ein trauriges Leben hinter sich, der Junge.«

Das Wort »Junge« paßte nicht, dachte Audrey, als sie ihn sah. Abdoulie war kein Junge; er war ein fast vierzigjähriger Mann und brauchte selbst jemanden, der sich um ihn kümmerte. Es gab prachtvolle junge Männer an diesem gambischen Strand; Audrey beobachtete sie, früh an jenem ersten Morgen, genauso distanziert und fasziniert, wie sie wahrscheinlich einen Film angesehen hätte. Sie trainierten ihre geschmeidigen Körper in der Hoffnung, in die Fußballmannschaft zu kommen; körperliche Fitneß konnte einem Jungen einen Arbeitsplatz verschaffen, ihn vielleicht sogar zum Star machen. Abdoulie gehörte nicht zu ihnen. Er war unglaublich groß, hatte dunkle, kaffeebraune Haut, einen breiten Brustkorb und schielte leicht mit einem Auge. Seine Frau und sein Kind waren vor langer Zeit in einem Feuer umgekommen, sagte er, und er war weder begehrt noch wohlhabend genug, um noch einmal von vorne anzufangen. Er machte, was er konnte, sagte er. Seiner eigenen Einschätzung nach war er wahrscheinlich zu alt zum Hoffen, und er war auch kein prächtiger junger Löwe. Audrey hätte kein zweites Mal hingeschaut, wenn er ein junger Mann gewesen wäre. Doch so wie er war, würde er auf der Hauptstraße des wohlhabenden Ortes, in dem Audrey wohnte, unter dem grauen Himmel und in den grünen Augen der Einwohner, sicherlich wie ein Gott aussehen.

Ihr ganzes vorsichtiges und unabhängiges Leben lang war Audrey unüberlegten Handlungen genauso aus dem Weg gegangen, wie sie normalerweise die Sonne mied. Und sie hatte sich auch nie bewußt nach einem Mann umgesehen. Sie hatte Europa bereist und sich mit anderen weiblichen Reisenden angefreundet. Doch Afrika war ein brutaler Angriff auf die Sinne, fast wie eine Reihe von Schlägen mit einem dornenbewehrten Holzhammer. Die Armut brachte sie zur Verzweiflung; die Korruption erzürnte sie über alle Maßen; die Düfte versetzten sie in einen Taumel; die Farben drangen in ihre Augen, und die Sonne machte sie schön.

Das war im Juni gewesen: Jetzt war es November. Abdoulie lag auf dem Bett in dem winzigen Gästezimmer ihres kleinen Hauses; er hatte sich klein gemacht, so daß er darauf paßte. Er war noch nie im Leben wohlhabender gewesen, aber er sah aus wie ein Sterbender. Sein Schielen und seine krummen Zähne fielen hier viel stärker auf als inmitten des goldenen Sandes oder der grünen Vegetation, die bis zum Meer hinabwuchs. Er war so blaß, wie er auf ihrem weißen Kissen nur wirken konnte. Sie schwitzte unter ihrer Bluse; der Schweiß auf seiner Haut glänzte wie Wasser.

Sie liebte ihn mehr als das Leben, und mehr als alles andere auf der Welt wollte sie ihn töten.

Sie waren seit zehn Wochen verheiratet.

Das Alter einer Frau schien ihnen nicht aufzufallen, jenen Afrikanern mit dem ewigen Lächeln für die Touristen. Abdoulie hatte gezittert, als sie ihn berührt hatte; er schien durch ein unsichtbares Band an sie gebunden. Er blickte den Mädchen nicht nach; er sah sie an, als sei sie der Inbegriff weiblicher Schönheit. Mit ihrem kleinen Wortschatz und der universellen Sprache der Gesten war es ihnen gelungen, ein ganzes Repertoire von Scherzen aufzubauen. Ihr gegenseitiges Verständnis schien unendlich. Es war unbestreitbar echt, denn es wußte um seine Grenzen, das heißt um die Landschaft, in der es wuchs. Keiner von ihnen sah diese blühende Liebe durch den Strand begrenzt. Sie war ein zu zartes Gewächs, um vom Standort abzuhängen. Der Hotelmanager lächelte gütig und berührte seine Nase.

»Liebe liegt in der Luft, meine ich fast, Mrs. Barett. Oder ist es der Frühling?«

Schließlich, redete sie sich ein, während sie sich voller Schadenfreude fragte, wie Molly reagieren würde, habe ich doch nichts zu verlieren, oder? Ihr erschien es nicht sonderlich mutig, sich zu verlieben und ihm einen Heiratsantrag zu machen; letztlich wäre sehr viel mehr Mut nötig gewesen, einfach wegzufahren in dem Wissen, daß sie sich den Rest ihres Lebens fragen würde, wie es gewesen wäre. In ihrem Häuschen, um dessen Tür sich Rosen rankten, nach der nächsten Runde von Einsparungsmaßnahmen, denen sie gerade noch entgangen war, vorzeitig im Ruhestand, finanziell gesichert und emotional leer. Keine Schüler, niemand, um den sie sich kümmern mußte, kein Sinn im Leben. Das Gegenteil wirkte verlockend, als Abdoulie ihr erklärte, er liebe sie und die Liebe finde immer einen Weg. Audrey Barett würde diesen lustigen, traurigen Mann erziehen, dem alles Böse fremd war; sie wiegte sich selbst mit Visionen ihres guten Einflusses in den Schlaf, während das klimatisierte Hotelzimmer ihren überhitzten Körper zu Eis erstarren ließ; sie träumte von ihrem Triumph.

Sie spielte jetzt nicht nur mit dem Gedanken an kaltblütigen Mord, nein, sie war wild entschlossen. Das Licht der Lampe draußen warf merkwürdige Schatten an die Zimmerdecke, wenn die Äste des Baumes ihr fröhlich-spöttisch zuwinkten. Närrin, Närrin, Närrin; sie seufzten und schimpften sie und sagten ihr, daß es keine größere Närrin gab als eine emanzipierte. Audrey war in zehn Wochen ein Jahrzehnt gealtert. Sie hatten einander im biblischen Sinne nie ganz kennengelernt, wie ihre Tochter es prüde ausgedrückt hätte. Das hatte zu jenen Freuden gehört, die man so lange aufsparte, bis das Verfallsdatum abgelaufen war, bis man sie vergessen hatte, bis sie nicht mehr wichtig waren. Das Wissen gab ihr eine Ahnung davon, wie es gewesen war, als sie noch Stolz empfunden hatte. Einen Teil von sich selbst hatte sie noch nicht aufgegeben, auch wenn das nur daran lag, daß er es nicht gewollt hatte; sie waren beide wie gelähmt gewesen. Es gab noch immer ein kleines Stückchen England, wunderbar erhalten.

»Ich heirate, Molly.«

»Ach, nein!«

»Nun, er ist Witwer. Ich habe ihn im Urlaub kennengelernt, und wir kommen wunderbar miteinander zurecht, warum also nicht?« Sie hatte nicht den geringsten Zweifel gehabt, solange sie ganz allein handelte, alles organisierte, den Flug für ihn buchte, gleich als sie nach Hause kam, ohne zu murren dafür zahlte, sich mit den ganzen ärgerlichen Einreisebestimmungen auseinandersetzte, sich darüber entsetzte und aufregte. All das war leichter, als es Molly oder ihren Töchtern zu sagen. Das raubte ihr alle Kraft.

»Natürlich ist er schwarz«, fügte sie ganz beiläufig hinzu, nicht mutig genug, noch zu sagen, Schwarz sei nur die Illusion einer Farbe, und sie habe die endgültige Entscheidung getroffen, als sie ihn vor ihrer Schlafzimmertür schlafend vorgefunden habe. Abdoulie schlief wie ein Engel, sein Körper paßte sich sogar dem Betonboden an. Ein Mann, der an so etwas gewöhnt war, ohne Aussicht auf ein Bett, hatte Besseres verdient. Einem Mann, der nichts hatte, konnte man keinen Schaden zufügen. Man konnte ihn nur verwandeln.

Das Schweigen am anderen Ende der Leitung war entnervend.

»Willst du mir nicht gratulieren, Schatz?«

Weiteres Schweigen.

»Nun sag doch was.«

»Das kann ich nicht. Du mußt verrückt sein.«

Nichts taugte besser dazu, sie anzuspornen und zu beweisen, daß sie recht hatte, als Widerstand. Audrey war Konflikten bisher immer ausgewichen, hatte andere Lösungen gefunden. Sie kämpfte nicht, sondern drückte sich in die Schatten, bis die schwierige Situation vorbei war, und kam dann triumphierend hervor und machte weiter wie zuvor. Außerdem wollte sie auch weniger ihre Töchter und Molly beeindrukken, sondern die Nachbarn, die sie zwanzig Jahre lang als langweilige, vernünftige, geschlechtslose, pflichtbewußte und mannlose Mrs. Barett gesehen hatten, in einer Gegend, in der ohne Partner zu leben bedeutete, ohne Sünde oder Leben zu sein. Mit anderen Worten: langweilig und traurig. Audrey wollte diese Art von Respekt nicht, und deshalb würde sie nun, vor den Augen des Zeitungshändlers, des Metzgers und Bäckers, vor den Augen ihrer Kollegen in der Schule, das Leben in beide Hände nehmen und sich auf ein Abenteuer einlassen. Mit einem Mann, der so viel größer und so viel netter war als irgendeiner der ihren.

Wie würde sie ihn umbringen? Es war drei Uhr morgens, die kälteste Zeit der Nacht. Der arme kleine Abbie hatte Lungenentzündung. Sie brauchte nur das Fenster aufzumachen und ihm die Bettdecke wegzunehmen. Schließlich war er es gewöhnt, auf dem schmutzigen Boden zu schlafen; da kam er sicher auch damit zurecht.

Audrey zog die Bettdecke bis zu seinem Kinn herauf und lehnte sich zurück. Wenn man einen gewalttätigen, drogensüchtigen Einbrecher brauchte, war nie einer da. Sie hätte einem solchen Tier sogar Geld gegeben, wenn er seine Arbeit ordentlich getan hätte, auch wenn sie ihre Ersparnisse lieber einem Bestattungsunternehmer überlassen hätte, der es so aussehen ließ, als sei ihr frisch gebackener Ehemann eines natürlichen, würdevollen Todes gestorben.

Es war eine lange Wache, von Mitternacht bis zum Tagesanbruch, und sie hatte viel zu viel Zeit zum Nachdenken. Abgesehen von der brutalen Alternative mit dem Eis gab es viele Möglichkeiten. Sie konnte ihm eine Extradosis Antibiotika verabreichen, obwohl sie nichts davon wußte, daß sie jemanden töten konnten, aber egal. Oder eine Extradosis Schlaftabletten. Oder ein paar Antidepressiva aus dem Kühlschrank, die sie aus der fernen Vergangenheit herübergerettet hatte. Sie konnte ihm einen Cocktail aus unterschiedlichen Pillen mischen, sie konnte ihn mit dem Alkohol vergiften, den er so verabscheute, und sagen, das hätte er sich selbst angetan. Er war schwach: Er war todkrank. Der Arzt hatte ihr ein ganzes Waffenarsenal an die Hand gegeben.

Abdoulie schlug die Augen auf. Er hatte tatsächlich den Nerv zu lächeln.

»Banjie«, murmelte er. »Banjie.«

Der Name eines Mädchens, der Name einer Stadt. Nie ihr Name.

Audrey war eine Frau mit hübscher Figur und hübschem Gesicht und dichtem, ungewöhnlich grau-schwarzem Haar; sie sah besser aus als viele andere Frauen, war aber nicht so eitel, daß sie eine Hochzeit in Weiß mit allem Drum und Dran in Erwägung gezogen hätte. Außerdem brauchten sie das Geld für andere Dinge. Sicher würde ihm jemand nur aufgrund seiner Sanftmut eine Arbeit geben. Audrey hatte sich alles auf einem Blatt liniertem Papier aufgemalt. Er würde ein Jahr brauchen, rechnete sie; ein Jahr, vielleicht auch weniger, um sich in dem neuen System zurechtzufinden. In der Zwischenzeit war genug Geld da, um ihm die Kleidung zu kaufen, die ihm offensichtlich so gut gefiel, oder zumindest wäre genug dagewesen, wenn der Mann auch nur die geringste Vorstellung vom Wert des Geldes gehabt hätte. Aber die hatte er nicht. Er konnte einfach nicht verstehen, warum sie zwar bereit war, ihm einen Anzug für achtzig Pfund zu kaufen, die Finger aber von einem für dreihundert ließ, der ihm lieber gewesen wäre. Er verstand nicht, warum sie in einem Häuschen mit niedrigen Decken wohnte, wenn es andere Häuser auf dem Markt gab. Er (und darüber lachte sie sich fast krank) begriff den Unterschied zwischen Reich und Arm nicht. Wenn man überhaupt Geld hatte, konnte man die Welt kaufen. Und das alles von einem Mann, der in der Lage war, auf Beton zu schlafen. Dessen Körpergröße herablassende Leute in Läden zurechtstutzte und dessen Füße von der Kälte schmerzten.

Abdoulie verfolgte die Hochzeitsfeierlichkeiten, die zwei

Wochen nach seiner Ankunft stattfanden, wie ein verwirrter Riese. Sie hatte ihn gefragt, ob er sicher sei.

»Natürlich, natürlich. Ich bin ganz sicher.« Dabei hatte er mit zweifelndem Gesicht am Stoff seines alles andere als perfekten Anzugs herumgenestelt und mit schiefem Mund gelächelt. Und sich aus ihrer Umarmung gelöst, in der sie den Kopf an seine Brust gelegt hatte.

»Dann«, sagte er, »machen wir Liebe.«

O ja, sie hatte tatsächlich für Aufruhr gesorgt. Doch die Bescheidenheit der Feierlichkeiten, die angelsächsische Zurückhaltung, waren ein weiterer Fehler gewesen. Er wollte, daß sie aussah wie eine Schauspielerin aus dem Fernsehen, wie sie nie ausgesehen hatte. Er sprach seinen Text gelassen wie Sir Lawrence Olivier und sah aus wie Othello, aber er hätte sie genausogut damals umbringen können, so, wie sie ihn jetzt umbringen würde.

Diese Art der Hochzeit bedeutete ihm nichts. Er hatte gesagt, er habe keinen bestimmten Glauben. Nur der Glaube, der tief in seinen Knochen steckte, veranlaßte ihn dazu, fremde Gebete zu murmeln, und das bedeutete, daß dies hier überhaupt keine Hochzeit war. Derselbe Glaube, der ihn zu einer Art Dieb machte.

Audrey war die Summe all ihrer Teile. Sie hatte gewollt, daß ein Mann, dieser Mann, der so sanftmütig und formbar und anders als der vorhergehende war, den Kreis ihres Daseins schloß und jenes Loch in der Mitte umhüllte, aus dem Vakuum einen geschlossenen Raum machte, der ihr nicht mehr länger Kopfzerbrechen machte. Diesen Raum wird es immer geben, hatte ihre Freundin Molly gesagt: Keiner von uns wird dazu geboren, zu allen Zeiten zufrieden zu sein. Schau nur, was du geschafft hast, Audrey, meine Liebe; sei stolz darauf. Ein hübsches Zuhause, die Tür von Rosen umrahmt, die Zuneigung und Achtung Gleichgestellter, Freiheit, die Fähigkeit, in Anmut zu leben.

»Anmut ist Tugend; Tugend ist Anmut.

Und Almut ist ein garstiges Mädel voll Übermut.«

Audrey sang die Worte leise vor sich hin und wischte dabei Abdoulie mit groben Bewegungen das Gesicht ab. Sie konnte ihm das Kissen aufs Gesicht drücken und warten; sie bezweifelte, daß er sich überhaupt wehren würde, weil er einfach keine kämpferische Natur hatte.

Das würde eine hübsche Beerdigung geben, besser als eine Hochzeit.

Sie saß da und dachte darüber nach, wie sein vorzeitiger Tod ihr das, was sie verloren hatte, zurückgeben würde. Sie stellte sich vor, wie sie in würdevoller Trauer, mit schwarzem Kostüm und hoch erhobenem Kopf, dem Sarg zum Krematorium folgen würde, bewundert von den mitleidsvollen Trauergästen, die hinter ihrem Rücken anerkennend über sie redeten. Ach, sie ist so tapfer. Tapfer, daß sie ihn überhaupt geheiratet hat, und daß er so bald gestorben ist, wo sie doch so glücklich zusammen waren. Außerordentlich traurig, die Sache. Tragisch. Dann würde sie wieder ihren Platz in der Hackordnung innehaben, und zwar mit der zusätzlichen Tugend der Witwenschaft und Exzentrik. Schließlich hatte nie jemand sie streiten gehört. Sie und Abdoulie hatten sich nie gestritten. Sie hatten nur geschwiegen; er war erstarrt zu geisterhafter Stille in seiner Verzweiflung. Er konnte keine Fehler zugeben, und er konnte ihr auch nichts sagen von dem schrecklichen Heimweh, das wie ein Krebsgeschwür an ihm fraß, als er endlich begriff, daß dies der Ort und die Umstände waren, unter denen er von nun an leben sollte.

Die Verzweiflung war schon bald der Freude über das Neue gefolgt.

»Was ist so schlimm dran, Abbie? Warum negierst du mich, indem du hier alles haßt? Warum verdirbst du mir alles, was wichtig ist?«

Sie sprach mit sanfter Stimme; die Gehässigkeit ihrer Gedanken verwandelte sich in schwermütige Spekulation. Er haßte die Kälte, er haßte die niedrigen Balken ihres Hauses, im Supermarkt scheute er wie ein verschrecktes Tier, er mochte das Essen nicht, und er behandelte ihre Katze wie ein Wesen mit dem bösen Blick. Der Arzt sagte, möglicherweise sei er auf die Katze allergisch; die Lungenentzündung ging mit Pfeifen und Keuchen einher. Welche Ironie des Schicksals, wenn die Katze ihn schließlich umbrachte. Sie konnte sie ins Zimmer lassen, ihn aufwecken und ihm dabei zusehen, wie er vor Angst verging. Jämmerlich, so ein großer Mann wie er. Und wichtiger: Sein kalter, ängstlicher, gewaltiger, animalischer Haß ließ sie all jene Dinge, die ihn so berührten, verfolgen und hassen. Sie betrachtete ihre Besitztümer und ihren Status und geriet ins Grübeln darüber, was sie bedeuteten; plötzlich mißtraute sie allem, was sie erreicht hatte und besaß. Alles zerfiel zu Staub unter ihrem Blick. Es war, als hätte er eine wundervolle Häkelarbeit an sich gerissen und sie ganz systematisch aufgetrennt. Er, der so ganz ohne Gewalttätigkeit war, hatte alles in Stücke gehauen.

In Mordnächten, so hatte sie gehört, heulte draußen der Wind; Blitz und Donner kündeten von dem schlimmsten Verbrechen, das der Mensch kannte, aber zu jener Zeit erschien ihr Mord wie die natürlichste Sache der Welt, und die Nacht war ruhig und klar. Sie sah aus dem Fenster hinaus auf die Straße, ein ordentliches Stück England, weit weg vom Meer.

»Banjie«, murmelte er und drehte sich herum, so daß sein Gesicht zur weißen Decke hinaufsah. »Banjie.« Dann schlug er die Augen auf und sah sie an, als sie sich ihm näherte. In seinem Traum schrie er. Einmal, ganz laut. Ein einziger, verzweifelter Ton, der sich seiner Kehle entrang, bevor seine Augen sich wieder schlossen.

Armer Mann, der keiner Fliege etwas zuleide tun würde.

Eigentlich bist du nicht tolerant, hatte Molly gesagt. Abgesehen von den besonders Begabten, fast schon ein bißchen Wahnsinnigen, ist keiner so tolerant, daß er absehen könnte, was er bei einem anderen zu akzeptieren in der Lage ist. Dir hat sein Land gefallen; du hast es nicht geliebt und nicht verstanden, und das ist nicht deine Schuld. Warum sollte er da plötzlich das deine lieben?

Weil er mich geliebt hat.

Tja, sagte Molly, das reicht aber nicht. Du kannst keinen

Kaktus in einen Teich pflanzen und erwarten, daß er dort wächst. Du kannst von einem Husky nicht erwarten, daß er die Wüste liebt, nicht einmal wenn er alle möglichen Auszeichnungen bekommen hat. Molly kannte sich aus mit der Gartenarbeit und mit Hunden.

Er ist so sanftmütig, sagte Audrey; ich ertrage das nicht.

Sie hörte ein Schluchzen vom Bett. Audrey setzte sich auf die Kante. Sie berührte sein Gesicht. Seine Hand hielt die ihre gegen seine heiße Haut. Sie wiegte seinen Kopf und gab ihm Wasser. Sie wußte, daß die Entscheidung zwischen Leben und Tod in ihren Händen lag. Auch er wußte es, und es schien ihm nichts auszumachen.

»Du hast nichts gehabt«, flüsterte sie ihm zu. »Nichts.« Und genau das war seine Lüge gewesen. Er hatte mehr als genug gehabt. Nur eben kein Geld.

Der Tag brach herein, als sie hinunterging, um die Katze wieder hereinzulassen. Es war ein schöner Herbst gewesen. Über den Himmel zogen sich hübsche zartrote Streifen. Natürlich war das kein Vergleich zu der ehrfurchtgebietenden Pracht des westafrikanischen Sonnenuntergangs, bei dem Audrey sich verliebt hatte. Wo ein Mann sein Herz im Sand vergraben und den Kopf in die Wolken stecken konnte. Morde gehörten in die Dunkelheit. Audrey lernte es, effektiv mit dem Tageslicht umzugehen. Sie wartete ungeduldig auf die Zeit, in der andere Menschen im Büro waren, bereit, Anrufe entgegenzunehmen und auf ihre respekteinflößende Stimme zu reagieren. In der Zwischenzeit beschäftigte sie sich achselzuckend mit ihren Kontoauszügen und plante die Woche. Sie unterdrückte die Verbitterung in ihrem Innern mit derselben Entschlossenheit, mit der sie früher Brotteig geknetet hatte. Sie unterdrückte ihre Verletzungen und ihre Wut und schob sie mit all den beruhigend gewalttätigen Gefühlen, die sie durch die Nacht begleitet hatten, beiseite. Schließlich war sie keine solche Frau.

O doch. Sie war nicht besser als zu erwarten, und schlimmer als er, der stumm litt und das Gesicht zur Wand drehte, während sie das notwendige Ende plante. Er hatte sie nicht angefleht; er hatte nicht einmal über Gewalt nachgedacht. Er war, das wurde ihr nun klar, ein guter Mensch, auf seine Weise. Er hatte ihr nie Schlechtes gewünscht und würde nie, wie sie es getan hatte, darüber nachdenken, ihr weh zu tun. Audrey schämte sich keiner ihrer Entscheidungen.

Es war zehn Uhr, als sie nach oben ging. Er hatte die Augen geschlossen und schlief tief und fest, als wisse er, was sie vorhatte. Sie zog die Vorhänge auf und ließ die Sonne herein. Die fahle, wäßrige, englische Sonne.

»Du fährst nach Hause«, sagte sie mit fester Stimme. »In ein oder zwei Tagen. Wenn du dich ein bißchen besser fühlst, ja?«

Er konnte die Erleichterung nicht verbergen, als er die Augen aufschlug und sein Gesicht wieder lebendig wurde, und am liebsten hätte sie geweint. So viel Unschuld; er hatte keine Ahnung davon, was sie gedacht hatte. Natürlich würde er lieber nichts haben.

Nachdem sie am Flughafen beide gelacht und geweint und bedeutungslose Versprechungen ausgetauscht hatten, fuhr sie nach Hause und machte das Haus sauber. Sie zog sein Bett ab und fragte sich, ob sie es jemals wieder benutzen würde. Dann legte sie sich ein ganzes Arsenal von Erklärungen zurecht, um sich so viel Würde wie möglich zu bewahren. Sie schwor sich, nie ein böses Wort über ihn zu sagen. Audrey fühlte sich beraubt, und sie war zugleich zutiefst erleichtert über ihren mutigen Entschluß. Er hatte nie in ihre Seele gesehen, nie geahnt, daß sie so gemein sein könnte.

Als sie die Matratze umdrehte, fand sie das Messer auf Kopfhöhe. Es war ein fremdes, mörderisches Ding, schärfer als die Messer, die die Touristen nur so zum Spaß kauften.

Es hatte nur auf sie gewartet.

Alles in allem, sagte Andrey sich, mußte sie dankbar sein. Die Entdeckung stellte das empfindliche Gleichgewicht nach dieser letzten Nacht wieder her.

Elizabeth George

Die Überraschung seines Lebens

Als Douglas Armstrong Thistle McCloud das erste Mal besuchte, hatte er noch keinerlei Absicht, seine Frau zu ermorden. Erst zwei Wochen später, beim vierten Besuch, kam ihm dieser Gedanke.

Douglas sah genau zu, wie Thistle sich auf eine Offenbarung aus einer anderen Dimension vorbereitete. Sie hielt seinen Ehering in der linken Hand, schloß die Finger darum. Dann glitt sie mit der rechten Hand über die geballte Faust der anderen. Dabei summte sie ein paar Takte, die verdächtig nach dem Anfang von »I Love You Truly« klangen. Und ganz langsam verdrehte sie die Augen unter ihren gelb geschminkten Lidern. Sie war eine etwas über dreißigjährige Frau mit Kreissäge, gestreifter Weste, weißem Hemd und getupfter Krawatte, und sah aus, als gehöre sie zu einem Friseurquartett und suche verzweifelt nach ihren Mitstreitern.

Bei seinem ersten Besuch hatte Douglas Thistles Kleidung – die sich in den folgenden Sitzungen nicht sonderlich veränderte – für die geschickte Aufmachung einer Scharlatanin gehalten, die vorhatte, die Aufmerksamkeit der Kunden auf das Äußere zu ziehen und von den Hilfsmitteln abzulenken, deren sie sich bedienen würde, um in ihrer Vergangenheit, ihrer Gegenwart, ihrer Zukunft und – am allerwichtigsten – in ihrer Brieftasche zu graben. Doch nach einer Weile merkte er, daß Thistles merkwürdige Aufmachung nicht dazu dienen sollte, irgend jemanden abzulenken. Das erste Mal, als sie seine alte Rolex in der Hand hielt und mit leiser, eindringlicher Stimme über den verlorenen Sohn zu sprechen begann, über seine immer wiederkehrenden Abschiede und ebenso immer wiederkehrenden Rückkünfte, über seine alternden Eltern, die ihn immer mit offenen Armen und frohem Herzen empfingen, und über seinen Bruder, der all das mit einem falschen, starren Lächeln beobachtete und sich innerlich fragte:

Und was ist mit mir? Bedeute ich euch nichts?, hatte er das Gefühl, daß Thistle genau das war, was sie vorgab zu sein – ein Medium.

Er war das erste Mal zu ihr gekommen, weil er bis zu seiner jährlichen Prostatauntersuchung noch vierzig Minuten Zeit hatte. Er hatte Angst vor der Untersuchung und davor, daß er mit zusammengebissenen Zähnen die joviale Frage seines Arztes – »Alles zum Einsatz bereit?« – wahrheitsgetreu beantworten mußte: In letzter Zeit machte sich die Schwerkraft immer deutlicher an seinem besten Teil bemerkbar. Und da es noch sechs Wochen bis zu seinem fünfundfünfzigsten Geburtstag waren, und weil alle Katastrophen seines bisherigen Lebens sich in Jahren ereignet hatten, die sich durch fünf teilen ließen, wollte er, falls es eine Möglichkeit gab zu erfahren, was die Götter für ihn und seine Prostata bereithielten, alles in seiner Kraft Stehende tun, um das Schicksal abzuwenden.

All diese Dinge waren ihm durch den Kopf gegangen, als er im trüb-goldenen Licht eines späten Dezembernachmittags auf dem Pacific Coast Highway entlangbrauste. Auf einem düsteren Abschnitt voller Pizzalokale und Surfbrettläden hatte er das kleine blaue Gebäude, an dem er schon tausendmal zuvor vorbeigefahren war, zum erstenmal bewußt wahrgenommen und das handgemalte Schild mit der Aufschrift EIN BLICK IN DIE ZUKUNFT gelesen. Er hatte einen Blick auf seine Tankanzeige geworfen, um einen Vorwand zum Anhalten zu haben, und während er unverbleites Super in den Tank seines Mercedes gefüllt hatte, war er bezüglich des kleinen blauen Gebäudes auf der anderen Straßenseite zu einem Beschluß gelangt. Was soll's, hatte er gedacht. Es gab schlechtere Methoden, die vierzig Minuten totzuschlagen.

So hatte er also seine erste Sitzung bei Thistle McCloud hinter sich gebracht, die so gar nicht seinen Vorstellungen von einer Hellseherin entsprach, weil sie weder eine Kristallkugel noch Tarotkarten, sondern nur ein Schmuckstück von ihm verwendete. In den ersten drei Sitzungen hatte sie die Strömungen immer aus seiner Rolex empfangen. Doch heute hatte sie die Uhr beiseite gelegt, erklärt, ihre Kraft sei ausgeschöpft, und den Blick auf seinen Ehering gerichtet. Dann hatte sie den Finger darauf gelegt und gesagt: »Ich glaube, ich werde den benutzen. Vorausgesetzt, Sie wollen etwas erfahren, das weiter von Ihrer Geschichte entfernt liegt und Ihrem Herzen näher ist.«

Er hatte ihr den Ring hauptsächlich wegen des letzten Satzes gegeben: *weiter von Ihrer Geschichte entfernt und Ihrem Herzen näher.* Er zeigte ihm, wie gut sie wußte, daß die Angelegenheit mit dem verlorenen Sohn, mit seiner Vergangenheit, zu tun hatte, während seine tiefste Sorge seiner Zukunft galt.

Den Ring in der geschlossenen Faust, die Augen nach oben verdreht, hörte Thistle auf zu summen, atmete sechsmal tief ein und schlug die Augen auf. Sie betrachtete ihn mit melancholischem Blick, und er fühlte sich, als habe er ein Loch im Bauch.

»Was?« fragte Douglas.

»Sie müssen sich auf einen Schock gefaßt machen«, sagte sie. »Es geht um etwas Unerwartetes. Es kommt aus dem Nichts und wird Ihr Leben für immer verändern. Schon bald. Ich spüre, daß es sehr bald kommen wird.«

Mein Gott, dachte er. Genau das brauchte er jetzt, drei Wochen nachdem ihm jemand gleichgültig den Zeigefinger in den Arsch geschoben hatte, um zu sehen, was die Ursache für seinen schlaffen Schwanz war. Der Arzt hatte gesagt, es sei nicht Krebs, aber er hatte ein halbes Dutzend anderer Möglichkeiten offengelassen. Douglas fragte sich, auf welche davon Thistle ihre empfindlichen Antennen gerade gerichtet hielt.

Thistle öffnete die Faust, und sie betrachteten beide seinen Ehering, auf dem eine dünne Schicht ihres Schweißes glänzte. »Der Schock kommt von außen«, erläuterte sie. »Die Umwälzung in Ihrem Leben kommt nicht von innen, sondern von außen und wird Sie bis ins Mark erschüttern.«

»Sind Sie sich da ganz sicher?« fragte Douglas.

»Ziemlich sicher unter den gegebenen Umständen, denn Sie tragen einen ganz schön dicken Schuldschild mit sich herum.« Thistle gab ihm den Ring zurück, und dabei berührten ihre kühlen Finger leicht sein Handgelenk. Sie sagte: »Sie heißen nicht David, stimmt's? Ihr Name war noch nie David, und Sie werden auch nie so heißen. Aber das ›D‹ stimmt, habe ich recht?«

Er holte seine Brieftasche aus der Gesäßtasche. Sorgfältig seinen Führerschein verdeckend, zog er einen Fünfzig-Dollar-Schein zwischen Daumen und Zeigefinger heraus. Er faltete ihn einmal und reichte ihn ihr.

»Donald«, sagte sie. »Nein, das stimmt auch nicht. Vielleicht Darrell oder Dennis. Ich glaube, der Name ist zweisilbig.«

»Namen sind doch in Ihrem Metier nicht so wichtig, oder?« sagte Douglas.

»Nein, aber die Wahrheit ist immer von Bedeutung. Eines Tages, Sie Nicht-David, werden Sie lernen müssen, Ihren Mitmenschen die Wahrheit anzuvertrauen. Vertrauen ist der Schlüssel zu allem. Vertrauen ist wesentlich.«

»Vertrauen«, erklärte er ihr, »treibt die Menschen ins Unglück.«

Draußen überquerte er den Coast Highway zu der engen Seitenstraße, die parallel zum Meer verlief. Hier stellte er immer seinen Wagen ab, wenn er Thistle besuchte. Sein teuer bezahltes Nummernschild DRIL4IT – »Bohr danach« – verriet ziemlich deutlich, wem der Mercedes gehörte. Douglas war schon sehr früh zu dem Schluß gekommen, daß es nicht gerade einen Kaufimpuls für neue Investoren darstellen würde, wenn jemand ausplauderte, daß der Präsident der South Coast Oil regelmäßig zu Sitzungen bei einer Hellseherin erschien. Riskante Investitionen waren die eine Sache, sein Geld einem Mann anzuvertrauen, der die Parapsychologie und nicht die Geologie einsetzte, um Ölvorkommen aufzuspüren, die andere. Was natürlich nicht der Fall war, denn in seinen Sitzungen bei Thistle ging es nie ums Geschäft. Aber wie sollte er das dem Vorstand klarmachen. Oder irgend jemandem sonst.

Nun stieg er in den Wagen und machte sich auf den Weg nach Süden, zu seinem Büro. Die Leute von South Coast Oil waren der Ansicht, daß er die Mittagspause zusammen mit seiner Frau bei einem romantischen Winterpicknick auf den

Klippen von Corona del Mar verbracht hatte. »Ich schalte das Handy eine Stunde lang aus«, hatte er seiner Sekretärin mitgeteilt. »Bitte versuchen Sie uns nicht anzurufen; stören Sie uns nicht. Diese Zeit gehört nur Donna und mir. Sie hat das verdient. Und ich brauche es. Haben wir uns verstanden?«

Es war immer gut, Donna ins Spiel zu bringen, wenn er ein paar Stunden lang Ruhe vor South Coast Oil haben wollte, denn alle Mitarbeiter konnten sie gut leiden. Und nicht nur alle Mitarbeiter, sondern schlicht alle Menschen. Besonders die Männer.

Sie müssen sich auf einen Schock gefaßt machen.

Ja. Douglas setzte diese Feststellung in Bezug zu seiner Frau.

Wenn er Donna darauf hinwies, wie gut die Männer sie leiden konnten, reagierte sie immer überrascht. Und sie erklärte ihm, daß die Männer in ihr lediglich eine Frau erkannten, die als einziges Mädchen unter Brüdern aufgewachsen war. Doch das, was er in den Augen der Männer sah, wenn sie seine Frau betrachteten, hatte nichts mit brüderlicher Zuneigung zu tun. Es hatte vielmehr mit ihrem Wunsch zu tun, sie nackt zu sehen, schamlos, mit dem Wunsch, mit ihr ins Bett zu gehen.

Der Schock kommt von außen.

Tatsächlich? Aber welcher Art war der Schock? Douglas erwartete das Schlimmste.

Jeder Mann-Frau-Beziehung auf Gottes Erdboden lag Sex zugrunde. Das wußte er nur zu gut. Seine Probleme, einen hochzukriegen und Donna zu befriedigen, frustrierten ihn, und er mußte zugeben, daß er Angst hatte, ihre Geduld mit ihm könne sich erschöpfen. Wenn sie erst einmal erschöpft wäre, würde sie anfangen, sich anderswo umzusehen. Das war nur natürlich. Und sobald sie begann, sich umzusehen, würde sie auch jemanden finden.

Der Schock kommt von außen und wird Ihr ganzes Leben verändern.

Scheiße, dachte Douglas. Wenn das Chaos mit seinem fünfundfünfzigsten Geburtstag über ihn hereinbrechen sollte, hatte Donna, das wußte Douglas, sehr wahrscheinlich damit zu tun. Sie war fünfunddreißig, seit vier Jahren seine dritte Ehefrau, und obwohl sie sich nach außen hin zufrieden gab, kannte er die Frauen doch gut genug, um zu wissen, daß stille Wasser mehr taten, als nur tief zu gründen. In ihnen verbargen sich Felsen, an denen Boote zerschellen und in Sekundenschnelle versinken konnten, wenn der Seemann nicht aufpaßte. Und Liebe führte dazu, daß Menschen nicht mehr so genau aufpaßten. Die Liebe führte dazu, daß Menschen ein bißchen den Verstand verloren.

Aber natürlich galt das nicht für ihn. Er hatte immer alles unter Kontrolle. Doch eine zwanzig Jahre jüngere Frau zu lieben, eine Frau, deren Witterung Männer im Umkreis von fünfzig Metern aufnahmen, eine Frau, deren körperliche Begierden er selbst nicht mehr jede Nacht befriedigen konnte ... und schon seit Wochen nicht mehr befriedigt hatte ... eine solche Frau ...

»Reiß dich zusammen«, ermahnte sich Douglas. »Diese ganze Geschichte mit der Hellseherin ist Quatsch, oder? Genau.« Aber er wurde den Gedanken an den bevorstehenden Schock nicht los, der von außen kommen würde. Nicht von seiner Prostata oder von seinem Schwanz, nicht von einem Organ seines Körpers, sondern von einem anderen Menschen. »Scheiße«, sagte er.

Er lenkte den Wagen die Anhöhe hinauf, die zur Jamboree Road führte, einer sechsspurigen Straße, die sich zwischen verkümmerten Amberbäumen und einigen der teuersten Grundstücke in Orange County dahinzog. Sie brachte ihn zu dem Büroturm mit den getönten Glasscheiben, der sein ganzer Stolz war: South Coast Oil.

Im Innern des Gebäudes brachte er eine unerwartete Begegnung mit zwei Ingenieuren der SCO, ein kurzes Gespräch mit einem Geologen, der gleichzeitig mit einer amtlichen topographischen Karte und einem Bericht der Umweltschutzbehörde herumwedelte, und eine Unterredung mit dem Chef der Buchhaltungsabteilung hinter sich. Seine Sekretärin reichte ihm ein paar Nachrichten, als er schließlich an seinem Büro anlangte. Sie sagte: »Na, war das Picknick schön? Unglaublich, das Wetter heute, finden Sie nicht auch?« und dann: »Alles in Ordnung, Mr. Armstrong?«, als er ihr keine Antwort gab.

Er sagte: »Ja. Was? Wunderbar« und ging die Nachrichten durch. Er stellte fest, daß ihm die Namen nichts, aber auch überhaupt nichts sagten.

Er ging zu dem Fenster hinter seinem Schreibtisch und genoß die Aussicht durch die riesige getönte Glasscheibe. Unter ihm stiegen vom Flughafen des Orange County in rascher Folge Jets in einem so spitzen Winkel in die Luft, daß man an der Vernunft und auch an der Aerodynamik hätte zweifeln können, doch das Arrangement diente dazu, die empfindlichen Ohren der Millionäre zu schonen, die in der Einflugschneise direkt darunter wohnten. Douglas sah den Flugzeugen zu, ohne sie wirklich wahrzunehmen. Er wußte, daß er auf die telefonischen Nachrichten reagieren mußte, aber er konnte nur an Thistles Worte denken: *Der Schock kommt von außen.*

Was konnte äußerlicher sein als Donna?

Sie trug Obsession, tupfte es sich hinter die Ohren und unter den Busen. Wenn sie einen Raum durchschritt, hinterließ sie ihren Geruch.

Die dunklen Haare glänzten, wenn die Sonne darauf fiel. Sie trug sie kurz, klassisch geschnitten, links gescheitelt, ungefähr bis zu den Ohren.

Sie hatte lange Beine, und ihre Schritte waren fest und selbstsicher. Wenn sie neben ihm herging – untergehakt, hoch aufgerichtet –, wußte er, daß sie jedermanns Aufmerksamkeit auf sich zog. Er wußte, daß nicht nur all ihre Freunde, sondern auch fremde Menschen sie beneideten.

Das spiegelte sich in den Gesichtern der Menschen wider, an denen sie gemeinsam vorbeigingen. Ob im Ballett, im Theater, bei Konzerten oder in Restaurants – Douglas Armstrong und seine Frau zogen die Blicke aller auf sich. In den Augen der Frauen las er den Wunsch, so jung wie Donna zu wirken, wieder die glatte Haut zu haben und dynamisch zu sein, fruchtbar und bereit. In den Augen der Männer sah er die Begierde.

Es hatte ihm immer Spaß gemacht, die Reaktionen der

anderen auf seine Frau zu beobachten. Aber jetzt erkannte er, wie gefährlich ihre Attraktivität in Wirklichkeit war und daß sie drohte, seinen Seelenfrieden zu stören.

Ein Schock, hatte Thistle zu ihm gesagt. *Machen Sie sich auf einen Schock gefaßt. Auf einen Schock, der Ihr ganzes Leben verändern wird.*

Als Douglas an jenem Abend das Haus – fünftausend Quadratmeter Kalksteinböden, gewölbte Decken und Panoramafenster auf einem Hügel, von dem aus sich westlich ein Blick aufs Meer und östlich auf die Lichter von Orange County bot – betrat, hörte er das Wasser laufen. Das Haus hatte ihn ein Vermögen gekostet, aber das hatte ihm nichts ausgemacht, denn Geld bedeutete ihm nichts. Er hatte das Anwesen für Donna gekauft. Bezüglich seiner Frau hatte er bereits Zweifel gehabt – die von seinen Sexualproblemen herrührten und sich während der Sitzung bei Thistle zur Gewißheit verdichtet hatten –, und nun, als Douglas das Wasser laufen hörte, begann er endgültig, die Wahrheit zu sehen. Denn Donna war in der Dusche.

Er beobachtete ihre Silhouette hinter der Milchglasscheibe der Dusche. Sie wusch sich gerade die Haare und hatte seine Anwesenheit noch nicht bemerkt. Er betrachtete sie eine Weile, ihre festen Brüste, ihre Hüften und langen Beine. Normalerweise badete sie – sie lag träge in einem Schaumbad in der erhöhten, ovalen Badewanne mit Blick auf die Lichter von Irvine. Die Tatsache, daß sie duschte, deutete auf eine ernsthaftere und energischere Bemühung hin, sich zu säubern. Und daß sie sich die Haare wusch, ließ darauf schließen ... Nun, es lag auf der Hand, worauf das schließen ließ. In den Haaren blieben Gerüche hängen: Zigarettenrauch, die Dünste von gebratenem Knoblauch, frischem Fisch, Sperma, Sex. Und um die beiden letzten Gerüche ging es hier. Klar mußte sie sich da die Haare waschen.

Sie hatte ihre Kleidung beim Ausziehen einfach auf den Boden fallen lassen. Nach einem hastigen Blick in Richtung Dusche ging er sie durch und fand ihre Spitzenunterwäsche. Er kannte die Frauen. Er kannte *seine* Frau. Wenn sie am

Nachmittag tatsächlich mit einem Mann zusammen gewesen war, wären die Körpersäfte seiner Frau mittlerweile im Schritt ihres Slips angetrocknet, und er könnte noch ihren Geruch wahrnehmen. Ein klarer Beweis. Er hob den Slip an die Nase.

»Doug! Was zum Teufel machst du denn da?«

Douglas ließ den Slip mit roten Backen und verschwitztem Nacken fallen. Donna sah ihn durch den Spalt der Duschwand an, die Haare voller Shampoo, das ihr die linke Backe herunterlief. Sie wischte es weg.

»Und was machst *du* da?« fragte er zurück. Drei Ehen und zwei Scheidungen hatten ihn gelehrt, daß ein schnelles Offensivmanöver den Gegner aus dem Konzept brachte. Es funktionierte. Sie stellte sich wieder unter die Dusche – wie klug von ihr, so konnte er ihr Gesicht nicht sehen – und sagte: »So schwer dürfte das nicht zu erraten sein. Ich dusche. Mein Gott, was für ein Tag.«

Er ging näher an die Dusche heran. Sie hatte keine richtige Tür, sondern nur eine Abtrennung zwischen der Wand aus Glasbausteinen. So konnte er ihren Körper betrachten, nach den verräterischen Zeichen des wilden Sex suchen, den sie liebte. Und sie merkte nicht einmal, daß er sie beobachtete, weil sie gerade das Shampoo ausspülte.

»Steve hat sich krank gemeldet«, sagte sie. »Deshalb hab' ich alles allein machen müssen im Hundezwinger.«

Sie züchtete schokoladenfarbene Labradore. So hatte er sie auch kennengelernt, denn er hatte einen Hund für seinen jüngsten Sohn gesucht. Er hatte ihren Zwinger in Midway City – weniger als zweieinhalb Quadratkilometer Futtergeschäfte, andere Zwinger, heruntergekommener Nachkriegsstuck und wackelige Dächer, die sich als Vororte gerierten – auf Empfehlung eines Tierarztes aufgesucht. Midway City war für eine junge Frau von der geldigen Seite von Corona del Mar ein merkwürdiger Ort, ihren Beruf auszuüben, aber genau das liebte er an Donna. Sie war kein personifiziertes Klischee, kein Strandhäschen, kein typisches südkalifornisches Girl. Das hatte er zumindest gedacht.

»Das schlimmste war der Auslauf«, sagte sie. »Die Pflege

der Hunde macht mir nichts aus – die hat mir noch nie was ausgemacht –, aber ich hasse es, den Auslauf sauber zu machen. Ich hab' fürchterlich nach Hundescheiße gestunken, als ich nach Hause gekommen bin. « Sie drehte den Wasserhahn zu, griff nach zwei Handtüchern, schlang das eine um ihren Kopf und das andere um den Körper. Dann trat sie lächelnd aus der Dusche und sagte: »Ist es nicht seltsam, wie manche Gerüche am Körper und an den Haaren kleben bleiben und andere überhaupt nicht?«

Sie gab ihm zur Begrüßung einen Kuß, sammelte ihre Kleidung vom Boden auf und stopfte sie in den Wäscheschacht. Zweifelsohne dachte sie: aus den Augen, aus dem Sinn. Sie war ziemlich clever in dieser Hinsicht.

»Das ist jetzt das dritte Mal in zwei Wochen, daß Steve sich krank gemeldet hat. « Sie trocknete sich ab, während sie zum Schlafzimmer ging, ließ das Handtuch ungehemmt wie immer herunterfallen, und begann, sich anzuziehen – zarte Unterwäsche, schwarze Leggings, eine silberfarbene Kittelbluse. »Wenn er so weitermacht, werd' ich ihn entlassen müssen. Ich brauche jemanden, der zuverlässig ist. Und wenn er seine Arbeit nicht richtig erledigt . . . « Sie sah Douglas mit fragend gerunzelter Stirn an. »Was ist denn los, Doug? Du schaust mich so merkwürdig an. Ist irgend was nicht in Ordnung?«

»Nicht in Ordnung? Nein. « Aber er dachte, das sieht fast wie ein Knutschfleck aus, an ihrem Hals. Und er trat auf sie zu, um besser zu sehen. Er wölbte die Hände um ihr Gesicht und drückte ihren Kopf ein wenig zur Seite. Der Schatten des Handtuchs, das sie um den Kopf gewunden hatte, löste sich auf, an ihrem Hals war nichts mehr zu sehen. Na und? dachte er. Schließlich wäre sie nicht so dumm, sich einen Knutschfleck machen zu lassen, egal, wie heiß er sie gemacht hatte. So blöd war sie nicht. Nicht seine Donna.

Aber sie war auch nicht so schlau wie ihr Mann.

Am nächsten Tag ging er um Viertel vor sechs in die Personalabteilung. Das war besser als die Gelben Seiten, denn hier wußte er zumindest, daß derjenige, der die Hintergrundinformationen über die neuen Angestellten von South Coast Oil eingeholt hatte, gleichermaßen kompetent und diskret war. Es hatte sich nie jemand darüber beschwert, daß irgendein vorwitziger Detektiv die Nase in sein Leben steckte.

Die Abteilung war, wie Douglas es sich erhofft hatte, menschenleer. Die Bildschirmschoner, die die Computer schützten, waren unterschiedlich gestaltet: Sie zeigten schwimmende Fische, hüpfende Bälle, aufplatzende Blasen. Das Büro des Leiters am hinteren Ende der Abteilung war dunkel und verschlossen, aber der Hauptschlüssel von Douglas löste das Problem. Douglas ging hinein und schaltete das Licht an.

Er fand den Namen, nach dem er suchte, unter den eselsohrigen Karten der Rollkartei – ein merkwürdiger Anachronismus in einem ansonsten völlig computerisierten Büro. *Cowley and Sons, Nachforschungen*, stand da in ausgebleichter Maschinenschrift. Dazu eine Telefonnummer und eine Adresse auf Balboa Island.

Douglas betrachtete beides etwa zwei Minuten lang. War es besser, sich Klarheit zu verschaffen, oder weiter nach dem Motto zu leben: Was ich nicht weiß, macht mich nicht heiß? fragte er sich. Aber er war nicht heiß, oder? Und er war schon lange nicht mehr heiß gewesen, wenn es um Sex ging. Also war es besser, sich Klarheit zu verschaffen. Er mußte Bescheid wissen. Wissen war Macht. Macht war Kontrolle. Und er brauchte beides.

Er nahm den Telefonhörer in die Hand.

Douglas ging immer – es sei denn, es war eine Konferenz mit seinen Geologen oder Ingenieuren anberaumt – auswärts zum Essen, und so hob auch niemand fragend die Augenbrauen, als er das Gebäude der South Coast Oil am folgenden Tag kurz vor Mittag verließ. Wieder fuhr er die Jamboree Road zum Coast Highway, doch statt den Wagen nach Norden, nach Newport und zu Thistle, zu lenken, wählte er den Weg direkt über den Highway und die Anhöhe hinunter, wo sich eine kleine Brücke über einen öligen Teil des Newport Harbor spannte, der das Festland von einem amöbenförmigen Landstrich mit dem Namen Balboa Island abtrennte.

Im Sommer wimmelte es auf der Insel von Touristen. Sie verstopften mit ihren Wagen die Straßen und veranstalteten Radrennen um die Insel herum. Kein Einheimischer, der noch bei Sinnen war, wagte sich im Sommer nach Balboa Island, wenn er nicht einen guten Grund dafür hatte oder dort lebte. Doch im Winter hielten sich praktisch keine Menschen dort auf. Douglas brauchte nicht einmal fünf Minuten, um sich durch die engen Straßen zur Nordspitze der Insel zu schlängeln, wo die Fähre darauf wartete, Autos und Fußgänger das kleine Stück zu der Halbinsel hinüber zu bringen.

Dort drehten sich ein Karussell mit Streifenbaldachin und ein Riesenrad wie die gegenläufigen Werke einer gewaltigen Uhr. Sie steckten die Grenzen der sogenannten »Fun Zone« ab, eines Gebietes, das lange Zeit der Schrecken der örtlichen Polizei gewesen war. Heutzutage jedoch machten keine Jugendbanden mit Sprühdosen mehr die Gegend unsicher. Die einzigen Leute in der Fun Zone waren ein Gelähmter im Rollstuhl und sein Begleiter auf dem Fahrrad.

Douglas kam an ihnen vorbei, als er von der Fähre herunterfuhr. Sie waren ganz in ihr Gespräch vertieft und bemerkten weder das Riesenrad noch das Karussell. Genausowenig wie Douglas und seinen blauen Mercedes, was Douglas nur recht war, denn er war nicht gerade versessen darauf, gesehen zu werden.

Er stellte den Wagen gleich beim Strand auf einem Parkplatz ab, auf dem fünfzehn Minuten einen Vierteldollar kosteten. Er warf vier Vierteldollarmünzen in die Parkuhr und machte sich auf den Weg nach Westen, in Richtung Main Street, eine baumbestandene Straße von ungefähr sechzig Meter Länge, die bei einem Restaurant im Neuengland-Stil mit Blick auf den Newport Harbor begann und am Balboa Pier endete. Der Pier ragte in den Pazifik hinaus, graugrün an jenem Tag und von den Wogen eines winterlichen Sturms aus Alaska umspült.

Douglas hatte nicht viel Mühe, die Nummer 107-B Main zu finden. Die 107 befand sich gleich östlich einer schmalen Straße. Es handelte sich dabei um ein zweistöckiges

Gebäude, dessen Erdgeschoß von einem anachronistisch anmutenden Friseurladen mit Unmengen Makramee, Topfpflanzen und Postern von Janis Joplin – daher auch sein Name »JJ« – eingenommen wurde. Im oberen Stockwerk befanden sich Büros, die über eine bautechnisch fragwürdige Treppe an der Nordseite des Gebäudes zu erreichen waren. Die Nummer 107-B war die erste Tür im ersten Stock – JJs Natürliche Haarpflege schien also 107-A zu sein –, doch als Douglas den stumpfen Messingtürknopf unter dem ebenso stumpfen Namensschild, auf dem COWLEY AND SON, NACHFORSCHUNGEN stand, herumdrehen wollte, stellte er fest, daß die Tür verschlossen war.

Er warf stirnrunzelnd einen Blick auf seine Rolex. Er hatte einen Termin um Viertel nach zwölf. Im Augenblick war es zehn nach zwölf. Wo also steckte Cowley? Und wo war sein Sohn?

Er ging zur Treppe, um zu seinem Wagen und seinem Handy zurückzukehren, bereit, Cowley aufzuspüren und ihn zur Schnecke zu machen, weil er einen Termin vereinbart hatte und nun nicht da war, um ihn wahrzunehmen. Doch er war gerade erst drei Stufen hinuntergelaufen, als er einen khakifarben gekleideten Mann auf sich zukommen sah, der mit der Begeisterung eines Zwölfjährigen einen Orange-Julius-Drink schlürfte. Sein schütteres graues Haar und das sonnengegerbte Gesicht jedoch ließen ihn mindestens fünf Jahrzehnte älter als zwölf aussehen. Und sein Hinken sowie seine Kleidung ließen darauf schließen, daß er eine Kriegsverletzung hatte.

»Sind Sie Cowley?« rief Douglas von der Treppe aus.

Der Mann winkte zur Antwort mit seinem Orange-Julius-Becher. »Sind Sie Armstrong?« fragte er.

»Ja«, antwortete Douglas. »Hören Sie, ich hab' nicht viel Zeit.«

»Das geht uns allen so, mein Sohn«, sagte Cowley, während er sich die Treppe hinaufschleppte. Er nickte Douglas freundlich zu, zog einmal heftig an seinem Strohhalm und hinterließ, als er an Douglas vorbeiging, eine Wolke Aftershave einer Marke, die dieser seit gut zwanzig Jahren nicht mehr gerochen hatte: Canoe. Du lieber Himmel. Wurde das immer noch verkauft?

Cowley drückte die Tür auf und legte den Kopf ein wenig schräg, um Douglas zu bedeuten, daß er eintreten solle. Das Büro bestand aus zwei Räumen; aus einem kärglich möblierten Wartebereich, durch den sie nun gingen, und aus einem Zimmer, das offenbar Cowleys Reich war. In der Mitte stand ein olivgrüner Schreibtisch aus Stahl. Aktenschränke und Bücherregale aus dem gleichen Material befanden sich an den Wänden.

Der Detektiv ging zu einem alten Bürostuhl aus Eiche hinter dem Schreibtisch, aber er setzte sich nicht. Statt dessen öffnete er eine der seitlichen Schubladen. Gerade als Douglas erwartete, einen Flachmann mit Bourbon in seiner Hand zu sehen, holte Cowley ein Fläschchen mit gelben Pillen heraus. Er schüttelte zwei davon in eine Handfläche und schluckte sie mit Orange Julius herunter. Dann ließ er sich auf den Stuhl sinken und packte die Armlehnen.

»Arthritis«, sagte er. »Ich geh' mit Schlüsselblumenöl dagegen an. Lassen Sie mir eine Minute Zeit, ja? Wollen Sie auch ein paar Tropfen?«

»Nein.« Douglas warf einen Blick auf seine Uhr, um Cowley zu zeigen, daß er seine Zeit nicht gestohlen hatte. Dann schlenderte er zu den Bücherregalen aus Stahl.

Er hatte Munitionsbeschreibungen, Strafgesetzbücher und Grundlagenwerke zum Detektivhandwerk erwartet, etwas, das die potentiellen Klienten davon überzeugen sollte, daß sie mit ihren Problemen zum Richtigen gekommen waren. Doch er fand Gedichte, Band um Band, alphabetisch nach Autoren geordnete Sammlungen von Matthew Arnold bis William Butler Yeats. Er war sich nicht so sicher, was er davon halten sollte.

Die leeren Räume am Ende der Regalfächer wurden von Fotos ausgefüllt. Sie waren ungeschickt gerahmt, die meisten davon Schnappschüsse, und zeigten grinsende kleine Kinder, eine grauhaarige Frau Typ Großmutter und mehrere junge Erwachsene. Und Douglas entdeckte auch, unter Plexiglas, ein Verwundetenabzeichen. Er nahm es in die Hand. Er hatte noch nie zuvor eines gesehen, freute sich aber, daß seine Vermutungen über Cowleys Humpeln sich als richtig erwiesen hatte.

»Sie haben also 'ne Kugel abgekriegt?« fragte er.

»Mein Hintern hat 'ne Kugel abgekriegt«, erwiderte Cowley. Als Douglas ihn ansah, fuhr der Privatdetektiv fort: »Tja, bei mir ist die Kugel in den Hintern gegangen. So 'n Scheiß passiert schon mal, stimmt's?« Er löste die Hände von den Armlehnen seines Stuhls und faltete sie über seinem Bauch. Genau wie der von Douglas hätte er ein bißchen weniger rund sein können. Die beiden Männer waren sich auch sonst ähnlich: sie waren stämmig und nahmen schnell zu, wenn sie nicht regelmäßig Sport trieben; sie waren zu groß, um klein genannt zu werden, und zu klein, um als groß zu gelten. »Was kann ich für Sie tun, Mr. Armstrong?«

»Meine Frau«, sagte Douglas.

»Ihre Frau?«

»Vielleicht hat sie …« Jetzt war es an der Zeit, das Problem und seine Ursachen zu formulieren, doch Douglas war sich nicht so sicher, ob er das schaffen würde. Deshalb sagte er: »Wer ist der Sohn?«

»Was?«

»Es heißt hier Cowley and Son, aber ich sehe nur einen Schreibtisch. Er ist Ihr Sohn?«

Cowley griff nach seinem Orange Julius und saugte an dem Strohhalm. »Er ist tot«, sagte er. »Ein Betrunkener hat ihn auf dem Ortega Highway überfahren.«

»Tut mir leid.«

»Wie gesagt: So 'n Scheiß passiert. Und was für 'n Scheiß ist Ihnen passiert?«

Douglas stellte das Verwundetenabzeichen auf seinen Platz zurück. Mit einem Blick auf die grauhaarige Großmutter auf einem der Bilder sagte er: »Ist das Ihre Frau?«

»Ja, seit vierzig Jahren. Sie heißt Maureen.«

»Ich bin schon bei der dritten. Wie haben Sie es bloß vierzig Jahre mit ein und derselben Frau geschafft?«

»Sie hat Sinn für Humor.« Cowley zog die mittlere Schublade seines Schreibtischs heraus und legte einen Block und einen Bleistiftstummel auf den Tisch. Dann schrieb er in Großbuchstaben ARMSTRONG ganz oben auf das erste Blatt Papier und unterstrich das Wort. Er sagte: »Die Sache mit Ihrer Frau ...«

»Ich glaube, sie hat eine Affäre. Ich möchte wissen, ob meine Vermutung stimmt. Ich möchte wissen, wer der Mann ist.«

Cowley senkte den Stift aufs Papier und sah Douglas einen Augenblick lang an. Draußen stieß eine Möwe von einem der Dächer aus einen heiseren Schrei aus. »Wie kommen Sie auf die Idee, daß sie ein Verhältnis mit jemandem hat?«

»Soll ich Ihnen Beweise verschaffen, bevor Sie den Fall übernehmen? Ich dachte, dafür heuere ich Sie an. Damit *Sie* mir Beweise besorgen.«

»Sie wären nicht hier, wenn Sie keinen Verdacht hätten. Wie sieht er aus?«

Douglas dachte nach. Er würde Cowley nichts davon erzählen, daß er versucht hatte, an Donnas Unterwäsche zu schnüffeln, also ließ er sich Zeit, um vor seinem geistigen Auge noch einmal ihr Verhalten der letzten paar Wochen Revue passieren zu lassen. Und als er das tat, drängten sich ihm die Beweise geradezu auf. Mein Gott. Wie zum Teufel hatte ihm das bloß entgehen können? Sie hatte sich die Haare anders machen lassen; sie hatte sich neue Unterwäsche gekauft – so schwarzes Spitzenzeug; er hatte sie zweimal beim Telefonieren erwischt, als er nach Hause gekommen war, und sobald er den Raum betreten hatte, hatte sie hastig aufgelegt; sie war mindestens zweimal ziemlich lange nicht zu Hause gewesen, ohne ihm ihre Abwesenheit zu erklären; sie hatte sich sechs- oder siebenmal mit angeblichen »Freunden« verabredet.

Cowley nickte nachdenklich, als Douglas ihm die Verdachtsmomente aufzählte. Dann sagte er: »Haben Sie ihr einen Grund gegeben, Sie zu betrügen?«

»Einen Grund? Was soll denn das? Bin ich hier der Schuldige?«

»Frauen gehen normalerweise nicht fremd, ohne daß der Mann ihnen einen Grund gibt.« Cowley betrachtete ihn unter seinen dichten Augenbrauen hervor. Am einen Auge, das sah Douglas jetzt, bekam er einen grauen Star. Herrgott, der Kerl war ganz schön altmodisch, ein richtiges Fossil.

»Keinen Grund«, sagte Douglas. »Ich betrüge sie nicht. Ich will's nicht mal.«

»Aber sie ist doch jung. Und ein Mann in Ihrem Alter...« Cowley zuckte mit den Achseln. »Uns alten Kerlen passiert eben so 'n Scheiß. Und die jungen Dinger haben nicht immer die Geduld, um das zu verstehen.«

Am liebsten hätte Douglas Cowley darauf hingewiesen, daß dieser mindestens zehn Jahre älter war als er, wenn nicht sogar mehr. Außerdem hatte er kein Interesse daran, dem Klub der *alten Kerle* anzugehören. Doch der Privatdetektiv betrachtete ihn voller Mitgefühl, und so sagte Douglas ihm, statt sich mit ihm zu streiten, die Wahrheit.

Cowley griff nach seinem Orange Julius und leerte den Becher. Dann warf er ihn in den Papierkorb. »Frauen haben Bedürfnisse«, sagte er, bewegte die Hand vom Schritt zu seiner Brust und fügte hinzu: »Und ein kluger Mann verwechselt nicht, was hier« – der Schritt – »vor sich geht, mit dem, was da« – die Brust – »passiert«.

»Nun, vielleicht bin ich also nicht klug. Wollen sie mir nun also helfen oder nicht?«

»Sind Sie sich sicher, daß ich Ihnen helfen soll?«

»Ich will die Wahrheit wissen. Damit kann ich leben. Aber ich kann nicht damit leben, sie nicht zu kennen. Ich muß einfach wissen, womit ich es zu tun habe.«

Cowley sah ihn an, als wolle er feststellen, wie ernst es Douglas mit seiner Aussage war. Irgendwann schien er dann zu einem Entschluß zu gelangen, allerdings gefiel ihm dieser offenbar nicht, denn er nahm kopfschüttelnd den Stift in die Hand und sagte: »Geben Sie mir ein paar Hintergrundinformationen. Wenn sie ein Verhältnis hat, wen haben Sie dann im Verdacht?«

Douglas hatte sich über diese Frage auch schon Gedanken gemacht. Da war Mike, der sich einmal die Woche um den Swimming-pool kümmerte. Dann war da Steve, der in Midway City zusammen mit Donna in den Hundezwingern arbeitete. Schließlich war da noch Jeff, ihr persönlicher Fitneßtrainer. Und der Postbote, der Mann von Federal Express, der Fahrer von UPS und Donnas ganz schön junger Gynäkologe.

»Sie übernehmen also den Fall?« fragte Douglas und zog seine Brieftasche heraus, aus der er ein Bündel Geldscheine holte. »Sie wollen wahrscheinlich einen Vorschuß.«

»Ich brauche kein Geld, Mr. Armstrong.«

»Trotzdem...« Douglas hatte nicht die Absicht, durch die Ausstellung eines Schecks Spuren zu hinterlassen. »Wieviel Zeit brauchen Sie?« fragte er.

»Ein paar Tage. Wenn sie tatsächlich ein Verhältnis hat, wird der Mann irgendwann auftauchen. Das ist immer so.« Cowley klang niedergeschlagen.

»Betrügt Ihre Frau Sie?« fragte Douglas.

»Wenn ja, habe ich es wahrscheinlich verdient.«

Nun, so sah Cowleys Einstellung aus, aber Douglas schloß sich ihr nicht an. Er verdiente es nicht, betrogen zu werden. Das verdiente niemand. Und wenn er herausfand, mit wem seine Frau...

Sein Entschluß verfestigte sich an jenem Abend im Schlafzimmer, als er seine Frau mit einem Kuß begrüßte, aber durch das Klingeln des Telefons unterbrochen wurde. Donna löste sich hastig von ihm und nahm den Hörer von der Gabel. Sie schenkte Douglas ein Lächeln – als habe sie gemerkt, was ihre Eile ihm verraten hatte –, schüttelte die Haare so sexy wie möglich zurück und strich sich mit ihren schlanken Fingern hindurch.

Douglas hörte zu, was sie sagte, während sie sich umzog. Er bemerkte, wie sie ihr Gegenüber freundlich mit »Ja, ja, *hallo*...« begrüßte und dann weiterredete: »Nein... Doug ist gerade nach Hause gekommen, und wir haben uns über den Tag unterhalten...«

Also wußte der Anrufer jetzt, daß er im Zimmer war. Douglas konnte sich schon vorstellen, wie das Schwein jetzt sagte: »*Also kannst du nicht reden?*«

Worauf Donna wie auf ein Stichwort antwortete: »Nein, überhaupt nicht.«

»*Soll ich dich später noch mal anrufen?*«

»O ja, das wäre toll.«

»*Das* heute *war toll. Ich geh' wirklich gern mit dir ins Bett.*«

»Wirklich? Prima. Das muß ich mir noch mal genauer anschauen.«

»*Ich will* dich *genauer anschauen, Baby. Hast du schon ein feuchtes Höschen?*«

»Klar. Hör zu, wir reden später noch mal, okay? Ich muß mich jetzt ums Abendessen kümmern.«

»*Ja, aber vergiß heut nachmittag nicht. Das war toll. Du bist toll.*«

»Gut. Tschüs.« Sie legte auf und kam zu ihm, legte ihm die Arme um die Taille. Dann sagte sie: »War gar nicht so leicht, sie abzuhängen. Nancy Talbert. Mein Gott, für sie gibt's nichts Wichtigeres als einen Schuhsonderverkauf bei Neiman-Marcus. Damit kann sie mir gestohlen bleiben. Bitte.« Sie drückte sich an ihn. Er konnte ihr Gesicht nicht sehen, nur ihren Hinterkopf im Spiegel.

»Nancy Talbert«, sagte er. »Kenn' ich die?«

»Aber klar, Schatz.« Sie drückte ihre Hüfte gegen seinen Körper. Er spürte die hoffnungsvolle, aber letztlich unnütze Erregung in seinem Unterleib. »Wir sind zusammen bei den Soroptimists. Du hast sie letzten Monat nach dem Ballett kennengelernt. Hmmm. Du fühlst dich gut an. Das gefällt mir. Mein Gott, ich mag's, wenn du mich im Arm hältst. Soll ich das Abendessen richten oder möchtest du vorher lieber noch ein bißchen Spaß haben?«

Ganz schön schlau: Er würde nicht meinen, daß sie ihn betrog, wenn sie immer noch mit ihm schlafen wollte. Egal, ob er konnte oder nicht. Sie war ihm treu, und dieser Augenblick bewies es. Das glaubte sie jedenfalls.

»Würd' ich gern«, sagte er und gab ihr einen Klaps aufs Hinterteil. »Aber laß uns zuerst was essen. Und dann, da auf dem Eßtisch ...« Er zwinkerte ihr so lüstern zu wie er konnte. »Da kannst du was erleben, Schätzchen.«

Sie lachte, ließ ihn los und ging in die Küche. Er setzte sich niedergeschlagen aufs Bett. Das war eine Farce und eine Quälerei. Er mußte die Wahrheit erfahren.

Cowley and Son, Nachforschungen ließen zwei schreckliche Wochen lang nichts von sich hören, in denen er drei weitere kokette Telefonate zwischen Donna und ihrem Liebhaber, vier weitere fadenscheinige Entschuldigungen für unvorhergesehene Absenzen und zwei weitere mittägliche Duschvergnügen ertragen mußte, die sie wieder mit Steves Nichterscheinen in den Zwingern erklärte. Als Cowley sich schließlich meldete, war Douglas mit den Nerven am Ende.

Cowley hatte Neuigkeiten für ihn und sagte, er werde ihm alles bei einem persönlichen Treffen erklären. »Wie wär's mit einem Mittagessen?« fragte Cowley. »Wir könnten ins Tail of the Whale gehen.«

Nein, kein Mittagessen, sagte Douglas, denn er würde keinen Bissen herunterbringen. Er würde sich um Viertel vor eins in Cowleys Büro einfinden.

»Na schön, dann treffen wir uns eben am Pier«, sagte Cowley. »Da hol' ich mir einen Burger bei Ruby's, und hinterher können wir uns unterhalten. Kennen Sie Ruby's? Am Ende des Piers?«

Er kannte Ruby's. Es handelte sich um einen Coffee Shop aus den fünfziger Jahren am Ende des Balboa Pier, und er traf Cowley dort wie versprochen um Viertel vor eins. Cowley verleibte sich gerade einen Cheeseburger mit Pommes ein, und neben seinem Erdbeershake lag ein brauner Umschlag.

Cowley trug dieselbe khakifarbene Kleidung wie bei ihrem ersten Treffen. Dazu kam diesmal noch ein Panamahut. Er tippte mit dem Zeigefinger an die Krempe, als Douglas auf ihn zukam. Die Backen hatte er voller Cheeseburger und Pommes.

Douglas nahm gegenüber von Cowley Platz und griff nach dem Umschlag, doch Cowleys Hand hielt ihn zurück. »Noch nicht«, sagte er.

»Ich muß es wissen.«

Cowley schob den Umschlag vom Tisch auf den Kunststoffsitz neben sich. Dann drehte er den Strohhalm in seinem Milchshake und beobachtete Douglas aus trüben Augen, die das Sonnenlicht von draußen zu reflektieren schienen. »Bilder«, sagte er. »Das ist alles, was ich für Sie habe. Bilder sind nicht die Wahrheit. Begreifen Sie das?«

»Okay. Bilder.«

»Ich weiß nicht, was ich aufnehme. Ich beschatte einfach die Frau und nehme das auf, was ich sehe. Und das, was ich sehe, muß nicht unbedingt Scheiße bedeuten. Begreifen Sie das?«

»Zeigen Sie mir die Bilder.«

»Draußen.«

Cowley warf einen Fünfer und drei Eindollarscheine auf den Tisch, rief der Kellnerin »Bis später, Susie« zu und ging voran. Er humpelte in Richtung Geländer, von wo aus er aufs Wasser hinaussah. Ein Walbeobachtungsboot wippte ungefähr einen Kilometer vor der Küste auf und ab. Es war noch zu früh im Jahr, um einen Pottwal auf seiner Reise nach Alaska zu beobachten, aber die Touristen an Bord wußten das wahrscheinlich nicht. Ihre Ferngläser funkelten im Licht.

Douglas gesellte sich zu dem Privatdetektiv. Cowley sagte: »Sie müssen wissen, daß sie sich nicht wie eine schuldbewußte Frau verhält. Sie scheint einfach nur ihr Leben zu leben. Sie hat sich mit ein paar Männern getroffen – das will ich Ihnen nicht verschweigen –, aber ich hab' sie nie dabei erwischt, daß sie was nicht ganz Koscheres macht.«

»Geben Sie mir die Bilder.«

Doch Cowley sah ihn nur mit einem scharfen Blick an. Douglas wußte, daß seine Stimme ihn verriet. »Ich würde sagen, wir beschatten sie noch zwei Wochen«, meinte Cowley. »Das, was ich bis jetzt rausgefunden habe, ist nicht sonderlich viel.« Er öffnete den Umschlag. Er stand so da, daß Douglas nur die Rückseite der Bilder sehen konnte. Cowley reichte sie ihm in Gruppen.

Die erste Gruppe war in Midway City aufgenommen, nicht weit von den Zwingern entfernt, in dem Futterladen, in dem Donna das Futter für die Hunde kaufte. Auf den Fotos lud sie Fünfzig-Pfund-Säcke auf die Ladefläche ihres Toyota-Pickup. Ein Calvin-Klein-Typ mit engsitzender Jeans und T-Shirt half ihr dabei. Sie lachten beide, und auf einem der Bilder hatte Donna ihre Sonnenbrille hochgeschoben, um sich ihren Begleiter genauer ansehen zu können.

Sie schien zu flirten, aber sie war eine junge, hübsche Frau, und Flirten war etwas ganz Normales. Diese Gruppe von Bildern schien in Ordnung zu sein. Natürlich könnte sie ein bißchen weniger fröhlich ausgesehen haben in Gesellschaft dieses Sexprotzes, aber sie war eine Geschäftsfrau, und was sie da tat, hatte mit ihrem Geschäft zu tun. Damit wurde Douglas schon fertig.

Die zweite Gruppe von Bildern zeigte Donna in dem Fitneßcenter in Newport, wo sie zweimal die Woche mit einem persönlichen Trainer Gymnastik machte. Ihr Trainer hatte einen muskelbepackten Körper und einen vollen Haarschopf, der aussah, als kümmere sich tagtäglich ein Friseur darum. Auf den Fotos trug Donna ihre Sportkleidung – die hatte Douglas natürlich schon früher gesehen –, aber zum erstenmal fiel ihm auf, wie sorgfältig sie sie zusammenstellte. Die Leggings, der Body und sogar das Stirnband schmeichelten ihr. Dem Trainer war das offenbar nicht entgangen, denn er saß in der Hocke vor ihr, während sie ihre Übungen machte. Sie hatte die Beine gespreizt, und es konnte keinen Zweifel daran geben, worauf er sich konzentrierte. Das sah schon ernster aus.

Douglas wollte Cowley gerade bitten, den Trainer zu beschatten, als der Privatdetektiv sagte: »Sie hatten nur den Körperkontakt, den man unter solchen Umständen erwarten würde.« Dann reichte er ihm die dritte Gruppe von Bildern mit den Worten: »Das sind die einzigen, die für mich irgendwie gefährlich aussehen, aber vielleicht haben sie nichts zu bedeuten. Kennen Sie den Mann?«

Douglas starrte die Fotos an, und dabei ging ihm immer wieder die Frage *Kennen Sie den Mann? Kennen Sie den Mann?* durch den Kopf. Anders als auf den anderen Bildern, auf denen Donna und ihr Begleiter sich immer nur an einem Ort befanden, zeigten diese Donna an einem Fenstertisch in einem Restaurant am Meer. Donna auf der Balboa-Fähre, Donna am Hafen von Newport. Auf jedem der Bilder wurde sie von einem Mann begleitet, von ein und demselben Mann. Und auf jedem der Fotos hatten sie Körperkontakt. Nichts Extremes, weil sie sich ja in der Öffentlichkeit befanden. Aber es war eine verräterische Art von Körperkontakt: ein Arm

169

um ihre Schulter, ein Kuß auf die Wange, eine enge Umarmumg, die sagte: Spür mich, Baby, ich bin nicht schlaff wie er.

Douglas hatte das Gefühl, als drehe sich alles, aber er brachte ein schiefes Lächeln zustande. Er sagte: »O je. Jetzt komme ich mir vor wie ein Vollidiot.«

»Warum denn das?« fragte Cowley.

»Der Typ...« Dabei deutete Douglas auf den durchtrainierten Mann auf dem Bild mit Donna. »Das ist ihr Bruder.«

»Das ist nicht Ihr Ernst.«

»Doch. Er ist Aushilfstrainer in der Newport Harbor High-School und heißt Michael. Er ist ein Freigeist.« Douglas hielt sich mit einer Hand am Geländer fest und schüttelte den Kopf, verärgert, wie er hoffte. »Ist das alles, was Sie haben?«

»Ja. Ich kann sie noch eine Weile beschatten und sehen...«

»Nein. Vergessen Sie's. Mein Gott, ich komme mir vor wie ein Volltrottel.« Douglas machte Konfetti aus den Fotos und warf sie ins Wasser, das gegen den Pier schwappte. »Was schulde ich Ihnen, Mr. Cowley?« fragte er. »Was muß ich Rindvieh dafür bezahlen, daß ich der tollsten Frau dieser Welt nicht vertraut habe?«

Er lud Cowley zu Dillman's Ecke Main/Balboa Boulevard ein, wo sie zusammmen mit den Einheimischen an einer gewundenen Theke saßen und ein paar Bierchen tranken. Douglas gab sich allergrößte Mühe, fröhlich zu wirken, und spielte den beschämten Ehemann, dem plötzlich klar wurde, wie blöd er war. Er ging noch einmal alle Aktionen Donnas aus den letzten Wochen durch und interpretierte sie für Cowley neu. Die ungeklärten Abwesenheiten hatten mit einer Überraschung für ihn zu tun: vielleicht der Kauf eines neuen Wagens oder eine Reise nach Europa oder die Überholung seines Bootes. Aus den geheimnisvollen Telefonaten wurden Nachrichten seiner Kinder, die eingeweiht waren in ihren Plan. Die neue Unterwäsche verwandelte sich in einen Beweis ihres Wunsches, ihm begehrenswert zu erscheinen, ihn aus seiner vorübergehenden Impotenz aufzurütteln, ein neues Interesse an ihrem Körper in ihm zu wecken. Er kam sich vor wie ein

Vollidiot, erklärte er Cowley. Konnten sie die verdammten Negative zusammen verbrennen?

Sie machten ein richtiges kleines Fest daraus und verbrannten die Negative der Bilder in der kleinen Straße hinter JJs Natürlicher Haarpflege. Danach fuhr Douglas wie benebelt zur Newport Harbor High-School und hielt den Wagen auf der anderen Straßenseite an. Er wartete zwei Stunden lang. Schließlich sah er seinen jüngsten Bruder von der nachmittäglichen Trainingsstunde kommen, einen Basketball unter dem Arm und eine Sporttasche in der Hand.

Michael, dachte er. Diesmal aus Griechenland zurückgekehrt, wie immer der verlorene Sohn. Vor Griechenland war er ein Jahr lang für Greenpeace auf der *Rainbow Warrior* gewesen. Und davor hatte er an einer Expedition den Amazonas hinauf teilgenommen. Und wieder davor hatte er gegen die Apartheid in Südafrika demonstriert. Er konnte einen Lebenslauf vorweisen, auf den jeder präpubertäre Junge mit Lust auf Spaß stolz gewesen wäre. Er war Mr. Abenteuer, Mr. Verantwortungslosigkeit und Mr. Charme. Er war Mr. Gute Absichten, die er nie einlöste. Wenn es darum ging, ein Versprechen zu halten, verschwand er – aus den Augen, aus dem Sinn, aus dem Land. Aber alle mochten dieses Schwein. Er war vierzig, der jüngste der Armstrong-Brüder, und er bekam immer genau das, was er wollte.

Und jetzt wollte er Donna, dieses Schwein. Obwohl sie die Frau seines Bruders war. Das machte die Sache nur noch reizvoller für ihn.

Douglas wurde es übel. Sein Magen verkrampfte sich rumpelnd. Er fing an zu schwitzen. So konnte er nicht ins Büro zurück. Er griff zum Telefonhörer und rief seine Sekretärin an.

Er sagte ihr, er sei krank. Wahrscheinlich habe er etwas Falsches gegessen. Er sei auf dem Weg nach Hause. Dort könne sie ihn auch erreichen, wenn etwas Wichtiges anliege.

Zu Hause lief er von Zimmer zu Zimmer. Donna war nicht da – sie würde erst in einigen Stunden heimkommen –, also hatte er genug Zeit, seine nächsten Schritte zu überdenken. Er ließ vor seinem geistigen Auge die Bilder Revue passieren, die

Cowley von Michael und Donna gemacht hatte. Dazu stellte er sich vor, was sie gemacht hatten, bevor die Fotos aufgenommen worden waren.

Er ging in sein Arbeitszimmer, wo ihn seine Sammlung von Elfenbeinerotika in der Glasvitrine empfing, als wolle sie sich über ihn lustig machen. Winzige asiatische Figuren verschlangen sich zu unterschiedlichen sexuellen Stellungen und hatten ganz offenbar einen Heidenspaß dabei. Douglas' Phantasie ersetzte die cremefarbenen Gesichter der Figuren durch die von Michael und Donna. Sie ließen es sich auf seine Kosten gut gehen. Sie rechtfertigten ihr Vergnügen mit seinem Versagen. Schau her, ich hab' keinen schlaffen Schwanz, spottete Michaels Stimme. Was ist denn los, großer Bruder? Kannst du nicht besser auf deine Frau aufpassen?

Douglas war am Boden zerstört. Er redete sich ein, daß er mit allem anderen fertig geworden wäre; er wäre damit zurechtgekommen, wenn sie ihn mit einem anderen hintergangen hätte. Aber ausgerechnet Michael, der ihn sein ganzes Leben lang verfolgt und sich auf jedem Gebiet durchgesetzt hatte, auf dem Douglas versagte. Auf der High-School waren das Sport und Schülermitverwaltung gewesen, auf dem College die studentischen Verbindungen. Und als Erwachsener hatte Michael sich fürs Abenteuer entschieden, nicht für die Monotonie der Geschäftswelt wie er selbst. Tja, und jetzt bewies er Donna, worin wahre Männlichkeit bestand.

Douglas konnte sie sich genauso deutlich zusammen vorstellen, wie er nun die verschlungenen Elfenbeinfiguren sah. Ihre Körper waren vereint, sie hatten den Kopf zurückgeworfen, die Hände ineinander verschränkt, und ihre Hüften preßten sich gegeneinander. Mein Gott, dachte er. Seine Phantasie würde ihn noch in den Wahnsinn treiben. Er hatte Mordgelüste.

Die Telefongesellschaft verschaffte ihm den Beweis, den er brauchte. Er bat um einen Ausdruck der Telefonate, die von seinem Haus aus geführt worden waren. Und tatsächlich, da war Michaels Nummer. Nicht ein- oder zweimal, sondern immer wieder. Alle Anrufe waren geführt worden, als er – Douglas – nicht zu Hause war.

Es war schlau von Donna, sich die Abende auszusuchen, an denen Douglas ehrenamtlich für die Telefonseelsorge von Newport arbeitete. Sie wußte, daß er die Mittwochabendschicht nie ausfallen ließ, denn dieser Dienst an der Gemeinschaft war wichtig für die politische Karriere, den Sitz im Stadtrat, den er anstrebte. Der Telefondienst machte einen Teil des Bildes aus, das er von sich aufbauen wollte: Douglas Armstrong, Ehemann, Vater, Vorsitzender der Ölgesellschaft und mitfühlender Zuhörer für Menschen in Not. Er brauchte etwas, einen Ausgleich für die Umweltsünden seines Unternehmens. Die Hotline gab ihm die Möglichkeit zu sagen, daß vielleicht ein paar lausige Pelikane ihr ölverklebtes Gefieder ihm zu verdanken hatten, daß er aber nie einen Menschen im Stich lassen würde.

Donna hatte gewußt, daß er nie auch nur einen Teil seiner Abendschicht ausfallen lassen würde, also hatte sie sich diese Zeit ausgesucht, um Michael anzurufen. Nun hatte er den Beweis schwarz auf weiß: Jedes einzelne Telefonat war an einem Mittwochabend zwischen sechs und neun geführt worden.

Na schön, sie mochte also den Mittwochabend. Dann würde er sie auch an einem Mittwochabend umbringen.

Seit er den Beweis für ihren Betrug in der Hand hatte, konnte er ihre Anwesenheit kaum noch ertragen. Sie wußte, daß etwas nicht stimmte, weil er kein Bedürfnis mehr hatte, sie anzufassen. Ihre dreimal wöchentlichen Versuche, miteinander zu schlafen, die jedesmal schiefgegangen waren, gehörten schon bald der Vergangenheit an. Dennoch verhielt sie sich, als stehe nichts und niemand zwischen ihnen. Sie stolzierte mit ihrer Reizwäsche durchs Schlafzimmer und versuchte ihn dazu zu verführen, daß er sich selbst zum Narren machte, damit sie dann später zusammen mit seinem Bruder Michael über ihn lachen konnte.

Aber da hast du dich geschnitten, Baby, dachte Douglas.

Es wird dir noch leid tun, daß du mich für so blöd gehalten hast.

Als sie sich schließlich im Bett an ihn kuschelte und murmelte: »Doug, ist etwas nicht in Ordnung? Willst du reden?«, hätte er sie am liebsten weggeschoben. Nichts war in Ordnung. Die Sache würde auch nie wieder in Ordnung kommen. Aber zumindest könnte er einen kleinen Rest seines Selbstwertgefühls retten, indem er dafür sorgte, daß das kleine Miststück bekam, was es verdiente.

Sobald er sich für den folgenden Mittwoch entschieden hatte, war alles ganz leicht.

Letztendlich war nur eine Fahrt zu Radio Shack nötig. Er wählte den vollsten Laden aus, den er finden konnte, mitten im Barrio von Santa Ana, und ließ sich viel Zeit, bis der jüngste Verkäufer mit der schlimmsten Akne und dem niedrigsten Intelligenzquotienten sich ihm zuwenden konnte. Er bezahlte seinen Einkauf bar, einen Anrufweiterleiter, genau das richtige für vielbeschäftigte mobile Leute, die keinen Anruf verpassen wollten. Solche Leute kauften sich keinen Anrufbeantworter. Das Gerät leitete den Anruf mit Hilfe eines einfachen Computerchips an eine andere Nummer weiter. Wenn Douglas das Gerät mit der Nummer programmierte, die die Telefonate entgegennehmen sollte, hätte er ein Alibi für die Nacht, in der seine Frau ermordet würde. Es war so leicht.

Donna war ziemlich dumm gewesen, daß sie versucht hatte, ihn zu betrügen. Und noch dümmer war es gewesen, daß sie es ausgerechnet am Mittwochabend getan hatte, denn das brachte ihn erst auf die Idee, sie an just jenem Abend ins Jenseits zu befördern. Die Freiwilligen der Hotline arbeiteten in Schichten. Normalerweise waren zwei Leute da, einer auf jeder Leitung. Aber die Strandtypen von Newport spielten nur selten mit Selbstmordgedanken, und wenn doch, gingen sie eher zu Neiman-Marcus und bekämpften ihre Depressionen mit Einkäufen. Mitte der Woche kamen besonders wenige Leute auf die Idee, Schlaftabletten zu schlucken oder sich die Pulsadern aufzuschneiden, deshalb waren die Mittwochsschichten alle nur mit einer Person besetzt.

Douglas verwendete die Zeit vor dem Mittwoch darauf,

sein Timing fast militärisch zu planen. Er entschied sich für halb neun als Zeitpunkt von Donnas Tod, denn so hatte er Zeit, sich aus dem Büro der Hotline zu schleichen, nach Hause zu fahren, seine Frau umzubringen und wieder zum Telefondienst zurückzukehren, bevor seine Ablösung um neun kam. Er rechnete lediglich einen Spielraum von fünf Minuten ein, mehr war nicht drin, damit er ein glaubwürdiges Alibi hatte, wenn ihre Leiche gefunden wurde.

Es lag auf der Hand, daß er leise vorgehen und kein Blut vergießen durfte. Lärm würde die Nachbarn aufmerksam machen, und das Blut würde ihn verraten, wenn nur ein Tropfen davon auf seiner Kleidung landete, dafür sorgte die Genauigkeit der modernen DNA-Analyse. Also dachte er sorgfältig über seine Waffe nach und war sich auch der Ironie der Wahl bewußt, die er letztendlich traf. Er würde den Satingürtel von einer ihrer verführerischen Morgenröcke verwenden. Sie hatte ein halbes Dutzend davon, also konnte er einen davon vor dem Mord an sich nehmen, den Gürtel entfernen, den Morgenrock ebenfalls vor dem Mord in einen Container werfen – dieser Gedanke gefiel ihm besonders, Beweise bereits *vor* dem Verbrechen zu beseitigen; welcher Mörder hatte schon jemals daran gedacht? – und dann am Mittwochabend mit dem Gürtel seine Frau, die Ehebrecherin, erdrosseln.

Der Anrufweiterleiter würde ihm ein Alibi verschaffen. Er würde ihn ins Büro der Telefonseelsorge mitnehmen, ihn ans Telefon anschließen, den Weiterleiter mit der Nummer seines Handys programmieren, und es würde so aussehen, als befinde er sich am einen Ort, während seine Frau an einem anderen ermordet wurde. Er versicherte sich, daß Donna zu Hause war, indem er das tat, was er am Mittwoch immer machte: Er rief sie vom Büro aus an, bevor er sich auf den Weg zur Hotline machte.

»Ich fühle mich miserabel«, erklärte er ihr um Viertel vor sechs.

»Ach, Doug, nein!« sagte sie. »Bist du krank oder nur deprimiert, weil du ...«

»Mir geht's einfach nicht gut«, fiel er ihr ins Wort. Was er jetzt keinesfalls brauchen konnte, war ihr gespieltes Mitleid. »Vielleicht hab' ich was Falsches gegessen.«

»Was hast du denn gegessen?«

Nichts. Er hatte seit zwei Tagen nichts mehr gegessen, aber er sagte »Shrimps«, weil er vor ein paar Jahren von Shrimps eine Lebensmittelvergiftung bekommen hatte. Vielleicht erinnerte sie sich daran noch, vorausgesetzt, sie erinnerte sich im Zusammenhang mit ihm überhaupt noch an etwas. Dann fuhr er fort: »Ich versuch', früher von der Hotline nach Hause zu kommen. Möglicherweise geht das aber nicht, wenn ich keinen Ersatzmann für meine Schicht auftreibe. Ich fahr' jetzt los. Wenn ich einen Ersatz kriege, komme ich ziemlich zeitig heim.«

Er hörte, wie sie ihre Enttäuschung zu verbergen versuchte, als sie sagte: »Aber Doug... Ich meine, was meinst du denn, wann du nach Hause kommst?«

»Keine Ahnung. Ich hoffe, spätestens um acht. Warum, ist das wichtig?«

»Nein, nein. Aber ich hab' mir gedacht, vielleicht möchtest du was zu Abend essen...«

Eigentlich, das wußte er, dachte sie darüber nach, daß sie das Tête-à-tête mit seinem kleinen Bruder absagen mußte. Douglas lächelte darüber, wie leicht es gewesen war, ihr einen Strich durch die Rechnung zu machen.

»Verdammt, ich hab' keinen Hunger, Donna. Ich will bloß so schnell wie möglich ins Bett. Bist du da und kannst mir den Rücken massieren? Oder bist du unterwegs?«

»Aber nein. Wo soll ich schon hingehen? Doug, du klingst irgendwie merkwürdig. Ist irgendwas?«

Nein, es war nichts, erklärte er ihr. Doch er sagte ihr nicht, wie richtig ihm alles erschien. Jetzt hatte er sie, wo er sie haben wollte: Sie würde daheim sein, und zwar allein. Vielleicht rief sie Michael an und sagte ihm, sein Bruder würde früher nach Hause kommen, so daß sie ihr Schäferstündchen abblasen mußte, aber selbst wenn sie das tat, würde sich Michaels Aussage durch Douglas' ununterbrochene Anwesenheit im Büro der Telefonseelsorge widerlegen lassen.

Douglas mußte nur früh genug wieder zur Hotline zurück,

um den Anrufweiterleiter abzumontieren. Er würde ihn dann auf dem Heimweg loswerden – was konnte leichter sein, als ihn in den Müll hinter dem riesigen Kinokomplex auf dem Weg von der Hotline nach Harbour Heights, wo er wohnte, zu werfen. Und dann würde er wie üblich um zwanzig nach neun nach Hause kommen und den Mord an seiner geliebten Ehefrau »entdecken«.

Es war alles so einfach. Und so viel sauberer, als sich von der kleinen Nutte scheiden zu lassen.

Unter den gegebenen Umständen war er bemerkenswert ruhig. Er war wieder bei Thistle gewesen, die seine Rolex, seinen Ehering und seine Manschettenknöpfe in der Hand gehalten hatte, um sich besser auf sein Schicksal konzentrieren zu können. Sie hatte ihn mit der Bemerkung begrüßt, seine Aura sei stark, und sie spüre Kraft von ihm ausstrahlen. Und als sie, seine Sachen in der Hand, die Augen geschlossen hatte, hatte sie gesagt: »Ich spüre eine große Veränderung auf Sie zukommen, Sie Nicht-David. Eine Ortsveränderung vielleicht oder einen Klimawechsel. Planen Sie eine Reise?«

Möglicherweise, erklärte er ihr. Er war seit Monaten nicht mehr verreist. Konnte sie ihm verraten, welche Ziele sie sah?

»Ich sehe Lichter«, antwortete sie, ohne auf seine Frage zu achten. »Ich sehe Kameras. Ich sehe viele Gesichter. Sie sind umgeben von Ihren Lieben.«

Sie würden natürlich alle zu Donnas Beerdigung kommen, und die Presse würde auch darüber berichten. Schließlich war er eine Persönlichkeit des öffentlichen Interesses. Den Mord an Douglas Armstrongs Ehefrau konnten sie nicht ignorieren. Und Thistle würde herausfinden, wer er wirklich war, wenn sie Zeitung las oder die örtlichen Nachrichten im Fernsehen ansah. Aber das war egal, denn er hatte ihr gegenüber nie etwas von Donna erwähnt und würde für den Zeitpunkt ihres Todes ein Alibi haben.

Er langte um fünf Uhr sechsundfünfzig im Büro der Telefonseelsorge an und löste eine UCI-Psychologiestudentin

177

namens Debbie ab, die froh war, nach Hause zu können. Sie sagte: »Nur zwei Anrufe, Mr. Armstrong. Wenn Ihre Schicht so ist wie die meine, können Sie was zu lesen brauchen.«

Er wedelte mit seinem *Money*-Magazin herum und nahm ihren Platz am Schreibtisch ein. Nachdem sie gegangen war, wartete er zehn Minuten, bevor er den Anrufweiterleiter aus seinem Wagen holte.

Die Hotline befand sich im Hafenviertel von Newport, einem Labyrinth aus Einbahnstraßen, die das obere Ende der Balboa-Halbinsel überzogen. Tagsüber lockten die Antiquitätengeschäfte, Schiffsausrüster und Secondhand-Boutiquen sowohl Einheimische als auch Touristen an. Doch in der Nacht war das Viertel wie ausgestorben. Nur ein paar New-Wave-Beatniks gingen in das Alta Café drei Straßen weiter, wo magersüchtige, schwarz gekleidete junge Frauen Gedichte vorlasen und auf Gitarren herumklimperten. Deshalb war auch niemand unterwegs, der Douglas dabei beobachtet hätte, wie er den Anrufweiterleiter aus seinem Mercedes holte. Und es war auch niemand auf den Straßen, der ihn gesehen hätte, wie er das winzige Büro der Telefonseelsorge hinter dem Immobilienmakler um Viertel nach acht verließ. Wenn sich irgendein verzweifelter Mensch während seiner Heimfahrt an die Hotline wandte, würde dieser Anruf zu seinem Handy umgeleitet, und er konnte ihn beantworten. Mein Gott, der Plan war einfach perfekt.

Während er die gewundene Auffahrt zu seinem Haus entlangfuhr, dankte Douglas dem Schicksal, daß er sich eine Wohngegend ausgesucht hatte, in der die Privatsphäre die oberste Priorität der Anwohner war. Alle Anwesen befanden sich genau wie das von Douglas hinter Mauern und Toren und Bäumen versteckt. Höchstens an einem von zehn Tagen sah er tatsächlich einmal einen seiner Nachbarn. Die meiste Zeit jedoch – genau wie an jenem Abend – ließ sich niemand blicken.

Doch auch wenn jemand seinen Mercedes hätte den Hügel hinauffahren sehen, wäre das nicht schlimm gewesen, denn es war Januar und ziemlich dunkel, und sein Wagen war nur eines von vielen Luxusautos – Rolls-Royce, Bentley, BMW,

Lexus, Range Rover und Mercedes gaben sich hier ein Stelldichein. Und wenn er tatsächlich jemanden oder etwas Verdächtiges entdeckt hätte, wäre er einfach umgedreht, wieder zur Hotline zurückgefahren und hätte auf einen anderen Mittwoch gewartet.

Aber er sah nichts Ungewöhnliches. Er sah niemanden. Vielleicht standen ein paar Autos mehr als sonst auf der Straße, aber auch die waren leer. Die Nacht gehörte ihm.

Am oberen Ende der Auffahrt schaltete er den Motor aus und ließ den Wagen bis zum Haus rollen. Drinnen war es dunkel, was bedeutete, daß Donna sich im hinteren Teil aufhielt, in ihrem Schlafzimmer.

Doch er wollte sie vors Haus locken. Das Gebäude war mit einer Alarmanlage ausgestattet, deren sich auch die Tresorräume einer Bank nicht hätten zu schämen brauchen, also mußte er dafür sorgen, daß der Mord draußen stattfand, wo ein durchgedrehter Voyeur oder ein Einbrecher oder ein Massenmörder ihr aufgelauert haben konnte. Er dachte an Ted Bundy, wie er seine Opfer eingewickelt hatte, indem er an ihre Hilfsbereitschaft appellierte. Er würde es wie Bundy machen, beschloß er, denn Donna half immer gern.

Er stieg leise aus dem Wagen aus und ging hinüber zur Tür. Dann drückte er die Klingel mit dem Handrücken, um keine Fingerabdrücke auf dem Knopf zu hinterlassen. Schon nach weniger als zehn Sekunden hörte er Donnas Stimme über die Gegensprechanlage: »Ja?«

»Hallo, Baby«, sagte er. »Ich habe die Hände voll. Kannst du mich reinlassen?«

»Augenblick«, sagte sie.

Während er wartete, holte er den Satingürtel aus seiner Tasche. Dabei stellte er sich vor, wie sie vom hinteren Teil des Hauses nach vorne kam. Er wickelte den Satingürtel um seine Hände und zurrte ihn fest. Wenn sie die Tür öffnete, mußte er blitzschnell handeln. Er würde nur eine Chance haben, ihr den Gürtel um den Hals zu schlingen. Damit rechnete sie nicht, das war sein Vorteil.

Er hörte ihre Schritte auf dem Steinboden. Er packte den Satingürtel fester und rüstete sich. Er dachte an Michael. Er

179

stellte sich vor, wie sie mit Michael zusammen war. Er dachte an seine asiatischen Erotika. Er dachte an Betrug, Versagen und Vertrauen. Sie hatte es verdient. Sie hatten es beide verdient. Es tat ihm nur leid, daß er nicht auch noch Michael umbringen konnte.

Als die Tür aufging, hörte er sie sagen: »Doug! Du hast doch gesagt...«

Und dann stürzte er sich auf sie. Er legte ihr den Gürtel mit einem Ruck um den Hals und zerrte sie aus dem Haus. Dann zog er fester und fester und fester zu. Sie war zu verblüfft, um sich zu wehren. In den fünf Sekunden, die sie brauchte, um sich in einer Reflexbewegung an den Hals zu greifen, hatte sich der Gürtel bereits so tief in ihre Haut gegraben, daß ihre hektisch tastenden Finger keinen Halt mehr fanden.

Er spürte, wie ihr Körper schlaff wurde. Er sagte: »Mein Gott. Ja. *Ja.*«

Und dann passierte es.

Die Lichter im Haus gingen an. Eine Mariachi-Band fing zu spielen an. Leute riefen: »Überraschung! Überraschung! Über...«

Douglas hob keuchend den Blick von seiner toten Frau und sah in das Blitzlichtgewitter von Kameras. Die fröhlichen Rufe aus dem Innern des Hauses wurden von dem Schrei einer Frau übertönt. Er ließ Donna auf den Boden sinken und starrte verständnislos in den Eingangsbereich und ins Wohnzimmer. Dort hatten sich mindestens zwei Dutzend Menschen unter einem Transparent mit der Aufschrift: ÜBERRASCHUNG, DOUGIE! GLÜCKWÜNSCH ZUM FÜNFUNDFÜNFZIGSTEN! versammelt.

Er sah die entsetzten Gesichter seiner Brüder und ihrer Frauen und Kinder, die Gesichter seiner eigenen Kinder, seiner Eltern und einer seiner Exfrauen. Dazu kamen seine Kollegen und seine Sekretärin. Und der Polizeichef. Und der Bürgermeister.

Er dachte: Was soll denn das, Donna? Soll das ein Scherz sein?

Und dann sah er Michael aus der Küche kommen, Michael mit einem Geburtstagskuchen in Händen, Michael, der sagte:

»Haben wir ihn überrascht, Donna? Der arme Doug. Ich hoffe, sein Herz ...« Und dann, als er seinen Bruder und die Frau seines Bruders sah, sagte er nichts mehr.

Scheiße, dachte Douglas. Was habe ich getan?

Das war genau die Frage, die er sich den Rest seines Lebens stellen würde.

Amel Benaboura

Nur eine Frau

»Sieh nach, wer da klopft, Ikrame«, ruft die Mutter aus der Küche.

Ordentlich legt das kleine Mädchen sein Bilderbuch unter ein Kissen und läuft zur Tür. Plötzlich bleibt es stehen. Und wenn das Nabil wäre? – Nein, Nabil hat einen Schlüssel. Außerdem klopft er beim Hereinkommen nie an ... Ikrame stellt sich auf die Zehenspitzen, schiebt den Riegel zurück und macht auf. Im Flur steht eine Dame, groß, schön, in einem blutroten Verloursmantel. Dieser Aufzug beunruhigt die Kleine; sie wirft ängstlich einen Blick in Richtung Treppenhaus. Wenn das ihr Bruder Nabil sehen würde! denkt sie schaudernd.

»Bist du Yaminas kleine Schwester?« fragt die Dame.

»Ja.«

»Ist sie da?«

Unentschlossen legt Ikrame die Finger auf den Mund. Sie kann den Blick nicht von der gewagten Garderobe der Fremden lassen. »Nabil mag keine Frauen, die sich europäisch kleiden«, meint sie, sagen zu müssen.

»So, so, und warum nicht?«

»Er sagt, Frauen, die keinen Schleier tragen, sind keine echten Musliminnen und verdienen Strafe.«

Die Frau tätschelt ihr die Wangen. »Er darf denken, was er will, aber das heißt nicht, daß er recht hat. Sag deiner Schwester, daß Madame Raïs da ist.«

Ikrame nickt mit dem Kopf und läuft ins Zimmer ihrer Schwester.

Yamina betastet die geschwollenen Stellen ihres Gesichts. Ihre Hand zittert, als sie nach dem Spiegel greift. Die olivgrünen Ringe um ihre Augen sind immer noch da. Die aufgequollene Lippe entstellt ihren Mund. Die Narbe auf ihrer Wange sieht böse aus.

Müde, wütend, erschöpft läßt sie den Spiegel sinken. »Sag ihr, ich bin ausgegangen.«

Vor Verblüffung zieht Ikrame die Stirn kraus: »Ich kann sie doch nicht anlügen. Das ist eine Sünde. Nabil kann Lügnerinnen nicht ausstehen. Er schlägt sie grün und blau.«

Widerstrebend und unter Mühen steht Yamina auf und folgt ihrer kleinen Schwester. Die Frau stößt einen Seufzer der Erleichterung aus: »Gott sei Dank! Du bist auf. Ich dachte schon, du liegst schwerkrank im Bett. Ich... Mein Gott, was ist denn mit dir passiert, meine Liebe?«

Yamina bittet die Besucherin herein, führt sie ins Wohnzimmer und bietet ihr einen Platz auf der Bank an. Madame Raïs setzt sich mit offenem Mund, fassungslos: »Meine Ärmste!« preßt sie hervor.

»Ich bitte dich«, fleht Yamina, »hör auf.«

Sie schweigen lange: Madame Raïs hat es die Stimme verschlagen, Yamina lehnt an der Wand.

»War das ein Unfall?« stottert die Besucherin schließlich.

Yamina bittet ihre kleine Schwester, der Frau eine Tasse Kaffee zu holen. Dann läßt sie sich auf ein Kissen sinken; sie vermeidet es aufzuschauen.

»Warum bist du gekommen, Madame Raïs?«

»Das ist doch wohl das mindeste. Normalerweise bleibst du nicht zwei Wochen am Stück weg, ohne uns etwas zu sagen. Im Büro machen wir uns allmählich Sorgen um dich.«

»Damit ist Schluß.«

»Mit was ist Schluß?«

»Mit dem Büro«, stöhnt Yamina mit einem Kloß im Hals.

Madame Raïs scheint nicht gleich zu begreifen: »Was genau soll das heißen?«

»Ich gehe nicht mehr arbeiten. Damit ist Schluß.«

»Das habe ich begriffen. Aber warum? Etwa wegen Redouane? Du weißt genau, daß er die Mädchen gern aufzieht. Ja, er ist ein bißchen aufdringlich, aber alles ohne Hintergedanken.«

Yamina streicht sich das Haar aus dem Gesicht; sie starrt

weiter zu Boden. Langsam heben sich ihre Schultern und fangen zu zittern an. Im Zimmer ist nur noch ihr Schluchzen zu hören.

Madame Raïs steht auf und nimmt sie mitfühlend in den Arm: »Meine Liebe, meine Ärmste, was ist denn los? Willst du es mir nicht sagen? Wir sind doch Freundinnen. Vertrau mir. Es gibt für alles eine Lösung.«

»Du verschwendest deine Zeit«, sagt Yaminas Mutter, die gerade mit einem Tablett hereinkommt.

Madame Raïs steht auf, küßt die Mutter ehrerbietig auf die Stirn und stellt sich vor: »Ich bin eine Kollegin Ihrer Tochter. Weil wir seit vierzehn Tagen kein Lebenszeichen von ihr hatten, hat mich der Direktor beauftragt, nach dem Rechten zu sehen. Was ist mit Ihrer Tochter passiert?«

»Das, was mit den Mädchen dieses Landes tagtäglich passiert«, seufzt die Mutter bekümmert.

Yamina fleht ihre Mutter mit einem Blick an zu schweigen. Die alte Frau zuckt mit den Achseln, stellt das Tablett auf ein Tischchen und schenkt drei Tassen Kaffee ein.

»Ich habe mich für ihre Ausbildung krummgelegt«, erzählt sie mit ihrer singenden Stimme. »Ich habe Tag und Nacht geschuftet, jede Dienstbotenarbeit angenommen, damit sie ihren Abschluß machen konnte. Und dann bekommt sie eine leitende Stelle in einer Firma und hört auf ...«

»Mutter ...«

»Sei still! Ich habe für deine Ausbildung meine besten Jahre geopfert! Du hast kein Recht nachzugeben. Geh wieder zur Arbeit. Die ist dein einziger Verbündeter. Eines Tages bin ich tot. Nabil wird heiraten, Kinder bekommen und die Wohnung für sich allein haben wollen. Er wird euch hinauswerfen, dich und Ikrame. Und dann wird dir deine heutige Entscheidung leid tun.«

Madame Raïs ahnt, daß etwas Ernstes geschehen ist. Die Mutter erklärt es ihr:

»Ihr blödsinniger Bruder Nabil quält sie. Er gehört zu den Erleuchteten. Redet nur von Verboten. Man könnte glauben, die Welt ist ein Müllhaufen, alles ist schädlich und beklagenswert. Er macht ihr die Hölle heiß. Immer wirft er ihr vor, was sie tut. Aber meiner Meinung nach ist er bloß eifersüchtig, daß sie Erfolg hat, wo er scheitert. Jedesmal, wenn ihre Narben verheilen, reißt er sie von neuem auf. Nur um sie im Haus zu halten. Er verbietet ihr, in der Umgebung von Männern zu arbeiten, das ist es! Für ihn sind die Orte, an denen sich Männer und Frauen begegnen, verdächtig, ungesund, verflucht. Er sagt, er schämt sich, daß seine Schwester sich schamlos schminkt, um jeden Morgen zu den ›Inkuben‹ und den Perversen hinter den Mauern der Firma zu gehen.«

Madame Raïs ist nicht übermäßig erstaunt. Immerhin rügt sie ihre Kollegin: »Das kann nicht dein Ernst sein, Yamina. Du bist eine leitende Angestellte, vergiß das nicht. Du wirst doch nicht auf die Jahre spucken, die du dich auf der Uni gequält hast, nur weil dein dummer Bruder ...«

»Er hat geschworen, daß er mich umbringt!« bricht es aus Yamina heraus.

»Damit drohen sie alle. Wir sind doch keine Tiere.«

»Er ist ein Grobian und zu allem fähig.«

»Das redet er dir ein, meine Liebe. Die Zeiten männlicher Allmacht sind vorbei, glaub's mir.«

»Er ist brutal, so brutal!«

Madame Raïs streckt teilnehmend ihre Hand aus und hebt das verbleute Gesicht an, schaut ihr in die Augen. »Weißt du, ich hab' das auch alles durchgemacht. Auch ich bin eine Frau. Was du jetzt fühlst, habe ich ebenfalls erlitten. Ich habe Bekanntschaft mit Verboten gemacht, mit Ohrfeigen, mit Verwarnungen. Aber ich habe mich gewehrt. Ich habe Verantwortung übernommen. Ich habe gekämpft wie eine Verrückte. Jetzt genieße ich die Ruhe nach der Schlacht. Ich habe meinen Weg selbst bestimmt. Ich gehe, wohin ich will, mit erhobenem Kopf, und ich habe den Mann geheiratet, den ich liebe. Sich alles gefallen zu lassen kommt nicht mehr in Frage. Wir müssen uns weigern, immer wieder weigern, und sei es nur aus Prinzip. Uns IHNEN widersetzen, Zwänge abstreifen, unabhängig werden.«

»Mein Bruder ist ein wildes Tier. Er hört nicht zu.«

»Na und? Unsere Rippen sind doch keine Trittleitern. Wenn sie aufsteigen wollen, müssen sie sich schon andere Stufen suchen. Wir müssen gegen IHRE Vorherrschaft kämpfen, Yamina. Die Frauenvereinigung veranstaltet diesen Freitag einen Protestmarsch gegen die Unterdrückung durch die Männer, für die Emanzipation der Frauen ... Du kommst mit uns und schreist der ganzen Gesellschaft deinen Trotz und deine Auflehnung ins Gesicht.«

»Du bist wahnsinnig!«

»Keine Widerrede ... Schau mich an: Ich bin eine Frau, die ihre Ketten zerbrochen hat, die Fesseln der Vorurteile und Tabus abgeworfen hat. Ich bin FREI. Mich nimmt niemand mehr an die Leine. Ich habe gesagt: ›Jetzt reicht's.‹ Ich will ich selbst sein! Mich nicht mehr wegen meines Busens schämen, wegen meiner Weiblichkeit. Mich so akzeptieren, wie ich bin. Ich bin nämlich besser als viele Männer. Kompetent. Loyal. Ich bin ein ganzer Mensch mit einem Herzen, mit Herzensangelegenheiten und Millionen von Träumen.«

Yamina zieht den Kopf ein und weint. Ihre Mutter geht verdrießlich vor sich hin murmelnd aus dem Wohnzimmer. Durch das Fenster fällt die Abendsonne auf die einander gegenüber sitzenden Frauen.

»Geh fort«, fleht Yamina.

»Das werde ich nicht, meine Liebe.«

»Doch, du gehst jetzt. Und zwar sofort. Du weißt nicht, wovon du redest. Du hast Glück gehabt, ich nicht. Ich habe die Hände nicht in den Schoß gelegt. Ich habe nie welche gehabt. Das ist alles sinnloses Gerede! Du verlangst, daß ich dich ansehen soll, und vergißt dabei, mich zu sehen, mich, mein zerschundenes Gesicht, mein gebeugtes Rückgrat, meinen leeren Blick ...«

»Ich sehe dich genau, Yamina. Du bist das Ergebnis IHRER Machenschaften. Sie versuchen dir einzureden, daß du nicht zählst, daß du nichts weiter bist als eine lästige Warze, gegen die man nichts tun kann. Das stimmt nicht. Reiß dich zusammen. Schärfe deine Fingernägel, mache Krallen daraus und wehre dich. Kratze ihnen die Augen aus, beiße, brülle. Wenn ihre Arme stärker sind und ihre Schläge schlimmer als deine, dann wehre dich mit deinem Herzen. Denke daran, wie oft du jeden Tag katzbuckelst, eine verachtete Frau, denke daran, was das Spülwasser deinen hübschen Händen, ihre Schläge deinen rosigen Wangen, ihre Beleidigungen deinen Ohren, ihre Vorwürfe deinen Augen angetan haben. Dann wird deine Zunge zu einem unbezwingbaren Instrument des Schweigens und der Verweigerung, zu einem Mittel, mit dem du deinen Hunger nach einem Leben in Würde äußern kannst ... Du bist die FRAU, Yamina. Du bist alles. Du bist Geliebte, Schwester, Muse, Hoffnung des Kriegers und Mutter, hast du das vergessen? Die Mutter, die den MANN in ihrem Bauch getragen, ihn geboren, ihm die Brust gegeben hat; ihre Zärtlichkeit hat ihm bei seinen allerersten Bewegungen geholfen, bei seinem ersten Geplapper ... Du bist die unendliche Mutter, das erste Wort, das erste Lächeln, die erste Liebe des MANNES!«

Nabil ist außer sich. Der Blick, mit dem er seine kleine Schwester niederschmettert, die sprachlos im Flur steht, ist lauernd, unmenschlich. Sein Atem erfüllt die Wohnung mit apokalyptischem Brausen.

Die Mutter betet. Von Kopf bis Fuß verschleiert, spricht sie stumm Verse, beugt sich vor, richtet sich auf, kniet nieder und wirft sich mit dem Gesicht nach Osten flach auf den Boden.

Nabil zittert am ganzen Körper, er hat Schaum vor dem Mund.

Die Mutter beendet ihr Gebet, räumt die Matte in eine Ecke.

»Wo ist sie?« donnert der Sohn.

Die Mutter wendet sich ab, außerstande, den glühenden Blick ihres Sprößlings zu ertragen. Er packt sie an den Schultern und wirbelt sie haßerfüllt herum. Sein weißlicher Speichel spritzt auf die alte Frau, als er sie anherrscht: »Wo ist sie hin?«

Die Mutter bebt vor Wut und reißt sich aus der Umklammerung: »Verflucht sei der Tag, an dem du zur Welt kamst! Wie kannst du es wagen, die Hand gegen deine Mutter zu erheben!«

Nabil keucht: »Bestimmt ist sie zur Frauendemonstration.«

Die Mutter weicht seinem Blick aus. Nabil begreift sofort, daß er richtig geraten hat. Er stößt einen wilden Schrei aus und rennt zur Treppe. Die paar Kinder, die auf dem Gehsteig herumtollen, verdrücken sich, erschrocken über diesen menschlichen Orkan.

Nabil sieht sich nach einem Freund mit Auto um. Er hält einen jungen Nachbarn mit Motorrad an, sitzt hinten auf und befiehlt ihm, ihn zum Märtyrerplatz zu fahren.

Dort drängen sich unter den spöttischen Blicken der Gaffer etwa hundert Frauen mit Spruchbändern.

Nabil stürzt sich in die Menge, bahnt sich gewaltsam und geifernd mit den Ellbogen einen Weg. In seinem dröhnenden Kopf kreischt eine gallige Stimme: »Diese Hexe! Sie hat es gewagt, dem Gesetz zuwider zu handeln, diese Schlampe!«

Er schiebt die Frauen beiseite, sucht und sucht. Bei jedem Blick, bei jedem umgewandten Gesicht, bei jeder Bewegung wächst sein Haß. Für einen kurzen Augenblick sieht er sich mit einem Flammenwerfer in der Hand, wie er diese Flittchen, diese Dirnen, diese Hexen in Brand steckt. Seine Pupillen glühen wie tödliche Feuerzungen … Huren! Huren! … Er stößt eine Frau um, trampelt sie nieder.

Unter den Marschiererinnen beginnt sich Panik breitzumachen. Überall tönt es: »Ein Verrückter …«

Nabil hört nichts.

In einer Traube von Demonstrantinnen sieht er SIE!

Da steht sie vor ihm, in einem enganliegenden Rock, den er nicht ausstehen kann. Sie läßt ihn kommen. Sie erwartet ihn … ohne zusammenzuzucken … ohne zurückzuweichen …

»Sie lacht dich aus«, kreischt ihm die Stimme ins Ohr. »Sie provoziert dich, sie trotzt dir, die Schlampe!«

Auf ihrem leicht geschminkten Gesicht liegt ein Lächeln … das spöttische Lächeln, das ihn schon immer wütend gemacht hat.

Er greift mit der Hand unter seine Jacke. Seine Faust schließt sich um das Messer … Nutte! Nutte! … Stoß zu. Unter der linken Brust, dort, wo die *perverse* Seele haust. Dann in die linke Niere. Dann in Nabelhöhe in den Bauch.

Jeder Stich wirkt auf ihn wie ein Stromstoß. Das Blut seiner Schwester spritzt und spritzt. Dampfende, rote Tropfen regnen auf sein Handgelenk. Die Stimme in seinem Kopf schwillt zu einem Tosen an: Er ist ihm Wahn.

Der Tag erlischt. Eine Funzel in einem Sterbezimmer. Die Nacht trägt die Trauer einer verratenen Sonne. Bald wird der Mond sein kaputtes Auge am gesichtslosen Himmel zeigen. Der Regen weint auf die Stadt. Yamina spürt ihn nicht. Sie treibt in einem nebligen, eiskalten Universum ohne Widerhall; sie irrt bereits durch eine parallele Welt ... Eine Stimme ruft sie beim Namen. Ist es die eines Verführers? Ist es ihre eigene? Sie weiß es nicht.

Der Platz fließt in einen dunklen Strom. Yamina ist ein Kieselstein. Strandgut. Eine selbstmörderische Welle. Sie ist der Friedhofsweg, das Pflaster, angeschwollen wie ein zum Fossil gewordener Bluterguß, eine Kurve, die unversehens in einer Sackgasse endet, und sie ist die versteinerte Menge, die sie sterben sieht.

Sterben?

Hat sie denn gelebt?

Hat sie geliebte Lippen geküßt, unter einer Liebkosung gezittert, den Orgasmus eines befreiten Körpers geweint, eines jubelnden Körpers? ...

Mit einem letzten Aufbäumen wendet sie sich dem gespenstischen, illusorischen Gestern zu. Eine Frau ... eine Frau sein ... nichts sein, nichts als eine Frau ... Nicht zählen ... Nicht hoffen ... Bitterkeit der Wunden, Schwärze der Schicksalsschläge! Verfluchtes Gestern, elende Schlafwandlerin, durch die Nacht wankend. Die Schule, die Universität waren vergebens. Sie konnten sie nicht schützen. Der Panzer aus Lorbeeren hat die tödliche Klinge des Bruders nicht davon abgehalten, in ihr Fleisch zu dringen, ihr Herz, ihre Hoffnung ...

Ihr Mund füllt sich mit Blut. Blut, das sie schwindelig macht. Sie erkennt ihren Bruder nicht mehr. Sie erinnert sich nicht mehr an ihn. Vielleicht, weil er sie verleugnet.

Sie kniet nieder, ihren Oberkörper durchläuft ein Schauder, sie stürzt. Ihr Gesicht schlägt auf die Straße, ihr Blick erstarrt in einem Trugbild ...

Sie ist nichts mehr, nur eine Jungfrau, die gerade erloschen ist wie eine Kerze in einem Sterbezimmer. Wie der Tag zu der Stunde, da die Sonne an den Rockschößen des Horizonts wie am Kreuz hängt ...

Dorothy Salisbury Davis

Kilometerweit

Laura stellte ihre Reisetasche, ihre Handtasche und die Pralinen, die sie ihrer Tante Mattie und ihrem Schwiegervater mitbringen wollte, bei der Haustür ab. Dann steckte sie ihr Halstuch in die Tasche ihres Wendemantels, der an der Garderobe im Flur hing, und ging ihren Mann suchen. Die frische Farbe war überall zu riechen, und bei Gott, die Wohnung mußte wirklich mal gestrichen werden. Weil sie glaubten, eine finanzielle Zuwendung von ihrer Tante Mattie erwarten zu können, hatten sie beschlossen, sich jetzt an diese Arbeit zu machen. Tim wollte sehen, wieviel er in ihrer Abwesenheit allein schaffte.

Der Farbeimer wackelte gefährlich, als er die Leiter herunterkam. Es war viel besser für ihre Nerven, dachte Laura, wenn sie wegfuhr. Tim beugte sich zu ihr herab, und Laura stellte sich auf die Zehenspitzen, um ihm einen Kuß zu geben. Er war ziemlich groß; sie selbst mußte sich strecken, um überhaupt die einssechzig zu erreichen. Sie waren beide mittleren Alters und seit fast zwanzig Jahren verheiratet. Sie hatten keine Kinder. Leider, wie sie beide immer hinzufügten. Tim schlug sich mit Jobs in der Unterhaltungsbranche durch, als Zauberer, der sich seine eigenen Tricks ausdachte, als Folksänger, der moderne Metaphern mit alten Mythen verband. Sein Geld verdiente er sich hauptsächlich in Sommercamps. Er war das, was Menschen, die die Herkunft verachteten – oder sehr stolz auf ihre eigene waren –, einen hauptberuflichen Iren nannten. Laura unterrichtete aushilfsweise Englisch und Musik in einer Klosterschule außerhalb von New York, am oberen Ende des Hudson River. Die Wohnung an der Upper West Side gehörte den Mallorys – zum Teil natürlich auch der Chemical Bank. Sie war groß und hatte hohe Decken, war voll von Büchern und Utensilien, die Tim für seine Jobs brauchte. Dazu kamen noch eine ganze Menge

Gegenstände, die nichts mit modernen Tätigkeiten zu tun hatten, wie zum Beispiel ein Spinnrad, ein Webstuhl und ein Butterfaß, aus dem jetzt der Efeu herauswuchs. Und aus Vermont würde Laura die Großvateruhr mitbringen, die sich seit mehr als hundert Jahren im Besitz ihrer Familie befand. Sie freute sich auf die Reise, weil sie gern Auto fuhr. Tim konnte sich nur schwer mit ihrem Honda, einem 1993er Accord LX Coupé, abfinden, weil er das Gefühl hatte, er sei für japanische Zwerge gebaut worden. Er sagte gern, wenn die Hersteller den Vordersitz nach hinten montiert und gleich den Rücksitz umgeklappt hätten, so daß er die Beine in den Kofferraum ausstrecken könnte, wäre der Wagen auch halbwegs für seine Größe geeignet. Und ansonsten eignete sich dieses Transportmittel hervorragend für einen Weihnachtsbaum oder – wie nun – für eine Großvateruhr.

»Hast du die Straßenkarte und eine Taschenlampe dabei?« begann Tim mit seinen üblichen Fragen bei solchen Gelegenheiten. »Nimm das Handy mit. Ich kleckere es nur von oben bis unten mit Farbe voll, wenn du's hier läßt.«

»Ich brauche es nicht, Tim. Tante Mattie würde das für Luxus halten.«

»Manchen geht's bei Großvateruhren so.«

»Tim...«

»Na schön, na schön. Aber bitte fahr vorsichtig. Du bist mit einem Auto unterwegs, nicht mit einem Pony. Wenn es zu regnen anfängt, dann laß die Sache mit dem Krankenhaus. Du kannst die immer noch von deiner Tante aus anrufen. Und melde dich, wenn du da bist. Versprochen?«

»Ja, ich versprech' dir's auf mein Pony.«

An der Tür bat er sie: »Sag Dad alles Liebe von mir. Ich schreibe ihm bald mal. Und paß auf, daß du den Leuten vom Krankenhaus nicht zu viel versprichst, noch nicht.«

»War's nicht anständig von ihnen, daß sie mich heute kommen lassen?« fragte Laura.

»Die können's gar nicht erwarten, dich zu sehen«, machte Tim sich über sie lustig. »Tja, dann bist du also am Samstagabend wieder zurück.«

Laura hatte den Nachmittag und den ganzen Freitag frei

genommen. Am Freitag war St. Patrick's Day, und fast alle in der Schule machten bei der jährlichen Parade auf der Fifth Avenue mit. Sie versuchte, ihre Freude darüber zu verbergen, daß sie dem allem entkommen konnte. »Ich wünschte, du würdest mitfahren.«

»Wohl, um ein Auge auf den Tacho zu haben«, sagte Tim.

Er wartete an der Wohnungstür, bis der Aufzug kam, ein altes Ding mit Messing- und Holzverkleidung. Ein bißchen Angst kam in Laura auf, als sie auf den untersten Knopf drückte, doch die verging wieder, nachdem sich die Tür geschlossen hatte, und schon bald vergaß sie sie.

Als sie in ihrem Wagen saß, war sie in ihrem ureigensten Element. Sie machte eine Kehrtwende aus dem Parkplatz heraus und fuhr in Richtung West Side Highway. Um noch bei Grün über die erste Ampel zu kommen, beschleunigte sie. Der Wagen schien ihre Gedanken zu kennen und machte einen Sprung vorwärts. »Los, Baby«, redete sie ihm zu und tätschelte die leicht erhöhte Mitte des Lenkrads, das dicke Ding. Es stand hervor wie der Bauch einer Schwangeren.

Der Fluß war bleigrau und kabbelig, nur ein paar Schlepp- und Lastkähne waren darauf unterwegs. Die meisten Ausflugsboote lagen noch im Trockendock. Sie konnte sich an Zeiten erinnern, in denen am St. Patrick's Day Schnee lag. Dieser Teil der Strecke war ihr vertraut, weil sie so auch zur Schule fuhr. Fast immer jedoch suchte sie dabei nach etwas Neuem, das Abwechslung in ihre Alltagsroutine bringen würde. Es war gar nicht so leicht, mit den Phantasien der Jungen mitzuhalten.

Als sie an ihrer üblichen Ausfahrt vorbeikam, wanderten ihre Gedanken zum ersten Zielpunkt ihrer Reise. Tim hätte ihr nicht zu sagen brauchen, daß sie dem Krankenhaus hinsichtlich der Pflege und Vormundschaft für seinen Vater keine zu voreiligen Zusicherungen machen sollte. Vormundschaft? Er hatte das Wort nicht verwendet, aber es war in ihrem Briefwechsel mit dem Krankenhaus aufgetaucht. Sie und Tim sprachen schon seit Jahren über die Möglichkeit, daß sie seinen Vater zu sich nehmen würden, falls die Behörden das erlaubten! Wenn Tante Mattie nun beschloß, ihnen ihr Erbe bereits vor ihrem Ableben zu überlassen, spielten die Finanzen bei ihrer Entscheidung keine Rolle mehr. Der Augenblick der Wahrheit stand unmittelbar bevor. Sie und Tim hatten keine Angst vor dem alten Mann. Wenn Tim überhaupt vor etwas Angst hatte, dann hing diese Furcht damit zusammen, daß er der Sohn seines Vaters war. Joseph Mallory hatte einen Mann getötet und die letzten fünfzehn Jahre in einer psychiatrischen Klinik verbracht.

Es würde sich nicht verschweigen lassen, daß Joseph Mallory bei ihnen lebte. Der Fall hatte seinerzeit Schlagzeilen gemacht. Laura hatte inmitten einer Schar von Mallory-Anhängern im Gerichtssaal gesessen, die ihm Orangen und Zigaretten mitbrachten, ohne daß die Gerichtsdiener etwas dagegen unternommen hätten. Der Saal mußte nach der Verkündigung des Urteils – unzurechnungsfähig zum Zeitpunkt der Tat – geräumt werden. Seine Anhänger hatten seine Entlastung gefordert.

Als sie vom Taconic Parkway herunterfuhr, war der Himmel voller Wolken, die zu schnell dahinglitten, als daß es regnen hätte können, und zu dicht waren, als daß die Sonne eine Chance hatte. Die Hügel waren braun und stoppelig; ein paar Stellen waren schon umgepflügt, und die ersten grünen Spitzen des Winterweizens lugten hervor. Die Knospen der Weiden hingen über den Wasserspeichern. Es war fast Frühling.

Die Krankenhaustore waren verschlossen. An normalen Besuchstagen standen sie offen; vielleicht war dann mehr Personal anwesend. Der Wächter kam aus seinem Häuschen und sah sich ihren Ausweis an. Sie unterschrieb im Besucherbuch und versuchte, sich die Beschreibung des Wegs zum Verwaltungsgebäude, die er ihr gegeben hatte, zu merken. Platzwarte rechten das Laub zusammen. Außer ein paar Lieferwagen waren nicht viele Fahrzeuge unterwegs. Schilder zeigten den Weg zur Wäscherei, zur Reha-Abteilung, zur Werkstatt, zum Pharmazentrum und zur Kinderabteilung an. Es überraschte sie jedesmal wieder, daß es in einer solchen Anlage eine Kinderabteilung gab. Sie war in einem gelben Ziegelgebäude untergebracht wie alle anderen auch. Nirgends war eine Schaukel oder ein Klettergerüst zu sehen. Sie fuhr auf den

Parkplatz des Verwaltungsgebäudes und stellte ihren Honda zwischen den anderen, teureren Wagen, von denen die meisten ein Ärztezeichen hatten, ab.

Erst als sie ganz allein im Vorzimmer wartete, fielen ihr die Pralinen wieder ein, die sie ihrem Schwiegervater mitbringen wollte. Die Frage, ob sie noch einmal hinausgehen sollte, um sie zu holen, erledigte sich, als ein Pfleger ihr mitteilte, daß Dr. Burns' Sekretär gleich kommen würde. Dr. Burns war der Leiter der Klinik. Als der Pfleger ihr den Rücken zuwandte, sah sie, daß sich unter seiner Uniformjacke eine Pistole im Holster abzeichnete. Hastig hob sie den Blick zu dem einzigen Bild an der Wand, auf dem ein riesiger goldener Adler mit der amerikanischen Flagge zwischen den Klauen zu sehen war. Wie, dachte sie, konnte man einen so schrecklichen Ort nur »Klinik« nennen.

Dr. Burns' Sekretär entpuppte sich, nach seiner Größe und der Breite seiner Schultern zu urteilen, als sehr männlicher Mann. Doch zumindest machte er sich die Mühe, nicht sehr viel schneller als sie zu gehen, als sie den Flur entlangtrabten. »Kennen Sie Mr. Mallory?« fragte sie.

»Onkel Joe? Aber sicher. Alle kennen Onkel Joe. Ein komischer Kauz.«

Was sollte man darauf sagen? »Ich wollte ihm ein paar Pralinen mitbringen, aber ich hab' sie im Wagen vergessen.«

»Soweit ich weiß, ist er nicht so scharf auf Süßigkeiten.«

»Was könnte ich ihm dann mitbringen?«

»Vielleicht ein Liederbuch. Er hat seine Liebe zur Musik entdeckt.«

Auch Dr. Burns erzählte ihr von Joe Mallorys Liebe zur Musik. »Wir haben ihm eine Geige besorgt, und er hat sich selbst das Spielen beigebracht. Er ist ziemlich gut – ich bin selbst so etwas wie ein Freizeitmusiker.« Der Klinikleiter führte sie von seinem Büro zu einem kleinen, daran anschließenden Raum, in dem sich Plastikstühle, ein Deckenlicht, ein Fenster und ein kleiner runder Tisch mit einer weißen Chrysantheme in der Mitte befanden. Burns sah ein wenig verknittert aus und hatte müde Augen sowie einen Schnurrbart, der wieder einmal hätte gestutzt werden müssen. Eine Geige, dachte Laura, würde zu ihm passen. »Ich habe jemanden losgeschickt, um Mr. Mallory zu holen. Sie können sich hier mit ihm treffen, und wir beide können uns hinterher unterhalten. Ich würde an Ihrer Stelle ihm gegenüber nicht erwähnen, was Sie mir geschrieben haben. Es sei denn, Ihre Hoffnungen haben sich bereits erfüllt?«

»Nein.«

»Es ist noch genug Zeit.«

Laura schaute zum Fenster hinaus und sah zwei Männer, der eine mit einer weißen Krankenhausuniform, der andere mit einem schweren Pullover, der ihn fast zu Boden zu ziehen schien. Er mußte immer wieder ein bißchen laufen, um mit dem Aufseher Schritt zu halten. Als sie näher kamen, winkte sie ihnen zu, und der alte Mann entdeckte sie. Er richtete sich auf und salutierte ihr wie ein Soldat.

Er wirkte fröhlicher, als er den Raum betrat und die Arme ausstreckte, um sie zu begrüßen. Jedesmal wieder mußte sie sich eingestehen: Wenn sie damals nicht selbst im Gerichtssaal gewesen wäre, könnte sie nicht glauben, daß dieser Mann einen Mord begehen konnte. Sie rückten zwei Stühle an den Tisch. Mallory versuchte, die weiße Chrysantheme ans Fenster zu stellen, doch der Sims war zu schmal. Also stellte er sie auf den Boden. »Blumen müssen bunt sein«, sagte er und rückte mit seinem Stuhl näher an den ihren. »Ich habe nie die Lilie vergessen, die ich am Gründonnerstag bei der Prozession rumtragen mußte. Von dem Geruch ist mir ganz übel geworden, und ich hab' noch während des Umzugs kotzen müssen. Du bist wieder allein gekommen, stimmt's?«

»Ich soll dir alles Liebe von Tim ausrichten.«

»So viel kann das nicht sein«, sagte der alte Mann und blinzelte sie mit seinen ziemlich blauen, aber auch ziemlich kalten Augen an. »Schämt er sich für mich? Dafür ist es viel zu spät. Ich bekomme immer noch Briefe von Leuten, in denen steht, sie sind stolz, mich gekannt zu haben. Von Leuten, an die ich mich nicht mal mehr erinnere.« Mit einem Blick in Richtung Bürotür beugte er sich zu ihr vor. »Ich glaube, sie fangen die Briefe ab, die ich kriege. Ich sage dir gleich, warum ich das vermute. Und sie belauschen mich.

Meinst du, wir würden eine Wanze finden, wenn wir den Tisch hier umdrehen? Vielleicht ist sie ja auch in der Pflanze, die ich auf den Boden gestellt habe. Nein, nein, ich meine das ganz ernst. Wenn du auf die andere Seite dieser Tür schauen könntest, würdest zu Leroy sehen, wie er mit dem Stuhl an die Wand gelehnt dasitzt und lauscht. Das ist der Kerl, der mich herbegleitet hat. Eigentlich heißt er nicht Leroy, aber ich nenne ihn so. An einem Ort wie diesem muß man sich jemandem überlegen fühlen können, dem es noch schlechter geht als einem selbst. Meinst du, Tim hat Angst vor mir? – Mein strammer Junge, der immer nur tut wie ein Ire, wenn's ihm in den Kram paßt? Ich kann Männer nicht leiden, die ihr Blut verleugnen.«

»Aber er verleugnet es doch gar nicht, Joe. Schließlich ist er hier in diesem Land geboren.«

»Wie könnte ich den Tod seiner lieben Mutter je vergessen.«

»Das ist nicht fair«, sagte Laura leise. Tim machte sich genug Vorwürfe für all die traurigen Ereignisse seines Lebens.

»Dann bin ich also schuld!«

»Muß überhaupt jemand die Schuld haben?«

Mallory lehnte sich auf seinem Stuhl zurück und schürzte nachdenklich die Lippen. »Du hast ein weiches Herz, Laura. Er ist ein Glückspilz. Schade, daß ich dich nicht vor ihm kennengelernt habe.«

Laura gab sich größte Mühe, ganz natürlich zu wirken. »Stimmt es, daß alle dich hier Onkel Joe nennen?«

Der alte Mann kicherte, weniger über den gutmütigen Humor der Anstaltsinsassen und -beschäftigten, dachte sie, als über ihre Unbeholfenheit. »Irgend jemand hat wohl mal damit angefangen, und dann hat's jemand aufgeschnappt, und alle anderen haben's auch gesagt. Haben sie dir erzählt, daß ich mich mit Jura beschäftigt habe?«

»Und du hast Geige gelernt«, sagte sie.

»Ja, klar, daß sie dir das erzählen, aber daß ich mich in einem so exotischen Fall wie dem meinen über die Gesetze informiere, sagen sie dir natürlich nicht – über die Gesetze, wie sie vor fünfzehn Jahren und heute immer noch gelten. Ich habe ziemlich viel nachgelesen, und dann habe ich dem Gouverneur ein Gesuch um Wiederaufnahme des Verfahrens geschickt. Ich habe ihm erklärt, daß ich heutzutage nicht mehr wegen Unzurechnungsfähigkeit freigesprochen werden würde. Wenn man mich damals jedoch wegen Totschlags verurteilt hätte, hätte ich schon vor zwei Jahren Bewährung bekommen können. Ich war nur eine Schachfigur der Politiker. Ich hab' einen Pflichtverteidiger bekommen, der hat nicht mal richtig Englisch gekonnt und gedacht, er ist ein Genie, weil er dafür gesorgt hat, daß ich hier reinkomme statt in den Knast. Und dabei bin ich ein Held. Jawohl! Ich hab' ihm den Schädel für Irland eingeschlagen. Er war am Pier und sollte hin und wieder mal eine Kiste Gewehre mit der Aufschrift ›Arabien‹ an die Leute weitergeben, die dafür gesorgt hatten, daß sie nach Irland kamen ...«

Laura hörte diese Geschichte nicht zum erstenmal. Er erzählte sie oft und reicherte sie von Mal zu Mal mit mehr Details an. Am Anfang hatte er sich an gar nichts erinnert, das hatten ihm drei Psychiater schriftlich bestätigt. Der Transportarbeiter, den er getötet hatte, hatte die Männer betrogen, denen er die Waffen geben sollte: Er war der klassische irische Schurke, ein Spitzel.

»Und was sagt der Gouverneur?« erkundigte sich Laura.

»Ich habe kein Wort von ihm gehört, und mein Informant in der hiesigen Verwaltung meint, sie hätten ihm mein Bittschreiben überhaupt nicht geschickt. Aber jetzt reicht's. Ich will dir deinen Besuch hier nicht verderben. Für mich ist die Zeit sicher nicht mehr so wichtig wie für dich. Es war schön, daß du gekommen bist. Hast du immer noch denselben kleinen Wagen?«

»Ja, den liebe ich«, sagte sie.

»Das kann ich verstehen. Wo wolltest du gleich noch mal hinfahren?«

Laura sagte es ihm.

Der alte Mann erhob sich vom Tisch. »Ich werde Leroy bitten, mir meine Fiedel zu holen. Ich würde dir gern was vorspielen, bevor du gehst.« Er öffnete die Bürotür, ohne anzuklopfen. Der Pfleger saß, genau wie er gesagt hatte, lauschend mit dem Stuhl an den Türrahmen gelehnt. »Du siehst also, daß ich nicht paranoid bin«, sagte der Mann und kehrte an den Tisch zurück. »Wir sind unzertrennlich wie siamesische Zwillinge, er und ich, aber es hat auch seine Vorteile, wenn man weiß, wann man sich fügen und wann man sich wehren muß. Verfolgst du die Nachrichten, Laura?«

»Nicht so aufmerksam, wie ich es gern täte.«

»Ach, erzähl mir doch nichts, Mädel. Wenn du sie verfolgen wolltest, würdest du's auch tun.«

Laura nickte.

»Glaubst du, daß es Frieden geben wird in Irland?«

»Das hoffe ich.«

»Was ist dir lieber – Frieden oder Gerechtigkeit?«

»Warum kann es nicht beides geben?«

»Nun, die haben jetzt einen Kerl hergeschickt, der dir recht geben würde, und die Leute empfangen ihn wie einen Helden – eine ganz neue Art von Held.« Er sah sich um, als suche er nach einem Spucknapf.

Ein paar Minuten später kam der Pfleger mit dem Geigenkasten wieder, den er Mallory mit den Worten reichte: »Du hast nicht viel Zeit, Onkel Joe.«

»Als ob ich überhaupt irgendwas hätte«, sagte der alte Mann und nahm die Geige so vorsichtig aus ihrem Kasten wie ein Baby aus der Wiege. Er stimmte das Instrument.

Der Pfleger kehrte auf seinen Stuhl zurück und ließ die Tür zum Büro einen Spalt offen.

Mallory spannte den Bogen und begann zu spielen. Die Melodien stammten aus einem Lehrheft für Anfänger – »Humoreske«, »Der alte Refrain«. Laura war gerührt, daß er ihr vorspielte, und dachte wieder einmal darüber nach, wie es sein würde, wenn er bei Tim und ihr lebte.

Mallory stimmte eine der Saiten, während Laura ihm erklärte, wie gut er sei. Er zwinkerte ihr zu, gab mit dem Fuß einen ziemlich martialisch anmutenden Takt an und fing wild zu fiedeln an. Plötzlich hörte es sich mehr nach einem Jammern als nach einer Melodie an. Ein Dudelsack hätte nicht schlimmer kreischen können.

Der Pfleger und Dr. Burns stürzten ins Zimmer. Der alte

Mann spielte mit funkelnden Augen weiter, bis der Pfleger mit halb zur Faust geballten Händen auf ihn zuging. Mallory wartete bis zum letztmöglichen Augenblick, bevor er ihm Geige und Bogen aushändigte.

»Die warten schon auf dich, Onkel Joe«, sagte der Pfleger und legte das Instrument in seinen Kasten.

Lauras Schwiegervater kam mit ausgestreckten Armen auf sie zu. Er zog sie hoch und küßte sie auf den Mund. »Ich würde dich ja gern bis zum Tor begleiten, Schätzchen, aber sie warten schon auf mich in Babel.« An der Tür bedeutete er Leroy mit gebieterischer Geste, er solle vorausgehen. Dann wandte er sich um und warf Laura einen Handkuß zu.

Die Pralinen fielen ihr ein. Wieder zu spät.

Dr. Burns gesellte sich zu Laura, sobald Mallory und der Pfleger verschwunden waren. Er schloß die Tür zum Flur. »Würden Sie sich lieber hier mit mir unterhalten oder in meinem Büro, Mrs. Mallory? Im Büro geht's zu wie in einem Taubenschlag. Also ist es hier vielleicht doch besser. Wie hat Ihnen der alte Herr gefallen? Er sieht gut aus, finden Sie nicht auch?«

»Geht's ihm denn nicht gut, Doktor?«

»Das wollte ich nicht damit sagen. Er achtet sehr auf sich. Aber natürlich helfen wir ihm dabei.« Dabei holte er die Chrysantheme vom Boden und stellte sie wieder auf den Tisch. Laura fragte sich, ob sich darin möglicherweise tatsächlich eine Wanze verbarg. Bestimmt nicht. Wieder nahm sie an dem kleinen Tisch Platz. Der Arzt setzte sich rittlings auf einen Stuhl. »Sie haben Ihrem Schwiegervater gegenüber nichts von Ihren Erkundigungen über seine mögliche Entlassung erwähnt?«

»Nein.«

»Ich frage mich, wie er darauf reagiert hätte. Wissen Sie, es gefällt ihm hier.«

»Das kann ich kaum glauben«, sagte Laura.

»Nun, hier spielt er die erste Geige.« Dr. Burns lachte ein wenig gequält. »Nicht nur im wörtlichen Sinn. Er redet die ganze Zeit davon, daß sein Sohn in der Unterhaltungsbranche tätig ist. Er sagt, er hat ihm alles beigebracht, was er weiß.

Und er ist clever. Ich weiß nicht so recht, was ich Ihnen sagen soll, Mrs. Mallory. Es gibt Augenblicke ...« Er schwieg, als sein Sekretär mit zwei großen Tassen Kaffee hereinkam. »Hier. Zucker und so etwas ähnliches wie Milch können wir besorgen ...«

»Ich trinke ihn schwarz«, sagte Laura.

»Hätte ich nicht gedacht. Kennen Sie Tony schon? Ja, natürlich, er hat Sie ja hier begrüßt. Danke, Tony. Ich stehe in ein paar Minuten wieder zur Verfügung, das können Sie den Leuten sagen, wenn jemand wartet.«

Nachdem der Sekretär im Büro verschwunden war, sagte Laura, sie müsse bald aufbrechen, der größte Teil ihrer Reise liege noch vor ihr.

»›Kilometer noch, bevor du schläfst‹«, zitierte der Arzt Robert Frost.

Sie nickte und nahm einen Schluck von ihrem Kaffee, der bitter war wie Alaun.

»Ich möchte Ihnen versichern, daß wir den Fall Ihres Schwiegervaters von Zeit zu Zeit überprüfen. Ich habe Ihnen schon gesagt, daß es ihm hier gefällt. Allerdings bin ich mir nicht sicher, ob das auch wirklich stimmt. Er ist ein geschickter Manipulator.«

»Er ist Ire«, sagte Laura.

Der Arzt lächelte, ganz spontan, und plötzlich konnte sie ihn besser leiden. »Was ist mit diesen irischen Vereinigungen, von denen er immer spricht? Er bekommt hin und wieder Briefe von ihnen, harmloses Zeug mit Texten wie: ›Kopf hoch, draußen ist es auch nicht besser ...‹ Wir haben früher alle Informationen über irische Politik zensiert, doch jetzt, wo sich die Situation ein bißchen entspannt hat, bekommt er sogar Zeitungen ... Aber was ich Sie eigentlich fragen wollte: Würde eine dieser Vereinigungen Ihnen dabei helfen, ihn zu unterstützen?«

»Keine Ahnung. Ich weiß nicht mal, wie sie heißen – außer natürlich am St. Patrick's Day, da steht's auf den Schildern der Parade.«

»Die ist doch morgen, oder? Lassen Sie mich Mallorys Akte holen. Wollen Sie noch einen Kaffee?«

Laura lehnte dankend ab. Ihre Tasse war noch mehr als halbvoll.

»Bitte schütten Sie ihn nicht in die Pflanze«, sagte der Arzt. »Die hat für diese Woche schon genug gehabt.«

Laura lehnte sich ein wenig zurück und entspannte sich zum erstenmal seit ihrer Ankunft. Also waren die Leute hier doch Menschen. Was sie merkwürdigerweise wieder zu Überlegungen darüber führte, wie man es schaffen konnte, ein Zuhause für einen Mann aufzubauen, der fünfzehn Jahre lang in einer Anstalt gewesen war. Der Hund fiel ihr ein, den Tim und sie aus einem Zwinger geholt hatten. Sie hatten ihn billig bekommen, weil er schon zwei Jahre in dem Zwinger gelebt hatte. Bereits am ersten Tag in ihrem Haus biß er Tim und ließ ihn nicht an Laura heran.

Dr. Burns verschwand für ein paar Minuten. Sie hörte ihn telefonieren und nahm nun auch wieder die anderen Geräusche in dem Gebäude wahr, gedämpftes Klingeln und Mitteilungen über die Gegensprechanlage. Wahrscheinlich, so dachte sie, gab es hier, wie in allen Krankenhäusern, das Abendessen sehr früh. Draußen wurde es dunkel, und es sah aus, als würde es gleich zu regnen anfangen. Sie hatte keine Ahnung, warum, aber sie wollte nicht aufstehen und aus dem Fenster schauen. Sie erinnerte sich an einen Augenblick der Angst im Aufzug daheim, und an eine Geschichte aus ihrer Pubertät, die ebenfalls mit einem Aufzug zu tun hatte: »Für einen ist noch Platz.« Wenn man erwachsen war, machten einem Gruselstorys keinen Spaß mehr.

Als der Arzt zurückkehrte, entschuldigte er sich, daß er vergessen hatte, die Akte mitzubringen. Er rief nach seinem Sekretär. Aber gerade, als Tony ins Zimmer kam, erscholl ein Alarm. Laura erschreckte das laute Geräusch, das klang wie der Schrei eines Esels. Die beiden Männer rührten sich nicht von der Stelle. Sie zählten. Das Signal wiederholte sich. Dr. Burns entschuldigte sich und wies seinen Sekretär an, bei Laura zu bleiben und die Kommunikation zu organisieren. Dann kehrte er wieder in sein Büro zurück. Diesmal machte er die Tür halb zu, so daß Laura nur mitbekam, wie er zu seinem Schreibtisch ging und bald wieder hereinkam. Sie fragte sich, ob er eine Waffe dort geholt hatte. »Schauen Sie auf Siebzehn nach, ja?« sagte er zu Tony und verließ den Raum durch die Tür zum Flur.

Aus ihren Briefen wußte Laura, daß Joe Mallory in Block Siebzehn untergebracht war. Sie folgte Tony zur Bürotür. Er beobachtete sie, während er darauf wartete, daß sein Anruf durchgestellt wurde. Endlich hörte der Alarm auf. Laura spürte, wie es in ihren Ohren pochte. Tony sagte etwas in den Hörer und hörte dann ziemlich lange zu. Laura lehnte sich gegen den Türpfosten. Der Sekretär bedeutete ihr mit einer Geste, sie solle auf einem der Bürostühle Platz nehmen, doch sie blieb an der Tür stehen. Nachdem er aufgelegt hatte, sagte er zu Laura: »Mr. Mallory ist in seinem Zimmer.«

»Gott sei Dank«, sagte Laura. »Und danke, daß Sie mir Bescheid gesagt haben.«

»Es könnte ein falscher Alarm sein. Das passiert hier öfter. Tut mir leid, daß Sie das miterleben mußten.«

»Ich glaube nicht, daß ich auf Dr. Burns warten sollte . . .«

Der Sekretär schüttelte den Kopf. »Das Gebäude ist jetzt verriegelt. Niemand kann es verlassen. Warum setzen Sie sich nicht wieder? Ich bringe Ihnen ein paar Zeitschriften. Hier drin kann man sie nicht auflegen, weil sie immer wieder geklaut werden.«

Laura sollte sich später an kein einziges Wort von dem erinnern, was sie gelesen hatte, denn die ganze Zeit fragte sie sich, warum sie ausgerechnet sofort *Joe Mallory* überprüft hatten. Das hatte doch sicher etwas zu bedeuten; es war eine Bewertung seines Verhaltens. Aber was? Und es war auch merkwürdig, daß sie sein Klagelied unterbrochen hatten. Wenn sie nicht bald hier wegkam, würde sie noch den Plan abblasen, ihn bei sich zu Hause aufzunehmen. Ein paar Minuten später erklang noch einmal kurz das Eselsgeschrei. Tony kam an die Tür und erklärte ihr, daß es sich tatsächlich um einen falschen Alarm gehandelt habe.

Sie wartete weitere zwanzig Minuten. Dr. Burns war immer noch nicht da. Ein solcher Alarm brachte sicher die Insassen durcheinander. Nein, nicht die Insassen, sondern die Patienten. Es war lächerlich, aber sie wurde allmählich ziemlich nervös. Sie warf einen Blick in das Büro, wo der Sekretär mit dem Rücken zu ihr am Computer arbeitete, zog ihren Mantel an und ging einfach auf den Flur hinaus, durch den sie gekommen war. Der Wächter überprüfte ihren Ausweis und öffnete die schwere Tür, um sie hinaus in den Nieselregen zu lassen.

Der Honda stand jetzt ganz allein da; die Autos mit den Ärztezeichen, zwischen denen sie ihn abgestellt hatte, waren verschwunden. Nachdem sie eingestiegen war, tätschelte sie das Lenkrad. »Ach, Baby, wie schön, dich wiederzusehen.«

Jetzt war noch weniger Verkehr auf den Wegen der Anstalt als sie gekommen war, doch überall waren mittlerweile die Lichter angegangen, und sie redete sich gut zu, sich nicht zu sehr von ihrer lebhaften Phantasie leiten zu lassen. Das, was sie getan hatte, war ziemlich schäbig – sie war ohne ein Wort verschwunden. Wenn sie ein bißchen mehr Mut gehabt hätte, wäre sie noch einmal umgekehrt. Aber nicht an jenem Abend. Am Tor mußte sie wieder im Besucherbuch unterschreiben. Ein Polizist stieg in seinen Streifenwagen und folgte ihr, nachdem er dem Mann am Tor zugewinkt hatte, aus dem Anwesen hinaus. Sobald sie sich auf dem Highway befanden, schaltete er sein Blaulicht ein und fuhr mit hoher Geschwindigkeit an ihr vorbei. »Folgen Sie diesem Wagen!« sagte sie laut, und am liebsten hätte sie es getan. Aber auf einer kurvigen Strecke mit Gegenverkehr wollte sie das nicht riskieren. Eigentlich hatte sie vor, zum Taconic Parkway zu fahren, aber um dem Verkehr auszuweichen, beschloß sie, die Route 22 ein Stück entlang zu fahren. Es wurde früh dunkel. Im Rückspiegel sah sie, wie ein Wagen in die gleiche Straße einbog wie sie. Er wurde schneller, bis er sie fast erreicht hatte. Sie verlangsamte, um ihn vorbeizulassen. Auch er wurde langsamer. Sie beschleunigte. Er machte es ihr nach.

»Das hat uns gerade noch gefehlt«, sagte sie, wieder laut. Sie ließ sich ungern nervös machen beim Fahren und entschied sich für eine gleichmäßige Geschwindigkeit von knapp achtzig Stundenkilometern. Der Fahrer hinter tat es ihr gleich, und ihre Unsicherheit legte sich etwas. Irgendwo hatte sie gelesen, daß Angst und Schuldgefühle miteinander verbunden waren.

204

Mea culpa, mea culpa. Schließlich hatte sie nicht selbst Joe Mallory hängen lassen. Noch nicht. Sie mußte bremsen, als plötzlich ein Kaninchen auf die Straße hoppelte. Es lief im Zickzack vor ihr her. Schließlich schaltete sie das Fernlicht aus. Nun herrschte fahles, feuchtes Dämmerlicht. Als sie die Scheinwerfer wieder einschaltete, war das Kaninchen verschwunden. Doch der Fahrer hinter ihr war noch da. Hinter ihm befand sich nun noch ein weiterer Wagen. Sie hoffte, daß dieser ihm folgen würde, bis sie den nächsten Ort erreichte. Dort, so dachte sie, würde er vielleicht abbiegen. Doch das tat nur der zweite Wagen, und schon bald war sie aus der Ortschaft heraus und kam in Farmland mit Schlaglöchern in der Straße und Nebel, der in Schwaden um sie herumdriftete. Im hinteren Teil des Wagens hörte sie ein Krachen. Sie hatte nicht das Gefühl, ein Tier überfahren zu haben. Wieder dieses Geräusch. Sie verlangsamte und warf einen Blick aufs Armaturenbrett. Alles normal. Dann schaute sie in den Rückspiegel.

Im Scheinwerferlicht eines entgegenkommenden Wagens sah sie das blasse, körperlose Gesicht von Joe Mallory. Sie riß das Steuer herum, und die Räder auf der rechten Seite holperten vom Asphalt herunter.

»Ich bin's, Joe Mallory«, rief der alte Mann aus. Er hatte vom Kofferraum aus den Rücksitz nach vorne geschoben und drückte sich jetzt durch die Öffnung. »Paß auf, daß wir nicht in den Graben fahren, Mädel!« Und als sie bremste, rief er aus: »Nicht stehenbleiben!«

Mit einem Schlag schlitterte der Honda wieder auf den Asphalt zurück. Laura hatte einen so trockenen Mund, daß sie kaum sprechen konnte. Ihre Hände zitterten auf dem Lenkrad. Hinter ihr schälte sich der alte Mann aus einer weißen Uniformjacke, wie Leroy sie getragen hatte. Der Wagen hinter ihnen überholte sie und wurde, als er sich auf gleicher Höhe befand, langsamer.

»Gib ihm ein Zeichen, daß er weiterfahren soll, oder ich bringe ihn um«, rief der alte Mann.

Laura winkte, ohne den Blick von der Straße zu wenden. Der Fahrer des anderen Wagens drückte ein paarmal auf die Hupe und fuhr davon.

Mallory zog die Jacke aus. »Endlich frei! Endlich frei!« rief er aus. »Ich komm' gleich zu dir nach vorn. Hast du denn kein Radio im Wagen?«

»Nein.«

»Mutter Gottes.«

Laura sammelte verzweifelt Speichel im Mund. »Ich lasse den Wagen nachts auf der Straße stehen. Das Radio aus meinem letzten Auto haben sie mir gestohlen.«

»Barbaren.« Und dann: »Was stand da auf dem Schild?« Sie waren soeben an einem Straßenschild vorbeigekommen.

»Keine Ahnung.«

»Verdammt, und ich hab' meine Brille nicht dabei. Wo sind wir?«

»Auf der Route 22, in nördlicher Richtung.«

»Ich will nicht nach Norden. Dreh um, sobald's geht.«

»Laß uns zurückfahren«, sagte Laura. »Du hast hier nichts zu suchen, Joe. Die lassen dich sonst nie raus. Und dabei haben Tim und ich sie gerade gefragt, ob du bald rauskommen würdest.«

»Ja, ja, aber geschrieben hat er mir nie. Lüg mich nicht an, Mädel. Die haben doch nicht mal mein Bittschreiben an den Gouverneur geschickt.« Seine Hand krallte sich um ihre Schulter. »Ich fahre nicht zurück, das kannst du dir aus dem Kopf schlagen. Hab' noch nie was von 'ner Route 22 gehört. Fahr weiter geradeaus, bis ich mich wieder auskenne. Ist es denn nicht ein Wunder, daß ich überhaupt hier bin?«

Laura sagte nichts.

Kurzes Schweigen. Dann hatte sie den Eindruck, daß er kicherte. »Der Schlüssel ist immer noch da unter der Stoßstange, wie ich's ihm als Kind beigebracht habe, auch wenn's solche Stoßstangen nicht mehr gibt.«

Laura wußte, wovon er sprach, obwohl sie den Zwischenfall fast vergessen hatte: Als sie sich einmal aus dem Wagen aussperrte, hatte er an die Unterseite der Stoßstange eine kleine Schlüsseltasche gelötet.

»Konzentrier dich auf die Straße, ich komme jetzt nach vorn zu dir.« Er legte eine kleine, kurzläufige Pistole auf den

Beifahrersitz, ein schrecklicher Anblick im fahlen Licht der Armaturen. Am liebsten hätte sie sie gepackt und aus dem Fenster geworfen, aber sie hatte vor der Waffe genausoviel Angst wie vor ihm. Sie machte das andere Fenster auf und schloß es wieder. Er fluchte über die Kopfstütze, während er sich daran vorbeidrückte und mit den Füßen nach vorn auf den Beifahrersitz schlüpfte. Er trug Turnschuhe, eine dünne Hose und einen Pullover. Als er auf dem Sitz kniete, steckte er die Waffe in die Tasche, schob den Rücksitz wieder in die Ausgangsposition und schloß den Kofferraum.

»Die Schweine haben mir nicht mal 'nen Gürtel gegeben für die Hose.« Er zappelte auf dem Sitz herum, eine schlanke, drahtige Gestalt. Eine mörderische Gestalt. Oder doch nicht?

»Ist die Waffe geladen?«

»Ha! Meinst du, ich schlepp' ne Attrappe mit mir rum?« Er kicherte und fing dann richtig zu lachen an. Dabei wippte er auf dem Sitz herum, bis aus dem Lachen ein Husten wurde. Schließlich sagte er: »Du willst sicher wissen, woher ich sie habe, oder?«

»Ich will, daß du sie wegwirfst und mich wieder zurückfahren läßt.«

Sie merkte nicht nur, daß es ihr doch nicht die Sprache verschlagen hatte, sondern auch, daß sie selbst eine starke Waffe hatte, den Honda, der, so sagte Tim immer, mit ihr Pferde stehlen würde. »Hör zu, Joe. Dr. Burns hat mich gefragt, ob diese gälischen Organisationen, die dir immer geschrieben haben, uns unterstützen würden, wenn du bei mir und Tim leben würdest. Glaubst du mir jetzt?«

»Sag das noch mal. Meine Ohren sind verstopft.«

Sie wiederholte ziemlich genau das, was sie gerade gesagt hatte.

»Der verdammte Spion. Der wollte nur Informationen. Hat er das Wort ›gälisch‹ verwendet?«

»Ja«, log sie.

»Und was hast du ihm gesagt?«

»Dazu bin ich gar nicht gekommen. Plötzlich ist der Alarm losgegangen.«

Fast hätte er wieder gelacht, doch er riß sich zusammen. »Und dabei bin ich unschuldig wie ein Baby in meinem Bett gelegen.«

»Ja«, sagte sie.

»Was weißt du denn davon? Nichts. Ich war unterm Bett, und Leroy lag, zusammengerollt wie ein Schwein, unter den Laken.«

Tot? fragte sie sich. Außerdem machte sie sich ihre Gedanken über die Körperkräfte und die Agilität des Mannes neben ihr. Der Pfleger wog schließlich fast hundert Kilo.

»Warum fahren wir den Weg hier? Lies mir die Straßenschilder vor, an denen wir vorbeikommen.«

Laura überging die nächsten Schilder absichtlich. Die Hauptrichtung war zum Taconic Parkway. Sie sagte, es tue ihr leid, und dachte sich eine verzweifelte Strategie aus. Auch das nächste Schild ging in Richtung Taconic Parkway. Sie las vor, was darauf stand, fuhr aber die Straße in die entgegengesetzte Richtung.

»Wie lang dauert's noch, bis wir in der Stadt sind?«

»Zwei Stunden.«

»Bis dahin werden sie mit Hunden nach mir suchen. Gibt's keine Möglichkeit, die Nebenstraßen zu nehmen?«

»Ich kann's versuchen. Wo soll ich dich hinbringen?«

»Nimmst du mich nicht mit nach Hause? Bist du nicht deswegen gekommen? Wird Tim nicht auf uns warten?«

»Gut, Joe, wie du möchtest.« Sie atmete tief durch und packte das Lenkrad fester.

»Ich mach' mich über dich lustig, Mädel. Ist das nicht der erste Ort, an dem sie nach mir suchen würden? Du wirst mich im Stadtzentrum rauslassen, dann verschwinde ich. Ich werd' mir einen schönen Abend in der Stadt machen.« Wieder brach er in hysterisches Lachen aus.

Laura, die sich größte Mühe gab, gleichzeitig auf ihn und die Straße zu achten, fuhr zu schnell auf einen liegengebliebenen Wagen zu, den der Fahrer gerade von der Straße zu schieben versuchte. Sie riß das Lenkrad herum und verfehlte den Mann nur um Haaresbreite. Sie hörte, wie er ihr etwas nachschrie. Sie konnte nur hoffen, daß er sich mit der Polizei in Verbindung setzte. Mit Mühe brachte sie den Honda wieder auf geraden Kurs.

»Das hast du absichtlich gemacht, stimmt's?« sagte der alte Mann. »Fast wär' ich mit dem Schädel gegen die Windschutzscheibe geknallt. Dann hättest du mich auf der Straße liegen lassen und selber nach Vermont oder wo du auch immer hin willst, fahren können.«

»Ich bring' dich nach Hause«, sagte Laura grimmig.

»Immer wieder die gleiche Leier. Hätte ich bloß meine Fiedel mitgebracht. Die wird noch leben, wenn ich schon in der Hölle schmore. Ach, Laura, manchmal wünsche ich mir, ich könnte beten ...«

»Wir könnten zusammen beten«, sagte sie.

»Nicht, wenn du wüßtest, wofür ich beten würde.«

»Wofür?«

»Dafür, daß ich dieses Schwein finden könnte, das Irland für ein paar Pennys verraten hat.«

»Mein Gott ... Nicht, Joe. Irland ist das nicht wert!«

Der alte Mann hörte sie nicht, weil er viel zu sehr mit seinem eigenen Beschluß beschäftigt war. »Wenn ich die Nacht überlebe und morgen bei der Parade mitmachen kann, schick' ich ihn in einem Sarg nach Hause.«

Das würde er sicher nicht schaffen. Aber andererseits hatte er vor siebzehn Jahren auch seinen Mann aufgespürt, nach vierjähriger Suche.

Es hatte fast zu regnen aufgehört, und der Himmel in, wie sie meinte, südlicher Richtung war modrig gelb und pinkfarben. Sie lenkte den Wagen darauf zu.

»Was ist denn das Bunte da vorn?« wollte er wissen.

»New York.«

»Stimmt, der Himmel war auch von der Stadt erhellt, als ich auf der Flucht war. Kannst du nicht schneller fahren?«

Sie beschleunigte, fuhr mit über hundert Stundenkilometern an zwei Autos vorbei und raste mit quietschenden Reifen zwischen einem dritten Wagen und einem entgegenkommenden Laster durch.

»Du bist ein richtiger Barney Oldfield!« rief der alte Mann.

Er reckte den dürren Hals, um sich nach einem Straßenschild umzuschauen. »Wo sind wir jetzt?«

»In der Nähe von Yonkers«, sagte sie. Der Ortsname klang vertraut, auch wenn sie sich kilometerweit davon entfernt befanden.

»Kühe?« fragte Mallory. »Hab' ich da eine Kuh gesehen?«

»Das war bloß eine Werbung«, schwindelte sie ihn an. »Für Bordens Milch.«

»Und besonders viel Verkehr ist auch nicht. Wie spät ist es jetzt?«

»Schau auf die Uhr.« Es war noch nicht sieben.

»Ich seh's nicht. Hast du eine Brille, die ich aufsetzen könnte?«

»Versuch's mit meiner Lesebrille. Meine Handtasche steht auf dem Boden, gleich bei deinen Füßen.«

Er durchwühlte ihre Handtasche, während sie weiterraste in der Hoffnung, die Aufmerksamkeit der Polizei auf sich zu lenken, doch es war praktisch kein Verkehr. Schon bald, so dachte sie, würde sie bei den Wasserspeichern sein, und sie würde langsamer fahren müssen.

»Ich hab' das ganze Geld in den Taschen, das ich in all den Jahren gespart habe«, sagte er. »Wirst du zur Polizei gehen, wenn ich weg bin?«

»Ich weiß es nicht.«

»Wenn du das nicht weißt, wer soll's dann wissen?« Er setzte ihre Brille auf. »Mit der sehe ich überhaupt nichts.« Er steckte die Brille zurück in die Handtasche. »Ich habe mein Leben gelebt, Laura. Die Hälfte davon war ein Traum, die andere Hälfte Horror. Du würdest mir doch nicht einen letzten Triumph mißgönnen, oder?«

»Und was ist mit Leroy?«

»Leroy. Was soll schon mit ihm sein?«

»Hat er dir geholfen zu entkommen?« Eigentlich wollte sie fragen, ob er ihn umgebracht hatte.

»Nicht freiwillig. Der wird schlafen, bis sie ihn aufwecken. Ich habe ihn gezwungen, alle Pillen zu schlucken, die ich hatte.« Mallory warf lachend den Kopf in den Nacken. »Mein Gott, der wird 'ne ganze Woche nicht aufwachen, und dann schicken sie ihn nach Sing Sing zurück, wo er herge-kommen ist... Das Schwein wird mir fehlen.« Und nach einer Weile fügte er hinzu: »Nein, ich werde *ihm* fehlen.«

»Geh zurück, solange es noch geht«, flehte Laura ihn an. An der nächsten Kreuzung fuhr sie mit quietschenden Reifen nach rechts. Der Wagen hinter ihr mußte bremsen. Sie hatte ein Stoppschild mißachtet und ihn geschnitten. Er würde den Wagen nicht zum Stehen bringen können. Wie durch ein Wunder gelang es ihr, den Honda auf die linke Spur zu brin-gen, wo ihr ein Auto entgegenkam. Der Wagen schoß hupend auf der Beifahrerseite an ihr vorbei. Er schickte sich an stehen zu bleiben, fuhr aber dann doch weiter. Laura bog wieder auf die rechte Spur.

»Tim täuscht sich«, sagte der alte Mann. »Der Wagen ist toll.«

Sie schwiegen beide eine Weile, während sie auf der kurvi-gen, schartigen Straße dahinfuhren. Ihnen kamen nur wenige Autos entgegen, aber im Rückspiegel sah Laura einen Polizei-wagen herannahen. Sie wußte nicht so recht, was sie machen sollte, doch bevor sie sich entscheiden konnte, war es bereits zu spät. Der Wagen fuhr mit schriller Sirene an ihnen vorbei. »Und wo fahren wir jetzt hin?« fragte der alte Mann.

Laura gab ihm keine Antwort. Sie hatte ein wenig verlang-samt, um den Streifenwagen vorbeizulassen, und dabei die Aufschrift BUNDESPOLIZEI, HUNDESTAFFEL darauf ge-lesen.

Schon bald sahen sie, wie der Himmel vor ihnen heller wurde, von Alarm und Suchmannschaften kündete. Der eiserne Zaun ragte im Scheinwerferlicht vor ihnen auf, als wachse er direkt aus dem Boden. »Jetzt weiß ich, wo wir sind«, sagte der Mann und schaukelte eine Weile auf dem Sitz hin und her. »Setz mich hier ab«, befahl er ihr, »und dann mach, daß du wegkommst.«

Laura hielt an. Das Innenlicht ging an, als er die Tür öff-nete. Er sah die beiden Schachteln Pralinen auf dem Rücksitz. »Gehört eine von denen da mir?«

Eine Stunde später blieb Laura in der Nähe der Grenze zu

Massachusetts stehen, um Tim und ihre Tante Mattie anzurufen. Als sie Geld aus ihrer Handtasche holen wollte, fand
sie eine kurzläufige Pistole. Sie hatte einen geschnitzten Holz-
griff und war hochglanzpoliert. Außerdem fand sie ein Bündel Dollarscheine, die von einem Gummi zusammengehalten
wurden.

Andrea Smith

Eine mörderische Lektion

Ariel Lawrence hatte sich geschworen, diesmal alles anders zu machen. Sie hatte sich geschworen, sich nicht wieder vereinnahmen zu lassen. Und doch schleppte sie sich nun nach neun abends die hintere Treppe des Polizeireviers hoch, obwohl sie hundemüde war nach fünf Zwölf-Stunden-Schichten. Und sie würde noch weitere zwei Stunden arbeiten müssen, wenn sie einen gründlichen Bericht abliefern wollte. Warum, so fragte sie sich, machte sie das eigentlich alles, obwohl man sie immer wieder vom Dienst suspendierte und ihr allen möglichen Mist aufhalste? Tja, sie war verrückt, das war's. Verrückt.

Vielleicht würde sie heute abend nicht ganz so sorgfältig arbeiten wie sonst. Vielleicht würde sie es schaffen, wie alle andern auch nur die Hauptpunkte darzulegen, und dann ...

»Lassen Sie mich los! Die haben mein Baby umgebracht, und Sie wollen nichts unternehmen. Lassen ... Sie ... mich!«

Schreie gellten durch die abendliche Stille, als Ariel am oberen Ende der Treppe anlangte. Sie blieb stehen. Nur ein paar Schritte entfernt versuchte die zierliche schwarze Frau, die diese Worte ausgerufen hatte, sich dem Griff zweier Uniformierter zu entwinden. Sie öffnete den Mund zu einem weiteren Schrei, doch einer der Beamten, ein großer, stämmiger Mann mit Bürstenschnitt, hielt ihn ihr zu und verdrehte ihr den Arm. Der schwere Wollmantel, den sie zum Schutz gegen die bittere Chicagoer Februarkälte trug, ging auf und rutschte ihr über die eine Schulter. Der babygesichtige Kollege des stämmigen Beamten hielt den anderen Arm der Frau fest. Wegglin, der an der Rezeption Dienst hatte, stand mit versteinertem Gesicht und verschränkten Armen da, als beobachte er die ganze Sache im Fernsehen und nicht in der Realität.

Die Frau hatte eine Kämpfernatur; so leicht gab sie sich nicht geschlagen. Sie versetzte dem Babygesichtigen mit dem

Stiefel einen Tritt gegens Schienbein und riß sich von ihm los. Der Stämmige verdrehte ihr den Arm noch mehr und drückte ihr das Bein ins Kreuz. Ariel konnte das nicht mehr länger mitansehen. Die Wut trieb sie voran.

»Aufhören!«

Die Beamten sahen sie mit finsterem Gesicht an, und der Stämmige herrschte sie an: »Kümmern Sie sich um Ihre eigenen Angelegenheiten, Lady!«

Ariel zückte ihre Dienstmarke. »Das hier sind meine Angelegenheiten« – dabei warf sie einen Blick auf sein Namensschild – »Rogers. Und Sie, mein Freund, werden es noch bereuen, daß Sie so mit einer Vorgesetzten geredet haben.«

Die Uniformierten sahen einander erstaunt an. Wenn Ariel nicht so wütend darüber gewesen wäre, wie sie mit der Frau umgesprungen waren, hätten sie sich vielleicht über ihre Reaktion amüsiert. Sogar Streifenpolizisten dachten noch, alle Kriminalbeamten seien groß, weiß und männlich – nicht eine einssiebenundfünfzig große Frau mit schokoladenbrauner Haut und Haaren, die ihr in schweren Locken bis zur Schulter reichten.

Die Frau wehrte sich immer noch. »Bitte helfen Sie mir! Sie haben mein Baby umgebracht! Ach, Chloe!«

»Ich würde sagen, Sie lassen sie los«, sagte Ariel.

Rogers' Griff lockerte sich. »Ah, Detective ... wir ...«

»Lassen Sie sie los!« wies Ariel ihn an.

Er ließ den Arm der Frau los. Ariel beugte sich zu ihr vor. »Alles in Ordnung, Ma'am?«

Die Frau rieb sich wimmernd die Schulter. »Mein Baby ... mein Baby.«

Ariel richtete sich wieder auf. »Wie wär's, wenn Sie mir einen Besuch bei Ihrem Vorgesetzten ersparten?«

Die Uniformierten sahen einander an; Ariel wußte, was sie dachten. Mußten sie dieser winzigen Frau wirklich etwas erklären, auch wenn sie einen höheren Dienstgrad als sie selbst bekleidete? Rogers besann sich auf eine ausgesprochen männliche Geste: Er zog seine Hose am Bund hoch. Diese Geste, das hatte Ariel schon längst begriffen, war im X-Chromosom angelegt.

» Wir befolgen nur unsere Befehle «, sagte er.

» Wessen Befehle und warum? «

Er nagte eine Weile an seiner Unterlippe. Schließlich sagte er: » Sie wartet seit halb fünf auf Detective Donnelly, aber er ist nichts ins Revier gekommen. Ich habe ihn per Piepser gerufen, und er hat Befehl gegeben, sie aus dem Revier zu entfernen «, sagte Rogers.

» Seit halb fünf! Sie hat vier Stunden gewartet, und er sagt einfach, Sie sollen sie auf die Straße setzen? Was für ein Polizist. «

Orville Donnelly gehörte ihrer Einheit an und war ein klassischer Eiferer. Er haßte Schwarze. Und Hispanos. Und Juden. Und Frauen.

Rogers zuckte mit den Achseln. » Ich stelle keine Fragen. Ich befolge nur meine Befehle. «

» Das haben Sie bereits gesagt. Dann werde ich es also Ihrem Vorgesetzten melden «, sagte Ariel und entließ die beiden. » Ma'am, würden Sie sich gern über den Vorfall unterhalten? «

Die Frau nickte fast unmerklich.

Da Ariel den wütenden Blick der beiden anderen Beamten im Rücken spürte, brachte sie die Frau in ein leeres Vernehmungszimmer. » Kann ich Ihnen etwas zu trinken bringen? Einen Kaffee? Eine Cola? «

» Nur ein Wasser, bitte «, keuchte die Frau.

Ariel machte sich auf den Weg, um das Wasser zu holen. Als sie zurückkam, hatte die Frau die Arme auf dem Tisch verschränkt und den Kopf darauf gelegt.

» Hier, bitte «, sagte Ariel, die es bedauerte, daß sie diesen kurzen Augenblick der Entspannung stören mußte.

Die Frau hob den Kopf mit feuchten Augen. » Danke. « Sie nahm das Glas, setzte es an die Lippen und trank einen Schluck. » Danke «, sagte sie noch einmal.

Ariel setzte sich auf die andere Seite des Tisches. Die Frau war in jungen Jahren hübsch gewesen, das konnte sie sehen. Doch jahrelange harte Arbeit und viele Kämpfe hatten ihre Schönheit in etwas Funktionales verwandelt. Die grauweiß melierten Haare – das Weiß überwog – waren in Form eines einfachen Pagenkopfes geschnitten. Sie trug kein Make-up.

»Ich bin Detective Ariel Lawrence. Sind Sie in der Lage, mir zu erzählen, was mit Chloe passiert ist?«

Es dauerte eine Weile, bis die Frau etwas sagte. Ihre Lippen begannen zu zittern, und wieder traten ihr Tränen in die Augen. »Mein Baby sollte auch mal jemand werden«, sagte sie und fing an zu schluchzen.

Ariel wartete, bis sie sich wieder etwas beruhigt hatte. »Wie heißen Sie, Ma'am?«

»Sondra Love«, schniefte sie. »Chloe war meine älteste Tochter. Sie war ein gutes Mädchen. Wirklich ein gutes Mädchen.«

Ariel hätte viel darum gegeben, ihr die nächste Frage nicht stellen zu müssen. »Wie ist sie ums Leben gekommen?«

Wieder Schluchzen.

Wieder wartete Ariel.

»Sie ist vor ungefähr drei Wochen auf der Forty-seventh Street gestorben«, sagte Mrs. Love schließlich. »In einem leerstehenden Gebäude. Ich habe ihnen gesagt, daß meine Chloe niemals von allein in eine solche Gegend gehen würde.«

Sie hob stolz den Kopf. »Mein Baby hat an der City University studiert. Sie wollte Anwältin werden und später Richterin. Sie war ein gutes Mädchen. Sie haben gesagt, sie war zur falschen Zeit am falschen Ort. Sie ist erschossen worden, weil sie etwas getan hat, das sie nichts anging. Aber mein Baby ist auf die Schule gegangen und hat studiert. Ich bin Witwe, aber ich hab' zwei Jobs gemacht, damit Chloe keine Hamburger verkaufen mußte, um sich das Schulgeld zu verdienen. Damit sie sich darauf konzentrieren konnte, gute Noten zu bekommen. Das einzige, was ich ihr erlaubt hab', war, daß sie als Aushilfslehrerin gearbeitet hat, weil sie gesagt hat, sie braucht Lehrerfahrung. Das gehörte sozusagen zum Studium. Wenn man schwarz und obendrein noch eine Frau ist, muß man zwanzigmal so viel wissen, um nach oben zu kommen.«

Ariel lächelte, weil sie an ihre eigenen Auseinandersetzungen mit Sergeant Mancuzek denken mußte.

Mrs. Love verschränkte die Arme vor der Brust und wippte auf ihrem Stuhl vor und zurück. »Sie hat jeden Abend gearbeitet. Hausaufgaben oder irgendwelche Artikel für die Zeitung. Man hätte meinen können, daß sie Carole Simpson ist. Und jetzt suchen die nicht mal nach dem Schwein, das mein Baby umgebracht hat.«

»Haben Sie sich überhaupt mit Detective Donnelly unterhalten?«

Mrs. Love warf den Kopf in den Nacken. »Ja, doch, ich hab' schon mit ihm gesprochen, aber ich schäme mich, das zu wiederholen, was er gesagt hat. Er hat gelacht und gesagt, ›was für ein hübsches Ding, schade, daß ich die nicht mehr vernaschen konnte, bevor sie gestorben ist‹. Das hat er mir ins Gesicht gesagt, als ich meine tote Chloe angesehen habe!

Denen hat sie nichts bedeutet«, fuhr Mrs. Love fort, den Blick auf die Wand gerichtet. »Sie war bloß eine kleine Schwarze, für die sie nicht ihre wertvolle Zeit verschwenden wollen.«

Dann sah sie Ariel wieder an. »Können Sie mir helfen? Können Sie herausfinden, wer mein Baby umgebracht hat?«

Ariel zuckte innerlich zusammen. Sie spürte Mrs. Loves Schmerz; Ariel war selbst erst fünfzehn gewesen, als ihr Vater eines gewaltsamen Todes gestorben war. Aber Mancuzek hatte ihr so viel Arbeit aufgehalst, daß sie ohnehin kaum damit fertig wurde. Außerdem war ihre letzte Suspendierung vom Dienst erst vor einer Woche zu Ende gegangen, die dritte, zu der er sie verdonnert hatte, weil sie Fälle bearbeitete, die ihr nicht zugewiesen worden waren. Da war es nicht wichtig, daß sie in jedem davon erfolgreich gewesen war. Mancuzek interessierte es mehr, daß seine Leute sich an die Vorschriften hielten, als daß sie Morde aufklärten.

»Mrs. Love«, sagte Ariel, »Ihr Fall wird bereits bearbeitet. Ich kann ihn nicht einfach übernehmen.«

»Die machen sich überhaupt nichts draus, was aus meinem Baby geworden ist. Ich habe so oft angerufen ... und Sie haben ja selber gesehen, wie sie mich behandelt haben, als ich hierher gekommen bin. Die werden nichts unternehmen.« Mrs. Loves Stimme klang flehend.

»Tut mir leid«, sagte Ariel. Auch sie flehte ihr Gegenüber

an – Verständnis für sie zu haben. »Wir müssen uns an gewisse Regeln halten. «

Mrs. Love sah Ariel mit nüchternem Blick an. Dann stand sie auf und knöpfte ihren Mantel zu, um sich gegen die Kälte zu schützen. »Tja dann, danke, Ms. Lawrence«, sagte sie enttäuscht und ging mit hocherhobenem Kopf langsam zur Tür.

Der Gedanke an Mrs. Loves Tränen ließ Ariel in jener Nacht nicht schlafen. Sie wußte, daß sie erst dann zur Ruhe kommen würde, wenn sie zumindest einen Blick in die Akte geworfen hatte. Also sah sie sich die Akte am nächsten Morgen nach dem Appell an.

Jetzt wurde ihr klar, was für eine hübsche Frau Mrs. Love früher gewesen war. Das Foto von Chloe, das Ariel in der Akte fand, hätte Mrs. Love im Alter von zwanzig Jahren zeigen können – eine schöne junge Frau mit reiner, muskatnußfarbener Haut, glänzenden, mandelförmigen Augen und frechem Lächeln.

Im traurigen Gegensatz dazu war auf dem Tatortfoto eine Leiche zu sehen, die von zehn Kugeln aus einer halbautomatischen Waffe durchsiebt worden war. Ariels Brust verkrampfte sich, und sie unterdrückte die Tränen, die ihr in die Augen traten. Nun war sie schon sieben Jahre lang bei der Polizei und verstand immer noch nicht, wie jemand einen anderen Menschen umbringen konnte.

Zwei Brüder im Alter von acht und neun Jahren hatten an jenem Morgen auf dem Weg zur Schule einen Umweg gemacht, um in dem Gebäude zu spielen, und Chloes Leiche gefunden. Ihre Mutter Debra Green hatte die Polizei angerufen. Es gab keinen Laborbericht über den Tatort. Und keine Berichte von der Obduktion oder aus der Ballistik. Und auch keine Befragungen von Chloes Familie oder Studienkollegen.

Was für eine Ironie, dachte Ariel. Mrs. Green hatte ihre Pflicht getan, aber Donnelly hatte sich nicht die geringste Mühe gegeben.

Ariel nahm das Tatortfoto und ging zu dem Raum mit den Beweisstücken im unteren Geschoß. »Wie geht's, Kornfein?« fragte sie den Uniformierten am Schreibtisch.

»Wenn's noch ein bißchen besser ginge, wär's nicht mehr zum Aushalten«, sagte er trocken.

Ariel kicherte. »Na, die Babys halten Sie wohl auf Trab in der Nacht, was?«

Kornfein strahlte über das ganze runde Gesicht. Er und seine Frau waren gerade dabei, sich an ihre einen Monat alten Zwillinge zu gewöhnen. Kornfein holte seine Brieftasche mit einem Foto der beiden Jungen heraus. »Sind Sie nicht süß?«

Zwei feiste Gesichter und zwei mal zwei himmelblaue Augen starrten sie an. »Genau wie ihr Papa«, scherzte Ariel.

Kornfein steckte strahlend die Brieftasche wieder ein. »Was führt Sie heute morgen hier in mein Schloß?«

»Ich möchte die Beweisstücke für den Chloe-Love-Fall einsehen, der hat die Nummer 231264.«

»War das an der Forty-seventh Street?«

»Genau«, sagte Ariel.

»Ich bin gleich wieder da.«

Kornfein verschwand zwischen den Regalen, und ausgerechnet in diesem Augenblick tauchte Donnelly auf.

»Jetzt erzählen Sie mir bloß nicht, daß Sie heute arbeiten, Lawrence«, witzelte er und watschelte mit seinen dreihundert Pfund Lebendgewicht zum Schreibtisch.

»Für Sie dürfte das auch eine neue Situation sein, Donnelly, und dabei waren Sie gar nicht vom Dienst suspendiert.«

»Ha. Sie riskieren immer noch 'ne kesse Lippe. Irgendwann mal werden Sie mehr kriegen als bloß 'ne Suspendierung vom Dienst.«

Kornfein kam mit der Akte zurück. »Tja, da wären wir, Lawrence.«

Ariel versuchte, die Akte an sich zu nehmen, bevor Donnelly ahnte, worum es sich handelte, doch er sah das Schildchen daran und packte sie.

»Moment mal. Das kommt mir irgendwie bekannt vor.« Er las das Schildchen. »Das ist doch mein Fall! Was schnüffeln Sie schon wieder in meinem Fall herum?«

Verdammt, dachte Ariel. Genau der richtige Augenblick. Sie sah Kornfein an, der sich nervös die Schläfe rieb. Wahrscheinlich dachte er an die Zwillinge, für die er den Lebensunterhalt verdienen mußte. Sie beschloß, sich mit Donnelly von Polizistin zu Polizist zu unterhalten.

»Hören Sie zu, Donnelly ...«

»Nein, jetzt hören *Sie* mal zu, Mädel. Wenn Sie die Nase in meinen Fall stecken, geh' ich damit zum Sergeant.«

Ariel hätte ihm am liebsten erklärt, daß irgend jemand die Nase in seinen Fall stecken mußte, weil er selbst es nicht tat. Wie konnte jemand nur so widerwärtig sein?

Sie schob Kornfein die Akte wieder hin.

Da Donnelly ihr den Einblick ins Beweismaterial verwehrt hatte, ging Ariel in die Gerichtsmedizin. »Tja, der Tod ist irgendwann zwischen halb sieben und halb elf abends eingetreten«, sagte Robert Holifield. Ariel befand sich in seinem Büro in der Leichenhalle.

»Das ist aber nicht sonderlich genau«, sagte sie. »Können Sie das nicht exakter eingrenzen?«

»Ich habe ihre Leiche erst am nächsten Morgen untersuchen können«, sagte Holifield in einem Tonfall, der ziemlich klar ausdrückte, was er über den Fall dachte. Holifield war klein, hatte dichtes weißes Haar und trug eine dicke bifokale Brille. Er war schon seit zwanzig Jahren der oberste Gerichtsmediziner der Stadt. Und seit Ariel für die Polizei arbeitete, hatte sie von ihm immer wieder die gleiche Klage gehört.

»Sie rufen mich nie, wenn sie es eigentlich sollten, und dann erwarten sie Wunder von mir«, sagte Holifield. »Ich habe den Zeitpunkt des Todes anhand der Totenstarre ermitteln müssen. Deshalb kann ich Ihnen keine genaueren Angaben machen.«

Er warf einen Blick auf das Foto. »Eine schöne junge Frau. Schade drum.«

»Könnten Sie mir sonst noch was sagen? Der Fall hier setzt schon bald Moos an, und ich habe nicht den geringsten Hinweis.«

Er schüttelte den Kopf. »Tja, fürchte, mehr weiß ich nicht.«

»Keine weiteren Verletzungen?«

Holifield schüttelte wieder den Kopf. »Nein. Sie wurde nicht vergewaltigt und auch nicht zusammengeschlagen.« Er reichte ihr eine Akte. »Nehmen Sie die doch bitte für mich mit. Donnelly hat sie nie abgeholt.«

Die 47th Street ähnelte unzähligen anderen Straßen in Chicago. In den sechziger Jahren hatten dort noch die Geschäfte und Theater der Schwarzen floriert. Ariels Tante Lea erzählte oft, wie sie und Ariels Mutter in das Regal Theater Ecke 47th/South Park Way gingen, der jetzt King Drive hieß, und sich immer wieder die besten Sachen von Motown – die Miracles, die Temptations – ansahen. Damals konnte man mit einem Ticket den ganzen Tag im Regal bleiben. Doch jetzt war die 47th Street nur ein weiterer Schandfleck innerhalb der Stadt, gegen den die Politiker nichts unternommen hatten. Von der State Street bis Cottage Grove war jedes zweite Gebäude der 47th Street nur noch so etwas wie ein Loch in der Landschaft, die die Politiker geschaffen hatten.

Das verlassene Gebäude, in dem Chloes Leiche gefunden worden war, war früher einmal ein Kaufhaus gewesen. Es nahm die ganze Ecke für sich ein. Ariel trat durch ein ehemaliges Schaufenster auf der Seite der 47th Street. Sie schaltete ihre Taschenlampe ein, damit sie in den Schatten, die der Winter auch während des Tages warf, besser sehen konnte.

Eine Windböe pfiff durchs Haus. Ariel stemmte sich, das Gesicht abwendend, dagegen. Sie wartete, bis der Wind nachgelassen hatte, dann holte sie das Tatortfoto heraus, um leichter feststellen zu können, wo sich die Polizeimarkierungen befunden hatten – falls es überhaupt welche gegeben hatte. Vorsichtig trat sie über Ziegel, Holz und Flaschen und näherte sich dem Ort, an dem Chloe entdeckt worden war.

»Das ist lächerlich«, murmelte sie leise vor sich hin, als sie zwanzig Minuten später immer noch herumsuchte. »Warum haben die keine Fotos von den Blutstropfen gemacht? Das ist ja schlimmer, als nach der sprichwörtlichen Nadel im Heuhaufen zu suchen.«

Dann verließ sie das Gebäude angewidert und ohne einen Anhaltspunkt.

Ariel ging beide Straßenseiten drei Häuserblocks weit von dem Gebäude ab, in dem Chloe Loves Leiche gefunden worden war. Sie sprach mit allen Ladeninhabern. Sie entdeckte einen Schnellimbiß namens Sam und einen winzigen, überteuerten Lebensmittelladen. Dann kam sie an einem Schnapsladen vorbei, vor dem die Menschen Schlange standen, um Lotterielose zu kaufen. Sie unterhielt sich mit den Leuten, die an den Straßenecken herumlungerten. Wenn Ariel den Personen Glauben schenken konnte, mit denen sie geredet hatte, war die Nacht, in der jemand zehn Kugeln auf Chloe Love abgefeuert hatte, in der 47th Street so ruhig gewesen wie ein Sonntag in der Kirche.

Die Bäume auf dem Gelände der City University waren mit ihrem Kleid aus Eis und Schnee atemberaubend schön. Aus diesem Kokon des Reichtums, der sich inmitten einer der ärmsten Gegenden der Stadt befand, waren Nobelpreisträger und gefeierte Autoren hervorgegangen. Und hätte man Chloe Love nicht umgebracht, hätte sie der Universität wahrscheinlich als begabte Anwältin alle Ehre gemacht.

Ariel besorgte sich eine Liste von Chloes Professoren und Aktivitäten. Chloe hatte 3,8 Notenpunkte von 4 möglichen erreicht. Sie hatte für die Studentenzeitung geschrieben, einem Mitstudenten unter die Arme gegriffen und dann noch Zeit gefunden, als Assistentin für einen Professor zu arbeiten.

Der Professor hieß Michael Trenton, und er unterrichtete Strafrecht. Ariel fand ihn in einem kleinen, engen Büro, auf dessen Schreibtisch sich Papiere türmten. Er war jünger, als Ariel erwartet hatte, Anfang Vierzig, stämmig, und hatte blondes Haar, das ihm in die Stirn fiel. Mit seiner khakifarbenen Hose, seinem blauen Jeanshemd und der bedruckten Baumwollkrawatte wirkte er eher wie ein Zeitungsreporter, doch er strahlte so etwas wie gelehrsame Ruhe aus.

»Das hier ist einer der Gründe, warum ich sie vermisse«, sagte er und hob einen Stapel Papiere hoch. »Chloe hat immer meine Unterlagen in Ordnung gehalten.«

Er begann, die Unterlagen in eine braune Aktentasche zu stopfen. »Macht's Ihnen was aus, mich zum Parkplatz zu begleiten, während wir uns unterhalten? Ich habe einen Termin.«

»Aber nein«, sagte Ariel.

Trenton machte die Tür für sie auf, ging hinter ihr hinaus und wandte sich um, um die Tür zu verschließen. Dann trotteten sie einen schmalen Flur entlang.

»Chloe war eine der intelligentesten und fleißigsten Studentinnen, die ich je gehabt habe«, sagte er. »Sie war wie ein Schwamm; sie hat versucht, so viel Wissen wie möglich aufzusaugen. Und sie hat geglaubt, daß die Gerechtigkeit immer siegt. Das ist heutzutage etwas Seltenes. Viele von uns halten nicht mehr an diesem kindlichen Optimismus fest.«

Auf dem Parkplatz blieb Trenton vor einem roten Sportwagen stehen.

»Wie lange hat sie für Sie gearbeitet?«

»Sie hat im September als Assistentin bei mir angefangen. Normalerweise hat sie am Montag-, Mittwoch- und Freitagnachmittag drei Stunden lang für mich gearbeitet. Sie hat sich die Prüfungen angeschaut und meine Berichte auf dem laufenden gehalten. Sie hat dafür gesorgt, daß immer alles in Ordnung war. Wir sind alle entsetzt über das, was passiert ist.« Er machte die Tür des Wagens auf und stieg ein. »Sie hatte ein wirklich gutes Leben vor sich. Wenn's jemand nicht verdient hat zu sterben, dann Chloe.«

Als Ariel sich mit den anderen Professoren unterhalten hatte, war es bereits nach drei – die Deadline bei der *City Weekly*, wo die junge Journalistin gearbeitet hatte. Die Leute von der Zeitung huschten in der Nachrichtenredaktion herum wie Ratten, die den Ausgang eines Labyrinths suchen. Sie ging zu einer Frau mit rotbraunen Haaren, die ihr bis über die Taille reichten. Die Frau hob fragend den Blick von der Computertastatur. Ariel sagte: »Ich bin von der Chicagoer Polizei. Kann ich mit dem Redakteur sprechen?«

Die junge Frau hielt einen Augenblick inne, um Ariel zu mustern.

»Und – kann ich?« fragte Ariel noch einmal.

»Das Büro der Redakteur*in* ist da hinten.« Die junge Frau

deutete mit dem Kopf nach hinten und wandte sich wieder ihrem Computer zu.

Die Redakteurin, eine große, schwarze Frau mit kurzem, krausem Haar, saß dicht bei einem kleingewachsenen Mann mit fleckiger Haut.

»Das Foto hier sieht aus, als hätte es meine kleine Schwester gemacht, Arthur. Es ist zu körnig. Nimm Pete mit und sieh zu, daß du Professor Wickham noch mal vor die Linse kriegst.«

Arthur verzog das Gesicht. »Diese Primadonna. Über glühende Kohlen laufen wäre leichter.«

»Kann sein, aber Cartwright macht uns zur Schnecke, wenn wir das hier drucken.«

Arthur seufzte, nahm die Fotos und hastete an Ariel vorbei.

Die Redakteurin verdrehte die Augen zur Decke. »Fotografen«, sagte sie. »Sind Sie wegen dem Reporterjob da?«

Ariel lächelte. Sie hatte schon eine ganze Weile kein solches Kompliment mehr bekommen. »Nun, ich bin tatsächlich wegen einem Reporter da.«

Die Frau sah sie fragend an. Ariel zeigte ihr ihren Ausweis.

»Ich beschäftige mich gerade mit den Mord an Chloe Love...«

»Ein bißchen spät, was... Schwester?« herrschte die Frau sie an.

Ihr verändertes Verhalten erstaunte Ariel. »Was meinen Sie damit?«

»Es ist jetzt drei Wochen her, daß Chloe umgebracht wurde. In Ihrem Job ist das gleichbedeutend mit drei Jahren.«

»Sie kennen sich aus in meinem Job?«

Die großgewachsene Frau zuckte mit den Achseln. »Ich hab' Kurse über Strafrecht gemacht. Ein paar davon zusammen mit Chloe.«

»Also hat sich bis jetzt niemand mit Ihnen über Chloe unterhalten?« Ariel kannte die Antwort, aber sie wollte ganz sichergehen.

»Keine Menschenseele. Chloe war ein guter Kerl. Sie hätte eine tolle Reporterin abgegeben oder eine tolle Richterin, je nachdem, wofür sie sich entschieden hätte. Aber wen interessiert das schon. Schließlich war sie nur eine ...«

»Sagen Sie das nicht. Genau deswegen bin ich hier. Ihre Mutter hat mich gebeten, Chloes Mörder zu finden, und genau das habe ich vor. Vielleicht können Sie mir helfen.«

Sie sahen einander an. Ariel streckte ihr die Hand hin. »Detective Ariel Lawrence.«

Die Frau zögerte ein paar peinliche Sekunden lang, bevor sie die Hand ergriff. »Eva Phillips.«

»Können Sie mir sagen, wer mit Chloe befreundet war? Könnte es sein, daß sie mit irgendwelchen zwielichtigen Geschäften zu tun hatte?«

Eva schüttelte nachdrücklich den Kopf. »Doch nicht Chloe. Die hat keine krummen Sachen gemacht Sie hat sich immer für Dinge eingesetzt, die sie gut fand.«

»Und ihr Privatleben? Hatte sie einen Freund?«

Eva zuckte mit den Achseln. »Ich glaube nicht. Sie ist dreimal die Woche hierhergekommen, um an ihren Artikeln zu arbeiten. Wir sind nicht zusammen auf Feste gegangen oder so; wir waren beide zu sehr damit beschäftigt, unsere Scheine zu machen, deshalb haben wir uns praktisch nur hier gesehen.«

Ariel dachte einen Augenblick nach.

»Und was ist mit ihren Artikeln? Könnten die zu Problemen geführt haben?«

Eva lachte, ein lautes, tiefes Lachen. »Machen Sie Scherze? Wir sind hier nicht bei der *Washington Post*. Wir schreiben nichts, was – in den Worten meines Tutors – keine positive Darstellung dieser prestigeträchtigen Institution wäre.«

Sean O'Hallihan war ein sommersprossiger Student im zweiten Unijahr mit dichtem, karottenrotem Haar. Chloe hatte ihm dabei geholfen, seine Englischnote von einer Vier auf eine Zwei zu verbessern.

»Sie war cool«, sagte er. »Richtig cool.«

»Haben Sie beide sich jemals über etwas anderes als Englisch unterhalten? Haben Sie irgendwann mal einen ihrer Freunde gesehen oder getroffen?«

Sean betrachtete seine grauen Nike-Schuhe. »Nicht richtig. Ich weiß, daß sie mit einem Kerl zusammen war. Ich hab' sie einmal mit ihm gesehen.« Das klang bedauernd. Er senkte den Kopf und musterte die roten Nike-Zeichen auf seinen Schuhen. War Sean O'Hallihan in Chloe verliebt gewesen?

»Er war ziemlich groß und dünn.«

»Hat er hier studiert?«

Endlich hob Sean den Blick. »Ich hatte ihn hier schon mal gesehen, ja.« Er rümpfte die Nase, als rieche er etwas Unangenehmes. »Aber seinen Namen weiß ich nicht.«

»War Chloe so wie immer, als Sie sie das letzte Mal gesehen haben?«

Sean zuckte mit den Achseln. »Ich glaub' schon. Wir sind nicht richtig zum Reden gekommen.«

»Sie waren wohl zu beschäftigt, endlich die Eins zu bekommen, was?«

»Sie hat gesagt, sie muß früher weg.« Wieder sah er seine Nike-Turnschuhe an. »Ich hab' mir gedacht, sie ist verabredet oder so.«

Mrs. Love führte Ariel mit müden Augen in das Schlafzimmer ihrer Tochter. »Ich hab' mich noch nicht dazu durchringen können, ihre Sachen wegzuräumen.« Sie sagte das fast so, als mache das eine schlechte Mutter aus ihr.

»Das kann ich verstehen, Mrs. Love«, versicherte Ariel ihr, höchst erfreut darüber, daß Mrs. Love nichts angefaßt hatte, denn so erhöhten sich ihre Chancen, einen Hinweis darauf zu finden, warum Chloe gestorben war. Mrs. Love ließ Ariel allein, während diese das Zimmer mit Gummihandschuhen durchsuchte. Chloe hatte die typische Kleidung einer College-Studentin: Jeans, Jeans und noch mal Jans. Sie trug ein Imitat von Fred Haymans Parfüm 273 und hörte En Vogue und Salt-N-Peppa.

Und sie war ordentlich. Ihre Bücher und Aufzeichnungen befanden sich, nach Kursen sortiert, auf einem Stahlregal mit drei Fächern. Ariel durchsuchte alles sorgfältig nach Notizen, die sich vielleicht zwischen den Seiten verfangen hatten. Dann schaute sie in die Schubladen. Vielleicht hatte Chloe ein Tagebuch geführt. Als Ariel nach drei Stunden noch immer nichts gefunden hatte, gab sie auf. Ihre einzige Hoffnung waren nun die Beweisstücke im Revier. Sie kehrte gegen halb acht zurück, weil sie wußte, daß Donnelly so spät nicht mehr da sein würde. Wilson hatte Dienst und erwies sich als sehr kooperativ. Ariel ging mit den Beweisstücken in ein Vernehmungszimmer.

Chloe hatte Jeans, ein weißes Sweatshirt und eine hellblaue Sportjacke getragen. Jacke und Sweatshirt waren von Kugeln durchsiebt und von Chloes Blut verklebt. Ariel warf einen Blick in Chloes Stofftasche und fand das Lehrbuch darin, mit dem sie Sean an jenem Abend unterrichtet hatte. Und ihre Unterlagen über Politologie.

Als nächstes suchte Ariel in Chloes schwarzem Beutel. Make-up. Kamm und Bürste. Eine Brieftasche mit zehn Dollar und ein bißchen Kleingeld. Und ...

Ein Kalender und ein Adreßbuch.

Chloe hätte eine gute Detektivin abgegeben, denn sie hatte über jeden Tag ihres Lebens Buch geführt. Bis zu dem Mittwoch, an dem sie die Nachhilfestunde vorzeitig abgebrochen hatte. In verschnörkelter Schrift hatte sie geschrieben: *Treffen mit Anthony, 18.30 Uhr. 7723 West 22nd Street. Berwyn.*

Anthony? Berwyn?

Chloe würde nie in das Viertel um die Forty-seventh Street gehen, hatte Mrs. Love gesagt. Warum also traf sich diese junge Schwarze in einem Vorort, in dem Donnelly sicher gern gewohnt hätte, wenn sein Beruf es nicht verlangte, daß er in der Stadt lebte, mit einem Mann?

Ariel steckte das schwarze Büchlein in eine Plastiktüte und dann in ihre Handtasche. Wilson gab sie den Rest.

Am nächsten Morgen suchte Ariel die Telefonnummer heraus, die zu der Adresse gehörte. Als sie anrief, meldete sich jemand mit: »Rileys Waffengeschäft.«

»Waffengeschäft?« Sie kam sich ziemlich dumm vor, weil sie das, was er gesagt hatte, wiederholte.

»Ja, kann ich Ihnen behilflich sein?«

»Nein, danke. Ich glaube, ich habe mich verwählt.« Sie legte auf.

Jetzt war Ariel nicht nur verwirrt, sondern verblüfft.

Hinter der Theke stand ein hagerer Weißer in Holzfällerhemd und Blue jeans, die so ausgewaschen waren, daß man die Farbe kaum noch erkennen konnte. Der weiße Bilderbuchamerikaner. Wahrscheinlich hatte er zu Hause Felle und Geweihe an den Wänden.

Er sah Ariel mit kalten, grauen Augen an.

»Hallo«, sagte Ariel mit breitem Lächeln.

Doch das beeindruckte den Kerl nicht. Er sah sie einfach nur an, ohne ein Wort zu sagen.

»Ich bin von der Chicagoer Polizei«, sagte Ariel und zeigte ihm ihren Ausweis. »Wie heißen Sie, Sir?«

Eigentlich hatte er so viel Höflichkeit nicht verdient, aber vielleicht erreichte sie dann eher etwas.

»Riley«, sagte er. Das hörte sich fast wie ein Knurren an.

»Gehört Ihnen der Laden?«

»Ja.«

Ariel holte das zwanzig mal fünfundzwanzig Zentimeter große Foto von Chloe aus einem großen Umschlag und legte es auf die Glastheke. Darunter waren kleine Handfeuerwaffen ausgestellt. So klein, daß man sie sich um den Unterschenkel schnallen konnte.

»Mr. Riley, haben Sie diese junge Frau schon einmal gesehen?«

Riley verzog keine Miene.

»Und?«

Sein Blick huschte über das Bild.

»Mit denen hab' ich nichts zu schaffen«, sagte er mit funkelnden Augen.

»Wie bitte?«

Er atmete tief durch, plusterte sich auf und sagte dann: »Nigger kommen mir nicht ins Geschäft.«

Früher hätte eine solche Bemerkung sofort Ariels Blut in Wallung gebracht. Doch in ihrer Zeit bei der Polizei hatte sie gelernt, sich zu beherrschen. Also lächelte Ariel Riley wieder an. »Ach, das gefällt mir. Eine richtig intelligente Antwort.«

Riley knallte die Faust auf den Tresen.

Ariel nahm das Foto von Chloe und steckte es wieder in den Umschlag. »Nun, ich hab' noch ein bißchen Zeit, bevor ich wieder in die Stadt zurückfahre. Vielleicht schaue ich noch kurz bei der hiesigen Polizei vorbei und erzähle denen, was hier alles nicht den Vorschriften entspricht.«

Nun funkelten Rileys graue Augen vor Zorn.

Wieder lächelte Ariel.

»Bis bald«, sagte sie.

Jack Meyers war bester Laune. »Sie sind hier nicht die einzige, die in Eile ist, Lawrence«, brüllte er ins Telefon. »Ich hab'...«

»Na kommen Sie schon, Meyers. Sie brauchen doch bloß mit den Fingern zu schnippen, und schon haben Sie die Information.« Er war seit zehn Jahren in der Spezialeinheit für Bandenkriminalität und kannte alle Tricks.

»Lassen Sie die Schmeicheleien. Die nützen Ihnen gar nichts.« Sie hörte, wie er auf einer seiner scheußlichen Zigarren herumkaute.

»Mein Gott, Meyers, hier geht's um Mord. Ich habe keine Zeit, mich mit Ihnen rumzustreiten.«

Er seufzte laut und vernehmlich. »Wenn ich nur nicht so gutmütig wäre. Also, was brauchen Sie?«

Ariel sagte es ihm. »Wurden in jener Nacht irgendwelche Schießereien in dem Gebiet gemeldet? Und dann müßten Sie mir noch verraten, wer in der Gegend das Sagen hat...«

»Die Disciples«, erklärte Meyers sofort.

»Nun, ich glaube, Chloe hatte einen Freund, von dem ihre Mutter nichts erfahren sollte. Außerdem glaube ich, daß er in einer Bande war und sie in der Nacht vielleicht mit ihm zusammengewesen ist. Seine Gegner haben das Feuer auf ihn eröffnet, und sie hat die Kugeln abbekommen.«

»Das passiert immer wieder«, sagte Meyers. »Junge Frauen lassen sich mit den falschen Kerlen ein, und sie müssen dafür bezahlen. Ich ruf' Sie zurück.«

Das machte er zehn Minuten später tatsächlich. »Wie gesagt: Die Forty-seventh Street war Disciple-Territorium. Aber vor sechs Monaten haben die Black Vice beschlossen, es sich unter den Nagel zu reißen. Das war allerdings leichter gesagt als getan. Die Disciples haben sich gewehrt und allein in diesem Monat fünf Leute von den Black Vice über die Klinge springen lassen. Bei keinem der Vorfälle hat es sich um Affekttaten gehandelt. Die sind gegen das Hauptquartier der Black Vice und gegen ein paar ihrer Wohnungen vorgegangen.

Allerdings haben wir noch nicht rausfinden können, woher sie die Waffen hatten. Früher haben sie Handfeuerwaffen benutzt, jetzt haben sie größere Kaliber. Wie das Ding, mit dem die junge Frau umgemäht worden ist.«

Mrs. Loves Zorn war auch übers Telefon deutlich zu hören. »Meine Tochter hat sich nicht mit einem Bandengangster rumgetrieben. Dazu hab' ich sie zu gut erzogen.«

»Es ist ja auch nicht Ihre Schuld, Mrs. Love. Manchmal verlieben sich Mädchen einfach in den Falschen. Vielleicht ist das auch Chloe passiert.«

»Sie haben keinerlei Beweise. Ich weigere mich, das zu glauben.« Ariel konnte sich vorstellen, wie die Frau ihre grau-schwarzen Haare schüttelte. »Nein, nicht meine Chloe.«

Der Glaube einer Mutter, oder wußte Mrs. Love, wovon sie sprach? Oder war Chloe doch so, wie ihre Mutter sie nicht sehen wollte?

Eva Phillips wollte gerade gehen, als Ariel in die Redaktion kam. »Gute Nachrichten?«

»Schön wär's. Ich möchte mich noch einmal mit Ihnen über Chloes Artikel unterhalten. Worüber hatte sie dieses Jahr geschrieben, und woran arbeitete sie zum Zeitpunkt ihres Todes?«

Eva ging zu einem Aktenschrank und holte eine Mappe heraus. »Hier sind die alten Ausgaben der Zeitung drin.«

Sie schlug die Mappe auf und blätterte zum Januar zurück.

»Chloe hatte sich auf Strafrecht und Rassenfragen spezialisiert. Das Strafrecht ist eine ziemlich trockene Angelegenheit. Sie mußte immer ziemlich lange wühlen, bis sie überhaupt etwas fand.«

Eva blätterte weiter nach hinten und deutete auf Artikel über neue Mitglieder der Strafrechtsfakultät. Chloe hatte einen Bericht über den neuen Lehrplan geschrieben, den das Institut im Herbst einführen wollte, und einen Artikel darüber, was das Institut für afroamerikanische Fragen für den Monat Schwarzer Geschichte vorhatte. Es war nichts dabei, was einen Mord gelohnt hätte. Auch in Evas Auftragsbuch fand sich nichts Interessantes.

»Wissen Sie, Eva, ich bin Chloes Sachen in ihrem Zimmer durchgegangen. Sie war unglaublich ordentlich. Ich habe Informationen über alles gefunden. Allerdings hat sie sich keinerlei Notizen über ihre Arbeit hier gemacht. Wo hätte sie solche Notizen wohl aufbewahrt?«

Eva nickte. »Ja, das ist typisch Chloe. Ich persönlich bin ziemlich desorganisiert, aber sie hat immer alles im Griff gehabt.«

Ariel schwieg.

»Was ist mit ihrem Computer? Da bewahre ich viele meiner Aufzeichnungen auf.«

Wieder nickte Eva. »Sehen wir doch einfach nach.«

Sie führte Ariel zu einem Schreibtisch in einer Ecke des Raums und schaltete Chloes Computer an. Piepsen, während der PC bootete. Eva drückte ein paar Tasten, sah, daß der Cursor blinkte, und hielt inne.

»Scheiße, ich hab' vergessen, daß man ein Paßwort braucht. Ich weiß es nicht.«

Ariel seufzte. »Kennt irgend jemand sonst es?«

Eva warf einen Blick auf ihre Uhr. »Es könnte sein, daß noch jemand in der Informationsabteilung da ist.«

Eva nahm den Hörer in die Hand und wählte eine Nummer.

»Phillips von der *Weekly*. Ich brauche das Paßwort von einer früheren Reporterin. Chloe Love. Ja, die Frau, die ermordet wurde.«

Eva hörte zu. »Ja, eine Tragödie. Hören Sie, ich muß die Deadline halten und … ja.« Wieder hörte sie zu. »Mama? Gut. Herzlichen Dank.«

»Wie passend«, sagte Ariel, nachdem Eva aufgelegt hatte.

Eva gab die vier Buchstaben ein, und auf dem Bildschirm erschien die Information *Paßwort akzeptiert.* Dann lief das Virussuchprogramm durch, und schließlich war der Bildschirm leer.

»Okay. Schauen wir uns die Daten an.«

Ariel sagte: »Fangen wir mit den Daten kurz vor ihrem Tod an.«

Doch sie bekamen nur die trockenen Artikel, die bereits abgedruckt waren.

»Gehen Sie einen Monat zurück«, sagte Ariel.

Eva ging mit dem Cursor zurück.

»Was ist denn das?« fragte Ariel und deutete auf einen Eintrag mit der Überschrift »Waffen«.

»Keine Ahnung. Wir haben nie einen Artikel über Waffen gedruckt«, sagte Eva und öffnete die Datei. Chloes Notizen waren kurz:

> *Ich werde Tony dazu bringen, daß er mir alle Einzelheiten über die Waffen erzählt. Wenn diese Geschichte was wird, bekomme ich gleich nach dem Abschluß eine feste Stelle bei einer der Tageszeitungen.*

Eva sah Ariel fragend an und sagte: »Tony?«

Der Mann in der Verwaltung, der Ariel dabei helfen sollte, Tony zu identifizieren, war alles andere als begeistert.

»Anthony ist ein ziemlich häufiger Name«, knurrte er.

»Gehen Sie fürs erste nur die Kurse von Chloe durch«, wies Ariel ihn an, ohne auf seine Verärgerung zu achten. »So viele Anthonys kann's da nicht gegeben haben.«

Es waren fünf. Einer von ihnen war inzwischen an einer Universität an der Westküste. Ein anderer stammte aus Boston; also war die Wahrscheinlichkeit, daß er zu den Disciples gehörte, gering. Anthony Nr. 3 war ein weißer Student, der in der North Side wohnte. Nr. 4 war ein Hispano, dessen

Name eigentlich Antonio lautete, aber in der Verwaltung war ein Fehler unterlaufen. Nr. 5 schließlich war Anthony Stevens. Er hatte denselben Strafrechtskurs wie Chloe besucht und in den drei Wochen seit dem Mord an Chloe unentschuldigt gefehlt. Er wohnte in 6219 S. Cottage Grove. Disciples-Territorium.

»Ich weiß, daß mein Junge nichts verbrochen hat«, erklärte Anthony Stevens' Vater im Wohnzimmer seines kleinen Apartments im dritten Stock. Er trug einen grünen Arbeitsanzug und erinnerte Ariel an ihren eigenen Vater, der Tag und Nacht geschuftet hatte, um den Lebensunterhalt für seine Familie zu verdienen.

»Er geht jeden Tag in die Schule, und er ist tüchtig. Er wird der erste sein in unserer Familie, der einen Collegeabschluß macht«, verkündete er stolz. »Dafür sorgen meine Frau und ich schon.«

»Ich muß ihm ein paar Fragen stellen«, sagte Ariel.

»Er ist nicht da. Er hat abends auch Kurse. Manchmal wird's so spät, daß er bei einem Freund übernachtet und am nächsten Tag gleich von da aus in die Schule geht.«

Der arme Mann glaubt das wirklich, dachte Ariel. Wahrscheinlich weiß er nichts über Anthonys dunkle Machenschaften. Sie wollte ihn gerade fragen, ob sie warten könne, doch da ging die Tür auf, und ein großer, schlaksiger, etwa zwanzigjähriger junger Mann kam herein.

»Hallo, Paps«, rief er und sah Ariel erstaunt an, die ihr Glück kaum fassen konnte.

»Tony, die Lady ist von der Polizei. Sie sagt...«

Stevens kam nicht mehr dazu, seinen Satz zu beenden, denn Anthony sah ihn erschreckt an, wich zurück und machte sich aus dem Staub.

Doch Ariel folgte ihm, immer mehrere Stufen auf einmal nehmend.

»Ich will nur mit Ihnen reden, Anthony«, rief sie ihm nach.

Doch Anthony lief weiter, zur Haustür hinaus und auf den Gehsteig, auf dem der Schnee angefroren war. »Na, als

233

ob ich's geahnt hätte, daß heute 'ne Hose die richtige Kleidung ist«, murmelte Ariel.

Anthony hatte lange Beine, aber Ariels Tai-Chi-Training machte sie schnell und wendig. Sie war nur noch ungefähr sechs Schritte hinter ihm, als sie sprang und ihn an der Hüfte packte. Er fiel mit dem Gesicht in den schmutzigen Schnee.

Anthony war ziemlich verblüfft darüber, daß sie ihn erwischt hatte, und stand nicht sofort wieder auf. Das verschaffte Ariel die paar Sekunden, die nötig waren, um ihm Handschellen anzulegen.

»Lassen Sie mich los. Ich hab' nichts getan.«

»Ach, wirklich?« Sie stellte ihn auf die Füße. »Ich will mich nur mit Ihnen unterhalten, über Chloe Love.«

Anthony sah sie trotzig an, doch Ariel glaubte, noch etwas in seinen dunklen Augen zu sehen. Traurigkeit vielleicht?

»Ich kenn' keine Chloe Love.«

»Nun, warum unterhalten wir uns nicht auf dem Polizeirevier über die Angelegenheit?«

Fünfzehn Minuten später waren seine Handschellen an der Wand befestigt, und er bestritt noch immer, eine Chloe Love zu kennen.

»Nun kommen Sie schon, Anthony. Das ist doch langweilig. Chloe Love war im selben Strafrechtskurs wie Sie, also erzählen Sie mir nicht, Sie hätten sie nicht gekannt. Ich weiß, daß Sie sie in der Nacht, in der sie ermordet wurde, treffen wollten. Weswegen?«

Anthony sagte nichts, starrte nur das dunkle Fenster an.

»Seid ihr zwei miteinander gegangen? Sie sehen so aus wie der Junge, den mir ein paar Leute beschrieben haben.«

Er stöhnte laut auf. »Wie oft soll ich es Ihnen noch sagen, Lady? Ich hab' das Mädel nicht gekannt.«

Diesmal stöhnte Ariel. »Wissen Sie was, Anthony? Geben Sie lieber Ihrem Vater sein hartverdientes Geld zurück, denn Sie werden's an der Uni nie zu was bringen.«

Da Ariel nichts in der Hand hatte, um Anthony Stevens festhalten zu können, ließ sie ihn gehen und machte sich auf den Weg nach Hause, wo sie ein paar Pizzareste verzehrte und nachdachte.

Bleistift und Block in der Hand, fing Ariel noch einmal ganz von vorne an. Sie hatte einen Tatort ohne jeglichen Hinweis darauf, daß dort ein Verbrechen stattgefunden hatte. Sie hatte zwei rivalisierende Banden, die mit illegal erworbenen Waffen um Gebiete kämpften. Waffen der Art, wie sie für den Mord an Chloe verwendet worden waren. Sie hatte den Studienkollegen von Chloe, der zufällig zu einer der Banden gehörte. Und dieser Studienkollege war so schnell wie der Blitz weggelaufen, als ihn die Polizei besuchte, und er hatte behauptet, Chloe nicht zu kennen.

Es paßte alles.

Sie kaute an ihrem Stift.

Zu gut.

Chloes Notizen hatten nicht darauf hingedeutet, daß Anthony Stevens der Waffenkäufer war. Er würde ihr die Einzelheiten verraten, hatte sie geschrieben. Die Einzelheiten. Chloe war immer geschickt umgegangen mit Einzelheiten.

Ariel nahm die Notizbücher zur Hand, die sie sich von Mrs. Love ausgeborgt hatte. Sie ging sie immer wieder durch. Englische Literatur, Politologie, Zeitungswissenschaften ... all diese Aufzeichnungen aus ihren Kursen, und doch schien etwas zu fehlen. Noch einmal sah sie alles durch. Und plötzlich begriff sie.

Natürlich. Warum war ihr das nicht früher aufgefallen?

Sie rief Meyers zu Hause an und hörte sich fünf Minuten lang seine Klagen an. Dann erklärte sie ihm, was sie vorhatte.

»Ich hasse Beschattungen«, brummelte Meyers und strich sich mit ungeduldigen Fingern durch die wenigen sandfarbenen Haare, die ihm noch geblieben waren.

»Denken Sie nur an den großen Fang, den Sie gleich machen werden«, sagte Ariel.

Sie saßen nun schon seit zwei Stunden gegenüber von Berwyns freundlichem Waffenladen in ihrem Chevy, seit halb acht morgens, um genau zu sein, und Meyers hatte die ganze Zeit gejammert.

»Wissen Sie ...«

»Pscht!«

Ein zerbeulter Ford fuhr auf den Parkplatz, und Anthony Stevens und ein Kerl, der aussah, als könnte er einem Menschen mit einer Hand das Genick brechen, stiegen aus.

»Tja, Ihr V-Mann hat sie hierhergelockt«, sagte Ariel.

»Klar«, sagte Meyers trocken.

Sie ließen sie hineingehen und warteten auf ihren nächsten Gast. Keine fünf Minuten später hielt eine rote Corvette vor der Tür, und Michael Trenton stieg aus.

»Polizei, rühren Sie sich nicht von der Stelle!« rief Ariel.

Die Anwesenden folgten ihren Anweisungen, allerdings erst, nachdem Anthonys Freund Riley am Kragen gepackt und ihm eine Halbautomatik an die Schläfe gehalten hatte. Anthony zielte mit der seinen auf Trenton.

»Na, die Herren wissen offenbar nicht Bescheid über Ihre Geschäftspraktiken, was, Riley?« sagte Ariel.

Riley sah sie mit angsterfülltem Blick an. »Nehmen Sie diese Gangster fest. Die wollen ... mich ausrauben«, stammelte er mit einem Blick auf Meyers.

Ariel sah Trenton an. »Schön, Sie wiederzusehen, Professor. Allerdings hätte ich das nicht unter solchen Umständen erwartet.«

Trenton lächelte sie schief an. »Mein Gott, sind wir froh, daß Sie hier sind. Ich wollte mich nur ein bißchen umsehen. Ich will nämlich mit dem Jagen anfangen. Und dann gerate ich in diesen Raubüberfall.«

»Ach?« sagte Ariel. »Und dabei habe ich gedacht, Sie sind hier, weil jemand Sie angerufen und Ihnen gesagt hat, daß die Disciples noch ein Geschäft machen wollen.«

Trenton wurde rot. »Was? Wovon sprechen Sie?«

»Über den illegalen Verkauf von Feuerwaffen. Sie und Riley haben sich ein hübsches Geschäft aufgebaut. Und Chloe, diese arme Idealistin, wollte sich nur eine Story für die Studentenzeitung sichern. Aber Sie wissen genausogut wie ich, daß die Universität den Abdruck einer so belastenden Geschichte niemals erlaubt hätte. Sie haben trotzdem gedacht, Sie könnten das Risiko keinesfalls eingehen.«

»Das ist doch absurd,« sagte Trenton.

»Tatsächlich, Professor?« Ariel trat mit der Waffe in der ausgestreckten Hand näher an ihn heran. »Sie haben doch selber gesagt, daß Chloe wie ein Schwamm war. Sie hat alles aufgesaugt, was mit dem Gesetz zu tun hatte. Sie hat Sie genau beobachtet, um von Ihnen zu lernen. Und sie war sehr gründlich; sie hat sich über alles, was sie tat, ausführliche Notizen gemacht. Nur nicht über Ihren Kurs und die Arbeit, die sie für Sie getan hat. Finden Sie das nicht auch merkwürdig?«

Trenton hob das Kinn. »Ich habe keine Ahnung, was Sie da reden.«

»Sie hat die Geschichte mit Ihrem Nebenerwerb herausgefunden. Sie haben die Waffen von dem guten alten Riley erworben und sie in der Stadt illegal an die Straßenbanden weiterverkauft. Da Sie einen Disciple im Kurs hatten, hat die Sache wunderbar geklappt. Und Sie haben ganz nett was verdient. Viel mehr, als Sie für Ihren Job als Assistent bekommen. Sie haben den teuersten Wagen von allen Lehrern ...«

»Das ist ...«

»Absurd? Das glaube ich nicht. Allerdings glaube ich, daß Sie Chloes Notizen gefunden haben. Sie haben das arme, unschuldige Mädchen zu einem Treffen gelockt – das war ganz einfach, denn sie hat ja nicht geahnt, daß Sie Bescheid wußten darüber, daß Anthony ihr von der Sache mit den Waffen erzählt hatte –, sie umgebracht und ihre Leiche in dem Gebäude an der Forty-seventh Street abgeladen, damit man den Banden die Schuld geben würde.

Wenn mein Kollege Sie sich jetzt genauer ansieht, wird er sicher die Waffe finden, mit der Sie Chloe umgebracht haben und mit der Sie auch Anthony ins Jenseits befördern wollten.«

Meyers trat lächelnd auf Trenton zu und tastete ihn ab. Er holte eine Halbautomatik aus seinem Hosenbund am Rücken.

Trenton verzog den Mund.

»Er hätte Sie schon früher erwischt, Anthony, aber Sie haben sich versteckt, weil Sie glaubten, die Black Vice hätten Chloe ermordet und wären auch hinter Ihnen her.«

Anthony bekam große Augen. »Also haben Sie Chloe umgebracht?«

Er starrte Trenton an. Eine Ader an seinem dünnen Hals trat hervor.

»Sie war meine Freundin, Mann«, sagte er mit mörderisch ruhiger Stimme und hob die Waffe.

»Anthony, nicht«, flehte Ariel ihn an.

»Ich hab' Chloe geliebt. Für sie wollte ich raus aus den Disciples.«

Anthony hielt die Waffe näher an Trentons Gesicht. »Du hast meine Freundin umgebracht.«

»Ihr würde das, was Sie jetzt machen, nicht gefallen«, sagte Ariel.

»Ist egal, was ich jetzt noch mache«, sagte er mit zitternder Stimme. »Er hat Chloe umgebracht!«

»Und wir haben ihn. Er wird dafür bezahlen.«

Anthony hielt die Waffe fast gegen Trentons Wange. Der Professor sah ihn herausfordernd an.

Nach einer kleinen Ewigkeit senkte Anthony die Waffe. Ariel sah, daß ihm Tränen in den Augen standen.

»Hab's doch gesagt, daß Sie bloß Schwierigkeiten kriegen, wenn Sie sich mit Niggern abgeben«, flötete Riley.

Anthonys Freund schlug Riley mit der nackten Faust auf den Schädel. Die Leute von der örtlichen Polizei kamen gerade herein, als er zu Boden ging.

Mrs. Love wartete an der Rezeption. Diesmal lächelte sie.

»Ich wollte Ihnen nur noch mal dafür danken, daß Sie den Mörder von meinem Baby gefunden haben.«

»Keine Ursache«, sagte Ariel. »Ich hab' nur meine Arbeit gemacht.« Sie erzählte lieber nichts von der Verwarnung, die sie von Sergeant Mancuzek erhalten hatte, weil sie sich in Donnellys Fall eingemischt hatte. Donnelly war stinksauer gewesen, natürlich sofort zu Mancuzek gelaufen und hatte sich beschwert.

»Tja, dem haben Sie's gezeigt. Jetzt weiß er, daß er nicht einfach Leute umbringen kann, ohne bestraft zu werden. Darüber kann er nun im Gefängnis nachdenken.«

Ariel grinste. »Ja, das ist dann wohl die letzte Lektion für ihn gewesen.«

Linda Barnes

Miss Gibson

Ich reise nicht gern, höchstens mal mit dem Auto oder mit dem Taxi. Und selbst dann habe ich gern das Sagen und fahre selbst. Wenn Sie mich tatsächlich einmal in einem Flugzeug treffen sollten, hat sicher ein anderer die Rechnung bezahlt. Wenn Sie mich in der ersten Klasse sehen – der Flugnummer 707 der United nach Denver, weiter mit der ersten Klasse United Nummer 919 nach Portland, Oregon –, können Sie absolut sicher sein, daß die Dame, die mein Ticket bezahlt hat, Dee Willis heißt.

Sie erinnern sich doch an die Pop- und Bluessängerin, die nach zwanzig Jahren Tingelei durch die Bars endlich einen Grammy bekam? Diese heiße neue Sängerin mit – kann das sein? ist das möglich? – so etwas wie Würde und Integrität. Dee war immer schon verdammt stur gewesen und scherte sich nicht um Trends. Sie machte einfach das weiter, was sie schon immer getan hatte. Sie hat sich nie dem Publikum verkauft. Die Fans mußten sich schon selbst ein bißchen anstrengen.

Teufel, sogar ich muß es zugeben: Dee hat verdammt viel Integrität. Sie fördert gute Zwecke, singt sich bei Wohltätigkeitsveranstaltungen für kranke Musiker und Aids-infizierte Kinder die Seele aus dem Leib. Mir persönlich schnürt es angesichts ihrer Güte immer ein bißchen die Kehle zu, weil ich auf Dee eifersüchtig bin, solange ich denken kann: erstens und auf ewig wegen ihrer wunderschönen, hohen Sopranstimme; zweitens weil sie mir vor einiger Zeit meinen damaligen Ehemann Carl Therieux, einen Cajun-Bassisten, ausgespannt hat.

Da wundert es nicht, daß ihre hastig hingekritzelte Bitte mich nicht dazu bewegen konnte, meine Höhle in Cambridge, Mass., zu verlassen. Auch die Aussicht auf Flug- und Konzerttickets erster Klasse konnten mich nicht umstimmen.

Erst ein sorgfältig ausgehandeltes Honorar lockte mich in die Boeing 737, durch deren winzige Fenster ich jetzt nach unten schaute.

Dee nennt etwas ihr eigen, das ich unbedingt besitzen möchte, und damit meine ich nicht meinen Exmann, der jetzt nicht mehr zu ihrer Band gehört und sich außerdem auch nie in ihrem »Besitz« befand. Vor fünfundzwanzig Jahren hat Dee von Reverend Gary Davis, dem blinden Bluesmusiker, der Spirituals schrieb und, wenn es ihn überkam, auch Hymnen an die menschliche Schwäche wie »Baby, Let Me Follow You Down« spielte. Der Reverend war so angetan von Dee, daß er ihr Miss Gibson, seine Lieblingsgitarre, vermachte. Dee spielt kaum noch auf Miss Gibson, weil sie ein ganzes Arsenal speziell für sie angefertigter elektrischer Gitarren und glänzende Stratocaster besitzt. Ich würde Miss Gibson behandeln, wie es ihr gebührt, ihr ein besseres Zuhause geben.

Die Vorstellung, daß Reverend Davis' Gibson meiner alten National-Steel-Gitarre Gesellschaft leisten könnte, verlieh meiner Phantasie Flügel. Ich umklammerte die Armlehnen und versuchte, das Flugzeug mit Gedankenkraft zu lenken.

Lächerlich. Ich atmete sechsmal tief durch, akzeptierte die Sinnlosigkeit der Telekinese und verfiel in unruhigen Schlaf.

Am International Airport von Denver machte ich einen Zwischenstopp und verschwand in einer nahegelegenen Damentoilette, wo ich mir kaltes Wasser ins Gesicht spritzte, meine roten Haare ausschüttelte, und in der Hoffnung, daß die Beleuchtung schlecht war, einen haßerfüllten Blick in den Spiegel warf. Eine Mutter von Zwillingen blieb ruhig und gelassen, während der eine ihrer Sprößlinge kotzte und der andere sich die Seele aus dem Leib schrie.

Während wir in der Maschine nach Portland auf den Start warteten, bat ein Mann auf der anderen Seite des Gangs die Stewardeß um einen Bailey's auf Eis. Auf meinem Flug von Boston nach Denver hatte ich mir trotz der großzügigen Angebote keinen Alkohol bestellt, aber jetzt klang der Bailey's so verführerisch, daß ich beschloß, dem Mann Gesellschaft zu leisten.

Bailey's war zu Hause immer der Lieblingsdrink meines Vaters gewesen. In Bars bevorzugte er ein Bier und einen Schnaps, genau wie alle anderen irischen Polizisten. Auch nachdem meine Eltern sich getrennt hatten, hatte meine Mutter immer noch eine Flasche davon für ihn im Haus. Sie selbst trank am liebsten Pfefferminzlikör. Widerlich.

Viele Bailey's später knirschte ich mit den Zähnen, als die Räder des Flugzeugs krachend auf der Landebahn von Portland aufkamen. Ich entspannte mich erst wieder, als das verdammte Ding zum Stehen kam. In Flugzeugen habe ich immer das Gefühl, keine Kontrolle über die Situation zu haben.

Dee Willis hat immer schon Stil gehabt, und jetzt hat sie auch noch das Geld dazu: Am Ausgang wartete ein Typ in voller Livree und mit einem Schild mit der Aufschrift CARLYLE auf mich. Er hatte breite Schultern und war stämmig. Während wir darauf warteten, daß meine Reisetasche auf dem Förderband vorbeikam, widersetzte er sich all meinen Versuchen, Konversation mit ihm zu machen. Dann hievte er sie hoch, riß erstaunt den Mund auf, als er merkte, wie leicht sie war, und musterte mich mit zusammengekniffenen Augen, als wolle er mich fragen, warum ich meine Sachen nicht einfach mit an Bord genommen und uns die zwanzigminütige Warterei erspart hatte.

Ich sah keinerlei Veranlassung, ihm zu erklären, daß ich mein Gepäck aufgeben mußte, weil sich darin eine Smith & Wesson 4053, zwei Magazine und ausreichend Munition befanden, um einen Flugzeugrumpf zu Schweizer Käse zu verarbeiten. Ich bin kein US-Marshal, sondern nur eine Privatdetektivin; ich darf im Flugzeug keine Waffen dabei haben. Um überhaupt Waffen tragen zu dürfen, würde ich mich mit den Portlander Polizisten in Verbindung setzen, ihnen meinen Auftrag erklären und eine zeitlich befristete Genehmigung beantragen müssen.

Ich hatte Dee gesagt, sie solle jemanden aus Portland anheuern. Aber anscheinend ist es mein Schicksal, Dee immer wieder gute Ratschläge zu geben, die sie nie befolgt.

»Ich werde verfolgt«, hatte sie in ihren immer dringlicheren Anrufen gesagt. Der Mann war in jedem Konzert in jeder Stadt, immer in der gleichen Sitzreihe, mit bunter Westernkleidung, fast, als wolle er, daß sie ihn sehe, als wolle er aus der Menge herausstechen. Immer zu nahe.

Ron, Dees langjähriger Leadgitarrist, und ein paar andere Jungs von der Band hatten den Mann eines Abends zur Rede gestellt. Er war überhaupt nicht erstaunt gewesen, hatte sich nicht verdrückt. Beim nächsten Konzert war er wieder aufgetaucht, als sei nichts gewesen – und jetzt sandte er, vielleicht auch jemand anders, verwelkte Blumen und häßliche Briefe. Dee hatte mir per Federal Express ein Beispiel der halblyrischen Art geschickt:

> *Unser Leben ist durch Ketten aus Stahl verknüpft,*
> *Ketten aus Stahl, meine Lady Blue.*
> *Ich hab' 'ne Kettensäge gesehen im Eisenwarenhandel.*
> *Und ich hab' an dich gedacht. An dich gedacht.*

Das alles in Druckschrift, plump wie ein Neandertaler. Mit billigem Kugelschreiber. Ohne Unterschrift. Wahrscheinlich nicht die Sorte Fanpost, die Dee gern bekommt. Und keinerlei Beweis dafür, daß der Brief von dem Mann stammte, der sie verfolgte.

Aufgrund eines Versehens mußte Dee in Portland drei Shows hinter sich bringen. Eigentlich sollte sie in einer großen Halle auftreten, doch ihr Manager hatte den Buchungsfehler erst entdeckt, als es nur noch Stehplätze gab. Da sie all die Leute, die sie schließlich doch noch zum Star gemacht hatten, nicht enttäuschen wollte, hatte sie eine kleinere Halle angemietet. Intim. Nahe dran am Publikum. Nahe dran an dem Mann, der sie verfolgte. Sie hatte Angst.

Heuer einen Leibwächter an, hatte ich ihr vorgeschlagen.

Ja, dich, hatte sie gesagt. Daraufhin hatten wir uns über die Konditionen unterhalten, und in denen war auch Miss Gibson inbegriffen. Dann waren die Tickets gekommen. Für die Flüge und alle drei Konzerte.

Tolle Plätze.

»Ich hab' gedacht, hier in Portland schneit's nicht«, murmelte ich, als der Chauffeur und ich uns durch den eisigen Wind kämpften, der hin und wieder weiche, feuchte Schneeflocken herantrieb.

»Das ist der erste Schneesturm seit '89«, brummelte er. »Extra für Sie bestellt.«

»Fahren Sie oft im Schnee?« fragte ich.

»Nee«, antwortete er und versuchte, ziemlich wirkungslos übrigens, den Schnee mit dem Handschuh von der Windschutzscheibe zu entfernen.

Im Terminal waren mir bereits Leute aufgefallen, die sich die Nasen an den Panoramafenstern plattdrückten und mit großen Augen die schäbigen fünfzehn Zentimeter Schnee bestaunten, für die die Bewohner von Boston höchstens ein Lächeln übrig gehabt hätten. Gleich empfand ich Mitleid für die Leute hier, die nur zwei klimatische Zustände kannten – regnerisch und trocken –, und ich wünschte mir, ich hätte dem Fahrer eine Schippe anbieten können statt meiner Pistole.

Ich blinzelte müde. Ich war nach ein Uhr morgens angekommen, also war es jetzt nach vier Uhr. Bostoner Zeit. Das bißchen Schlaf, das mir auf der Strecke nach Denver vergönnt gewesen war, zählte nichts im Vergleich zu der Bailey's-Sauferei. Ich konnte mich kaum auf den Beinen halten in dem eisigen Wind.

Ich war dankbar, als der Chauffeur die Beifahrertür hinten aufmachte, und konnte gut verstehen, daß er nicht höflich wartete, bis ich eingestiegen war. Dann hörte ich, wie er den Kofferraum öffnete, und empfand so etwas wie Bedauern, weil ich wieder von meinem Gepäck getrennt war.

Ich fahre manchmal Taxi, wenn ich als Privatdetektivin nicht genug Geld verdiene, um meine Fixkosten zu bezahlen. Also wanderte mein Blick sofort zur Sonnenblende. Kein Foto, keine Lizenz. Mach dir keine Gedanken, redete ich mir ein. Das hier ist kein Taxi, sondern eine Limousine. Und für die gab es in den meisten Städten keine Vorschriften.

Ich hielt inne, ein Bein bereits im Wagen. Die Verriegelungen an den vorderen Türen waren wie kleine »Ts«, die an den hinteren gerade, glatt und kurz, wie die abgefeilten Dinger auf dem Rücksitz vom Streifenwagen.

Ich zog den Fuß zurück und trat direkt in einen Schneehaufen, der sofort meine dünnen Stiefel durchweichte. »Haben Sie einen Schaber im Kofferraum?« fragte ich so beiläufig wie möglich und versuchte dabei, auf gleiche Höhe wie der Chauffeur zu kommen.

Er wich zurück. »Keine Ahnung. Wollen Sie nachschauen?«

Meine Ledersohlen rutschten über das Glatteis auf dem Gehsteig. Ich mußte mich aufs Stehen konzentrieren. Das war keine Ausrede, sondern die nackte Wahrheit. Der »Chauffeur« versetzte mir einen Stoß und hatte kein Problem, mich kopfüber nach vorne zu schieben. Ich besaß kaum die Geistesgegenwart, den Kopf einzuziehen. Wenn ich es nicht getan hätte, hätte es mir möglicherweise das Genick gebrochen, als der Kofferraumdeckel herunterknallte.

Gott und der Ford Motor Company sei gedankt für den großen Kofferraum der Lincoln Town Cars. Und für die weichen Matten. Mein Kopf stieß gegen meinen weichen Matchbeutel.

Verdammt. Ja, ich hatte einen Jetlag, war halb betrunken und befand mich zu einer völlig unchristlichen Zeit in einer wildfremden Stadt, aber zumindest hatte Dee den Mann beschrieben, der sie verfolgte: Er war bullig, groß wie ein Schrank und vierschrötig wie mein »Chauffeur«. Ich fluchte und fluchte noch einmal. Eine Uniform macht Eindruck. Man muß einem Kerl in Livree, einem Kerl, der deinen Namen auf einem Schild spazierenträgt, einfach vertrauen.

Der Motor heulte viel zu schnell auf, als daß der Fahrer die Fenster ordentlich sauber gemacht haben konnte. Als wir uns in Bewegung setzten, versuchte ich herauszufinden, wie groß der Kofferraum tatsächlich war. Ich streckte zuerst meinen rechten Arm aus, dann meinen linken, drückte mit beiden gegen den Kofferraumdeckel, dann mit beiden Füßen, nur für den Fall, daß das Schloß nicht richtig zugegangen war. Aber nein, das Glück hatte ich nicht. Sieben plus zwei, dachte ich. Sieben plus zwei.

Ich selbst fahre einen alten Toyota, aber als Autofan führe ich mir an den Kiosken und in den Büchereien immer die

Jahresberichte über die neuesten Modelle zu Gemüte, vorausgesetzt, ich muß kein Geld dafür hinblättern. Und sieben plus zwei bedeutet, daß der Kofferraum riesig ist; darin ist genug Platz für sieben große Koffer und zwei kleine Reisetaschen. Kubikzentimeter verfügbaren Sauerstoffs wären in meinem Fall allerdings ein passenderes Maß gewesen.

Ich lag auf dem Rücken wie eine Schildkröte. Mein Matchbeutel, der vermutlich kleiner war als die Reisetaschen aus den Jahresberichten, befand sich neben meinem Kopf. Meine Knie berührten den Kofferraumdeckel. Es herrschte undurchdringliche Dunkelheit. Wir rasten um eine Ecke, und ich wurde in eine noch unbequemere Position gedrückt.

Hatten Lincoln Town Cars eine Verbindung zwischen Kofferraum und Rücksitz? Wahrscheinlich nicht. Die hatten meistens nur die Wagen mit geringem Kofferraumvolumen. Trotzdem kroch ich tiefer in den Kofferraum hinein und tastete nach einer Vorrichtung, die möglicherweise nach vorne führte. Große Anstrengung, kein Erfolg. Nur Schweiß.

Also blieb mir nur noch mein Matchbeutel. Ich mußte ihn in die richtige Position schieben, ihn öffnen, die Smith & Wesson in ihrem silikongefütterten Holster sowie ein Magazin finden und sie laden. Und ich durfte nicht aus Versehen einen Schuß abgeben. Ich stellte mir vor, wie eine Kugel durch das Innere des Kofferraums jagte und immer wieder abprallte, bis sie ein weiches, gemütliches Ziel in meinem Körper fand. Ich stellte mir vor, den Tank zu treffen. Selbst wenn die Kugel mich und alle entflammbaren Flüssigkeiten verfehlte, würde mich der Knall taub machen.

Wir fuhren zu schnell um eine Kurve. Ich versuchte, Halt zu finden, schlitterte aber nach rechts, weg von meinem Matchbeutel.

Der Mann, der Dee verfolgte, hatte einen Verbündeten unter Dees Leuten. Dee ist nämlich kein Plappermaul, sie kann schweigen. Sie erzählt nicht allen Roadies und Groupies ihre Pläne. Hatte sie irgend jemandem etwas von meiner Ankunft gesagt? Hatte sie vielleicht eine Notiz beim Telefon liegenlassen? Hatte jemand sie belauscht, als sie im Reisebüro anrief? Hatte sie einen Handlanger mit der Aufgabe betraut, der für den Verfolger von Dee arbeitete?

Wer wollte Dee aufhalten, ihr einen Schreck einjagen, damit sie nicht mehr auftrat?

Sie war nie mit einer Backgroundsängerin oder einer Vorgruppe aufgetreten. Niemand aus ihrer Mannschaft würde auf die Idee kommen, Dee Willis ersetzen zu wollen.

Vielleicht hatte ihre Plattenfirma einen Schläger angeheuert, um sie von der Bühne ins Plattenstudio zu scheuchen. Dee machte nicht viele Alben; sie liebte die Aufregung eines Liveauftritts. Sie sagt, sie hat eine Roadband und ist stolz darauf.

Für ihre letzten beiden CDs bekam sie schon nach kürzester Zeit Platin. Wenn sie mehr Studioaufnahmen machte, verdiente vielleicht irgendwer bei MCA/America sich eine goldene Nase.

Aber würde ein Gigant der Unterhaltungsindustrie einen Schläger anheuern, um einen seiner Stars einzuschüchtern? Den Leuten in L.A. würde ich alles zutrauen.

Ich robbte wieder in Richtung Matchbeutel.

Erster Schritt: einfach. Den Matchbeutel aufmachen. Die Schlüssel dazu hatte ich in der Gesäßtasche; aus Handtaschen mache ich mir nicht viel. Zum erstenmal seit der Schulzeit wünschte ich mir, daß ich nicht über einsachtzig wäre. Ich rollte zur Seite, drückte einen Arm nach hinten und holte den Schlüssel heraus. Klingt vielleicht ganz leicht, aber probieren Sie das mal im Dunkeln, in einem Kofferraum und obendrein noch in einem schlingernden Fahrzeug.

Meine Finger ertasteten das Schloß, öffneten den Beutel und fanden das Pistolenholster. Ich steckte es zwischen meine zitternden Knie. Dann war alles nur noch eine Frage der Zeit, denn meine Finger wurden immer gefühlloser und unbeweglicher, je kälter sie wurden. Und mit Handschuhen hätte ich überhaupt nichts ausgerichtet.

Ich konnte kein Magazin finden. Etwas Spitzes stach mich in die Hand. Was? Eine Nagelschere, die aus meiner Toilettentasche ragte? Blut quoll aus der Stichwunde; ich wischte etwas davon auf die Matte. Ein Beweis. Nur für alle Fälle. Ein schlangenähnliches Kleidungsstück wickelte sich um mein Handgelenk. Eine Strumpfhose. Da. Endlich schloß sich meine Hand um ein Viereck aus Metall. Die Schachtel mit der Munition befand sich ganz unten in dem Beutel.

In welche Richtung sollte ich schauen, wenn er den Kofferraum öffnete? Sollte ich es mit einer ganzen Rolle versuchen, um die Ellbogen auf dem Boden aufstützen zu können? Der Wagen blieb stehen. Eine rote Ampel? Ein Verkehrsstau? Ich hörte, wie eine Tür aufging und zugeknallt wurde. Was war, wenn er Unterstützung holte? Was, wenn er den Wagen einfach stehenließ? »Frau während Schneesturm in Portland erfroren.« Vielleicht würde er in einer Woche wiederkommen und meine Leiche in den Fluß werfen.

Ich schob das Magazin in die Waffe.

Ich zwang mich zum Atmen. Ein und aus. Langsam und regelmäßig. Ich hörte keine Schritte.

Der Kofferraumdeckel öffnete sich so schnell, daß ich nur kurz eine Hand mit erhobenem Wagenheber sah, bevor die Taschenlampe mich blendete. Der Lichtstrahl gab mir eine Zielrichtung an. Der Hals tat mir weh von der Anstrengung, den Kopf aufrecht zu halten. Ich unterdrückte ein Zähneklappern und brüllte: »Lassen Sie sofort den Wagenheber fallen.«

Zieh nie die Waffe, wenn du nicht vorhast, sie zu benutzen. Schieß nie, wenn du nicht vorhast, deinen Gegner zu töten. Das hatten sie mir auf der Polizeischule beigebracht. Ich hätte keinerlei Gewissensbisse gehabt, den Chauffeur zu erschießen schon weil er so ein lausiger Fahrer war, aber ich wollte ihm zuerst ein paar Fragen stellen.

Wenn er die Taschenlampe ausgeschaltet und sich schnell bewegt hätte, hätte er mich vielleicht erwischt. Ich hatte den Finger am Abzug, wenn das Licht ausginge, würde ich feuern.

Aber es ging nicht aus. Es schwankte ein wenig, und dann hörte ich einen dumpfen Schlag, wie von einem Wagenheber, der im Schnee landet.

»Hey«, sagte er, die Stimme um etliches höher als vorher. »Immer mit der Ruhe. Ich sehe vielleicht gefährlich aus, aber ich bin es nicht.«

»Tja, und bei mir ist es umgekehrt«, sagte ich in bedrohlichem Tonfall und überlegte dabei, wie zum Teufel ich aus dem Kofferraum herauskommen sollte, ohne auf das Schwein zu schießen. Denn irgendwie mußte ich ihn ablenken, während ich herauskletterte.

»Haben Sie das Ding entsichert?« fragte er nervös.

»Raten Sie mal«, antwortete ich. »Gehen Sie fünf Schritte zurück und legen Sie sich in den Schnee.«

»In den Schnee?«

»Ja, mit dem Gesicht nach oben. Machen Sie mir einen Schneeengel, und zwar einen guten.«

»Einen Schneeengel?« wiederholte er.

»Lassen Sie sich einfach auf den Rücken fallen«, sagte ich. »Wie heißen Sie überhaupt?«

»Warum?«

»Weil ich eine Knarre habe und Sie nicht, Sie Idiot.«

»Ich heiße Clay«, murmelte er.

»Okay, Clay. Ich möchte hören, wie Sie Arme und Beine schlagen. Ich will hören, wie Sie die Hände über dem Kopf zusammenschlagen, verstanden? Und zwar laut und regelmäßig. Wenn ich das Gefühl haben sollte, daß Sie sich den Wagenheber unter den Nagel reißen wollen, können Sie Ihre Kniescheibe vergessen.«

Ich bewegte mich erst, als ich ein Schnauben und dann rhythmisches Klatschen hörte. Dann schwang ich die Beine über die Kante des Kofferraums und brachte mich selbst in eine halb sitzende Position.

»Na schön, Engel«, sagte ich, sobald ich mich hochgerappelt hatte. Die Beine waren mir eingeschlafen und taten weh. Mein linker Arm brannte. Am liebsten hätte ich mich in den Schnee gehockt und geheult. Mich hingelegt und auch einen Engel gemacht.

»Was?« fragte er.

»Wollen wir uns unterhalten, oder soll ich schießen?«

»Kann ich jetzt aufstehen?«

»Warum? Wollen Sie sterben wie ein Mann?«

»Es ist arschkalt hier unten. Wenn wir uns unterhalten wollen, dann lassen Sie uns in den Wagen gehen und die Heizung andrehen.«

»Ich hab' eine bessere Idee«, sagte ich, griff hinter mich und holte meinen Matchbeutel aus dem Kofferraum.

»Was?«

»Schlagen Sie weiter mit den Armen. Ich werde mich jetzt zehn Schritte vom Wagen entfernen. Kommen Sie nicht auf dumme Gedanken. Ich bin immer noch in Schußweite. Und wenn ich es Ihnen sage, stehen Sie auf, gehen zum Wagen und setzen sich in den Kofferraum.«

»In den Kofferraum?«

»Ja, wir tauschen den Platz.«

»Und dann?«

Er hatte einen Südstaatenakzent. Kein Wunder, daß er keine Ahnung hatte, wie man einen Schneengel machte. Sein Akzent erinnerte mich an jemanden, dessen Stimme ein bißchen tiefer gewesen war.

»Das haben Sie mir auch nicht gesagt, als Sie mich in den Kofferraum gestoßen haben«, sagte ich. »Oder?«

Er sah mich wütend an, ohne mir eine Antwort zu geben.

»Ich mache jetzt meine zehn Schritte«, sagte ich. »Sie können aufstehen.«

Er befolgte meine Anweisungen.

»Wer hat Sie angeheuert, Dee Willis zu erschrecken?« fragte ich.

Keine Antwort.

»Nun kommen Sie schon«, drängte ich ihn. »Sie meinen wohl, ich hätte nicht den Mumm, Sie kaltblütig zu erschießen, was? Denken Sie lieber noch mal darüber nach. Ich bin eine zugelassene Privatdetektivin, die für einen Fall angeheuert worden ist. Und meine Waffe ist auch legal. Es gibt Beweise – mein Blut, meinen Schweiß und meine Haare – in dem verdammten Kofferraum. Und dann wären da noch Ihre Fingerabdrücke auf dem Wagenheber. Eindeutig Notwehr.«

Nichts.

»Also: Wer hat Sie angeheuert?«

Ich mühte mich völlig umsonst ab. Ich weiß nicht – im Kino bedroht der eine den anderen mit der Waffe, stellt Fragen und bekommt seine Antworten. Tja, und im richtigen Leben habe ich es immer mit Idioten zu tun, die nicht weiter denken können als bis zu ihrer nächsten Mahlzeit.

Ich stieß dampfend den Atem aus und sagte: »Na schön, dann eben anders. Leeren Sie Ihre Taschen aus und lassen Sie alles in den Schnee fallen. Ich will sehen, wie die Autoschlüssel runterplumpsen. Und Ihre Brieftasche. Wahrscheinlich haben Sie ein Messer, und das würde ich auch gern im Schnee sehen. «

»Scheiße. Ich hab' kein Messer. «

Ich zielte links neben seinen Fuß, drückte ab und traf eine Stelle im Schnee, knapp zehn Zentimeter neben seinem Fuß, näher, als ich beabsichtigt hatte.

»Das Messer. «

»Mein Gott, Lady «, sagte er. »Es ist in meinem Stiefel. «

»Tja, dann setzen Sie sich eben mit Ihrem fetten Arsch auf den Boden und ziehen Ihre Stiefel aus. Ganz ruhig. Stützen sie sich mit der rechten Hand auf. So. Und ziehen Sie die Stiefel mit der linken aus. Einen nach dem andern. Ganz langsam. Und dann legen Sie das Messer auf den Boden. Ach ja, und ziehen Sie gleich noch die Socken aus, wenn Sie schon dabei sind. «

»Dann hol' ich mir Frostbeulen. «

»Nicht so schlimm wie der Tod «, sagte ich freundlich. »Okay. Und jetzt stehen Sie auf und gehen zum Wagen. Die Hände bitte über den Kopf. Wenn Sie einen Schritt in meine Richtung tun oder sich nach dem Meser oder dem Wagenheber bücken, mache ich Hackfleisch aus Ihnen, ist das klar? Meine Finger sind inzwischen so kalt, daß ich Sie wahrscheinlich nur noch in den Bauch treffe. Aber Sie können sich drauf verlassen, daß ich das ganze Magazin abfeuern werde. Ich habe noch sieben Schuß übrig. Großes Kaliber. «

Ich fühlte mich besser, sobald ich den Kofferraumdeckel zugeknallt hatte. Dann hob ich die Schlüssel vom Boden auf und verschloß das verdammte Ding, nur um sicherzugehen.

Ich warf meinen Matchbeutel auf den Rücksitz, sammelte

die Sachen des »Chauffeurs« ein – Stiefel, Stinkesocken und alles.

Sobald ich auf dem Fahrersitz saß, drehte ich den Zündschlüssel und schaltete die Heizung an. Dann sicherte ich die Smith & Wesson und legte sie ins Handschuhfach.

Ich suchte nach einer Straßenkarte. Nichts. Weder im Handschuhfach noch in den Sitztaschen. Während der Tag hereinbrach, sah ich mir die Brieftasche des Mannes genauer an.

Bargeld: einhundertsiebenundachtzig Dollar. Dazu ein verknitterter Zettel mit meinem – falsch geschriebenen – Namen, der Fluglinie – richtig geschrieben – und der Ankunftszeit. Ich steckte ihn in die Tasche und ging ein ganzes Arsenal sich widersprechender Ausweise durch. Er hatte einen kalifornischen Führerschein, der auf den Namen Claude Fillmer ausgestellt war. Und eine Discover Card auf Clyde Fulton. Dazu kamen mehrere Visitenkarten auf den Namen Clyde, eine davon mit der Information, er sei Versicherungsvertreter der State Farm Insurance, eine weitere, die seine Verbindung zur California Security Incorporated belegte. Dort hatte er sich gleich zum Vizepräsidenten ernannt. Warum, so fragte ich mich, hatte er sich nicht gleich zum Präsidenten gemacht?

Ein Motelschlüssel für Zimmer Nummer 138.

Der Ausweis eines Videoverleihs auf den Namen Claude.

Ein Burger-King-Kassenzettel. So kam ich nicht weiter; ich hätte ihn dazu zwingen sollen, sich nackt auszuziehen.

Mooney, mein früherer Chef bei der Bostoner Polizei, hat mir einmal gesagt, daß Exsträflinge meist noch mehr in ihren Stiefeln versteckten als ein Messer. Fast konnte ich seine Stimme hören. Hoffentlich fing ich nicht zu halluzinieren an.

An der Innenseite des linken Stiefels ertastete ich ein Rechteck aus Pappe. Ich drehte den Stiefel um, schüttelte ihn, doch die Karte steckte im Futter. Sie fühlte sich zu dick und zu steif an für ein Herstelleretikett. Mit Clays (oder Claudes oder Clydes) Messer holte ich das Ding heraus, und ich freute mich über den Schaden, den ich dem Leder dabei zufügte.

Es handelte sich um einen Ausweis, wie man ihn oft in billigen Brieftaschen findet. Clayton Fuller hatte Teile davon mit kaum leserlicher Schrift ausgefüllt. Wenn Clayton etwas zustieß, etwas, das dazu führte, daß sich jemand seine Stiefel genauer ansah, interessierte das Mrs. Caroline Fuller in Hazlehurst, Mississippi, seiner Meinung nach am meisten.

Hazlehurst, Mississippi. Der Name verschwamm mir vor den Augen.

Memphis ist gleichbedeutend mit Elvis.

Detroit ist Aretha.

Liverpool bringen alle mit Lennon und McCarthney in Verbindung.

Und Hazlehurst, Mississippi, ist der Geburtsort des legendären Robert Johnson, eines Mannes, der in seinem tragisch kurzen Leben insgesamt einundvierzig Stücke aufnahm und damit den Country Blues für immer geprägt hat. Sie nannten ihn den King des Delta Blues. Jeder Bluesmusiker, der etwas auf sich hielt, würde damit prahlen, im selben Ort wie Robert Johnson zu Hause zu sein, auch ein Musiker, der Jahre nach Johnsons mysteriösem Tod 1938 zur Welt gekommen war.

Zumindest einer hatte damit geprahlt.

Ich mußte den Wagen aus dem Schnee herausmanövrieren. Möglicherweise ging ich dabei angesichts meines Fahrgastes im Kofferraum ein bißchen unsanfter vor als unbedingt nötig.

Ich hatte keine Ahnung, wo wir waren. Also fuhr ich einfach auf der Suche nach einem Laden, einer Telefonzelle oder einem Polizeirevier drauf los. In dem Lincoln war noch eine halbe Tankfüllung Benzin.

Ich lenkte den Wagen auf den Parkplatz eines kleinen Tante-Emma-Ladens in der Nähe der Kreuzung und zog den Schlüssel ab, nachdem ich sämtliche Türen verschlossen hatte. Ich konnte es mir nicht leisten, daß mein vermutlich gestohlenes Auto noch einmal gestohlen wurde. Über der Tür des Tante-Emma-Ladens befand sich ein Schild mit dem Zeichen der Pacific Bell Telephone Company. Der Verkäufer schüttelte traurig den Kopf, während er mir mitteilte, daß ich mich in Gresham, Oregon, aufhielt. Frauen am Steuer, schien sein Blick zu sagen, wußten kaum jemals, wo sie waren. Ich war froh, daß ich meine Waffe im Handschuhfach gelassen hatte.

Ich bat um ein Telefonbuch und zehn Dollar Kleingeld. Und so fand ich heraus, daß es für ganz Mississippi nur eine einzige Vorwahl gibt: 601.

Claytons Mama war daheim, praktisch ans Haus gebunden, erklärte sie mir, seit die Arthritis sie so plagte, und sie erzählte mir alle möglichen Anekdoten über ihren Sohn und seine Freunde aus Kindertagen. Was für ein Gedächtnis.

Ich war ziemlich erschöpft, als es mir endlich gelang, sie loszuwerden. Mit Clays Geld kaufte ich mir eine Ausgabe des *Oregonian*, eine Straßenkarte, einen Becher heißen Kaffee und einen riesigen Nestlé-Knusperriegel.

Frühstück.

Im Vorübergehen klopfte ich auf den Kofferraumdeckel.

»Ich werd' bald ohnmächtig hier drin«, brüllte Clay.

»Gut«, rief ich zurück.

Gott allein weiß, was der neugierige Verkäufer, der mich durch die Jalousien hindurch beobachtete, dachte. Ich trank den Kaffee, ohne mich auf den Geschmack zu konzentrieren, und aß die Hälfte des Knusperriegels im Stehen in der frischen Morgenluft. Es war ein schönes Gefühl, im Sonnenlicht draußen zu sein.

Bei Dees erstem Konzert in Portland war die Luft anders – stickig und verraucht. Nach ein paar Stunden Schlaf hatte ich die Halle betreten, sobald die Türen geöffnet wurden. Ich war die erste Zuhörerin in dem winzigen Raum. Der Mann, der Dee verfolgt hatte, war nicht da. Die Polizei hatte ihn mir gern abgenommen. Davor hatten wir uns noch einmal unter vier Augen unterhalten. Ich hatte ihm erklärt, daß es wenig ratsam für ihn sei, den Namen Dee Willis zu erwähnen. Schließlich wollte er keine Drohbriefe bekommen und im Gefängnis massakriert werden.

Dee ist nämlich beliebt bei den Gefangenen, weil sie immer wieder in Gefängnissen auftritt.

Ich gestaltete meine Lügen so simpel wie möglich. Ich war am Flughafen gelandet und hatte kein Taxi finden können. Der Kerl hatte sich als Fahrer eines Limousinendienstes ausgegeben, mir angeboten, mich für zwanzig Dollar in die Stadt zu fahren, und mich angegriffen. Ich zeigte meine Zulassung und die Waffenlizenz aus Massachusetts vor. Der Kerl hatte sich das falsche Opfer ausgesucht. Die Bullen konnten meine Reaktion verstehen. Ich übergab ihnen die unterschiedlichen Ausweise von Clayton und schlug ihnen vor, für alle seine angeblichen Namen ausstehende Haftbefehle und Bewährungsverletzungen zu überprüfen.

Wahrscheinlich, so dachte ich, würden sie schnell fündig werden.

Nun sah ich den Leuten zu, die hereinkamen, jungen und alten, herausgeputzten und lässigen. Sie lachten, machten Scherze, bereiteten sich auf das Vergnügen vor.

Es gab keine Vorgruppe. Als der Vorhang aufging, spielte die Band »For Tonight«, das frühe Stück, das Dee sozusagen zu ihrer Erkennungsmelodie gemacht hatte. Ihre Stimme kam verstärkt von überallher. Die Zuschauer machten große Augen. Sie erwarteten, daß sie von rechts auf die Bühne kommen würde, dann von links, dann durch irgendeinen Gang. Doch sie wählte den Augenblick ihres Aufritts perfekt, dramatisch wie immer, und kam hinter einer Leinwand auf der Bühne hervor. Ihr weißer Smoking glitzerte im Licht in allen Farben.

Ich lehnte mich auf meinem Samtpolster zurück und ließ mich von ihrem Auftritt verzaubern. Von den schweißglänzenden Körpern. Vom Rhythmus und den Texten und den wundervollen Harmonien. Von den alten Liedern John Lee Hookers und Robert Johnsons und Son Houses und Mama Thorntons, die Dee umgeschrieben und zu ihren eigenen gemacht hatte. Zuerst sah ich sie noch im Licht der Erinnerung, doch dann zog sie mich mit jedem Lied tiefer in die Gegenwart.

Das ist ihre Begabung. Sie läßt den Zuhörer durch ihre Musik alles andere vergessen. Sie bringt ihn dazu, sich in die Texte einzufühlen, die ein Pachtfarmer vor siebzig Jahren irgendwo in Mississippi geschrieben hat, und macht sie wichtiger als einen schlechten Tag im Büro oder einen Krach mit den Kindern. Dee geht ganz und gar in ihrer Musik auf.

Ich stand in der Pause nicht auf, sondern blieb sitzen, bis

die letzte Zugabe verklungen war. Ich erhob mich erst, als alle anderen weg waren. Dann teilte ich einen roten Samtvorhang und ging die Treppe hinauf, die hinter die Bühne führte.

Die Garderoben befanden sich oben, acht Stück, zwei pro Stockwerk, also vier Stockwerke. Der »Chauffeur« hatte mir die Räume genau beschrieben. Ich wußte, welche Garderobe Dee gehörte: die hintere im ersten Stock. Doch ich ging noch eine Treppe weiter. Dann klopfte ich einmal und trat ein. Ich sprach leise, weil ich nicht wollte, daß Dee mich hörte.

Der Raum war spartanisch eingerichtet; von den nackten Wänden blätterte die Farbe, und auf dem Boden lag Linoleum. Ein Air Freshener kämpfte gegen die Körperausdünstungen an, ohne sich durchsetzen zu können.

Dee und mir haben schon immer dieselben Männer gefallen: großgewachsene, schmale, musikalische Typen. Ron, der mittlerweile Anfang Vierzig war, und mein Exmann Cal sahen einander auf den ersten Blick betrachtet so ähnlich, daß man sie für Brüder hätte halten können.

Ron knöpfte gerade ein purpurfarbenes Seidenhemd über seinem dünnen Körper zu und stopfte das Hemd in die enge Jeans. Ihre Beine verschwanden in hohen Schlangenlederstiefeln. Seine Gitarre lag auf dem Tisch. Ich strich über eine Saite, um seine Aufmerksamkeit zu erregen.

Er sah mich im Spiegel und sank auf einen Holzstuhl.

»Carlotta«, sagte er. Sowohl sein Grinsen als auch sein Tonfall wirkten gezwungen.

»Mach dir nicht die Mühe, mich anzulächeln, Ron.«

»Ist kein Problem«, log er.

»Ich hab' mich mit Clay unterhalten.«

Er suchte nach einer Erwiderung, nach einer Ausrede. »Clay hat keine Ahnung«, sagte er nach langem Schweigen. »Und Clay hat nichts mit mir zu tun.«

»O doch. Schließlich weiß er, wer ihn angeheuert hat, Ron.«

»Du hast keine Ahnung«, sagte der Leadgitarrist und ließ die Faust auf den Tisch sausen.

»Ich weiß, daß du sie liebst, Ron. Und ich weiß, daß das gar nicht so leicht ist.«

Er nickte, fast unmerklich.

»Ich meine die Sache mit Clay«, sagte er. »Wer will Dee schon begreifen. Ich hab's jedenfalls aufgegeben. Aber die Sache mit Clay hat sich verselbständigt, Carlotta. Ich wollte das nicht.«

»Nein, Ron? Du hast jemanden fast zu Tode erschreckt. Ein Mann hat Dee verfolgt und vorgestern nacht versucht, mich umzubringen.«

»Scheiße.«

»Hast du ihm gesagt, daß ich kommen würde?«

»Ich hab's ihm bloß gesagt, damit er Schiß kriegt, Carlotta. Ich hab' ihm erzählt, Dee hätte einen Profi angeheuert, jemanden, der es ihm zeigen würde. Ich hab' mir gedacht, daß ihn das abschrecken würde. Weißt du, er hat sich verändert. Die Menschen verändern sich einfach ... Ich kenne ihn noch von früher. Hab' auf der High-School Football mit ihm gespielt. Das ist alles.«

»In Hazlehurst«, sagte ich.

»Auf der Hazlehurst High, ja. Er war damals ein ganz schön harter Kerl. Und der ist er immer noch.«

»Hast du ihn geholt?«

»Er war in einem Konzert. Ganz plötzlich. Hinterher sind wir auf einen Drink gegangen. Er wollte, daß ich ihm Dee vorstelle. Das wünscht sich jeder Trottel in diesem Land, daß er Dee vorgestellt wird.«

»Und?«

»Also hab' ich ihm gesagt, Dee und ich sind ... zusammen, aber wir haben Probleme. Aber das weißt du ja, das ist nichts Neues.«

»Du meinst, es gab Probleme mit der Treue?«

»Du kennst sie ja.«

Ich verschränkte die Arme vor der Brust und sah ihn an. »Wogegen du selber immer ein Heiliger gewesen bist, Ron. Daran kann ich mich deutlich erinnern.«

»Für mich zählt nur Dee. Wenn sie ...«

»Hast du ihr je einen Heiratsantrag gemacht?«

»Ich frage sie die ganze Zeit, ob sie meine Frau werden will. Sie sagt, sie will keine Kinder, also was soll's?«

»Und außerdem mag sie die Männer«, sagte ich.

»Wahrscheinlich lutscht sie grade wieder einen Schwanz«, erwiderte er sofort. »Zur Feier des Tages, weil Clay nicht aufgetaucht ist«, sagte Ron mit Grabesstimme. »Willst du nachschauen? Weißt du, für mich wär's nichts Neues, sie mit einem andern zu erwischen.«

»Lenk nicht ab, Ron. Es ist nicht ungesetzlich, sich durch alle Betten zu schlafen. Allerdings ist es ungesetzlich, jemanden mit dem Tod zu bedrohen.«

»Ehrenwort, Carlotta, ich hab' versucht, ihn zurückzuhalten. Das können dir alle Leute von der Band sagen. Aber er war wie ein Hund, der eine Fährte aufgenommen hatte. Er wollte mir einen Gefallen tun, egal, ob mir das recht war oder nicht.«

»Du hättest die Polizei informieren sollen.«

Ron schluckte. »Daran hab' ich auch gedacht. Ich habe ihm gesagt, daß ich zu weit gegangen bin. Er hat gelacht, und dann hat er gesagt, er würde mir die Sehnen in den Händen durchschneiden, dann könnte ich nie mehr spielen. Er hat geschworen, daß er allen erzählen würde, es sei von Anfang an meine Idee gewesen, wenn ich ihn verpfeife.«

»Und – war's vielleicht nicht deine Idee?«

»Carlotta, ich *liebe* sie. Vielleicht habe ich etwas zu Clay gesagt, wahrscheinlich sogar, nachdem ich ein paar Schnäpse getrunken hatte. Weißt du, ich würde mir wirklich wünschen, daß sie mit der Rumbumserei aufhört. Clay hat die Sache ziemlich persönlich genommen. Er hat gesagt, er hat zwei Scheidungen hinter sich; jedesmal hat seine Frau ihn betrogen. Sie ist mit irgendeinem anderen Kerl ins Bett gegangen, während er zum Broterwerb außer Haus war.«

»Und du hast ihm das abgekauft?«

Ron starrte seine Stiefel an. Einer davon hatte eine tiefe Schramme vorne am Zeh. »Wenn seine Frauen ihm weggelaufen sind, haben sie wahrscheinlich einen Grund gehabt. Ich kenne eine Frau, mit der er damals auf der High-School gegangen ist. Wenn sie einen anderen Mann bloß angeschaut hat, hat er sie geschlagen. Sie ist weggezogen und hat niemandem gesagt, wohin. Soweit ich weiß, ist eine von Clays

Frauen gerichtlich gegen ihn vorgegangen. Vielleicht existiert sogar ein Haftbefehl gegen ihn. Er hat mir erzählt, daß er seine Kinder nicht sehen darf, und er hat seine Frau eine Hexe genannt, die ihn kastriert. Er hat sich richtig reingesteigert, wie gemein sie war. Immer wieder hat er über sie geredet.«

Gut, dachte ich, in der Hoffnung auf diesen Haftbefehl. Ich wollte, daß dieses Schwein hinter Gitter kam, aber nicht auf Kosten von Dee. Sie konnte die Schlagzeilen in der Boulevardpresse nicht gebrauchen. Nicht jedes Arschloch, das den *Star* oder den *Enquirer* lesen konnte, sollte auf die Idee kommen, daß es sich auszahlen könnte, Dee Willis zu verfolgen.

»Und – ist sie dir auch gemein vorgekommen?« fragte ich Ron. »Ich meine die Frau.«

Er schüttelte den Kopf. »Sie hat nur so geklungen, als würd' sie sich nicht alles gefallen lassen. Hat sich angehört, als hätte sie die Schnauze voll.«

Ich wiederholte: »Du hättest die Polizei informieren sollen.«

Er starrte mich mit seinen eisblauen Augen an. Seine Stimme klang leise und heiser, erschöpft. Er schüttelte den Kopf, immer wieder, ganz langsam, während er sprach. »Ich hab' gedacht, er würde ein paar Abende dableiben und ihr eins klarmachen: daß die Welt da draußen sich verändert hat. Das weißt du auch, Carlotta.«

»Ja, Ron? Ich weiß nicht mehr so genau, wie's früher gewesen ist.«

»Früher hat man sich Filzläuse geholt oder den Tripper. Tja, und dann hat man sich Penicillin geben lassen. Das war keine große Sache.«

»Hast du Angst, daß sie Aids anschleppt? Dann hör auf, mit ihr zu schlafen. Oder verwende ein Kondom.«

»Meinst du, ich mache mir nur meinetwegen Sorgen? Verdammt, ich liebe sie.«

»Und deshalb heuerst du ein Schwein an, das sie zu Tode erschrecken soll. Was soll er denn machen? Sie entführen? Sie vergewaltigen?«

»Das hab' ich nie … Ich hab' nur gedacht, daß sie dann abends zu Hause bleiben würde. Ich hab' gedacht, sie würde sich hilfesuchend an mich wenden. Tja, und wen hat sie angerufen? Dich.«

Sein Blick verriet mir, daß Dees Hilferuf an mich für ihn eine bittere Pille gewesen war. Wieder einmal war sein Stolz verletzt worden.

»Und was genau sollte Clay mit mir machen, Ron?«

»Keine Ahnung«, sagte er und musterte dabei das Linoleum, als handle es sich um ein Kunstwerk. »Der Mann ist ein Idiot. Wahrscheinlich hat er gedacht, er könnte dir einen Schrecken einjagen.«

Ich dachte an die Zeit im Kofferraum. Besonders an die Augenblicke, in denen ich nicht gewußt hatte, ob Clay ihn öffnen oder einfach weggehen würde ...

Er hatte seine Sache gut gemacht.

Ron sagte: »Ich glaube, Clay macht sich keine Gedanken mehr über mich. Ich fürchte, er ist auf Dee scharf. Ich habe schreckliche Angst, daß er ihr weh tut.« Er schluckte hörbar. »Ich glaube, ich bin soweit, daß ich zur Polizei gehe.«

Ich sagte: »Dazu besteht kein Anlaß, Ron. Um die Polizei habe ich mich bereits gekümmert. Du mußt etwas viel Schlimmeres machen. Erzähl's Dee. Und zwar alles.«

»Nein.«

»Tja, dann pack deine Siebensachen und mach dir Gedanken über deine Zukunft, weil sie dich vor die Tür setzen wird. Ich weiß, daß sie das machen wird, wenn ich es ihr erzähle.«

Er sagte nichts, starrte nur in den Spiegel, als verabschiede er sich vom besten Teil seiner selbst.

»Na los, Ron. Entschuldige dich. Bleib bei ihr.«

»Sie hat nie etwas anderes geliebt als die Musik, Carlotta«, sagte er, und dabei hüpfte sein Adamsapfel auf und ab. »Sie liebt mich nicht.«

»Aber sie kommt immer wieder zurück zu dir, Ron.«

»Ja, aber nur zurück.«

»Vielleicht ist das ihre Art, Liebe zu zeigen. Vielleicht hat sie nicht mehr Liebe zu bieten.«

»Ich weiß nicht, ob ich damit leben kann«, sagte er.

Ich war mir nicht sicher, ob er mit mir redete oder mit dem blassen, dürren Mann im Spiegel.

»Ich gebe dir zwei Tage, Ron«, sagte ich. »Zwei Tage, sonst erzähl' ich's ihr.«

Ich winkte ein Taxi heran und fuhr geradewegs zum Flughafen. Es war kein Problem, die Tickets umändern zu lassen. In der ersten Klasse ist so etwas eine Lappalie.

Dee rief mich spät in der Nacht an und weckte mich aus dem Tiefschlaf. Wahrscheinlich wird Ron immer ihr Leadgitarrist bleiben.

Miss Gibson wurde mir von einem Kurier überbracht. Ich habe sie gestreichelt und im Arm gehalten, aber ich kann mich nicht überwinden, darauf zu spielen. Ich versuche es, doch irgend etwas läßt mich verstummen. Wenn ich die Saiten berühre, einen Akkord anschlage, überkommt mich ein Gefühl der Ehrfurcht.

Vielleicht auch der Angst. Diese wertvolle, zerbeulte Gitarre in der Hand, habe ich wahrscheinlich Angst, daß ich dem Zauber nie näher kommen werde als jetzt.

Susan Geason

Ein grüner Mord

Wie alle großen Städte ist auch Sydney eine Kleinstadt, und so überraschte es mich nicht, daß ich Margo Daniels bei einer Wohltätigkeitsveranstaltung für eine Forschungsbibliothek zu Frauenfragen über den Weg lief. Margo und ich hatten zusammen eine Mädchenschule besucht, die kein Hehl aus ihrem Ehrgeiz machte, den ersten weiblichen Premierminister Australiens hervorzubringen. Margo war als Umweltministerin von New South Wales und Kabinettsmitglied die offensichtlichste Bewerberin für diesen Posten.

Margo war ein Arbeitstier mit gutem politischem Instinkt, den man auch als Charakter interpretieren konnte, und folglich zur Schulsprecherin gewählt worden. Ich hingegen war wegen meines Verhaltens nur knapp einer Verweisung von der Schule entgangen. Wir haben uns beide nicht sehr verändert. Ich hatte meine Schadenfreude nicht ganz unterdrücken können, als Margo ihr Kunststudium aufgab, um einen guten Katholiken zu heiraten, aber fünf Kinder später hatte sie dann einen Abschluß in Jura gemacht und war in die Politik gegangen. Eine gute Frau – oder eine Egomanin, das kommt auf die Sichtweise an – läßt sich eben auf Dauer nicht unterbuttern.

Wir umkreisten einander mißtrauisch beim Chardonnay.

»Na, wie geht's der Umwelt?« fragte ich, obwohl ich sehr wohl wußte, daß im Ministerium Chaos herrschte. Erst vor einer Woche waren Tausende erzürnter Wähler aus der Mittelschicht zum Flughafen marschiert, um gegen den Lärm einer neuen Start- und Landebahn zu protestieren, und jeden Augenblick konnten sie das Parliament House mit ihren Lastwagen blockieren, um ihr traditionelles Recht, die alten Staatswälder zu zerstören, durchzusetzen.

»Ich sehe das Ganze als Feuertaufe«, sagte sie, und schon war sie mir ein bißchen sympathischer. »Und was ist mit dir?«

»Ich habe mir ein Jahr freigenommen«, sagte ich. Durch

meinen siebenunddreißigsten Geburtstag in Panik geraten, hatte ich mit meiner Zeitung eine einjährige Pause vereinbart, um ein Buch über einen umstrittenen Medienmagnaten zu schreiben. Ich steckte bis zu den Ohren in Recherchen, die mich unglaublich langweilten, aber das brauchte Margo nicht zu erfahren.

»Deine Artikel im *Herald* gehen mir ab«, sagte sie.

»Machst du Witze?«

Sie lachte. »Ich war nicht immer der gleichen Meinung wie du, aber zumindest habe ich dich immer fair gefunden. Außerdem hab' ich das, was du geschrieben hast, manchmal ganz gut gegen diese Neandertaler im Kabinett einsetzen können.«

Margos Großzügigkeit verursachte Schuldgefühle in mir wegen der Witze, die ich in der Vergangenheit über sie gerissen hatte, aber da Reue nichts nützt, wenn sie nicht auch zu einem Gesinnungswandel führt, und ich keinerlei Bedürfnis hatte, mich zu ändern, schenkte ich ihnen keine Beachtung.

»Wie schaffst du das alles?« fragte ich.

»Als die Kinder noch klein waren, hatte ich Kindermädchen, und jetzt habe ich eine Haushälterin, eine Mutter und zwei Schwestern, die ich schamlos ausbeute, sowie einen Mann, der ebenfalls Workaholic ist.«

»Was ist, wenn er die Midlife Crisis kriegt und sich mit seiner Sekretärin aus dem Staub macht?«

»In gewisser Hinsicht wäre das sogar eine Erleichterung«, sagte sie ziemlich offen. »Dann müßte ich keine solchen Schuldgefühle mehr haben, weil ich ihn vernachlässige.«

Doch es ging nicht an, daß ich den Star des Abends noch weiter mit Beschlag belegte: Eine durchtrainierte junge Frau im Kostüm gesellte sich zu uns, um Margo ihrerseits für sich zu beanspruchen. »Viel Glück, Margo«, sagte ich.

»Mein Vater hat immer gesagt, jeder ist selbst seines Glückes Schmied«, erwiderte sie. An die Worte sollte sie sich noch erinnern.

Eine Woche später hörte ich in den Frühnachrichten, daß die Leiche von Margo Daniels' Pressesprecher David Valentine in einem Park in der Stadtmitte gefunden worden sei.

Nicht erwähnt wurde allerdings, daß der Green Park ein berüchtigtes Homosexuellenrevier war, wahrscheinlich wegen der politischen Bedeutung des Mordopfers.

Ich hatte David Valentine im Rahmen meiner Arbeit kennengelernt, und obwohl ich ihn von Anfang an für schwul gehalten hatte, war ich nie auf Beweise für meine Vermutung gestoßen. Folglich hatte ich ihn zur Kategorie versteckter Homosexueller gezählt. Seine Angst vor der Entdeckung war verständlich: Seine Chefin Margo Daniels war bekannt – in Homosexuellenkreisen sogar berüchtigt – für ihre Verteidigung der Familie und ihr hartes Vorgehen gegen Verbrechen.

»Du kannst es wohl nicht lassen, was?« sagte Chrissie Wilmot, eine der Reporterinnen des *Herald*, als ich sie anrief, um sie nach den pikanteren Details zu fragen. »Mir sieht die Sache aus wie eine ganz normale Samstagabendvergnügung von Schwulenhassern. Die haben sich wohl auf ihn gestürzt. Hast du gewußt, daß Valentine homosexuell war?«

»Ich hab's vermutet, aber ich hätte nie gedacht, daß er seine Karriere für einen Strichjungen aufs Spiel setzen würde. Was sagt Margo Daniels?«

»Bis jetzt schweigt sie sich aus. Wahrscheinlich werden wir eine Pressemitteilung bekommen, in der sie ihr tiefes Bedauern über das frühe Ableben eines bewährten und geschätzten Mitarbeiters ausspricht und sich über den Werteverfall einer Gesellschaft beklagt, in der ein anständiger Bürger niedergeschlagen werden kann, während er in einem öffentlichen Park seinen ureigensten Geschäften nachgeht.«

Wir mußten lachen. Sobald ich den Hörer aufgelegt hatte, klingelte das Telefon wieder.

»Miss Darcy«, sagte eine rauchige Frauenstimme, »der Minister möchte mit Ihnen sprechen.«

»Welcher Minister?«

Das brachte die junge Frau einen Augenblick lang aus dem Konzept. »Der Umweltminister natürlich, Mrs. Daniels.«

»Na schön«, sagte ich nonchalant, aber mit jagendem Puls und großer Neugierde.

»Lizzie?«

»Margo.«

»Wahrscheinlich hast du über die Sache mit David gehört.«

»Klar. Es ist schrecklich. Ich kann mir vorstellen, daß du ganz schön durcheinander bist.«

Margos Beteuerung, sie sei schockiert und begreife das alles nicht, klang genauso wenig überzeugend wie meine eigene; letztlich hatte sie in dieser Angelegenheit nur mit einer Person Mitleid, nämlich mit sich selbst. Sie war darauf aus, den Schaden zu begrenzen.

»Lizzie, ich möchte nicht kalt klingen, aber Davids Tod hat mich in die Bredouille gebracht. Solange die Flughafenproteste weitergehen, komme ich nicht ohne Pressesprecher aus.«

Wahrscheinlich, so dachte ich, sollte ich ihr jemanden empfehlen, also zerbrach ich mir den Kopf, welcher kompetente Journalist genügend politisches Gespür hatte, sich durch das Minenfeld der Bundespolitik zu lavieren, ohne abgeschossen zu werden. Ich kam auf einen Namen, aber offenbar wollte sie mich.

»Nur ein paar Wochen lang, bis ich einen richtigen Nachfolger für David finde«, versprach sie mir.

Für mich war dieses Angebot wie Rauch für einen alten Feuerwehrgaul. Ich war von Natur aus unfähig, den Verlockungen eines politischen Mordes zu widerstehen, aber da ich wußte, daß Politiker ihrerseits Bedürftige verachten, zierte ich mich eine ganze Weile. Erst ihr Appell an unsere gemeinsame Jugend überzeugte mich schließlich.

In jener Nacht schlief ich schlecht. Ich mache mir keine Illusionen über die Politik. Vor Jahren hatte ich schon einmal in der Mannschaft eines Bundespolitikers gearbeitet. Bereits nach kurzer Zeit hatte ich mir die Kunst der positiven Verdrehung und des strategischen Durchsickernlassens angeeignet und begonnen, die Politik als Spiel zu verstehen, als Spiel, das ich unter allen Umständen gewinnen mußte. Dann hatte ich mich eines Tages bei einem Treffen dabei ertappt, wie ich die Argumente einer Gruppe zerpflückte, der ich früher einmal angehört hatte. Mir war klargeworden, was aus mir geworden war, und ich hatte meinen Rücktritt eingereicht.

Aber ich hatte das Vertrauen in mein Buch verloren und

schon lange aufgehört, den Halbwahrheiten der Journalisten zu glauben, die sich selbst einredeten, sie vergeudeten ihr Leben nicht, wenn sie über Dinge schrieben, die andere Leute erlebten. Ich wollte wieder ins Zentrum der Macht. Während ich mich im Bett herumwälzte, redete ich mir ein, daß Alter und Weisheit mich vor den Versuchungen bewahren würden und daß ich den Hilferuf einer alten Freundin nicht ignorieren konnte. Irgendwie stimmte das sogar: Margo konnte wirklich eine gute Mitarbeiterin in ihrem Team brauchen. Sobald die Medien sich auf sie stürzten, würden die Hyänen in ihrer eigenen Partei beginnen, sie zu umkreisen.

Also unterdrückte ich meine Vorbehalte, knöpfte mein bestes und einziges Kostüm zu und ging am nächsten Tag in Margos Büro an der North Shore. Als erster stellte sie mich Maureen Noonan, ihrer persönlichen Assistentin, vor, einer großen, attraktiven Frau um die Vierzig, die so wirkte, als hätte sie immer alles im Griff.

Maureen stellte mich ihrerseits meinen neuen Kollegen vor, die ziemlich kühl reagierten. Wie alle anderen Ministerien auch, war das von Margo so etwas wie ein Haifischbecken voller Möchtegernpolitiker und Bürokraten, die sich eine große Zukunft ausmalten. Margos Mitarbeiter stellten von vornherein klar, daß sie sich gegen meine Ernennung ausgesprochen hatten und ich mich auch ihnen gegenüber beweisen mußte. Doch falls das dazu dienen sollte, mich einzuschüchtern, funktionierte es nicht: Die Atmosphäre unterschied sich nicht wesentlich von der in all den Zeitungen, für die ich schon gearbeitet hatte.

Ich brauchte gerade zehn Minuten, um zu merken, daß diese Zurschaustellung von Professionalität nur Panik kaschieren sollte. Wenn der Mord an David Valentine Margo aus der Bahn warf, würden sie zusammen mit ihr untergehen.

Maureen schließlich übergab mich Abigail Huntley, Margos zweiter Pressesprecherin, die sich seit David Valentines Tod um die Medienmeute gekümmert hatte. Sie war eine Kunstblondine, spröde und viel zu dünn. Abigail führte mich rasch in meine neue Tätigkeit ein und knallte dann einen ganzen Stapel dringender Akten auf meinen Schreibtisch.

»Ich wehre die telefonischen Anfragen ab, bis Sie sich durch die Akten gearbeitet haben«, sagte sie und verschwand.

Ich las Akten, bis ich nicht mehr richtig sehen konnte, und gab dann ein paar Pressemeldungen heraus. Als ich ein bißchen Zeit zum Schnüffeln hatte, machte ich mich daran, die hierarchischen Strukturen zu erkunden.

Margos engster Mitarbeiter Rowan Sherwood war jetzt der oberste in der Hackordnung. Ich war ihm schon ein paarmal über den Weg gelaufen und hatte ihn immer für aufgeblasen, intrigant und ausgesprochen rücksichtslos gehalten. Er war so etwas wie ein politischer Söldner und hatte als einer der wenigen Mitarbeiter der Minister den letzten Regierungswechsel überstanden. Er war jemand, den man nicht aus den Augen lassen durfte. Heute wirkte Sherwood angespannt und nervös. War er schockiert über Davids Tod, oder machte er sich lediglich Gedanken über die politischen Folgen?

Als ich sein Büro betrat, um mir Instruktionen zu holen, hob er den Blick von seinen Akten und sagte: »Margo hat sie wohl nicht mehr alle, daß sie eine Schnüfflerin wie Sie hier reinläßt.«

»Ja, ich freue mich auch, Sie kennenzulernen, Rowan«, sagte ich, obwohl ich gute Lust gehabt hätte, ihm eine Ohrfeige zu geben.

Er schürzte die Lippen. »Passen Sie auf, was Sie sagen. Wenn aus diesem Büro was durchsickert, wissen wir, wer dafür verantwortlich ist.«

Das war nur eine Provokation. Wir wußten beide, daß jedes Gerede über Margos Angelegenheiten beruflicher Selbstmord für mich gewesen wäre. Doch bevor ich es ihm mit gleicher Münze heimzahlen konnte, klingelte das Telefon, und er wandte mir den Rücken zu und begann zu reden. Ich stand auf, um zu gehen, doch bevor ich draußen war, legte er die Hand auf das Mundstück des Hörers und sagte: »Tja, dann sehen Sie mal zu, daß Ihnen die Geschichte mit der Tunte von Macquarie Street nicht entgleitet.«

Höchst liebenswürdig.

Wenig später sah ich, wie er sich Lindsay Groenewegen,

den Vizepräsidenten der Umweltschutzbehörde, schnappte, als dieser aus Margos Büro kam, und ihn in ein ernsthaftes Gespräch verwickelte. Offenbar handelte es sich um schlechte Nachrichten, denn Groenewegen machte ein grimmiges Gesicht.

Im Lauf des Tages machte ich mich daran, mich bei meinen neuen Kollegen einzuschmeicheln. Dabei erfuhr ich, daß David Valentine zu zurückhaltend gewesen war, um beliebt zu sein; daß Abigail Huntley von den meisten Leuten für ein Miststück gehalten wurde; daß Rowan Sherwood von allen gehaßt und gefürchtet wurde; und daß der Parlamentsassistent Ted Simms gerne mal einen Drink kippte.

Man erzählte mir auch, daß Margo die ganze Mannschaft mit eiserner Hand beherrschte, Lästern, Klagen und lange Gesichter unterband und sich weigerte, sich irgendwelche Ausreden anzuhören. Mehrere der Leute, mit denen ich mich unterhielt, sagten mir den Glaubenssatz von Margo: »Kommen Sie nicht mit Problemen zu mir, sondern mit Lösungen.« Offenbar erzeugte Margo eher Respekt als blinde Hingabe.

Doch alle waren sich darüber einig, daß Maureen Noonan die eigentliche Macht im Staate repräsentierte. So wie sie sie beschrieben, hatte Maureen die logistischen Fähigkeiten eines Generals, den Takt eines Diplomaten und die Unerschütterlichkeit eines Fluglotsen. Sie besaß ein enzyklopädisches Gedächtnis und verlor niemals ein Dokument oder auch nur ein Gerücht aus den Augen. Sie war verschwiegen wie ein Fels und schneidend wie die Klinge einer Axt, und sie mußte nie die Stimme erheben, um das zu bekommen, was sie wollte. Sogar die Zyniker in der Mannschaft sprachen ihren Namen voller Ehrfurcht aus.

Ich ertappte mich bei dem Gedanken, daß Margo wohl Probleme bekommen würde, wenn sie Maureens Unterstützung verlor.

In der wenigen Zeit, die mir zwischen den Anrufen der Reporter, die einen Sexskandal witterten, blieb, versuchte ich, mir über die privaten Verbindungen der Leute im Büro klarzuwerden. Eigentlich hatte ich erwartet, daß die Belegschaft auch nach der Arbeit zusammengluckte, doch die beiden Rechercheure Evelina Villanelle und Sean Kelly waren eher Kollegen als Freunde; Evelina und Abigail Huntley schienen ein enges Verhältnis zu haben, machten aber einen weiten Bogen um Rowan Sherwood. Die Verbindungsleute zwischen den Ressorts hielten zusammen, weil sie offenbar das Gefühl hatten, auf feindlichem Territorium gestrandet zu sein, und die Hilfskräfte hatten außerhalb der Arbeit kaum Kontakt mit den Profis, weil diese kein anderes Thema als die Politik kannten.

Das einzig Merkwürdige war die augenscheinliche Allianz zwischen Rowan Sherwood und Ross Harvey, dem Verbindungsmann der Umweltschutzbehörde. Oberflächlich betrachtet, hätten sie nicht unterschiedlicher sein können. Sherwood war ein Yuppie mit BMW und gutgeschneiderten Anzügen, der in den Gesellschaftsspalten hin und wieder mit einer Politikertochter zu sehen war, während Harvey den Typ des gesetzten Beamten repräsentierte. Er war um die fünfunddreißig und wirkte ein bißchen heruntergekommen. Er schien nur einen Anzug sein eigen zu nennen, ein abgewetztes Ding, das er wahrscheinlich schon zur Firmung getragen hatte. Den Ehrenplatz auf seinem Schreibtisch nahm das Foto mit einer pausbäckigen Frau, zwei blonden kleinen Mädchen und einem Jungen im Rollstuhl ein. Vielleicht verband die beiden Männer ein Interesse für Briefmarken oder Taubenzucht.

Gegen sieben Uhr abends schlich ich erschöpft nach Hause, schenkte mir einen Drink ein und ließ mich vor dem Fernseher auf einen Sessel plumpsen. In den Tagesthemen ließ ein Journalist ein paar ziemlich unmißverständliche Andeutungen auf die sexuelle Komponente im Fall David Valentine fallen. Als die Sendung zu Ende war, klingelte das Telefon: Es war Margo.

»Hast du das gerade gesehen?« fragte sie, ohne sich mit den üblichen Floskeln aufzuhalten. »Was soll ich machen?«

»Wenn du dir absolut sicher bist, daß er nicht schwul war, könntest du ganz offen über das Thema reden und dadurch alle Spekulationen zerstören; wenn nicht, bleibt dir nichts anderes übrig, als dich traurig und ein bißchen verwirrt zu geben. Aber egal, was du machst, man wird dich am Ende der Heuchelei beschuldigen.«

Sie wurde lauter: »Ich hab' David angeheuert, weil er der beste Mann in dem Metier war. Woher sollte ich wissen, daß er schwul war? Soll ich vielleicht auch noch das Sexleben meiner Leute überprüfen? Und außerdem: Nur weil ich persönlich an die Familie glaube, muß ich noch lange keine Homosexuellen diskriminieren.«

»Gleich morgen früh kriegst du einen passenden Text, den du für die Presseleute verwenden kannst«, sagte ich.

Margo war klargeworden, daß ich ihr damit indirekt gesagt hatte, sie solle sich zusammenreißen, und sie beruhigte sich ein wenig. »Danke, daß du bei uns mitmachst, Lizzie. Für mich ist das sehr wichtig.«

Ich legte den Hörer nachdenklich auf und versuchte herauszufinden, was wirklich hinter Margos Tirade steckte. Ich wurde mir nicht schlüssig darüber, ob sie gewußt hatte, daß David schwul war und das Risiko einfach eingegangen war, oder ob sie zu naiv gewesen war, um seine sexuellen Neigungen zu erahnen.

Der zweite Tag meiner Arbeit für Margo begann mit einer Panik über eine verlegte Akte, in der es um den Antrag einer Produktionsstätte von giftigen Chemikalien auf Erweiterung ging. Nachdem wir das ganze Gebäude auf den Kopf gestellt hatten, ohne etwas zu finden, rief Maureen mich an und bat mich, zu ihr zu kommen.

»Könnten Sie uns einen Gefallen tun?« fragte sie.

Uns, dachte ich. Also gibt Maureen Anweisungen im Namen von Margo.

»Der einzige Ort, an dem wir noch nicht nach der Sharrock-Akte gesucht haben, ist David Valentines Wohnung. Ich dachte mir, vielleicht könnten Sie ja hinfahren und sich dort umsehen.«

Eigentlich bin ich nicht abergläubisch, aber ein bißchen kam mir die Sache wie Leichenfledderei vor. Ich zögerte.

»Rowan ist nicht da, und ich hatte das Gefühl, daß die Angelegenheit für die anderen zu unangenehm wäre«, sagte

Maureen. Das klang eher nach einem Befehl als nach einer Bitte.

»Hat er oft Akten mit nach Hause genommen?« fragte ich.

»Ja, doch. Margo hat ihn vor ein paar Tagen gebeten, sich die Sharrock-Akte genauer anzusehen, weil die Lokalblätter eine Kampagne gegen die Anlage angezettelt haben. Die sind der Meinung, daß sie zu nahe an einer neuen Wohnsiedlung dran ist.«

»Wo wohnt er?«

»In Bondi Beach. Hier, ich habe Ihnen die Adresse aufgeschrieben.«

»Und wie soll ich in die Wohnung kommen, Maureen?«

»Ich habe mit der Polizei geredet; die schicken uns den Schlüssel.«

Spiel, Satz und Sieg für Maureen Noonan.

Während ich auf den Schlüssel wartete, machte ich mir eine Tasse Kaffee und ging hinaus auf den Hof, um eine Zigarette zu rauchen. Mittlerweile ist das ja in allen staatlichen Gebäuden verboten. Dort befand sich schon Abigail Huntley, die sich gerade mit Sean Kelly, dem Rechercheur, unterhielt, einem dünnen, ein wenig gebeugten Typ mit einem schütteren Gelehrtenbart und aufmerksamen braunen Augen hinter einer dicken Brille.

»Margo ist so durcheinander...«, sagte Abigail gerade. Als sie mich sah, schwieg sie verlegen.

»Hatten David und Margo ein enges persönliches Verhältnis?« fragte ich.

Abigail zögerte und kam dann zu dem Schluß, daß die Frage harmlos war. »In gewisser Hinsicht schon. Eigentlich hatte niemand ein wirklich enges persönliches Verhältnis zu David, aber wenn Margo jemanden fürs Grobe brauchte, hat sie sich immer an ihn gewandt. Er war sehr, sehr diskret.«

»Was meinen Sie mit ›fürs Grobe‹?«

Sie sahen einander an. »Ach, das ist nur so ein Ausdruck«, sagte Abigail.

»David hatte ein sehr viel engeres Verhältnis zu Maureen«, sagte Sean Kelly.

»Tatsächlich?«

»Ja, sie haben sich immer zusammen in Margos Büro ein-
geschlossen, wenn sie nicht da war, und den neuesten Klatsch
ausgetauscht und gelacht«, sagte Abigail. »Die zwei waren
ein Herz und eine Seele. Offen gestanden, weiß ich nicht so
recht, was sie an ihm gefunden hat.«

Damit wandte sie sich zum Gehen. Sean Kelly sah ihr mit
einem süffisanten Grinsen nach und sagte: »Abby war nur
eifersüchtig; sie war auf seinen Job scharf. Wenn ich Sie wäre,
wäre ich ein bißchen vorsichtiger. Sie ist ganz schön ehrgeizig.«

Später fuhr ich, mit einem Schlüssel bewaffnet, den ein ner-
vöser und lächerlich junger Polizeibeamter vorbeigebracht
hatte, hinaus nach Bondi Beach. Als ich die Tür zu David
Valentines Wohnung aufschloß, kam ich mir vor wie ein Einbrecher. Aus dem Innern schlug mir abgestandene, muffige
Luft entgegen, also machte ich die Fenster auf, aus denen sich
ein exklusiver Blick auf den Strand bot, von dem das Don-
nern der Brandung und des Verkehrs heraufklangen. David
hatte guten Geschmack gehabt: Parkettböden, nur wenige
Möbel, ein paar atemberaubende Gemälde von Aborigines,
eine Bücherwand und eine teuere Stereoanlage. Aber nirgends eine Spur von der Akte in dem beängstigend ordentlichen Wohnzimmer.

Ich hatte keinerlei Grund dafür, in David Valentines Bad zu
schauen, aber das hielt mich nicht davon ab, es trotzdem zu
tun: Schließlich steckt die Neugierde in den menschlichen
Genen. Neben den üblichen Arzneien fand ich im Medizin-
schränkchen mehrere Päckchen Kondome, und auf einer
Ablage aus Glas standen fünf Fläschchen teuren Aftershaves
nebeneinander wie die Husaren. Es sah ganz so aus, als habe
David Valentine tatsächlich ein Sexleben gehabt, aber die
Frage war: mit wem?

Die Antwort befand sich in einem Fotoalbum, das ich in
der obersten Schublade eines Nachtkästchens entdeckte. Es
war voller Aufnahmen von David mit einem zierlichen, blonden, attraktiven jüngeren Mann, dessen Name auf der Rückseite der Bilder mit Heath angegeben war.

Da fehlte nur noch der Nachname. Also wählte ich die

Nummer, die unter »Heath« in Davids Telefon gespeichert war. Ein Anrufbeantworter erklärte mir, Heath Robertson könne den Anruf im Augenblick nicht persönlich entgegennehmen, ich solle eine Nachricht hinterlassen, was ich allerdings nicht tat.

Später rief Margo mich zu einer Einsatzbesprechung ins Parliament House in der Stadt. Die hektische Geschäftigkeit in der Macquarie Street weckte so etwas wie nostalgische Gefühle in mir, doch ich war mir im klaren darüber, daß es sich dabei lediglich um einen Pawlowschen Reflex handelte. Ich bin mittlerweile zu alt und zu zynisch, um Politiker noch für so wichtig zu nehmen, wie ihr eigenes Ego es gern hätte. Margo war noch immer aufgeregt über die Reaktion der Medien auf Davids Tod und fragte sich, ob wir unsere Strategie verändern mußten. Ich erinnerte sie daran, daß Reporter sich immer nur sehr kurz auf etwas konzentrieren können, und riet ihr, ihre Linie beizubehalten. Mit ein bißchen Glück würden ein Erdbeben, ein Zyklon oder der unbeherrschte Ausbruch des Premierministers sie alle in eine andere Richtung locken, und sie würden vergessen, wieder zurückzukommen.

An jenem Abend rief ich Chrissie Wilmot vom *Herald* an und fragte sie, ob die Polizei in dem Mordfall schon irgendwelche Fortschritte gemacht habe.

»Die Obduktion hat ergeben, daß er eine sehr dünne Schädeldecke hatte und an einem Schlag gestorben ist, der einen Durchschnittstypen wahrscheinlich nicht umgebracht hätte«, erklärte sie mir.

»Also könnte es einfach Pech gewesen sein?«

»Ja. Und auch die Theorie mit den Schwulenhassern, die sich auf ihn gestürzt haben, klingt immer weniger überzeugend. Ich hab' ein Gerücht gehört, daß ein Transvestit, der in der Gegend auf den Strich geht, jemanden dabei beobachtet hat, wie er in jener Nacht etwas Schweres aus einem Wagen in den Green Park gezerrt hat. Aber freu dich nicht zu früh. Der Kerl nimmt Speed. Vielleicht hat er sich die ganze Sache bloß eingebildet.«

»Und wenn nicht ...«

»Tja, dann hat jemand Valentine anderswo umgebracht und ihn im Park abgeladen.«

»Damit es aussieht wie ein Sexualmord«, sagte ich. »Einen anderen Grund gibt es nicht, ein solches Risiko einzugehen. Was bedeutet, daß wir anfangen sollten, uns nach einem anderen Motiv umzusehen.«

»Wir?« fragte Chrissie. »Ich hab' gedacht, du hast dir das Jahr freigenommen.«

Ich ignorierte ihre Bemerkung. »Wenn er nicht im Green Park auf Brautschau war, wo hat er sich dann in der Nacht rumgetrieben?«

»Tja, da fragst du mich zuviel.«

Wenn irgend jemand das wußte, dann Heath Robertson. Er stand im Telefonbuch, und diesmal war er auch zu Hause, als ich anrief. Allerdings reagierte er sehr zurückhaltend und wollte wissen, wie ich seine Nummer herausgefunden hatte. Als ich es ihm gestand, sagte er, die Polizei sei mir bereits zuvorgekommen und habe ihm ziemlich zu schaffen gemacht, bis er ein hieb- und stichfestes Alibi vorweisen konnte. Er war im Gesundheitsministerium beschäftigt und hatte an einer Konferenz an der Gold Coast, also achthundert Kilometer weiter nördlich, teilgenommen, als sein Liebhaber getötet worden war.

Als er merkte, daß ich Insider-Informationen über den Fall hatte, erklärte er sich bereit, sich mit mir zu unterhalten.

Wir trafen uns in einem leeren, wunderbarerweise ruhigen Coffee Shop an der Espressomeile in Darlinghurst. Ein gelangweilter, schwarz gekleideter Kellner brachte uns einen Cappuccino und verschwand dann wieder, um weiter in seiner eselsohrigen Taschenbuchausgabe von *Middlemarch* zu lesen.

Ich kannte Heath Robertson von den Fotos, aber jetzt hatte er dunkle Ringe unter den grauen Augen, und Fältchen zogen sich um seine Mundwinkel. Ich erzählte ihm von dem Zeugen, und er stützte den Kopf in die Hände und hätte vor Erleichterung fast geweint. Er sagte, er sei fast verrückt geworden, weil er nicht mehr gewußt habe, ob er den Mann, den er liebte, völlig falsch eingeschätzt hatte.

»Es hat einfach keinen Sinn ergeben. Er hatte ja sogar Angst, auch nur in die Nähe von Schwulenkneipen zu gehen, weil ihn dort jemand erkennen und etwas ausplappern könnte. Und selbst wenn er mich betrügen wollte, hätte er nicht genug Selbstvertrauen gehabt, sich dort jemanden zu suchen. Ich hab' ihn ja fast vergewaltigen müssen, als wir uns kennengelernt haben, und da war er noch zehn Jahre jünger ...«

Er schluchzte kurz auf, fing sich aber schnell wieder. »Ich hab' diese Heimlichtuerei gehaßt und bin mir vorgekommen wie ein Verbrecher, aber er hat sich gegen ein Coming-out gesträubt. Anfangs hat er seinen Vater als Ausrede vorgeschoben und gesagt, das würde ihn umbringen. Und als sein Vater dann gestorben ist, hat er sich auf die Verrückte Margo rausgeredet und gesagt, sie würde ihn auf die Straße setzen, wenn sie's rausfindet.« Er schwieg eine Weile. »Diese ganzen vergeudeten Jahre, und jetzt weiß sowieso die ganze Welt Bescheid.«

»Wenn's keine Schwulenhasser waren, muß es ein anderes Motiv gegeben haben«, sagte ich. »Hat er sich vor seiner Ermordung irgendwie ungewöhnlich verhalten?«

»Ja. Er war ziemlich angespannt und hat nicht richtig schlafen können. Und er hat wieder zu rauchen angefangen. Das habe ich alles schon der Polizei gesagt, aber die Beamten waren der Ansicht, das ergebe doch Sinn, wenn er mich betrogen hat. Die haben sich getäuscht, da bin ich mir sicher: Es lag an seinem Job.«

»Wieso?«

»Er hat sich mit Rowan Sherwood gestritten.«

»Worüber?«

»Das weiß ich nicht so genau, aber die Sache fing an, nachdem er nach Dolphin Bay zur Beerdigung seines Vaters gefahren war. Offensichtlich wollten die Japaner ein riesiges Erholungszentrum dort aufbauen, und die Freunde seiner Eltern haben ihm wohl deswegen in den Ohren gelegen.«

»Aber darüber wußte er doch sicher schon Bescheid?«

»Ich glaube nicht, daß er sich darüber im klaren war, was dieses Erholungszentrum aus dem kleinen Ort machen

274

würde. Er war entschlossen, den Bau des Zentrums zu verhindern. Glauben Sie ...«

»Ich glaube noch gar nichts«, sagte ich. »Hat er Ihnen gesagt, was er vorhatte?«

»Nein. Er hat sich mit mir nie über politische Angelegenheiten unterhalten. ... Manchmal hat er sich aufgeführt wie ein persönlicher Diener der Queen. Queen Margo.« Seine Stimme klang verbittert. »Er hat diese Kuh vergöttert, und sie hat ihn ausgenützt, weil er keine Familie hatte, in deren Schoß er sich flüchten konnte.«

»Also haben Sie nicht mit ihm zusammengelebt?«

Er senkte den Blick. »Nein. Ich habe meine eigene Wohnung.«

Ich hatte Mitleid mit Heath Robertson, der offenbar immer unter der Fuchtel seines Geliebten gestanden hatte. Aus Angst hatte David Valentine ihn wie einen Strichjungen behandelt, und dieser Verrat schmerzte immer noch. Wahrscheinlich hatte er erst in den morgendlichen Nachrichten vom Tod seines Geliebten erfahren, wie ein völlig Fremder. Ich war mir nicht so sicher, ob ich David Valentine hätte leiden können. Als ich mich vor dem Coffee Shop von Heath Robertson verabschiedete, fragte ich ihn, ob er zurechtkommen würde.

»Nein, aber weder Sie noch irgend jemand sonst kann mir da helfen.«

Wahrscheinlich hatte ich diese Antwort erwartet.

Am nächsten Morgen sagte Abigail mir, daß Maureen Noonan die Sharrock-Akte unter einem Stapel anderer Papiere auf Margos Schreibtisch gefunden hatte. Das erschien mir nicht gerade typisch für Margo, aber schließlich steckte sie auch in einer Krise. Endlich kehrte wieder Vernunft oder zumindest das, was man in der Politik darunter versteht, ein.

Als ich später am Morgen mit einem Kaffee aus der Küche kam, sah ich, daß Rowan Sherwood und Ross Harvey am Fotokopierer miteinander redeten. Dann ging Sherwood. Neugierig geworden, huschte ich an ein Fenster und beobachtete ihn, wie er draußen wild gestikulierend, eine Zigarette in der Hand, in sein Handy sprach. Vielleicht redete er da mit seiner Freundin oder seinem Buchmacher, aber dieses Vielleicht reichte mir nicht: Ich wollte mehr erfahren.

Kurz darauf kam er wieder herein, steckte das Handy in eine Schreibtischschublade und machte sich auf den Weg zur Herrentoilette. Nachdem ich mich kurz umgesehen hatte, schlüpfte ich in sein Büro, packte das Telefon und drückte auf den Wiederwahlknopf. Es meldete sich eine Frauenstimme: »Sie sind mit dem Büro des Bürgermeisters verbunden. Kann ich Ihnen behilflich sein?«

»Ich bin mir nicht sicher, ob ich die richtige Nummer gewählt habe«, schnurrte ich. »Bin ich mit dem Bürgermeister von Casterbridge verbunden?«

»Nein«, antwortete die Frau. »Mit dem Bürgermeister von Dolphin Bay.«

Warum brüllte Margos politischer Berater den Bürgermeister eines kleinen Ortes an, in dem bald ein Erholungszentrum gebaut werden sollte? Und worüber hatten sich Rowan Sherwood und der Verbindungsmann der Umweltschutzbehörde gestritten?

Ich brauchte mehr Informationen über das Dolphin-Bay-Projekt.

In einem ruhigen Moment begann ich, mich mit Dolphin Bay zu beschäftigen, das sich als kleiner Ort an einer Flußmündung an der Nordküste entpuppte. Bei meiner ersten Suche fand ich lediglich eine kurze Notiz, eine jener salbungsvollen ministeriellen Antworten, in denen es hieß, die Pläne befänden sich noch im Entwicklungsstadium, und das Erholungszentrum würde erst genehmigt, »wenn die entsprechenden Umweltverträglichkeitsuntersuchungen ergäben, daß die Fischindustrie von Dolphin Bay durch das Projekt nicht zu Schaden käme«. Mit anderen Worten: leere Versprechungen.

Jane Gunn von der Coast Guard, einer Umweltschützergruppe, konnte mir die schmutzige Seite des Geschäfts erklären. Ein japanisches Konsortium hatte den Antrag auf den Bau eines Erholungszentrums mit siebenhundert Zimmern, Kasino und Jachthafen eingereicht, ein Projekt, das sich hauptsächlich an japanische Touristen richtete. Die Bewohner des Ortes waren geteilter Meinung: Manche waren entsetzt über die drohende unausweichliche Zerstörung ihres bisherigen Lebens, andere ließen sich durch die Aussicht auf Arbeitsplätze und den Glimmer des Kasinos verlocken. Die Grünen der North Coast hatten sich in den Streit eingemischt und vorgebracht, daß ein Projekt dieser Größe mit ziemlicher Sicherheit die Flußmündung verschmutzen, die Mangroven zerstören, den größten Teil der Meeresfauna in dieser Gegend auslöschen und die Fischindustrie zugrunde richten würde.

»Margo Daniels unterstützt das Projekt, genauso wie übrigens der Minister für Tourismus«, sagte Jane. »Der Antrag ist durch den Stadtrat von Dolphin Bay gepeitscht worden, und die Umweltschutzbehörde hat das Projekt für unbedenklich erklärt.«

»Wie lief die Geschichte im Stadtrat?« fragte ich. Trotz der Bemühungen der Antikorruptionskommission gab es in New South Wales auf der kommunalen Ebene noch genug Korruption.

»Nun, wir haben keine Beweise, mit denen man vor Gericht etwas anfangen könnte, aber der Bürgermeister hat sich vor drei Monaten ein Jaguar-Cabriolet gekauft.«

»Welche Farbe?«

»Silber«, sagte sie, und wir mußten beide lachen.

»Wer hat die Umweltverträglichkeitsuntersuchung durchgeführt?« fragte ich.

»So 'ne zwielichtige Gruppe, die heißt McCluskey und Farrell. McCluskey hat früher in der Umweltschutzbehörde gearbeitet, aber er ist verdächtig früh in den Ruhestand gegangen und hat immer noch eine Menge Freunde dort. Übrigens auch Lindsay Groenewegen, den Vizepräsidenten.«

»Sollte das neue Küstenschutzgesetz solche Sachen nicht unterbinden?« fragte ich.

Die Regierung hatte unter dem Druck der Grünen endlich Gesetze erlassen, die die rapide Zersiedelung der Küste verhindern sollten, bei der Sanddünen und Strände zerstört und manchmal sogar Ebbe und Flut beeinflußt wurden.

»Tja, das ist leider noch nicht in Kraft getreten, Lizzie«,

sagte Jane traurig. »Es soll in ungefähr zwei Wochen vors Parlament.«

Ich legte auf und fragte mich, warum die Medien sich noch nicht auf diese Kontroverse gestürzt hatten, doch dann wurde mir plötzlich klar, daß wahrscheinlich David Valentine für dieses Stillschweigen verantwortlich war. Jedenfalls anfangs; später war er aufgewacht und hatte beschlossen, etwas gegen das Projekt zu unternehmen. Jetzt konnte ich verstehen, warum er so nervös gewesen war: Um Dolphin Bay zu retten, mußte er mit Margo reden und riskieren, seinen Job zu verlieren. Hatte er vorgehabt, alles an die große Glocke zu hängen?

Ross Harvey sah mich merkwürdig an, als ich zu ihm ging.

»Ich möchte den Umweltbericht über Dolphin Bay einsehen«, sagte ich.

Er blinzelte. »Warum?«

Ich sah ihn mit durchdringendem Blick an, und er wurde rot.

»Ich habe keine Kopie«, sagte er.

»Tja, dann besorgen Sie mir eine, Ross. Und zwar noch heute.«

Sobald er sich unbeobachtet fühlte, schlüpfte er in Rowan Sherwoods Büro.

Ich sah mich nach der Akte mit der Korrespondenz über das Projekt um. Sie schien verschwunden zu sein. Also beschloß ich, Evelina Villanelle auszuquetschen. Natürlich ging ich damit ein Risiko ein; eine Umweltökonomin, die für eine konservative Ministerin arbeitete, war wahrscheinlich nicht dunkelgrün, aber hoffentlich zumindest ehrlich.

Auf dem Weg zu Evelinas Büro lief ich Maureen Noonan über den Weg, die gerade herauskam. Mit einem mysteriösen Lächeln marschierte sie davon. Ich wußte nicht so recht, was das sollte, ging aber hinein und schloß die Tür hinter mir.

Evelina starrte hinter einem Schreibtisch mit Akten und Dokumenten, zwei schmutzigen Tassen, einer Vase mit verwelkten Rosen und einem silbergerahmten Foto von Evelina und einem schönen schwarzen Pferd stirnrunzelnd vor sich hin.

»Was wissen Sie über das Dolphin-Bay-Projekt?« fragte ich.

Ihre Augen verengten sich. »Warum?«

»Ich habe den Eindruck, daß es etwas mit Davids Tod zu tun hat.«

Evelina blieb der Mund offenstehen. Sie hob den Blick und sah mich an. Sie traf eine Entscheidung.

»Politisch gesehen, ist der Minister für Tourismus nur der örtliche Abgeordnete, und er ist scharf darauf, daß das Projekt durchgezogen wird, genauso übrigens wie der Bürgermeister, und der ist ein Schleimer.

Wirtschaftlich gesehen, würde das Projekt den Ort in kurzer Zeit aus einem schwarzen Loch retten. Sie wissen schon: neue Arbeitsplätze im Baugewerbe und so weiter. Langfristig allerdings ist die Sache ein Blindgänger. Das Erholungszentrum wird von der Großstadt aus beliefert, japanische Subunternehmer werden die Touristen zum und vom Erholungszentrum transportieren und sie zum Angeln und Sightseeing hinausfahren, und japanische Boutiquen werden importierte Mode und Souvenirs verkaufen. Natürlich wird es auf der unteren Ebene Arbeit für die Einheimischen geben, aber weil sie weder Japanisch sprechen noch die japanischen Höflichkeitsformen kennen, werden sie nicht die guten Jobs bekommen. Es werden japanische Arbeitskräfte ins Land geholt werden.«

Sie holte Luft.

»Und umweltpolitisch gesehen?« fragte ich.

»Tja, das ist noch nicht ganz abzusehen ...«

»Was heißt das?«

In die Enge getrieben, flüchtete sie sich in Behördenlatein. »Nun, es gibt Leute, die das sehr positive Ergebnis der Umweltverträglichkeitsuntersuchung, die von sorgfältig ausgewählten Firmen unter den im örtlichen Umweltplan von Dolphin Bay festgelegten Bedingungen durchgeführt wurde, in Frage stellen.«

»Wie sieht der Zeitplan aus?« fragte ich.

»Das Dolphin-Bay-Projekt soll nächste Woche vors Kabinett und wird von der Umweltministerin unterstützt.«

Evelina senkte den Blick und sagte leise: »Auf Anraten gewisser Mitarbeiter.«

Um sechs Uhr abends streckte Maureen den Kopf zu meiner Tür herein und sagte: »Wir trinken noch was in Margos Büro. Sie hat mich gebeten, Sie auch einzuladen.«

Ich wusch mir das Gesicht, warf einen Blick in den Spiegel und kam zu dem Schluß, daß ich nicht viel tun konnte. Dann machte ich mich auf den Weg, um mir den engsten Kreis um Margo genauer anzusehen. Der arrogante Rowan Sherwood, der niedergeschlagene Ross Harvey, der zickige Sean Kelly, die ehrgeizige Abigail Huntley, der versoffene Ted Simms und Margos junger, gutaussehender Fahrer Ron – alle waren sie da.

In den Gesprächen ging es hauptsächlich um politische Gerüchte und Football. So gegen sieben machte Ross Harvey Anstalten zu gehen, und Rowan Sherwood beschloß, ihn zu begleiten. Als die anderen sich verabschiedeten, gab Margo mir ein Zeichen zu bleiben.

»Die Medien scheinen endlich das Interesse an Davids Ermordung verloren zu haben«, sagte sie und ersetzte ihr Mineralwasser durch einen doppelten Scotch.

»Das wird schon wieder aufflammen, wenn die rausfinden, wer's war.«

»Nun, vielleicht finden sie das nie raus«, sagte sie.

Ich hielt das für unwahrscheinlich, hielt aber den Mund.

Dann überraschte sie mich mit ihrer nächsten Äußerung: »Er fehlt mir ... obwohl es in letzter Zeit hier viel friedlicher zugeht.«

»Wie meinst du das?«

»Sie haben sich zwar in meiner Gegenwart große Mühe gegeben, aber in den letzten Wochen haben David und Rowan kaum noch miteinander gesprochen.«

Das erschien mir wie ein vielversprechender Ansatz. »Margo, was weißt du über den Antrag für das Dolphin-Bay-Projekt?«

»Nicht viel. « Sie wirkte jetzt sehr aufmerksam, als frage sie sich, wohin das führen solle.

Ich schwieg. Wie die meisten Politiker konnte sie nur schlecht mit Schweigen umgehen und redete schließlich weiter: »Aber ich habe den Eindruck, daß das Projekt sinnvoll ist«, sagte sie, ohne mich aus den Augen zu lassen. »Die Gegend könnte Auftrieb vertragen, und der Tourismus scheint die einzige Lösung zu sein. « Sie lachte. »Rowan nennt das Gebiet die Bucht der Flauten. «

Na so was, dachte ich. »Und welche Auswirkungen wird das auf die Umwelt haben? «

»Ich habe bis jetzt nur eine kurze Zusammenfassung zu dem Thema gesehen, aber die machte einen guten Eindruck ... Was soll das alles, Lizzie? «

Ohne ihrer Frage Beachtung zu schenken, sagte ich: »Was hat David davon gehalten? «

»Er war strikt dagegen. Weißt du, er ist in der Gegend aufgewachsen, und seine Mutter lebt noch dort. Wahrscheinlich wollte er nicht, daß sich da was verändert. Rowan hat gesagt, er hat sich böswillig quergestellt. «

»Also ist Rowan dafür? «

Ich konnte fast sehen, wie sich ihr die Nackenhaare sträubten. »Er findet, das ist gut für das Land. «

Margo war nicht dumm; sie hatte eins und eins zusammengezählt, während ich redete. Nun stand sie auf, ging zum Fenster und genoß den Blick, den sich nur wenige Steuerzahler leisten konnten. Dann sagte sie: »Du willst mir nicht sagen, daß da was faul ist, Lizzie, oder? Und das noch zu dem Mord an David ...«

»Ich habe keine Beweise, Margo, aber wenn ich du wäre, würde ich nicht warten, bis welche auftauchen. Rowan Sherwood und Ross Harvey stecken unter einer Decke, und Rowan staucht den Bürgermeister von Dolphin Bay über sein Privattelefon zusammen. Einer deiner Mitarbeiter hat ernsthafte Zweifel an dem Projekt, und die Leute von Coast Guard meinen, daß die Gruppe, die die Umweltfragen geklärt hat, zu enge Verbindungen zu Lindsay Groenewegen von der Umweltbehörde hat. «

Ich schwieg eine Weile. »Und natürlich war David Valentine gegen das Projekt und hat sich deswegen mit Rowan Sherwood gestritten. Und jetzt ist er tot.«

Margo hielt sich an ihrem Glas fest wie an einem Strohhalm. »Aber David ist doch von Schwulenhassern umgebracht worden.« Ich erwiderte nichts. Mit lauterer Stimme fragte sie: »Oder?«

»Es ist wahrscheinlicher, daß er anderswo getötet und dann einfach im Green Park abgeladen wurde, damit es nach einem Sexualmord aussah, Margo. Um die Aufmerksamkeit vom eigentlichen Motiv abzulenken.«

»Und das wäre?«

»Natürlich Geld. Ganze Wagenladungen davon.«

Margo initiierte ihre eigene Untersuchung der Dolphin-Bay-Anträge und übergab ihre Ergebnisse der Antikorruptionskommission. In der Zwischenzeit wandte ich mich mit meinen Vermutungen an die Polizei.

Als die Beamten auf ihn zukamen, gestand Ross Harvey, sagte aber auch, er habe lediglich als Vermittler zwischen Rowan Sherwood und Lindsay Groenewegen agiert, der die fingierte Umweltverträglichkeitsuntersuchung durch George McCluskey organisiert habe. Harvey erklärte, er habe alles nur für seinen behinderten Sohn getan. Der Bürgermeister von Dolphin Bay und Rowan Sherwood schwiegen, aber ein verstimmter Angestellter von McCluskey und Farrell verpfiff seinen Chef, der seinerseits gegen Lindsay Groenewegen aussagte.

Gerichtsmedizinische Tests ergaben, daß die Gewebereste an David Valentines Leiche identisch waren mit der Matte im Kofferraum von Rowan Sherwoods BMW. Mit diesem Beweis konfrontiert, gestand er, David Valentine im Affekt niedergeschlagen zu haben, nachdem dieser ihm erklärt hatte, er habe genug Beweismaterial, um die Verschwörung auffliegen zu lassen. Offenbar war Sherwood ein Spieler und stand unter dem Druck, eine Viertelmillion Dollar an Kredithaie zurückzahlen zu müssen. Groenewegen war nur einfach geldgierig.

Nach meiner Aussprache mit Margo blieb ich nicht mehr lange: Es lagen zu viele Mutmaßungen in der Luft. Als ich meinen Schreibtisch ausräumte, kam Maureen vorbei.

»Sie werden uns fehlen«, sagte sie. »Sie verstehen Ihr Handwerk.«

»Maureen, im Vergleich zu Ihnen komme ich mir vor wie eine Amateurin«, sagte ich, steckte die letzten Sachen in meine Tasche und erhob mich.

Wir wußten beide, daß Maureen die ganze Sache angeleiert hatte. Sie hatte mich nur noch in die richtige Richtung lenken müssen. Sie hatte David Valentines Tod gerächt, Dolphin Bay gerettet – zumindest vorerst –, Margo Daniels für ihre Heuchelei bestraft und war selbst ungestraft davongekommen.

Ich glaube jetzt nicht mehr, daß Margo Daniels der erste weibliche Premierminister von Australien werden wird. Falls Maureen Noonan jemals beschließen sollte, sich um das Amt zu bewerben, weiß ich jedenfalls, auf wen ich mein Geld setzen werde.

Die Autorinnen

Linda Barnes schrieb ihren ersten Krimi mit der Figur des Michael Spraggue 1981. Nach drei weiteren Geschichten mit Spraggue führte sie 1985 in der preisgekrönten Story »Lucky Penny« Carlotta Carlyle ein. Carlotta hat seitdem in sechs Romanen die Hauptrolle gespielt, zuletzt 1995 in *Carlotta geht ins Wasser*. Linda Barnes hat den Anthony und den American Mystery Award bekommen und wurde für den Edgar und den Shamus nominiert. Sie ist in Detroit geboren, lebt jedoch jetzt zusammen mit ihrem Mann und ihrem sechsjährigen Sohn in der Nähe von Boston.

Nevada Barr hat einen Magister der University of California in Schauspielkunst und arbeitete acht Jahre lang in Minneapolis/St. Paul fürs kommerzielle Theater. Mit sechsunddreißig entschloß sie sich zu einem Berufswechsel und wurde Nationalparkaufseherin. Im Augenblick ist sie am Natchez Trace in Mississippi tätig. Nevada Barr hat fünf Romane geschrieben und für den zweiten davon – *Die Spur der Katze* – sowohl den Agatha als auch den Anthony bekommen. Ihr neuestes Buch mit dem Titel *Firestorm* mit Nationalparkaufseherin Anna Pigeon, die sich detektivisch beschäftigt, kam im Frühjahr 1996 heraus.

Amel Benaboura wurde 1966 in Algerien geboren und hat schon sehr früh mit dem Schreiben begonnen. Bis jetzt hat sie drei Kriminalromane verfaßt, die in Frankreich herausgekommen sind und von der Kritik gelobt wurden. Etliche ihrer Geschichten sind auch auf tschechisch und deutsch erschienen. Sie lebt mit ihrem Mann und zwei Kindern in Algerien.

Eleanor Taylor Bland wurde 1972 von ihren Ärzten mitgeteilt, daß sie Krebs habe und nur noch zwei Jahre leben werde. Mit ihrer eigenen Sterblichkeit konfrontiert, kam sie zu dem Schluß, daß sie vor ihrem Tod noch den Collegeabschluß machen und ein Buch veröffentlichen müsse. Im Juli 1995 wurde nun bereits ihr viertes Werk mit Marti McAlister unter dem Titel *Done Wrong* veröffentlicht. Sie hat inzwischen Abschlüsse in Buchhaltung, Pädagogik und Wirtschaft. Eleanor Taylor Bland ist Mitglied der Sisters in Crime und der Mystery Writers of America und lebt in Waukegan, Illinois.

P. M. Carlson hat Psychologie und Statistik an der Cornell University unterrichtet, bevor sie zu dem Schluß kam, daß ihr das Verfassen von Kriminalgeschichten mehr Spaß machen würde. Die Romane von P. M. Carlson wurden für den Edgar, den Macavity und zwei Anthonys nominiert und für die Liste der zehn Besten der *Drood Review of Mystery* ausgewählt. Außerdem führte sie den Vorsitz der Sisters in Crime von 1992 bis 1993. In ihrem neuesten Roman mit dem Titel *Bloodstream* taucht die Figur des weiblichen Hilfssheriffs Martine Hopkins zum zweitenmal auf.

Liza Cody wuchs in London auf, wo sie Malerei studierte und später in Madame Tussaud's Wachsfigurenkabinett arbeitete. Sie hat sechs Anna-Lee-Krimis geschrieben und beschäftigt sich seit kurzem mit dem Profiringerinnenmilieu, zum Beispiel in *Schweres Geschütz* und *Schwesternkrieg*. Derzeit lebt sie in Somerset.

Dorothy Salisbury Davis hat 1985 den Grandmaster Award der Mystery Writers of America bekommen. Ihre frühen Romane und Kurzgeschichten hatten noch mit ihren Wurzeln im Mittleren Westen zu tun, doch nach *A Gentle Murder* (1951) wechselte der Schauplatz ihrer Werke nach New York. Mrs. Davis hat insgesamt zwanzig Romane und vierundzwanzig Kurzgeschichten verfaßt; sie wurde siebenmal für den Edgar nominiert und ist Mitglied des Adams Round Table.

Frances Fyfield hat sieben äußerst erfolgreiche Kriminalromane geschrieben, davon *Roter Rausch, Feuerfüchse, Tiefer Schlaf, Nachtangst* und *Ein reines Gewissen* mit Kronanwältin Helen West und Detektiv Geoffrey Bailey. Unter dem Pseudonym Frances Hegarty hat sie zwei psychologische Thriller verfaßt, und auch ihr neuer Roman mit dem Titel *Feuertanz* erschien unter diesem Autorennamen. Frances Fyfield arbeitet als Anwältin in London und dient derzeit der Kronanwaltschaft in besonderer Eigenschaft.

Susan Geason lebt in Sydney, Australien, und arbeitet als Feuilletonredakteurin beim *Sun-Herald*. In ihren ersten drei Romanen spielte Privatdetektiv Syd Fish die Hauptrolle, assistiert von der Journalistin Lizzie Darcy, der Heldin der hier vorliegenden Kurzgeschichte. Ihr letzter Spannungsroman mit dem Titel *Wildfire*, der sich mit den verheerenden Buschfeuern im Januar 1994 auseinandersetzt und Rachel Addison, eine Beamtin der Mordkommission und Psychologin, einführt, ist gerade bei Random House herausgekommen.

Elizabeth Georges Bücher liegen in einundzwanzig Sprachen übersetzt vor und werden in den Vereinigten Staaten, Kanada, Italien, Großbritannien, Deutschland, Schweden und Australien veröffentlicht. Sie ist also eine echte internationale Bestsellerautorin. Elizabeth George hat den Anthony bekommen und ist sowohl für den Edgar als auch für den Macavity nominiert worden. Zu ihren jüngsten Titeln zählen *Asche zu Asche* und *Im Angesicht des Feindes*. Wenn sie nicht gerade an ihrem nächsten psychologischen Kriminalroman arbeitet, unterrichtet sie am Coastline Community College angehende Autoren in der Kunst des Schreibens.

Irina Muravyova wurde 1952 in Moskau geboren und von ihrer Großmutter aufgezogen, der sie den größten Teil ihrer Werke widmet. 1985 kam sie nach Boston, wo sie von Unterrichten bis Übersetzen so ziemlich alles machte und sogar einen Dokumentarfilm drehte. Drei Jahre lang war sie im Slawistischen Institut der Brown University. Jetzt ist sie Chefredakteurin der Wochenzeitung *The Boston Time*.

Nancy Pickard ist nicht nur die Autorin der beliebten Jenny-Cain-Krimis, sie hat auch schon alle möglichen Ehrungen auf dem Gebiet der Kriminalliteratur angesammelt. Sie war Vorsitzende der Sisters in Crime und hat für ihre Romane und Kurzgeschichten folgende Auszeichnungen erhalten: Agatha, Anthony, American Mystery und Macavity. Für den Edgar wurde sie zweimal nominiert, und von den Private Eye Writers of America hat sie den Shamus bekommen. Bis zu der in diesem Band vorliegenden Geschichte war »Dust Devil« die einzige Story im Privatdetektivgenre, die Nancy Pickard je geschrieben hatte.

Ruth Rendell schreibt seit einunddreißig Jahren und hat viermal den Gold Dagger Award der Crime Writers Association erhalten. In sechzehn ihrer Romane spielt Chief Inspector Wexford eine Rolle, der auch aus dem Fernsehen bekannt ist. Sie ist Mitglied der Royal Society of Literature und hat ehrenhalber verliehene akademische Grade der University of Essex and East Anglia sowie der Bowling Green State University in Ohio. Ihre neuesten Bücher sind *Lizzies Liebhaber*, eine Kurzgeschichtensammlung, und – unter dem Pseudonym Barbara Vine veröffentlicht – *Keine Nacht ist mir zu lang*.

Andrea Smith ist in Chicago aufgewachsen und möchte Ariel Lawrence, ihre Chicagoer Polizeibeamtin, zu einer festen Größe im Arsenal afroamerikanischer Heldinnen des Krimigenres machen. Mrs. Smith hat bereits einen Roman – *Brother's Keeper* – mit dieser couragierten und frechen Detektivin fertiggestellt. Sie lebt in Indianapolis und organisiert Mitarbeiterfragen für ein großes Unternehmen.

Quellennachweis